일타강사 백사부

일러두기

· 이 책은 네이버 시리즈에서 연재된 《일타강사 백사부》를 바탕으로 편집, 제작 되었습니다.

일편단심
백사부

· 2권 ·

간짜장 지음

arte POP

목차

50화 최종 합격자 발표(1) · 7
51화 최종 합격자 발표(2) · 19
52화 첫 출근(1) · 29
53화 첫 출근(2) · 39
54화 넌 천재다 · 49
55화 불가능한 일 · 59
56화 생각하고 또 생각했다 · 68
57화 빗방울이 멈췄다 · 79
58화 수라혈천도(修羅血天刀) · 91
59화 다음에 다시 붙자! · 103
60화 두 천재 · 112
61화 있었는데요, 없었습니다 · 122
62화 지금 바로 문의하세요! · 131
63화 열 배면 되겠소? · 142
64화 이게 뭐야? · 154
65화 이거…… 대박인데? · 164
66화 오해가 깊어지는 밤 · 173
67화 수석이라고? · 182
68화 뭘 하라고? · 192
69화 본 교관은 · 201
70화 고맙네 · 211
71화 오늘은 휴가다 · 220
72화 실력 좀 볼까? · 231
73화 고민 상담 시간 · 241
74화 내가 이긴 것 같구나 · 252

75화 경악할 재능 · 262
76화 피차 시간 낭비 하지 말자 · 271
77화 탈혼대법(奪魂大法) · 281
78화 만 냥? 어림도 없지 · 291
79화 저분이 왜 여기에? · 300
80화 대체 스승이 누구야? · 310
81화 우리는 승상을 · 320
82화 눈을 감아도 되고 · 330
83화 차라리 우리가 · 340
84화 자연스럽게, 자연스럽게 · 349
85화 어머, 언니! · 359
86화 반격 · 368
87화 기다리고 있었다 · 378
88화 칠(七)입니다 · 387
89화 공손수 지원자! · 397
90화 좋은 비무였습니다 · 407
91화 어르신을 지켜! · 417
92화 약간의 시간 · 427
93화 사람이 실수 좀 할 수 있지! · 437
94화 입학식 · 447
95화 어떻게 아셨습니까? · 456
96화 자기소개 · 465
97화 허! · 474
98화 사파 무공의 이해와 실전 대비 · 483
99화 이렇게 나온다 이거지? · 493

50화
최종 합격자 발표(1)

"형님! 진짜 미쳤어요?"

"깜짝이야."

나는 비무대에서 내려오자마자 악연호에게 습격을 받는 줄 알았다.

휘이익! 경공을 펼쳐 순식간에 내게 날아온 녀석은 내 멱살이라도 잡아서 흔들고 싶은 눈치였지만, 차마 그러지는 못하고 내 얼굴에 자기 얼굴을 들이대며 속이 터진다는 투로 말했다.

"천무제 우승이라니. 그런 지키지도 못할 약속을 하면 어떡해요!"

"왜 못 지켜? 진심으로 한 말인데."

내 대답에 악연호가 입을 떠억 벌렸다. 농담이 아니라 그 안에 참외도 통째로 들어갈 수 있을 것 같았다.

"허. 이 형님 진짜 도라이였네……."

"이제 뒷간에는 안 가나?"

"마침 똥이 나오려다가 형님 말 듣고 쑥 들어갔습니다."

"그거참 다행이네."

악연호와 시답잖은 농담을 하며 걷고 있는데, 제갈소영이 빠른 걸음으로 우리에게로 다가왔다. 내게 다가오던 제갈소영이 잠시 멈칫하곤 그대로 멈춰 섰다.

그 표정은 뭐랄까. 흥미로운 미친놈을 발견했지만 미쳐도 너무 미친 것 같아서, 말을 걸어야 하나 말아야 하나 잠시 고민하는 눈치였다.

"……청룡학관을 천무제에서 우승시키겠다고요? 설마 진심이세요?"

결국 호기심이 이겼는지, 잠시 멈춰 서 있던 제갈소영이 내게 다가오며 물었다.

"맞다. 소저는 천무학관 출신이라고 했지. 나중에 이것저것 물어봐도 됩니까?"

"가르쳐 드릴 수는 있지만…… 후회하실 거예요."

"어째서?"

"……청룡학관의 우승이 절대 불가능하다는 사실을 뼈저리게 알게 될 테니까요."

절대불변의 사실을 말하는 듯한 그녀의 표정에, 나는 가볍게 어깨를 으쓱해 보였다.

"거참. 왜 다들 해 보지도 않고 안 된다고만 하는지 모르겠네."

"형님. 주변을 한번 봐요."

악연호의 말에 나는 고개를 돌려 주위를 둘러봤다. 우리 세 사람, 정확히는 나를 향한 수많은 시선들이 느껴졌다.

"방금 뭐라고 한 거야?"

"천무제 우승?"

"그냥 미친놈이었군……."

수군대는 학생들의 얼굴에는 대부분 황당함, 조롱, 그리고 분노가 가득했다.

'미친놈이라…….'

상황이 좀 다르긴 하지만, 그런 말은 혈교에서도 많이 들어봤다. 하지만 내게 그런 말을 하던 훈련생 중 대부분은 몇 달 뒤에 나를 다른 이름으로 불렀다.

'미친개라고 불렀지.'

……하지만 이번엔 다르다. 혈교의 악마 교관이었던 시절과 달리, 이번 생에서 나는 일타강사이자 좋은 선생이 되기로 결심했으니까.

"강사들도 전부 저희를 노려보는데요."

"자기들은 못 했던 말을 내가 했으니까."

특히 남궁수는 외나무다리에서 아버지의 원수를 만나기라도 한 것처럼 나를 노려보고 있었다.

'뭐? 한판 붙어?'

내가 시선을 피하지 않고 마주 노려보자, 이제는 자연스럽게 우리 둘 사이에 노군상이 끼어들었다.

"자네……."

"관주님. 좋은 선생이 되는 게 쉽지 않을 것 같습니다."

"허허. 내 말에 대한 대답이 이거란 말인가……."

뒷짐을 진 노군상은 고개를 들어 관객석을 가득 채운 학생들을 바라봤다. 학생들을 바라보는 그의 눈빛에는 안타까움이 깃들었다.

"……청룡학관은 지난 십 년 동안 천무제에서 최하위를 기록했네. 알고 있나?"

"예."

"그런데 갑자기 우승을 시키겠다니. 황당한 것을 넘어 자신들을 놀리는 거라고 생각하는 게 당연하지 않겠나?"

"그럼 다시 올라가서 무르겠다고 할까요?"

"……진심인가?"

"그럴 리가요. 진심은 다 말하고 내려왔습니다."

나는 씩 웃었고 노군상은 그런 나를 보다가 못 말리겠다는 듯 껄껄 웃었다.

그러다 돌연 진지한 목소리로 내게 말했다.

"자네는 진심이라고 해도, 그 말로 인해 학생 평가에서 좋은 점수를 받기는 힘들어졌을 수도 있네. 저 학생들에게 천무제는 듣기만 해도 불편한 단어야."

"그런 것 같더군요."

지금 쏟아지는 시선들 속에서 느껴지는 적대감과 분노를 생각하면, 충분히 일리 있는 말이었다.

나는 오늘 대부분의 강사들과 학생들을 적으로 돌렸다. 하지만 후회하지 않는다. 처음부터 이렇게 될 거라 예상했으니까.

"그런데 이렇게까지 잘난 척했는데 떨어지면 어쩌려고?"

"전에 들으셨겠지만 길 건너에 백룡학관을 차릴 생각입니다. 십 년 안에 제 학생들이 청룡학관 애들을 쥐어 패고 다닐걸요."

"이런. 그것도 자네의 평가에 참고해야겠군."

"그래 주시면 저야 감사하죠."

잠시 나와 농담을 주고받던 노군상은 부관주 곽철우의 부름에 자기 자리로 돌아갔다.

"관주님. 폐회식 연설을 하셔야 합니다."

"……귀찮지만 가 봐야겠군. 그럼 또 보세."

"예. 다음에 뵙겠습니다."

내 대련이 마지막이었으므로, 그 후에는 폐회식이었다. 하지만 학생들은 폐회식 행사에 제대로 집중하지 못했다. 그들의 시선은 대부분 나를 향했고, 자기들끼리 계속 수군거렸다.

"이놈들! 집중하지 못하겠느냐!"

평소 같았으면 학생주임 매극렴이 어수선한 분위기를 다잡았겠지만, 지금은 매극렴도 수습할 수 있는 상황이 아니었다.

"이러다 형님 얼굴 뚫리겠어요."

"익숙해져라. 앞으로 자주 겪게 될 테니까. 그건 그거고. 너도 나랑 같이 떨어지면 백룡학관에서 강사 안 할래?"

"왜 같이 묶어요? 형님 혼자 떨어지고, 나는 붙을 수도 있지!"

"쯧쯧. 말이 되는 소리를 해라."

그렇게 모든 행사가 끝난 후, 나는 어쩐지 나보다 더 파김치가 된 악연호와 함께 청룡학관을 빠져나왔다.

"결과는 며칠 뒤에나 나올 테니 술이나 한잔하러 가자. 아, 제갈 소저도 함께 가겠소?"

마침 근처에 있기에, 별 기대 없이 제갈소영에게도 물어보았다. 제갈소영의 품 안의 책을 꽉 껴안은 채로 잠시 고민하더니, 이내 작게 고개를 끄덕였다.

"……좋아요. 술은 잘 못 마시지만."

그녀의 한마디에, 지쳐 있던 악연호의 표정에 생기가 돌기 시작했다.

"제갈 소저. 제가 이 주변에 분위기 좋은 요릿집은 다 꿰고 있습니다. 드시고 싶은 음식이 있으신가요?"

"아, 예……. 아무거나 잘 먹어요."

악연호가 기름칠한 목소리로 제갈소영에게 말을 걸자, 제갈소영은 영 불편한 표정을 지었다.

연호야. 이번에도 글렀다.

"아, 그런데 일오는 어쩌지?"

문득 의원에 누워있을 명일오가 떠올랐지만, 그 순간 악연호가 손을 휘휘 저었다.

"아픈 사람이 뭘 어쩌겠어요. 우리끼리 마시러 가야지."

"그래도 가기 전에 얼굴이라도 보고……."

"매일 보는 얼굴은 뭐 하러 또. 오늘 같은 날은 조금만 늦게 가도 자리

없다니까."

"하긴."

생각해 보니 그것도 맞는 말이라, 우리는 군말 없이 악연호를 따라서 술을 마시러 갔다.

며칠 후. 청룡학관 정문 앞. 학생들에게 싸고 양 많은 가성비 맛집으로 통하는 잠룡반점(潛龍飯店).

"올해 신입 강사 지원자 중에 웬 또라이가 하나 나왔다는 거 들었냐?"

손님이 뜸해진 시각. 잠룡반점의 주인과 점소이는 최근 손님들에게 전해 들은 소문을 반주 삼아 늦은 점심을 때우는 중이었다.

"모두가 보는 앞에서 청룡학관을 천무제에서 우승시키겠다고 했다면서요?"

"우승은 무슨. 올해도 꼴찌나 안 하면 다행이지."

"그러게요. 작년에도 백호학관이랑 점수 차이가 두 배나 났는데."

"그때 가관도 아니었지. 올해는 다르다며 의기양양하게 출전했던 녀석들이 비 쫄딱 맞은 똥개 같은 꼴을 하고 돌아와서는……. 글쎄 몇 명은 울더라니까?"

"기억나네요. 걔들이 이 동네에서나 잘난 척하고 다니지, 밖에 나가면 쥐어 터지기만 하잖아요."

"내 말이 그 말이다."

잠룡반점의 매출 대부분을 청룡학관 학생들이 올려주긴 하지만, 그들은 학생들의 뒷담화를 하는데 아무런 양심의 가책도 느끼지 않았다.

점소이가 국수를 후루룩 먹으며 물었다.

"그래서 그 또라이는 붙었답니까?"

"결과 발표는 내일인데…… 글쎄. 설마 그런 허풍쟁이를 붙여 줄까."
"혹시 모르잖아요. 동아줄 잡는 심정으로 붙여 줄 수도 있죠."
"쯧쯧. 그런 말에 혹해서 강사를 뽑으면 청룡학관도 정말 갈 데까지 간 거 아니겠냐."

식사를 마친 반점 주인은 연초를 피우며 연기를 길게 내뱉었다.
눈이 작은 점소이가 주인의 눈치를 살피며 말했다.
"그래도 실력에 자신이 있으니 그런 말을 한 거 아닐까요?"
"일단 붙으려고 뭔 말을 못 하겠냐. 청룡학관 강사면 월봉도 짭짤하고……. 요즘 거기 애들 의욕도 별로 없으니 설렁설렁 가르쳐도 되고."
"주, 주인 어르신……."
"아, 나도 편하게 돈 벌고 싶다."

잠룡반점의 주인은 천장을 향해 연기를 길게 내뱉었다. 그 탓에 그는 점소이의 창백해진 표정을 보지 못했다.
"주인 어르신……."
"솔직히 저거 청룡학관, 몇 년이나 더 갈까 싶다. 조만간 여기 장사도 접고 딴 일이나 알아볼까……. 음? 너 표정이 왜 그러냐? 뭐? 뒤? 뒤를 보라고?"

점소이가 조금 전부터 입을 오므려 '뒤요! 뒤!'라고 소리 없이 외치고 있었지만, 주인장이 그 사실을 깨달은 순간은 이미 늦은 뒤였다.
"쉬고 계신데 우리가 때를 잘못 맞춘 것 같군."
"히익!"

등 뒤에서 싸늘한 목소리가 들려온 순간, 반점 주인은 급히 연초를 끄고 전광석화처럼 몸을 일으켜 뒤를 돌아봤다. 그곳에는 잠룡반점의 단골인 학생회 간부들이 서 있었다.
독고준의 차가운 얼굴을 본 반점 주인의 이마에 한 줄기 식은땀이 삐질 흘렀다.

"아, 아이고, 우리 학생회 여러분……. 언제 오셨습니까?"

"저희가 의욕이 없어서 설렁설렁 가르쳐도 되는 애들이라고 말씀하실 때 들어왔습니다."

'좆됐다!'라는 생각과 동시에 반점 주인은 곧바로 허리를 반으로 접으며 사과부터 했다.

"제가 실언을 했습니다. 낮부터 반주를 해 가지고 정신이 나갔는지……. 사죄의 의미로 오늘 드실 음식값은 받지 않겠습니다!"

"저희가 거지로 보이십니까?"

"그, 그런 의미가 아닌 거 아시지 않습니까…….'"

울먹이는 표정의 객잔 주인을 본 독고준이 혀를 찼다. 사실 요즘은 어딜 가나 비슷한 얘기뿐이라, 자리를 옮기기도 귀찮았다.

"2층에 자리 있습니까?"

"아이고 물론이지요! 장삼아, 너 뭐 하냐! 빨리 이분들을 안내해 드리지 않고!"

"예!"

점소이가 허겁지겁 2층으로 올라가 행주로 탁자를 닦고, 반점 주인은 주방으로 들어가 쉬고 있던 숙수를 닦달하고 직접 요리에 나섰다.

"백수룡. 요즘엔 어딜 가나 그 남자 얘기뿐이군."

자리에 앉은 독고준은 낮게 한숨을 내쉬었다. 그의 주변으로 학생회 간부들이 둘러앉았다. 며칠 전 신입 강사 실기시험이 모두 끝나고, 드디어 내일 그 최종 결과가 발표되는 날이었다.

"워낙에 충격적인 선전포고였으니까요. 도시 전체에 소문이 날 만도 하죠."

당소소의 말에 다들 고개를 끄덕였다. 눈이 작은 점소이가 학생들 눈치를 보며 음식을 가져다 날랐다.

"천무제에서 청룡학관을 우승시키겠다니……."

"아마 지금쯤이면 다른 학관에도 소문이 다 퍼졌을 겁니다."
"하아……."
여기저기서 한숨을 쉬는 난감한 표정들이 보였다. 백수룡이 모두가 지켜보는 비무대 위에서 천무제에서 청룡학관을 우승시키겠다는 폭탄선언을 하는 바람에, 학생회도 이래저래 난감한 상황이었다.
"지킬 수 있는 약속을 해야지. 우승이 뭐야, 우승이."
"그런 허황된 말을 해 봤자 학생 평가에서 감점인데……."
"도발도 적당히 해야지. 덩달아 학생회까지 욕먹고 있잖습니까."
당당히 입사 포부를 밝힌 신입 강사의 발언이라고 하기에도, 천무제 우승은 너무 허황된 목표였다.
비슷하지만 훨씬 현실적인 목표를 가지고 있는 학생회 입장에선 그것도 상당한 부담이었다. 이미 학생회를 백수룡과 묶어서 조롱하는 학생들도 있을 정도이니…….
그때 독고준이 입을 열었다.
"나는 우리가 천무제에서 우승할 수 있다고는 생각하지 않는다."
"……."
순간 분위기가 숙연해졌다.
독고준은 그런 분위기는 신경 쓰지 않는다는 듯 창밖으로 고개를 돌리며 말을 이었다.
"……올해로 세 번째 참가로군."
독고준은 지난 백 년간 독고세가 최고의 기재라 불릴 정도로 재능 있는 후기지수였기에, 드물게 1학년 때부터 청룡학관 대표로 천무제에 참가했다.
세 번의 참가. 결과는 매년 압도적인 최하위. 항상 다른 오대학관과의 격차를 실감했고, 그 커다란 벽 앞에서 좌절하는 선배들을 봐 왔다.
그런데 우승?

독고준이 아무리 이상주의자라도 꿈꿀 수 없는 목표였다.

'다른 학관은 어떻게든 상대할 수 있을지 몰라도…… 천무학관은 넘을 수 없다.'

매년 최하위가 당연히 청룡학관의 몫이었다면, 매년 우승은 당연히 천무학관의 몫이었다. 좋은 가문에서 태어난 아이들 중에서도 선택받은 재능들이 각고의 노력을 거친 끝에야 입학할 수 있는 곳. 정파 무림에서 태어난 모든 후기지수들의 목표.

천하제일(天下第一) 천무학관(天武學館). 그곳에서 만났던 후기지수들을 떠올린 독고준은 주먹을 꽉 쥐었다. 그때 당한 무시와 수모를 생각하면 지금도 이가 갈린다. 독고준이 조금 충혈된 눈으로 간부들을 바라봤다.

"간부들도 나와 비슷한 생각일 거다. 천무학관이 있는 한, 다른 학관이 천무제에서 우승하는 건 불가능하다. 다른 사대 학관이 모두 힘을 합쳐도…… 어렵겠지."

학생회에 몇 안 되는 1학년들은 '설마 그 정도라고?' 하는 표정이었지만, 직접 천무제를 경험해 본 2, 3학년은 흐린 얼굴로 고개를 끄덕였다.

독고준이 말을 이었다.

"하지만."

우승이 불가능하다는 사실을 알고 있음에도, 독고준의 머릿속에는 며칠 전 백수룡이 비무대 위에서 한 선언이 떠나지 않고 있었다.

─올해 천무제. 제가 책임지고 청룡학관을 우승시키겠습니다.

자신이 마음먹으면 당연히 할 수 있다는 듯한 말투와, 자신감을 넘어 오만하기까지 태도.

대체 청룡학관에서 누가 그런 말을 당당히 할 수 있단 말인가?

학생회장인 자신도, 학관주도, 청룡학관 유일의 일타강사인 남궁수도 그런 말을 할 수는 없었다.

'아무것도 모르니까, 직접 본 적이 없으니까 할 수 있는 소리지.'

신입 강사의 패기가 있으니 가능한 일이다. 그리고 지금은 그런 패기가 필요한 시기라고, 독고준은 판단했다.

"좋은 의미에서든 나쁜 의미에서든, 그날 이후로 학관에 전에는 없었던 활기가 돌기 시작했다."

"……올해처럼 수많은 사람이 천무제에 대해 이야기한 적은 없었어요. 그동안엔 금기어나 다름없었으니까요."

부회장 당소소가 독고준의 말을 받았다. 학생회 모두가 그 말에 고개를 끄덕였다.

'백수룡이 이것까지 의도한 거라면……. 설마 그럴 리는 없겠지.'

독고준은 고개를 절레절레 저은 후 당소소에게 말했다.

"부회장. 신입 강사 지원자에 대한 학생회 평가 서류는 학관 측에 전달했나?"

"아직 입니다. 오늘이 제출 마감 기한이에요."

"그럼……."

독고준이 무슨 말을 할 줄 안다는 듯, 당소소가 눈웃음을 지었다.

잠시 생각에 잠겨 있던 독고준이 말했다.

"학생회에서 백수룡 지원자의 입사를 적극적으로 추천한다는 의견을 정식으로 전달해. 학생 평가 점수에서 부족하더라도 그 부분을 반영할 수 있도록."

"네! 확실하게 전달하겠습니다."

"……쓸데없는 소리는 적지 말고."

"후훗. 이미 다 준비해 놨어요."

사심 가득한 미소를 짓는 당소소의 표정에 독고준은 어쩐지 불길함 예감이 들었지만, 그렇다고 그 이상 뭐라고 하지 않았다.

"이제 식사들 하지."

전투적으로 식사를 끝낸 후, 독고준이 제일 먼저 자리에서 일어났다.

이제 오후 수련을 하러 갈 시간. 학생회장 일을 하면서 천무제까지 준비하려면 일각도 낭비할 시간이 없었다.

"부회장. 우리가 먹은 음식값은 전부 제대로 지불하도록. 대신…… 다음부턴 다른 회식 장소를 알아보고."

부회장 당소소가 당연하다는 듯 고개를 끄덕였다.

"더 괜찮은 맛집을 찾아보도록 하겠습니다. 아마 여긴 곧 망할 것 같으니까요."

"음식 맛이 영 별로더군."

"반점 주인과 점소이도 불친절하고요."

"앞으로 피해 보는 학생들이 없도록 해야겠군."

"물론이죠."

이럴 때는 죽이 잘 맞는 두 사람이었다.

그날 이후, 잠룡반점은 손님이 서서히 줄어들더니 결국은 문을 닫게 되었다.

그리고 헐값에 내놓은 잠룡반점은 얼마 후 허천이라는 상인이 사들여, 훗날 백룡객잔이라는 이름으로 다시 문을 열게 된다.

51화
최종 합격자 발표(2)

"허허. 학생회에서는 백수룡 지원자를 굉장히 좋게 본 모양이군."

노군상은 자신에 손에 들려 있는 작은 책자를 보며 껄껄 웃었다. 그 소책자에는 백수룡을 신입 강사로 영입했을 경우 청룡학관이 얻을 수 있는 장점에 대해서 장장 한 권의 분량의 내용이 담겨 있었다.

"가장 기대되는 것이 여학생들의 학습 의욕 증진과 수업 집중도 향상이라……."

물론 이 소책자의 저자는 당소소였다. 하지만 열렬한 추종자가 있으면, 그에 대한 반발로 완강한 반대파도 있기 마련이었다.

"저는 반대입니다."

부관주 곽철우가 단호한 표정으로 반대를 하고 나섰다.

"천무제 우승이라니요! 그런 허풍쟁이를 신입 강사로 받았다간 학관 전체가 웃음거리가 되고 말 겁니다."

이번에는 아무리 관주님이라도 양보하지 않겠다는 듯, 곽철우는 단단히 팔짱을 끼고 노군상을 정면에서 똑바로 바라보았다.

노군상이 낮게 한숨을 쉬었다.

"부관주는 우리가 천무제에서 우승하는 것이 불가능하다고 생각하나?"

"학생의 수준, 교육의 질, 교육 환경의 차이, 예산, 강사들의 역량, 모든 면에서 우리는 천무학관은 물론이고 사대 학관 중 가장 떨어집니다."

"냉정하구먼."

"현실적이라고 해 주십시오."

그렇게 말하는 곽철우의 표정도 좋지는 않았다. 그리고 청룡학관이 다른 학관에 비해 모자라다는 사실을 인정하고 싶겠는가. 하지만 현실을 인정하지 않으면 안 될 때도 있는 법이다.

"······이미 떨어질 대로 추락한 청룡학관의 위상이지만, 그렇다고 허풍쟁이 광대를 뽑아서 더 많은 조롱을 받을 수는 없습니다."

"부관주······."

"관주님. 이번만은 저도 양보 못 합니다."

단단히 다짐한 곽철우가 눈을 부라리며 말했다.

"최종 합격자는 형평성에 맞게 면접 점수와 실기시험 점수를 합산한 성적순으로 뽑아야 합니다. 백수룡 지원자의 성적이 좋기는 하지만, 최종 다섯 명에 들 정도는 아닙니다."

"······."

백수룡의 실력은 의심할 여지가 없으나, 천무제 우승 발언으로 그에 대한 강사들과 학생들의 평가가 크게 갈렸다.

노군상은 그 사실이 안타까웠다.

"학생회에서 이렇게까지 추천하는데도 말인가?"

"추천은 추천일 뿐입니다. 그리고 여기 보시면 동아리연합회에서 백수룡 지원자가 신입 강사로 뽑힐 경우 교내 분란의 여지가 많을 것 같다는 의견을 보내 왔습니다."

부관주가 손에 들고 흔드는 서류를 노군상은 못마땅한 표정으로 바라봤다.

"동아리연합회 회장이 팽사혁이지? 얼마 전 백수룡 지원자에게 망신을 당했다고 들었네. 그런 개인적인 의견은……."

"관주님."

자리에서 일어난 곽철우가 진지한 얼굴로 노군상에게 말했다.

"얼마 전, 제게 공정해야 할 시험에 사적인 감정을 끼워 넣지 말라고 한 분은 관주님이셨습니다. 잊으셨습니까?"

"……."

분명 그랬었다. 곽철우가 자기 오촌 조카를 비무대 위에서 개 잡듯이 때려잡으려 하기에 말리면서 한 말이었다.

'허어. 저렇게까지 완고하다니……. 이거 난감하게 되었군.'

노군상은 곤란한 표정으로 다른 강사들을 둘러보았다. 상당수가 부관주의 생각에 동의한다는 듯 고개를 끄덕이고 있었다.

곽철우가 공세를 이어 나갔다.

"저희가 뽑을 수 있는 인원은 백 명 중 겨우 다섯입니다. 그들을 공정한 원칙에 의해서 뽑지 않고 관주님이 편애하는 지원자를 뽑는다면, 이후 탈락한 지원자들이 청룡학관의 입사 기준이 투명하지 못하다고 의혹을 품을까 두렵습니다."

할 말을 끝낸 곽철우는 회심의 미소를 지었다. 무공이라면 감히 비교가 안 되겠지만, 학관 내에서의 영향력과 정치력은 그가 한 수 위였다.

"저도 부관주님 의견에 십분 공감합니다."

"과정과 결과가 모두 공정해야 하지요."

"저도……."

회의가 길어질수록 노군상의 한숨이 늘었다.

'학관의 명성을 되찾아 줄지도 모르는 인재를 이렇게 놓치는가.'

부관주의 말에도 일리는 있었다. 실제로 노군상은 백수룡을 크게 마음에 들어 했고, 알게 모르게 여러 번 도움을 주었다. 하지만 이 이상 백수룡을 돕는 것은 도를 넘는 행동이었다.

'……결국 이것도 운명인가.'

한숨을 푹 내쉰 노군상이 알겠다고 말하려고 할 때였다.

"어차피 석 달 동안은 임시 강사 아닙니까. 월봉이 그리 많은 것도 아니고요."

"어떤 놈이……. 남궁 선생?"

다 된 밥에 재를 뿌리는 놈이 누군가하고 돌아본 곽철우의 눈에, 남궁수가 무표정한 얼굴로 앉아 있는 것이 보였다.

남궁수가 말을 이었다.

"반드시 다섯 명만 뽑아야 할 이유는 없다고 생각합니다만."

"대체 무슨 말을……."

"올해엔 능력 있는 강사 후보가 많으니, 차라리 몇 명 더 뽑은 다음 조금 더 지켜봐도 좋지 않을까 싶습니다. 능력이 모자라면 석 달 후에 자르면 되지요."

"아니, 남궁 선생……."

다른 사람도 아닌 남궁수의 말이었다. 청룡학관 유일의 일타강사. 곽철우가 노군상보다 더 눈치를 살피는 유일한 사람이, 지금 백수룡을 두둔하고 있었다.

'말만 몇 명 더 뽑자는 거지. 백수룡을 뽑자는 말이나 다름없잖아?'

강사들이 모두 황당하게 남궁수를 바라보는 가운데, 표정이 환해진 노군상이 무릎을 탁 쳤다.

"호오라! 그거 아주 명답이군! 그렇다면 올해는 아예 한 열 명 뽑는 게 어떤가?"

신입 강사를 열 명이나 뽑자는 말에 부관주가 펄쩍 뛰었다.

"열 명이라니요! 그 월봉은 다 어디서……."

"부족한 부분은 제 사비로 충당하겠습니다."

"아니. 남궁 선생이 왜 사비까지 털어서……."

이번에도 남궁수가 나서자, 곽철우의 목소리가 점점 기어들어 가기 시작했다. 설상가상으로 회의 내내 입을 꾹 다물고 있던 매극렴도 한마디를 보탰다.

"예산이 부족하다면 저도 좀 보태지요."

"하, 학생 주임?"

"……요즘 일손이 많이 부족합니다. 곧 신입생들도 받아야 하고요. 저도 이제 늙어서 그런지, 혼자 이런저런 업무를 다 하려니 뼈마디가 쑤시는군요."

천하의 매극렴이 늙어서 힘들다는 말은 아무도 믿지 않았지만, 그렇다고 감히 따지고 드는 사람도 없었다. 나서는 것을 좋아하지 않을 뿐, 짬밥으론 여기 있는 누구보다 많은 사람이 매극렴이니까.

"하하하! 학생 주임 말이 맞네. 일손이야 많을수록 좋지. 어쩐지 올해 청룡학관은 아주 바쁘게 돌아갈 것 같단 말이지."

노군상에 남궁수에 매극렴까지. 평소 같았으면 절대로 의견이 같을 리 없는 세 사람이 합공에 나서자, 곽철우는 거의 울 것 같은 표정이었다.

"혹시 이 의견에 반대하는 사람 없습니까?"

곽철우는 마지막 희망을 담아 강사들을 둘러봤으나, 앞선 세 고수의 시선을 감당하고 소신껏 자기주장까지 할 만큼 간 큰 강사는 이곳에 없었다.

"……알겠습니다. 다들 그렇게 생각하신다면야…… 그렇게 하지요."

결국 최종 합격자는 다섯 명에서 열 명으로 늘리기로 결정되었다.

이 이례적인 사건은 모두 단 한 명의 지원자 때문에 일어난 일이었다.

"그럼, 학관의 전통에 따라 입사 성적을 발표해 정문에 방을 붙이도록 하지."

노군상은 일필휘지로 열 명의 최종 합격자를 수석부터 차석, 순서대로 적어 내려간 후 모두에게 보여 주었다.

"이대로 발표하겠네. 이의 있는 사람 있나?"

"……이의는 없습니다만."

남궁수였다. 노군상은 남궁수가 또 무슨 말을 할까 걱정 가득한 표정으로 바라봤다.

'설마 이제 와서 딴지를…….'

남궁수가 손을 뻗어 최종 합격자 명단에 적혀 있는 한 명의 이름을 짚었다.

모두의 예상대로 '백수룡'이었다.

"그렇게 자신만만했으니, 이 친구에겐 반을 하나 맡겨 보는 건 어떻습니까?"

"반이라니……. 신입 강사한테 반을 맡기자는 말인가?"

노군상의 우려가 담긴 표정에, 남궁수가 한쪽 입꼬리를 말아 올리며 말했다.

"신입 강사도 충분히 맡을 수 있는 반이 하나 있지 않습니까."

"설마……."

"백수룡 신입 강사에게 보충반을 맡겨 보도록 하지요."

다음 날, 청룡학관 정문에 신입 강사 최종 합격자 명단이 게시되었다.

청룡학관 신입 강사 최종 합격자 명단 발표

수석(首席) 제갈소영

차석(次席) **악연호**
삼석(三席) **진의협**

······중략······

육석(六席) **설수연**
칠석(七席) **명일오**

······중략······

구석(九席) **곽두용**
십석(十席) **백수룡**

이하 열 명을 청룡학관의 신입 강사로 임명한다.
-청룡학관주 노군상

"하, 합격이다······."
"형님! 저희 모두 합격했어요!"
"······."
명일오와 악연호가 양쪽에서 나를 얼싸안고 펄쩍펄쩍 뛰었지만, 그사이에 끼인 나는 마냥 기뻐할 수만은 없었다.
"형님······?"
두 녀석도 눈치가 있는지라 내 표정을 보고는 슬그머니 팔을 내렸다.
"혹시 순위가 낮아서 실망하셨어요?"
악연호의 질문에 나는 고개를 저었다.
"순위는 상관없어. 수석이라고 월봉을 더 주는 것도 아니고."

수석이든 꼴찌든 청룡학관에 입사했으니 목표는 달성했다. 내가 미간을 찌푸린 것은 내 이름 아래에만 따로 적혀 있는 저 문구 때문이었다.

백수룡 신입 강사를 보충 학습반 임시 담임으로 임명한다.

"보충 학습반이 뭐야?"
본인들의 합격에 기뻐 날뛰던 두 녀석은 그제야 그 문구를 확인했는지, 눈을 휘둥그레 떴다.
"보충 학습반? 글쎄요……."
"전에 들어 본 것 같긴 합니다만……."
"말 그대로 보충 학습이 필요한 학생들을 모아 놓은 반이에요."
낯선 목소리에 옆으로 고개를 돌리자, 당소소가 한껏 화려하게 차려입은 모습으로 걸어오고 있었다.
"세 분. 합격을 축하드려요."
"고맙소."
"아이참. 이젠 말씀 편하게 하세요. 백사부님."
당소소가 새침한 표정으로 옆머리를 귀 뒤로 넘기며 말했다.
"음……. 그러지. 아무튼 저 보충 학습반이 뭔지 좀 자세히 설명해 주겠나?"
"방금 말씀드린 대로 보충 학습이 필요한 학생들을 모이는 반이에요. 학년에 상관없이 각 학년 낙제생들이 보충반에 들어가게 되죠."
어쩐지 쉽게 합격시켜 준다 했더니……. 이놈의 학관은 입사시키자마자 커다란 똥을 안겨 주려는 모양이다.
나는 한숨을 내쉬며 말했다.
"요컨대 보충반 녀석들은 청룡학관에서 실력이 가장 떨어지는 학생들이라 이거지?"

내 질문에 당소소는 모호한 표정으로 고개를 저었다.

"사실 실력이 문제가 아니라…… 문제아들이 모여 있는 곳이라고 보는 게 더 맞아요."

"문제아들?"

"예를 들면 헌원강 같은 녀석들이요."

실망하고 있던 나는 헌원강이라는 이름을 듣고 귀가 솔깃했다.

'이거, 보충반이 내가 생각했던 것과는 조금 다른 모양인데?'

당소소가 분한 얼굴로 말을 이었다.

"가장 큰 문제는 보충반 학생들은 거의 수업에 나오지 않는다는 거예요. 애초에 일반 수업도 잘 안 나오는 애들인데 보충 수업에 나올 리가……. 그게 다 석 달 동안 임시 강사 평가에 들어갈 텐데!"

그런 사소한 문제는 아무것도 아니다. 수업에 안 나오면 나오게 만들면 그만이지.

"소소 학생. 아까 보충반은 학년에 상관없이 들어갈 수 있다고 했지?"

"네? 아, 네. 들어가고 싶어서 들어가는 학생은 없지만……."

"신입생도 4학년도 한 반에 모일 수 있다 이거네? 그 애들을 내가 담당한다는 뜻이고?"

"그건 그렇지만……. 그런데 왜 그렇게 웃으세요?"

이런, 좋아하는 게 티가 났나? 나는 자꾸만 올라가려는 입꼬리를 억지로 내리며 빙긋 미소 지었다.

"새로운 학생들을 만날 생각을 하니 벌써부터 설레서 말이야."

"어머……."

어째선지 얼굴을 붉힌 당소소가 입을 틀어막더니, 이내 눈을 매섭게 뜨고는 말했다.

"역시 이건 누가 봐도 부당한 대우예요! 제가 학생회를 통해서 항의를……."

"그럴 필요 없어. 아니, 절대 하지 마."

"네?"

"보충반 담임. 아주 마음에 들었거든."

누가 날 보충반 담임을 맡게 했는지는 뻔하다.

남궁수. 네가 날 엿 먹이고 싶은 모양인데…….

'이거 어쩌나. 네 계획과는 정확히 반대로 될 것 같은데.'

내 머릿속에는 이미 천무제 우승을 위한 커다란 밑그림이 그려지고 있었다.

52화
첫 출근 ⑴

 "……이상으로 당부 말씀을 마치며, 신입 강사 여러분들에게 한 번 더 환영한다는 말씀을 전합니다."
 길었던 노군상의 연설을 끝으로, 청룡학관 신입 강사 환영 인사가 끝났다.
 짝짝짝짝짝! 기존의 강사들과 대연무장에 모여든 학생들이 열 명의 신입 강사에게 박수를 보냈다. 그 인원만 수백이 넘으니 꽤나 장관이었다.
 "신입 강사 대표 제갈소영! 청룡학관의 강사님들과 학생들에게 감사드립니다."
 척! 이번 기수에 수석으로 입사한 제갈소영이 선두에서 포권을 취하자, 그 뒤의 아홉 명이 동시에 포권을 취하며 말했다.
 "감사드립니다!"
 그 절도 있는 동작에 노군상의 입가에 흐뭇한 미소가 번졌고, 신입 강사들은 뿌듯한 얼굴로 당당히 고개를 들었다.
 "그럼 마지막으로…… 당부의 말 하나만……."

물론 그렇지 못한 사람도 있었다. 나는 새어 나오려는 하품을 간신히 참으며 중얼거렸다.

"대체 마지막이 몇 번째야? 뭔 절차가 이렇게 많은데?"

내가 귀찮은 표정을 짓자, 내 오른쪽에 서 있던 악연호가 내 옆구리 찌르며 복화술로 말했다.

"형님! 표정 관리! 학생들이 다 보고 있다고요."

"너나 많이 해라. 나는 어차피 이미 잔뜩 찍혀서 더 관리할 필요도 없으니까."

내가 아예 대놓고 하품을 하자, 저 앞쪽에 서 있는 남궁수의 눈썹이 꿈틀대는 게 보였다.

……이거 재미있는데 조금 더 해 봐?

"조금만 더 참으십시오, 형님. 그래도 청룡학관은 환영식이 간단한 편입니다. 다른 곳은 종일 하는 데도 있어요."

이번에는 내 왼쪽, 점잖게 빼입고 머리에는 기름까지 바르고 온 명일오의 말에 나는 고개를 절레절레 저었다.

"하여튼 정파 놈들. 허례허식 좋아하는 건 알아줘야 한다니까."

"누가 들으면 형님은 정파 아닌 줄 알겠어요?"

"나야 물론 태생부터, 뼛속부터 정파지."

다만 전생이 혈교였을 뿐이다. 전생이.

아무튼 우리가 구시렁거리는 동안 모든 행사가 마무리되었고, 연무장을 가득 채웠던 학생들도 흩어졌다. 그리고 잠시 후, 기존의 강사들 중 몇 명이 우리에게로 걸어왔다.

"제갈소영 선생님."

"아, 네!"

남궁수의 부름에 제갈소영이 바짝 군기가 든 표정으로 차렷 자세를 취했다.

남궁수는 특유의 차가운 표정으로 말했다.

"선생님은 오늘부터 저와 함께 근무합니다. 짐을 챙겨 따라오십시오."

"아, 네. 알겠습니다!"

자기 할 말만 마치고 몸을 돌리는 남궁수. 제갈소영은 구석에 놓아두었던 커다란 책을 가슴에 안고 허겁지겁 그를 따라갔다.

'어휴. 고생길이 훤히 보이는구나.'

하지만 그렇게 생각하는 건 나뿐인지, 다른 신입 강사들은 부러운 시선으로 제갈소영의 뒷모습을 바라봤다. 제갈소영 다음으로 호명된 사람은 놀랍게도 입사 성적으로 차석을 차지한 악연호였다.

"악연호 선생."

"네!"

"악연호 선생은 저와 함께 가도록 합니다."

악연호를 호명한 사람은 군인 같은 인상에 턱이 각진 중년의 사내였는데, 차석을 호명한 것으로 봐서는 짬밥이든 실력이든 남궁수 다음가는 강사라는 의미일 것이다.

이어서 성적 순서대로 신입 강사의 이름이 줄줄이 호명되었다.

"진의협 선생님?"

"여기 있습니다!"

"설수연 선생."

"네?"

"명일오 선생!"

"무슨 일이든 맡겨만 주십시오!"

청룡학관은 생각보다 무척 넓다. 멋모르고 혼자 돌아다니다가 길을 잃고 헤매기 십상일 정도로 넓고, 이런저런 건물도 많다. 때문에 처음 한 달 동안은 기존 강사들이 신입 강사들과 2인 1조를 이루어 함께 다니면서 학관 적응에 도움을 주는 것이 청룡학관의 전통이라고 했다. 그리고 보통은 신입 강사의 특기와 전공에 맞춰 선임 강사가 결정된다고 들었는데…….

'……는 개뿔. 성적순으로 뽑아 가는구만.'

어느새 내 앞에 여덟 명이 호명되어 떠나고, 나와 곽두용 둘만 남았다. 그리고 우리 앞에 남은 강사도 단 두 사람. 지금 내 손에는 식은땀이 흐르고 있었다.

'설마……. 아니겠지?'

꿀꺽. 침을 삼킨 나는 고개를 돌려 곽두용을 바라봤다. 마침 곽두용도 나를 바라봤다.

'아, 아니겠지?'

'아닐 거야…….'

우리는 똑같이 흔들리는 눈빛으로 서로에게 건투를 빌어 주었다. 확률은 절반. 설마 이놈의 학관이 시작부터 나한테 이런 거대한 시련을…….

"곽두용 선생."

"네, 네?"

"대답 똑바로 못 하나?"

"네!"

곽두용을 호명한 사람은 부관주 곽철우였다. 한숨을 푹 내쉰 곽철우가 복잡한 표정으로 곽두용을 바라봤다.

"자넨 나와 함께 간다."

"네…….''

도살장에 끌려가는 표정으로 곽두용이 떠나고, 이제 남은 사람은 나 하나뿐이었다.

'안 돼…….'

내 표정도 곽두용에 못지않게 나빴다. 왜냐면 내 맞은편에 있는 마지막 강사가…….

"따라오너라."

"……예. 할아버님."

청룡학관의 학생 주임이자, 내 외조부인 매극렴이었기 때문이다. 내 떫은 표정을 본 매극렴이 하얀 눈썹을 꿈틀거렸다.

"왜? 나랑 같이 가는 게 싫으냐?"

"하, 하하. 그럴 리가요. 너무 좋아서 순간 표정 관리가 안 되었나 봅니다."

내 대답에 매극렴은 혀를 찬 후 찬바람이 날 정도로 몸을 휙 돌렸다.

"마음에도 없는 소리만 할 거면 그냥 입 다물고 따라오너라."

"……넵."

나는 공손히 대답한 후 매극렴의 뒤를 쫄래쫄래 따라갔다.

'젠장. 차라리 남궁수랑 함께 가는 게 낫지.'

앞으로 한 달. 나는 학생 주임과 함께 근무하게 되었다.

"너는 오늘부터 생활지도부 소속 선생이다."

"……"

"모든 강사들이 그래야겠지만, 생활지도부에 소속된 강사는 특히 학관 구석구석을 잘 알아야 한다. 왜 그래야 할 것 같으냐?"

"강의 장소를 헷갈리지 않기 위해서……?"

"그거야 당연한 거고."

내 대답에 매극렴은 혀를 차더니, 일순간 냉혈 동물처럼 눈을 차갑게 빛내며 말했다.

"구석에 숨어서 연초 피우는 놈들, 술 마시는 놈들, 그리고 불순 이성 교제하는 것들……! 학관 구석구석을 모두 알아야 놈들을 잡아들일 수 있기 때문이다."
 차마 상상도 못 했던 대답에 나는 입을 떡 벌렸다.
 '가르치는 것하고는 아무 상관도 없는 일이잖아?'
 이쯤 되면 강사가 아니라 범인 잡는 포두에 가까운 것 아닐까.
 그런 내 생각을 눈치챘는지, 매극렴이 자세를 바로 하고 나를 똑바로 보며 말했다.
 "무공만 가르치는 것이 선생이 아니다. 학생들이 잘못된 길로 들어가지 않게 하는 것. 그것도 선생이 해야 하는 중요한 일이다. 너는 왜 청룡학관에 지원했느냐?"
 "일타강사가 되려고……."
 "그리고 또?"
 "……좋은 선생이 되고 싶어서 지원했습니다."
 내 진지한 대답에 매극렴이 고개를 끄덕이며 말했다.
 "좋은 선생이란 학생을 바른길로 인도하고, 만약 그릇된 길로 가고 있으면 다시 방향을 잡아 주는 사람이라고 생각한다."
 같은 말이라도, 수십 년 동안 한 곳에서 일한 사람의 말은 그 무게가 다르다.
 "때문에 특별히 관주님께 부탁해 너를 생활지도부로 보내 달라고 한 것이다."
 "……예?"
 이런 말은 말고…….
 "잔말 말고 따라와라. 직접 보여 주면서 설명하는 것이 빠를 테니."
 ……그리하여, 나는 종일 매극렴에게 끌려다니며 청룡학관의 지도를 머릿속에 집어넣었다.
 "이곳은 경공 수련장이다. 여러 가지 환경을 조성해 놓고 경공을 펼칠 수 있게 만들어 놓았지. 저기 함정이 보이느냐?"

"예."

"저런 함정에 숨어서 연초를 피우는 놈들이 종종 있다. 잘 봐 두어라."

"……."

"여긴 학생회 건물이다. 학생회 소속이라고 방심하면 안 돼. 이놈들이 자기들의 지위를 이용해 학관에 술을 들여온 적이 한두 번이 아니야."

"……."

"이곳은 동아리연합회 건물이다. 주요 경계 대상이지. 불순 이성 교제의 대부분이 이곳에서 이루어진다. 만약 현장을 적발하게 되면……."

"적발하면?"

"그 자리에서 참해도 좋다."

"……."

"저긴 폐관 수련동이다. 주로 고학년들이 깨달음이 필요하거나 혼자만의 시간이 필요할 때 종종 이용하지. 아주 간혹 연초나 술을 숨겨서 들어가는 놈들이 있는데…… 걸리면 폐관 수련을 두 배로 늘리는 형벌에 처한다."

"……."

악마다! 이 노인은 악마야!

피도 눈물도 없는 학생 주임과 학관 전체를 한 바퀴 다 돌았을 땐, 어느덧 해가 뉘엿뉘엿 넘어갈 시간이었다.

"저녁 시간이군."

우리는 학생 식당으로 가서 정중앙에 자리를 잡고 앉았다. 감히 누구도 우리 곁에 가까이 다가오려고 하지 않았다. 심지어 같은 강사들마저도 멀리 떨어져 앉았다.

"오늘 둘러본 곳 중에 궁금한 것이 있느냐?"

식사할 때도 매극렴은 허리를 꼿꼿이 세우고 눈을 형형히 빛내며 젓가락을 들었다. 대충 "아니오."라고 대답하면 경을 칠 게 분명해서, 나는 곰곰이 생각해 본 후에 대답했다.

"지금 당장은 없습니다. 아직 머릿속으로 정리 중이라서요."

"……생각나면 물어봐라."

"예."

종일 같이 다니며, 매극렴이라는 무인에 대해서 조금은 더 알게 된 것 같았다. 찔러도 피 한 방울 안 흘러나올 것 같은 외모와 달리, 매극렴은 아주 꼼꼼하고 친절하게 학관 전체를 안내하고 설명해 주었다.

비록 대부분이 비행 청소년들이 주로 어디 숨어서 흡연과 음주를 하고, 어떤 식으로 강사들을 속이며, 어떤 잘못에 어떤 벌을 줘야 하는지에 대한 것이었지만 말이다.

또한 그는 항상 화가 나 있는 것처럼 보여도, 좀처럼 진짜로 화를 내는 법은 없었다. 오히려 이 무뚝뚝하고 퉁명스러운 겉모습은 학생 주임 역할을 하기 위해 만들어진 가면이었다.

그 속은 사실 따뜻한 사람이 아닐까?

"할아버님은 청룡학관을 무척 아끼시는 것 같습니다."

"쓸데없는 소리 말고 밥이나 처먹어라."

"예……."

아니면 말고.

그렇게 둘이서 묵묵히 식사를 하던 중에, 매극렴이 지나가듯이 물었다.

"왜 그런 말을 한 게냐?"

"……예?"

"천무제 우승 어쩌고 말이다. 그런 말을 하면 합격에 유리할 거라고 생각한 게냐?"

나는 태연히 젓가락질하며 대답했다.

"아니요. 오히려 불리해질 거라고 생각했습니다."

"그런데 왜?"

나는 젓가락으로 콩 반찬을 집어 먹으며 대수롭지 않게 말했다.

오늘 알게 된 건데, 청룡학관 학식은 더럽게 맛이 없다.

"저 혼자서 할 수 있는 일이 아니니까요. 학생들과 강사들에게도 마음의 준비를 할 시간을 줘야 하지 않겠습니까."

"……."

"음?"

왜 아무 반응이 없나 궁금해서 고개를 들어 매극렴을 보자, 그가 기괴한 표정으로 나를 바라보고 있었다.

저건…… 웃는 건가?

30년쯤 웃어 본 일이 없는 사람이 갑자기 웃으려고 하면 저런 얼굴이 되지 않을까 싶은, 그런 얼굴로 매극렴이 나를 보고 있었다.

"큽……. 당돌하고 무모한 것이 똑 닮았구나."

"하하. 어머니 말씀하시는 겁니까?"

"아니. 네 애비, 그 개잡놈 말이다."

"……."

미소 비슷한 것을 지으려던 매극렴의 얼굴이 싹 굳으며 나를 노려봤다. 나는 긴장해서 젓가락을 든 손에 살짝 힘을 주었다. 혹시라도 반찬이 암기처럼 날아오면 막아야 하니까.

'망할 아버지! 왜 나랑 닮아가지고!'

정확히는 내가 아버지를 닮은 거지만, 누구라도 이런 상황 앞에서는 아버지를 원망하게 될 터였다. 여전히 딸 도둑놈을 용서하지 못하는 매극렴은, 한 번씩 나를 볼 때마다 그 천하의 죽일 놈 얼굴이 생각나서 감정이 요동치는 모양이었다.

날 노려보던 매극렴이 한숨을 푹 내쉬며 말했다.

"그거 아느냐? 그 개잡놈…… 아니, 네 애비 말이다. 지난 삼십 년 동안, 그 녀석이 있을 때 거둔 성적이 청룡학관이 천무제에서 거둔 가장 높은 성적이었다."

　……예?

53화
첫 출근(2)

"……아버지가요?"

"그래. 벌써 삼십 년이나 지났구나."

그러고 보니, 예전에 비응객 고주열이 백무관에 찾아왔을 때 비슷한 말을 했던 것이 기억이 났다.

―또래 중에 청룡학관에서는 백 아우를 당해 낼 사내가 없었다. 뿐인 줄 아느냐? 한번은 천무학관에서 열린 용봉비무에서 네 애비가 무려 4강에 들었지!

아버지……. 당신, 학창 시절에 망나니짓만 하고 다닌 줄 알았는데 아니었군요.

"청룡학관이 가장 빛나던 시기였다. 천하의 자질 있는 후기지수들이 입학하기 위해 줄을 섰고, 고수들도 많이 배출했지. 천무제에 나가서도 늘 상위권에 들었다."

영광된 과거를 더듬는 매극렴의 표정은 뿌듯해 보였다. 그러나 그 표정은 빠르게 굳어갔다.

"……알다시피 지금은 그렇지 못하다. 그 이후로 청룡학관의 성적은 천천히 떨어지기 시작했고, 십 년 전부터는 천무제에서 항상 최하위를 기록했다."

"혹시 그렇게 된 특별한 이유라도 있습니까?"

"글쎄……."

내 질문에 매극렴은 곰곰이 생각해 보는 듯하더니, 돌연 눈을 희번덕이며 날 바라봤다.

"생각해 보면 그때부터구나. 그 개잡놈이 내 딸을 훔쳐 야반도주하고 난 이후부터."

"……예?"

매극렴의 눈에 서서히 핏발이 서고, 바람 한 점 불지 않는데 도포가 크게 부풀어 올랐다.

"……그날부터 청룡학관에 저주가 깃든 게야. 천지신명께서 불순 이성 교제에 노하시고 벌을 내리신 게지."

"하, 할아버님?"

"백무흔……! 전부 네놈 탓이다……!"

내 얼굴에서 백무흔을 보고 있는 매극렴의 분노를 가라앉히기 위해, 나는 기꺼이 성을 갈았다.

"고정하세요, 할아버님! 전 백무흔이 아닙니다! 매약빙 아들 매수룡입니다! 제발 젓가락에다 검기 피우지 마세요!"

"매수룡……?"

왜 결론은 항상 이런 식이냐고. 잠시 후 간신히 진정한 매극렴이 심호흡을 하며 말했다.

"후우. 되었다. 내가 하고 싶은 말은 청룡학관이 예전 같지 않다는 것이다. 네 우승 발언은 많이 경솔했다."

"……."

 천무제(天武祭)는 일 년에 한 번씩, 무림 오대학관의 학생들이 모여 무공을 겨루는 큰 축제다. 처음에는 오대학관 학생들 간에 친목을 도모하고, 사파의 위협으로부터 무림의 평화를 지키기 위해 상호 발전하자는 좋은 취지였으나.

 "어느 순간 변질되어 점수를 매기고 그것으로 성적을 나누더니, 다들 거기에 목숨을 걸기 시작하더구나."

 천무제에서는 검법, 도법, 권각술, 암기술, 경공술, 단체 비무 등등 다양한 종목을 겨룬다. 종목마다 입상자들에게만 점수가 주어지고, 그 점수가 모여 학관의 종합 등수가 결정되는 방식. 그리고 모든 대회 중 가장 큰 점수가 걸려 있는 종목이자 천무제의 꽃이 바로 용봉비무였다.

 '오대학관의 모든 학생 중에서 가장 강한 후기지수를 뽑는 진검승부.'

 대회에서 최후의 여덟 안에 든 학생들은 '용봉(龍鳳)'이라 불리게 된다.

 "지난 십 년간, 청룡학관은 단 한 명의 용봉도 배출하지 못했다."

 "알고 있습니다."

 "안다고 쉽게 말하지 마라."

 지난 수십 년간 청룡학관을 지키며 모든 변화를 경험한 산증인이 나를 똑바로 바라보았다.

 "네가 바꿔야 할 것은 뿌리 깊은 패배 의식이다. 할 수 있겠느냐?"

 "못 할 거라면 말도 안 꺼냈습니다."

 "흥."

 내 대답에 매극렴은 어림도 없다는 듯 코웃음을 쳤다. 하지만 기분이 나빠 보이는 표정은 아니었다.

 "건방진 게 아주 똑 닮았구나."

 "……아버지요?"

"내 딸 말이다."

"……."

대체 어느 장단에 맞추라는 건지.

"다 먹었으면 일어나자."

우리가 식사를 마치고 자리에서 일어나자, 수많은 시선이 우리를 쫓는 것이 느껴졌다. 방금 전음으로 대화를 나누지 않았으니, 누구든 조금만 주의를 기울였으면 우리의 대화를 들었을 것이다.

나는 앞서가는 매극렴의 뒷모습을 바라보며 피식 웃었다.

'이 얘길 하려고 일부러 학생 식당으로 데려온 거였군.'

매극렴이 일부러 학생 식당에, 그것도 시선이 가장 모이기 쉬운 한가운데 자리에 앉은 이유. 자연스럽게 나와의 대화를 학생들에게 전해 주려고 한 것이 틀림없었다.

그의 말 없는 배려에 나는 큰 고마움을 느꼈지만, 티 내는 걸 좋아하지 않는 것 같아서 모른 척 따라갔다.

"……누구도 우승은 바라지도 않는다. 올해 천무제에서 백호학관만 이길 수 있어도, 거기에 네가 어느 정도 일조하기만 해도 너는 모두에게 인정받게 될 게다."

그렇다고 이렇게 보험까지 들어줄 필요는 없는데.

식당을 나서기 직전, 나는 우리를 힐끗거리는 모두에게 들으란 듯이 또렷하게 말했다.

"아니요. 저는 무조건 청룡학관을 천무제에서 우승시킬 생각입니다."

"너……."

당황한 표정으로 나를 돌아보는 매극렴에게, 나는 씩 웃어 주며 말했다.

"이런 건 누굴 더 닮았습니까?"

"……말을 말아야지."

• ❖ •

 학생식당에서 나온 우리는 남학생 기숙사와 여학생 기숙사 정확히 그 사이에 있는 매극렴의 처소로 향했다.
 "앉아라."
 매극렴의 방은 방주인의 성격답게 작고 검소했다.
 일과가 끝난 후 매극렴은 이곳에서 명상을 하거나, 뒤뜰에서 검을 수련하거나, 호시탐탐 불순 이성 교제를 하려고 기숙사 담벼락을 넘는 고양이들을 감시한다고 했다.
 ……정말이지, 무서운 양반이다.
 "지금은 계절 학기 기간이라 학생이 평소에 비하면 삼분지 일밖에 없다. 할 일이 그리 많지 않은 편이지."
 우리는 다탁을 사이에 두고 마주 앉았다. 매극렴이 직접 끓인 차를 내게 따라주며 말을 이었다.
 "하지만 곧 신입생도 받아야 하고, 방학이 끝나면 집에 갔던 학생들도 돌아올 게다. 그때부터 진짜 바빠질 게야. 마셔라."
 깊게 우린 찻잎에서 진한 향이 배어났다. 다도는 잘 모르지만, 매극렴이 차에 조예가 깊다는 것은 알 수 있었다.
 "앞으로 한 달간은 학관의 지리를 익히고, 여러 강사와 두루두루 얼굴을 터 두도록 해라."
 "예."
 "문제 일으키지 말고. 특히 여학생을 상대로 추문이라도 일으켰다간……."
 스스스슷. 한순간, 방 안은 매극렴이 일으킨 살기로 가득 찼다.
 나는 식은땀을 삐질 흘리며 대답했다.
 "안 일으킵니다. 그럴 생각 추호도 없습니다."

"……속는 셈 치고 한번 믿어 보마. 다른 궁금한 건 없느냐?"

마침 물어보고 싶은 것이 있어서 다행이었다.

"할아버님. 혹시 보충반에 대해서 잘 아십니까?"

"보충반이라……."

수염을 쓰다듬으며 잠시 생각하던 매극렴이 이내 작게 한숨을 내쉬며 말했다.

"문제아들 집합소지. 그 녀석들은 내 말도 잘 안 듣는다."

"세상에……."

나는 진심으로 놀랐다. 천하의 학생 주임 매극렴한테도 개기는 놈들이 있다니. 그 녀석들은 목숨이 여럿인가?

"왜 지금까지 살려 두셨습니까?"

"……시비 거는 거냐?"

"그럴 리가요."

눈썹을 한번 크게 꿈틀거린 매극렴은 이내 한숨을 내쉬며 대답했다.

"그 녀석들이 문제인 건 각 학년에서 낙제생이기 때문이다. 하지만 나는 생활 지도를 할 뿐, 성적과 관련된 부분은 신경 쓰지 않는다. 셋 다 그런 쪽으로는 사고를 거의 안 치는 아이들이지."

"……."

"헌원강이 가끔 사고를 치고 다닌다만…… 그 나이에 사내애들끼리 싸움질이야 어쩔 수 없는 일 아니냐."

학관에서 술 마시고 연초를 태우고 불순 이성 교제를 하는 건 안 되지만, 애들 패고 다니는 건 별로 상관없다는 이야기였다. 무공을 배우는 학관이라 그런지, 매극렴도 묘하게 그런 부분에 관대한 편이었다.

"학관으로선 안타까운 일이다. 재능은 셋 모두 출중한데 도통 열심히 배우려 하질 않으니 말이야……."

그렇게 말한 매극렴은 그제야 생각났다는 듯 내게 물었다.

"그렇군. 이번에 네가 보충반을 맡게 되었지?"

"예."

"흐음. 일단 그 셋을 한자리에 모으는 것부터가 쉽지 않을 게다."

매극렴은 현재 보충반 인원이 총 세 명이라고 내게 알려 주었다.

4학년 거상웅. 3학년 헌원강. 2학년 여민.

이 세 명이 청룡학관의 낙제생들이자, 앞으로 내가 담당하게 될 보충반 학생들이었다.

"거상욱과 여민은 방학 동안 집에 돌아가 있으니 한 달은 지나야 올 것이고, 헌원강은 기숙사에 머문다."

"혹시 학생들 처처를 다 기억하고 계신 겁니까?"

"다는 아니고…… 그 아이들은 특히 더 신경이 쓰이는 녀석들이라 기억하고 있지."

말은 저렇게 하지만, 나는 매극렴이 거의 모든 학생의 거처를 알고 있을 거라고 확신했다.

"그 세 명에 대해서 아는 대로 좀 얘기해 주실 수 있습니까?"

"그리 많이 알지는 못한다만……."

많지 않다는 이야기는 한 시진을 훌쩍 넘어갔고, 나는 보충반의 세 문제아에 대해서 상당히 많은 정보를 얻을 수 있었다.

"……들어 보니 셋 다 만만한 녀석들은 아니네요."

매극렴이 어두운 표정으로 고개를 끄덕였다.

"지금까지 여러 강사가 그 녀석들을 가르치려 시도했다가 학을 떼고 포기했다. 남궁수가 괜히 너한테 보충반을 맡긴 것이 아니야."

그러나 매극렴이 그렇게 말할수록, 내 의욕은 더욱 불타올랐다.

'어중간한 녀석들보다 재능 있고 말 안 듣는 녀석들이 훨씬 낫지.'

없는 재능은 만들어 줄 수 없지만, 말 안 듣는 녀석들은 잘 듣게 만들 수 있으니까.

"뭔가 생각해 둔 방법이라도 있느냐?"

"머릿속에 몇 가지 떠오르긴 하는데……. 일단 직접 만나 보고 결정해야겠네요."

나는 보충반의 문제아 세 명을 한 명씩 만나 보기로 했다.

'우선은…… 그나마 아는 얼굴부터 시작하는 게 좋겠지.'

나는 빠르게 첫 번째 공략 대상을 정한 후 매극렴에게 물었다.

"할아버님. 혹시 헌원강이 사는 기숙사 방이 어딘지 알고 계십니까?"

"구십치일……."

헌원강은 땀을 뻘뻘 흘리며 한 손, 그것도 한 손가락만으로 팔굽혀펴기를 하고 있었다. 팔이 부들부들 떨렸다.

"구십파알……."

기숙사 방바닥은 이미 땀으로 흥건했다. 그는 상반신을 탈의한 채로 팔굽혀펴기를 반복하고 있었는데, 구릿빛의 근육질 몸이 땀으로 번들거렸다.

"구십구……. 배액……!"

기어이 백 개를 다 채운 헌원강은 곧바로 팔을 바꿔 팔굽혀펴기를 시작했다. 그렇게 도합 이백 개의 팔굽혀펴기를 채운 후, 헌원강은 벽에 기대어 주저앉았다.

"후우……. 후우……."

몸에서 김이 피어오를 지경이었다. 헌원강은 침상에 걸려 있는 수건으로 대충 땀을 닦아 낸 후 아무 데나 던졌다. 누구도 성격 더러운 망나니와 같은 방에서 지내고 싶어 하지 않았기에, 본래 4인 1실로 사용하는 기숙사 방은 방학이 되자마자 그의 독실이 되었다.

'덕분에 아무한테도 방해 안 받고 좋지.'
헌원강은 며칠 전에 있었던 백수룡과의 외공 대결을 머릿속으로 복기했다.
'빌어먹을 자식!'
요즘 헌원강이 혼자 방에 틀어박혀 외공 수련에 몰두 중인 이유였다.

―여러분은 이각 동안 외공만 사용하여, 절 여기서 한 발자국이라도 나가게 하면 됩니다.

기생오라비처럼 생긴 허여멀건한 데다가 재수 없게 웃는 낯짝. 처음 만났을 때부터 마음에 안 들었다. 그래서 한 방 제대로 먹여 줄 생각으로 덤볐다. 고작해야 원 밖으로 밀어내는 것 따위야 간단하다고 생각했으니까. 하지만.

―그래. 네가 처음일 줄 알았다.

백수룡은 마치 자신의 생각을 읽었다는 듯 씩 웃더니, 뭐가 뭔지도 모르는 사이에 자신을 바닥에 내리꽂았다.
콰아앙! 머릿속에 새하얗게 변할 정도의 고통.
그러나 그 뒤에 일방적으로 농락당한 것을 생각하면 아픔 따윈 아무것도 아니었다. 아무리 덤벼도 백수룡을 원 밖으로 밀어낼 수 없었다. 혼자서 덤빈 것도 아니고, 저 싸가지 없는 팽사혁과 함께 덤볐는데도 실패했다.
뿌드득…….
이를 간 헌원강은 자리에서 일어났다. 비무대 바닥에 가상의 원을 그리고, 그 안에서 자세를 취하며 중얼거렸다.

"이렇게 ……였나?"

헌원강은 백수룡이 원 안에서 취하던 자세를 어설프게 흉내 내기 시작했다. 그는 어릴 때부터 웬만한 초식은 한 번만 보고도 따라 할 수 있었다.

'아니야. 이게 아니야.'

하지만 지금 따라 하는 동작은 좀처럼 마음에 들지 않았다. 몇 번이나 자세를 조금씩 바꿔 봐도 영 어색하고 불편했다. 하지만 헌원강은 쉽게 포기하지 않았다. 지금까지 그를 가르쳤던 강사들이 보면 깜짝 놀랄 정도의 집중력을 보여 주었다.

'그 자식. 언젠가 한 방 먹여 주겠어.'

헌원강은 눈을 감았다. 그러자 머릿속에 있던 백수룡의 움직임이 더욱 선명하게 그려졌다.

천천히, 천천히……. 몸을 움직여 가며 그날 백수룡이 학생들의 공격을 피하고 막고 반격하던 움직임을 재현해 보았다.

그렇게 약 일각 후……. 헌원강은 번쩍 눈을 뜨며 신경질적으로 소리쳤다.

"젠장! 왜 제대로 안 되는 건데!"

누군가에게 물어본 것이 아니라 답답해서 외친 말이었다. 설마 등 뒤에서 대답이 돌아올 줄은 상상도 못 하고 있었다.

"내가 알려 줄까?"

"누가 알려 준다고 될…… 으허어억! 씨벌 뭐야!"

갑자기 뒤에서 들려온 목소리에, 깜짝 놀란 헌원강이 비명을 지르며 돌아섰다.

기숙사 창문에 백수룡이 거꾸로 매달린 채로 그를 보며 히죽 웃고 있었다.

54화
넌 천재다

"으허어억! 씨벌 뭐야!"

내 목소리에 깜짝 놀란 헌원강이 벽으로 후다닥 물러나더니, 눈을 크게 뜨고 나를 바라봤다.

나는 헌원강에게 씩 웃어 주며 말했다.

"몰래 수련이라니. 기특한 짓을 하고 있었네?"

"배, 백수룡?"

그제야 날 알아본 녀석의 입에서 멍청한 중얼거림이 새어 나왔다.

"미친······. 지금 뭐 하는 거야?"

"앞으로 담당할 학생을 만나러 왔지."

휘익! 나는 반쯤 열려 있던 기숙사 창문을 완전히 열고 방 안으로 들어갔다. 방 안을 슥 둘러보자 헌원강이 평소에 어떻게 하고 사는지 대충 짐작이 되었다.

"쯧쯧······."

여기저기 아무렇게나 흩어진 옷가지. 곳곳에 먹다 남긴 음식들. 숨긴다고 숨긴 것 같지만 구석구석 보이는 술병들. 청소는 언제 했는지, 시큼한 땀 냄새가 방 안에 진동했다.

나는 코를 틀어막으며 인상을 찌푸렸다.

"수련하는 건 좋은데. 좋은 수련장 두고 꼭 방에서 해야겠냐? 할 거면 환기라도 좀 제때 하든가."

"……나가."

정신을 차린 헌원강이 나를 잡아먹을 듯한 눈빛으로 노려보며 말했다. 하지만 학관에 다니는 동년배 애송이들이라면 모를까, 내가 저놈 눈빛에 쫄 이유는 없었다.

"흐음……"

나는 턱을 긁적이며 땀으로 번들거리는 헌원강의 상반신을 느긋하게 감상했다.

"매일 술 처먹고 다니는 것치곤 제법 봐줄 만한 몸이군."

"내 말 못 들었나? 당장 내 방에서 꺼지라고!"

내가 자기 말을 무시하고 몸을 빤히 바라보자, 헌원강이 옷가지로 자신의 가슴을 급히 가리며 버럭 소리를 질렀다.

"꺼지라니. 선생님한테 말이 심하네."

"창문 넘어서 기숙사 방에 몰래 들어오는 인간이 무슨 선생이야!"

그 말에도 일리가 있었지만, 나는 깔끔하게 무시하고 의자 하나를 가져와 앉았다. 그리고 진지하게 말했다.

"원강 군. 보충반 면담이다. 일단 거기 좀 앉아 봐."

"앉길 뭘 앉아! 남의 방에 쳐들어와서 자기 방처럼 굴지 말라고! 그리고 내 이름은 원강이 아니라 강(强)! 외자다!"

"……원래 이렇게 말이 많았냐?"

"젠장! 닥치고 내 방에서 나가!"

이렇게 수다스러운 녀석이었나 싶을 정도로 헌원강은 순식간에 많은 말을 쏟아냈다. 그 대부분이 나에 대한 욕설과 저주였지만, 그럴수록 내 입가에는 미소가 맺혔다.

'수련하는 모습을 들킨 게 부끄러운가 보군.'

인간은 당황했을 때 평소 숨겨 둔 모습을 드러낸다. 그래서 나는 일부러 헌원강을 놀라게 했고, 말로 툭툭 건드려서 도발하는 중이었다. 헌원세가의 망나니라는 겉모습 뒤에 숨겨진 진짜 모습을 보고 싶었으니까. 덕분에 이 녀석의 진짜 성격을 조금씩 알 수 있을 것 같았다.

"이봐, 수다쟁이 소년. 아까 바퀴벌레라도 본 소녀처럼 꺄아아악! 소리 지르면서 벽까지 달라붙던데. 원래 겁이 많은 편인가?"

"닥쳐! 내가 언제 꺄아아악! 하고 소리를 질렀다는 거야!"

"어머머멋!이었나?"

도발이 좀 과했는지, 헌원강의 두 눈이 살기를 뿜어 내기 시작했다. 누가 광마와 같은 핏줄 아니랄까 봐 조금 놀렸다고 눈깔이 뒤집히기 직전이다.

"죽인다……!"

"워워. 그만할 테니 진정해. 오늘은 그냥 얘기나 좀 하러 온 거야."

나는 두 손을 들어 올려 싸울 의사가 없음을 보였다. 헌원강은 한동안 혼자 씩씩대더니 결국 내 맞은편에 털썩 앉았다.

"빌어먹을. 대체 여기에 온 목적이 뭐야?"

"들었는지 모르겠는데, 올해부터 내가 보충반 담임이 됐다."

"그래서?"

"보충반 담임으로서 학생을 보러 온 거야. 3학년에서 유일한 낙제생 헌원강. 수업 진도를 따라가는 데 어려운 점이 있으면 기탄없이 말해 보도록."

"그딴 거 없으니까 꺼져."

헌원강은 코웃음을 쳤다. 충분히 예상했던 반응이었기에 나는 개의치 않았다. 애초에 이 녀석이 내게 솔직하게 자기 고민을 이야기할 리 없으니까.
"아까 내 자세를 흉내 내면서 왜 제대로 안 되는지 물어봤지?"
"……물어본 적 없어. 당신이 멋대로 들어와서……."
"알려 주지."
자리에서 일어난 나는 주변에 걸리적거리는 옷가지들을 걷어차 공간을 만들고, 헌원강이 따라 하려다 실패했던 준비 자세를 취했다.
"잘 봐라."
"…….."
말은 퉁명스럽게 해도 궁금하긴 한 모양. 빽빽거리던 헌원강이 입을 꾹 다물고 나를 바라봤다. 나는 헌원강이 보는 앞에서 녹림십팔식으로 기반으로 한 몇 가지 자세를 시연해 보였다. 짧은 시연이 끝난 후, 나는 알쏭달쏭한 표정을 짓고 있는 헌원강에게 물었다.
"너와 나의 차이를 알겠나?"
"…….."
"첫 번째는 유연성 문제다. 몸에 근육만 많다고 좋은 게 아냐. 내 동작을 흉내 내기엔 넌 아직 유연성이 부족해."
"유연성 훈련이라면 평소에 충분히 하고 있어."
"그 정도로는 부족해."
무공에 필요한 유연성은 허리를 완전히 뒤로 꺾거나, 작은 상자 속에 몸을 구겨 넣는 기예단 수준으로 훈련할 필요는 없다. 오히려 지나치게 몸이 유연하면 몸을 망치기도 한다. 자신의 유연성만 믿고 무리한 자세를 자주 취하다간 근육이 찢어지기 때문이다.
"하지만 네 경우엔 유연성을 좀 더 기를 필요가 있다. 다리 찢기는 할 수 있나?"
"……대충은."
애매한 대답이었지만, 헌원강이 대답을 했다는 것 자체로 의미가 있었기에 나는 고개를 끄덕였다.

"그럼 두 번째는 차이점은 눈치챘나?"

"……전에 본 것과 팔과 다리의 위치가 조금 다르던데."

역시. 내 예상대로 이 녀석은 무공을 보는 '눈'이 좋았다.

"맞아. 사람마다 성격이 다르듯 타고난 몸의 형태와 성질이 다르다. 같은 자세라도 자신의 몸에 맞게 교정이 필요하지. 방금 내 자세는 네가 날 흉내 낸 것을 다시 내가 따라 한 거다. 이렇게 보니 어디가 어색한지 좀 더 잘 알겠지?"

내 친절한 설명에 헌원강은 멍청한 얼굴로 나를 바라봤다.

"……잠깐 본 것만으로 그게 가능하다고?"

"눈이 좋으면 가능해. 너도 연습하면 할 수 있다."

"……."

사실은 눈만 좋다고 바로 따라 할 수 있는 건 아니다. 내가 헌원강의 자세를 순식간에 따라 할 수 있는 건, 녹림투왕 맹호악이 남긴 녹림십팔식을 수련했기 때문이었다.

―흐흐. 애송아. 외공은 뼈와 근육, 오장육부를 모두 다루는 공부다. 무식하게 근육만 키운다고 다가 아니란 말이지.

―무식하게 근육만 큰 네가 말하니 설득력이 무척 떨어지는군.

―내가 말할 땐 광마 저 새끼 입 좀 막아 주면 안 되냐?

……어쨌든. 맹 사부는 육체를 다루는 데 있어서만은 천하제일의 경지에 이른 인물이었다. 그는 가만히 앉아서 뼈와 근육의 위치를 마음대로 바꿀 수 있었다. 내공을 이용한 역골공이나 특수한 약물이 필요한 대법을 사용한 것이 아니라, 오직 자신의 의지만으로 말이다.

-크하하! 봤냐! 거시기랑 부랄 두 쪽이 쏙 들어갔지! 이게 바로 외공이다!

……왜 이딴 기억이 떠오르는 건지 모르겠지만 어쨌든.
그런 맹 사부가 만든 뇌옥에서 수십 년의 세월을 바쳐 만든 무공이 녹림십팔식이다. 맹 사부는 녹림십팔식이 경지에 이르면 육체의 자가 회복력이 수십 배로 증가하고, 추위와 더위가 몸을 해하지 못하는 한서불침, 신체가 금강석처럼 단단해지는 금강불괴에 도달할 수 있을 거라고 확신했다.
'……그러려면 녹림십팔식만 수십 년은 수련해야겠지만.'
나는 헌원강에게 녹림십팔식을 본격적으로 전수할 생각은 없었다. 하지만 천무제 우승을 위해, 도법을 익히는 데 도움이 되는 몇 가지 동작 정도는 가르쳐 줄 의향이 있었다.
이 녀석의 재능이라면 그 정도만 가르쳐도 날아오를 것이다.
"자. 일어서서 날 따라 해 봐. 처음에 보폭은 이 정도. 두 팔은 자연스럽게 늘어뜨리고……"
"이, 이렇게?"
헌원강은 잠시 뭔가에 홀린 듯이 내 동작을 따라 하다가, 돌연 미간을 찌푸리고는 나를 사납게 노려봤다.
"빌어먹을. 내가 이딴 걸 왜 따라 해야 하지?"
"잘 배우다가 왜 이제 와서 딴소리야?"
"당신이 멋대로 가르친 거지. 난 벌써 흥미가 식었어."
헌원강은 킥킥 웃으며 한쪽 입꼬리를 비뚜름하게 올렸다.
"당신이 가르치는 싸구려 무공 따위. 관심 없거든."
다른 강사들 같았으면 여기서 열불이 터졌으리라. 하지만 나는 그저 물끄러미 헌원강의 눈을 바라봤다. 조금 전부터 녀석의 눈빛이 거칠게 흔들리고 있었다.

"왜 거짓말을 하지? 배우고 싶잖아. 따라 하고 싶어서 손발이 근질근 질하면서. 왜 결정적인 순간에 물러나지?"

"……개소리. 난 당신이 가르치는 무공 따위에 관심 없어."

"무공에 관심이 없다는 녀석이 방에서 쉰내가 풀풀 날 정도로 몸을 단련하고 있었군. 거참 설득력 있네."

얼굴이 붉어진 헌원강이 이를 악물고 나를 노려봤다.

"……내가 무공을 배우든 말든 당신이 알 바 아니야. 이젠 내 방에서 꺼져 줬으면 좋겠군."

"하북팽가 때문인가?"

내 한마디에 헌원강의 표정이 딱딱하게 굳었다. 동시에 서서히 피어오르는 살기. 나는 개의치 않고 이야기를 계속했다.

"얘기는 대충 알고 있다. 너희 헌원세가와 하북팽가의 관계."

이곳에 오기 전 매극렴에게 들은 이야기.

수십 년 전, 헌원세가에 커다란 변고가 있었다. 하루아침에 세가의 가주를 포함한 고수들이 몰살을 당한 것. 그 후 헌원세가는 몰락의 길을 걸었고, 그때 가장 먼저 그들에게 도움의 손길을 뻗은 것이 하북팽가였다. 도의 명문으로 최고의 자리를 놓고 다투던 두 가문은 원래 왕래가 잦았다. 그래서 하북팽가가 헌원세가에 막대한 경제적 원조와 유실된 무공의 복원을 돕겠다고 나섰을 때, 온 정파 무림이 그들에게 박수를 보냈다. 하지만…….

'잘못된 선택이었지.'

무림에 이유 없는 선의는 없다. 그로부터 수십 년이 지난 지금, 헌원세가는 하북팽가의 속가나 다름없는 신세가 되어 있었다. 그리고 그 족쇄에 손발이 묶여 있는 것이 바로 헌원강이라는 천재였다.

"선생이라고 해서, 내가 못 벨 것 같나?"

나직한 목소리는 공격을 앞두고 몸을 낮춘 맹수의 으르렁거림 같았다. 아까와는 차원이 다른 살기. 가문의 치부를 건드리자, 헌원강은 한쪽에 놓여 있던 도를 움켜쥐며 나를 노려봤다.

하지만 나는 하려는 말을 멈추지 않았다.

"무공을 익히는 게 어차피 의미 없다고 포기한 거라면, 익혀 봤자 결국엔 팽가의 종놈이 될 인생이라고 생각해 포기한 거라면, 넌 정말 멍청한 놈이야."

"뭘 안다고 함부로……!"

"헌원강! 네 재능은 고작 그 정도가 아니다."

당장이라도 내게 달려들 것 같았던 헌원강이 제자리에 멈춰 섰다.

거칠게 흔들리는 눈빛.

나는 녀석을 똑바로 바라보며 말했다.

"넌 천재다. 허울만 남은 가문의 변변치 않은 무공을 익히고도 청룡학관에 입학할 정도로. 매일 술 처먹고 신세 한탄이나 하면서 설렁설렁 익힌 무공으로 죽어라 노력하는 녀석들을 쥐어팰 정도로. 한 번 본 내 동작을 어설프게나마 따라 할 수 있을 정도로 천재다."

당근과 채찍. 가장 단순하지만 언제나 효율적인 방법이다.

헌원강은 당황한 기색을 숨기며 퉁명스럽게 말했다.

"그딴 말로 꼬드긴다고……."

"팽사혁 때문이냐? 네가 무공을 제대로 익히지 않으려는 이유."

"!"

예상치 못한 나의 기습에 헌원강이 숨을 흡! 하고 들이쉬며 눈을 부릅떴다.

"무, 무슨. 말도 안 되는……!"

녀석은 뒤늦게 부정했지만, 이미 그 표정에 모든 것이 드러나 있었다.

'역시 그랬군.'

나는 헌원강을 향하던 팽사혁의 눈빛을 떠올렸다. 조롱과 멸시 속에 숨어 있던 질투와 경계심.

두 가문의 관계, 그리고 나이대가 비슷한 두 소년이 자주 비교됐을 거란 사실을 생각하면, 헌원강이 낙제생이 된 이유를 짐작해 볼 수 있었다. 그리고 짐작은 방금 헌원강의 반응으로 확신이 되었다.

"네가 팽가의 소가주보다 훨씬 강해진다면 팽가의 눈에 거슬리겠지. 그게 가문에 누가 될까 봐 무공을 제대로 안 익힌 건가……. 아니면 팽사혁한테 직접 협박이라도 당했나?"

"닥쳐! 그딴 개소리를 누가 믿는다고……."

"……맞나 보군. 지금까지는 아무도 눈치챈 사람이 없나 본데. 너 재수도 없게 나한테 걸렸구나."

이 몸이 눈치로 혈교에서 수십 년을 버틴 인간이거든.

내가 씩 웃으며 헌원강이 바라보자, 녀석이 다시 사납게 으르렁댔다.

"빌어먹을. 갑자기 나타나서 개소리나 지껄여 대고……. 나한테 관심 끄고 꺼져!"

"마지막으로 한 가지만 말하마."

이어진 내 말은 날카로운 비수가 되어 헌원강의 심장을 찔렀다.

"네가 지금처럼 팽사혁의 눈치나 보면서 살면, 헌원세가는 앞으로도 팽가에 목줄 매인 개처럼 지내게 될 거다."

"주둥아리 닥쳐!"

내 말은 명백히 도를 넘었고, 그 순간 헌원강이 벼락처럼 도를 뽑아 휘둘렀다. 그 궤적은 내가 지금껏 본 헌원강의 공격 중 가장 훌륭했지만, 미리 예상하고 있었던 나는 검집을 들어 그 공격을 간단히 막았다.

까앙!

"하지만 네가 지금이라도 정신을 차리고 내게 무공을 배운다면."

"닥치라고!"

도를 놓은 헌원강이 내게 달려들었다. 그 움직임에는 내가 방금 가르친 요령이 깃들어 있었다.

'역시 천재로군.'

하지만 덜 여문 천재다. 우리는 순식간에 몇 합을 주고받았고, 나는 헌원강을 바닥에 때려눕혔다.

콰앙!

"커헉!"

나는 쓰러져서 고통스러워하는 녀석을 억지로 일으켜 세웠다. 그리고 눈을 똑바로 마주 보며 말했다.

"정신 차리고 내게 무공을 배운다면, 헌원세가를 천하제일도문으로 만들 수 있을지도 모르지."

너한텐 그 정도의 재능이 있다. 광마의 진전을 고스란히 이을 수 있는 재능이 말이야.

"젠장······. 아까부터 뭔 개소리를 지껄이는 거야······."

헌원강을 코피를 흘리고 한참 씩씩거리며 날 바라봤다. 녀석은 결국 말로도 실력으로도 날 당해낼 수 없다는 사실을 깨닫고는 다른 방법을 선택했다. 도망이라는 방법을.

"그쪽에서 안 나가겠다면 내가 나가지."

몸을 돌린 헌원강은 방문을 거칠게 닫으며 나갔다.

콰앙! 나는 굳게 닫힌 문을 바라보며 혀를 찼다.

"문 좀 닫았다고 내가 포기할 것 같냐."

나는 헌원강이 닫고 간 문을 다시 열었다. 복도 저 멀리 작아지는 녀석의 뒷모습이 보였다. 따라가서 더 설득할까 하다가, 오늘은 스스로 생각할 시간을 주기로 했다.

"이 정도면 불씨는 지핀 셈이니까."

55화
불가능한 일

헌원강과 헤어진 후, 나는 약속 장소로 향했다.
출근 첫날 일과가 끝난 후 악연호, 명일오와 단골 객잔에서 만나기로 미리 약속을 잡았던 것이다.
"형님……."
"살아 계셨군요……."
"으음?"
나는 객잔에 먼저 와 있는 두 녀석의 몰골을 보고 고개를 갸웃거렸다. 둘 다 한나절 만에 녹초가 돼 있었던 것이다.
"도대체 무슨 일이 있었던 거야?"
"말도 마요. 선우진 그 인간. 사람을 첫날부터 얼마나 부려먹는지."
"이쪽도 마찬가집니다. 출근 첫날부터 왜 이렇게 갈궈 대는지……. 하……. 나이 차이도 얼마 안 나는 게……."
둘 다 선임 강사한테 초반부터 제대로 군기를 잡힌 모양. 하지만 본래 직장 생활은 그런 법이다.
나는 엄살을 부리는 두 녀석에게 피식 웃으며 말했다.

"그럼 나랑 바꿀래?"

"……아니요."

내 한마디에 두 녀석의 불만이 쏙 들어갔다. 아무리 둘의 선임 강사가 무섭다고 해도, 짬밥부터 무공까지 내 외조부에 대적할 수 있는 사람은 청룡학관에 없었다.

"너희들은 복 받은 줄 알아. 나는 못난 아버지 때문에 오늘도 목숨이 몇 번이나 왔다 갔다 했다, 이 말이다."

"형님처럼 당당한 불효자는 처음 봐요."

"그러게 학관 다닐 때 잘했어야지."

내가 두 녀석과 무용담 늘어놓듯 오늘 누가 더 힘들었나 떠들고 있을 때, 뒤쪽에서 다 죽어가는 여인의 목소리가 들려왔다.

"여기들…… 계셨네요……."

"제갈 소저?"

털썩. 제갈소영이 우리가 있는 탁자에 쓰러지듯 앉았다. 대체 무슨 일을 겪고 온 건지 낯빛이 시체처럼 창백하고, 초롱초롱하던 눈동자는 게게 풀려 있었다.

"제갈 소저? 괜찮소?"

"……여기 죽엽청 하나 주세요."

일단 술부터 주문한 제갈소영은, 죽엽청이 도착하자마자 병째로 나발을 불었다. 꿀꺽꿀꺽. 단숨에 죽엽청 한 병을 비워 버린 그녀가 탁자 위에 탕! 소리 나게 빈 병을 내려놓았다. 우리 셋은 그 박력에 찔끔 놀라 어깨가 움츠러들었다.

"남궁 오라버니요. 완전히 일에 미친 사람이에요!"

참고로 그녀는 범생이 같은 외모와 달리 엄청난 술고래다.

"어떻게 사람이 혼자서 그 많은 일을 다 해요? 조금만 도우라고? 그게 어떻게 조금이야! 방에 서류가 발에 치여서 걷기도 힘든데!"

우리는 얌전히 제갈소영의 한탄을 들었고, 그녀는 '그러니까 남궁수는 일에 미친 놈이다.'라는 결론에 몇 번이나 이르렀다.
"오늘은 첫날이니 빨리 퇴근시켜 준다고 한 게 이 시간이라니까요!"
"······고생하셨군요."
"어쩌다 그런 놈한테 걸려서······."
"자자, 술이나 한잔 더 마십시다."
최종 실기시험이 끝나고 최종 합격자가 발표될 때까지, 제갈소영이 종종 나를 찾아와 이야기를 나누면서 우리는 제법 친해졌다.
대화의 주제는 대부분 그녀의 전공인 무림사와 세외무공, 수백 년 전 사라진 천마신교와 그 후예인 혈교의 몰락 이유, 영물과 영수 등등 무척 다양했다. 그동안 지적인 대화가 통하는 상대가 몇 없었는지, 그녀는 나와의 대화를 무척 즐거워했다. 물론 나도 꽤나 즐거웠고.
"······죄송해요. 제가 너무 제 얘기만 했죠?"
잠시 후, 흥분을 가라앉힌 제갈소영이 뒤늦게 얼굴을 붉히며 말했다. 나는 피식 웃으며 그녀의 잔에 술을 따라 줬다.
"괜찮소. 언제는 뭐 안 그랬나."
"너무해······."
내 놀림에 제갈소영이 입술을 삐죽 내밀며 나를 흘겨봤다.

[그냥 방을 잡아라! 방을!]
[둘이서 알콩달콩 아주······.]

전음으로 들려오는 두 녀석의 헛소리는 가볍게 무시했다.
그때 악연호가 이제 막 생각이 났다는 듯 물었다.
"아, 그러고 보니 형님. 보충반 맡기로 한 건 어떻게 됐어요?"
"마침 오늘 헌원강을 만나고 왔는데."

나는 헌원강과 만나서 한 이야기를 적당히 걸러서 들려주었다.

"무공이 강해져 봤자 팽사혁을 자극하기만 할 뿐이라고 생각한 것 같더군. 훗날 팽가 가주의 심기를 거슬렀다간 좋은 꼴을 못 볼 테니까. 그냥 적당한 수준에서 포기한 거지."

"……."

내 말이 끝나자 제갈세가 출신인 제갈소영과 산동악가 출신인 악연호의 표정이 굳었다. 반면 명일오는 이해할 수 없다는 표정으로 내게 말했다.

"설마요. 오대세가쯤 되는 가문의 소가주가 그런 일로 치졸하게……."

"충분히 가능한 일이에요."

당대에는 오대세가와 어깨를 나란히 할 정도로 명성을 떨치고 있는 산동악가. 그 가문의 아들인 악연호가 씁쓸한 표정으로 술잔을 비우며 말했다.

"정파가 말처럼 정의로운 협객들로 가득한 곳이면 얼마나 좋겠어요. 하지만 그들이 자신의 위치를 지키기 위해 하는 짓을 알면……."

악연호는 잔에 남은 술을 한입에 털어 넣었다. 술이 쓴지, 미간을 찌푸리며 나직이 욕설을 내뱉었다.

"젠장. 술맛만 버렸네."

그 모습을 물끄러미 보던 제갈소영이 입을 열었다.

"인정하긴 싫지만…… 헌원강, 아니 헌원세가 입장에선 눈치를 볼 수밖에 없는 상황이긴 해요."

"어째서입니까?"

명일오의 질문에 제갈소영은 손가락으로 술잔을 만지작거리며 말을 이었다.

"……하북팽가와 헌원세가. 두 가문은 천하제일도문의 자리를 두고 백년 이상 경쟁해 왔어요. 대체로 팽가가 조금 더 위라는 평가를 받긴 했지만, 헌원세가는 항상 그 자리를 위협해 왔죠."

무림사를 전공한 그녀는 여러 무림 세력의 역사와 이해관계에 대해서 해박했다.

"경쟁 관계였지만 두 가문의 사이는 좋은 편이었어요. 자주 왕래하며 서로의 도법도 발전시키고, 종종 혼인으로 관계를 더욱 단단히 했죠. 그때까지만 해도 두 가문의 사이는 좋았는데……."

그녀의 목소리는 점점 작아져, 같은 탁자에 앉은 우리도 집중해야 겨우 들을 수 있을 정도가 되었다.

"헌원세가에서 광마가 나타난 이후로 두 가문의 사이가 틀어졌죠."

"……광마?"

"광마 헌원후."

내게도 너무나 익숙한 이름이었지만, 나는 광마를 역사로 알고 있는 제갈소영에게서 그의 이야기를 듣고 싶었다.

"헌원세가 역사상 최고의 천재. 열여섯에 진천도를 대성하고, 서른이 되기 전에 파천도를 재정립한 인물. 당시 수많은 사람들이 그가 미래의 천하제일인이 될 거라고 말했다고 해요."

내가 아는 인물이 역사 속 인물이 되고, 다른 사람의 입에서 그의 이야기를 듣는 건 묘한 기분이었다.

"하지만 아시다시피 헌원후는 그 끝이 좋지 않았죠. 자신의 무공을 완성하겠다며 백인비무행에 나섰고, 그 과정에서 점점 미쳐가며 수많은 고수들을 죽였어요. 결국 무림맹은 그에게 '광마'란 별호를 붙이고 추살령을 내렸죠."

"……그래서 어떻게 됐습니까?"

악연호의 질문에 제갈소영은 고개를 절레절레 저었다.

"결국 찾지 못했어요. 광마는 흔적도 없이 사라졌죠."

광마는 사라진 것이 아니다. 정확히는 무림맹의 추격을 피해 도망치다, 혈교가 파 놓은 함정에 빠져 뇌옥에 갇혔다. 그 이후 광마의 이야기는 제갈소영보다 내가 더 잘 알고 있었다.

그런데, 나는 여기서 한 가지 궁금한 것이 생겼다.

"헌원세가와 하북팽가의 사이가 틀어진 것이랑 광마가 무슨 연관이 있는 겁니까?"

그에 대한 대답은 육성이 아니라 전음으로 들려왔다.

[당시 광마가 비무행 중에 죽인 사람 중에, 하북팽가의 소가주가 있었어요.]

"……."

악연호와 명일오도 나와 같은 전음을 받았는지, 우리 셋의 눈동자가 동시에 커졌다. 그 순간, 나는 뇌옥에 갇혀있던 광마 사부의 초췌한 얼굴을 떠올렸다.

―나는 내 선택을 후회하지 않는다. 과거로 다시 돌아가도 같은 길을 걸을 것이다.

광마 사부는 종종 그렇게 말했지만, 그런 말을 할 때마다 그의 표정은 회한으로 가득 차 있었다.

―……다만 한 가지 후회는, 가문에 너무 큰 누를 끼쳤다는 것이다.

그리고 가끔, 광마 사부는 온몸에 식은땀을 흘리며 악몽을 시달렸다.

―미안하다. 미안해. 널 죽일 생각은 아니었어…….
―빌어먹을! 대체 어떤 놈이 저런 소심한 놈한테 광마라는 별호를 지어 준 거냐!

짜증 가득한 목소리와 다르게, 염려 가득한 얼굴로 옆방을 들여다보던 맹 사부의 얼굴이 함께 떠올랐다.
그때 제갈소영의 목소리가 나를 다시 현실로 데려왔다.
"결국 그 일로 두 가문의 관계는 돌이킬 수 없을 정도로 틀어졌어요."
한숨을 내쉰 제갈소영이 처연한 표정으로 말을 이었다.
"그런데…… 거기서 끝이 아니에요."
끝이 아니라고?
제갈소영은 이 이상 말을 해야 하나 말아야 하는 잠시 고민하는 눈치였다.
"점소이! 여기 독한 거로 한 병 가져와!"
잠시 후, 제갈소영은 내게 따라 준 독주를 단숨에 들이키더니 "후우……." 하고 길게 한숨을 쉬었다. 독한 주향이 내 얼굴까지 화악 풍겼다. 취기에 붉어진 얼굴로 제갈소영이 말했다.
"딱히 비밀은 아니지만…… 그래도 일단 자리를 옮길까요?"
우리는 방으로 자리를 옮겼고, 제갈소영은 아까 하다 만 이야기를 계속했다.
"광마가 실종되고 약 이십 년 후, 혈교가 망하고 무림에는 태평성대가 찾아왔어요. 그 평화는 지금까지 이어져, 지금의 무림은 수백 년간 가장 평화로운 시기라고 불리고 있죠."
정파 무림의 가장 커다란 적인 혈교가 자중지란으로 사분오열하고 무림맹의 총공격으로 완전히 무너진 후, 무림에는 긴 평화가 찾아왔다.
"하지만 몇몇 문파와 가문에겐 아니었어요. 특히 헌원세가는 광마혈사로 하루아침에 멸문지화를 당할 뻔했으니까요."

"……잠깐만. 무슨 혈사라고?"

"소저. 방금 광마혈사라고 했소?"

"모르고 계셨어요? 낮에 학생 주임 선생님께 들으셨다고……."

"……그렇게 자세한 이야기는 못 들었소."

매극렴에게는 단지 헌원세가에 커다란 변고가 있었고, 그 일로 세가의 주요 고수들이 몰살을 당했다고만 들었다. 내 말에 제갈소영이 고개를 끄덕였다.

"수십 년이 넘은 이야기인 데다, 당시에도 다들 쉬쉬했다고 하니까요. 학생 주임 선생님도 자세한 이야기는 피하고 싶으셨을 거예요."

"난 꼭 들어야겠으니 자세히 이야기해 주시오."

내 표정이 많이 굳었는지, 제갈소영이 내 눈치를 보며 이야기를 시작했다.

"……혈교가 망하고 십 년 후, 실종되었던 광마 헌원후가 헌원세가로 몰래 돌아왔어요."

"……."

치솟은 온갖 의문을 뒤로하고, 나는 일단 제갈소영의 말을 가만히 들었다.

"그때 당시, 헌원세가의 가주는 광마의 동생이었어요. 그는 가문으로 돌아온 형님을 환영하기 위해 가문의 사람들만 조용히 불러들여 연회를 열었어요."

불길한 상상이 피어오른다.

"그 연회 자리에서, 광마는 자신을 환영하기 위해 모인 혈육들을 모조리 참살했어요."

"미친놈……."

"어떻게 인두겁을 쓰고 자기 혈육들을!"

헌원세가가 겪은 비극에 악연호와 명일오가 경악했다. 하지만 나는 아무런 말도 할 수 없었다. 제갈소영이 그런 내 눈치를 보며 말을 이었다.

"워낙 끔찍한 사건이라 쉬쉬하고 있긴 하지만 비밀은 아니에요. 무림사에 조금만 관심이 있으면 알 수 있는 일이죠."

"……그다음엔 어떻게 됐소?"

내 목소리가 조금, 갈라져 나왔다.

"광마는 헌원세가의 자랑인 진천도와 파천도와 비급을 찾아 불태우고, 세가 건물에도 불을 질렀어요. 그 당시 살아남은 사람은 운 좋게 멀리 나가 있던 사람들과 학관에 입학해 있던 학생들이 전부였어요. 사실상 멸문지화를 당한 거죠."

"……."

"그 이후 팽가가 헌원세가에 먼저 도움의 손길을 뻗었고……. 백 선생님? 듣고 계세요?"

나는 눈을 감았다. 제갈소영의 목소리가 점점 흐릿하게 들렸다. 술에 취하지도 않았는데 속이 거북하고 머리가 어지러웠다.

'있을 수 없는 일이야.'

광마가 헌원세가로 돌아와 세가의 고수들을 몰살시켰다니. 절대 불가능한 일이다.

─……가문으로 돌아갈 수 있다면…… 꼭 용서를 빌고 싶구나.

왜냐면 광마는 그날 나랑 같이 죽었으니까.

56화
생각하고 또 생각했다

피를 토하며 무너지던 한 사내의 모습이 기억 속에 생생히 떠오른다.

-쿨럭…….

온몸에 심각한 자상을 입고, 가슴에는 커다란 구멍이 뚫려 있었다. 대라신선이 와도 살릴 수 없는 상태. 그런 꼴을 하고, 광마는 반으로 부러진 도를 지팡이 삼아 다시 일어서려 했다.

-이런 식으로 끝날 수는……. 쿨럭!

또다시 터져 나오는 피. 그 모습을 본 녹림투왕이 다가와 버럭 소리를 질렀다.

-얌전히 있어, 새끼야! 일단 상처부터 막을 테니까!

그제야 자신의 가슴에 뚫린 구멍을 내려다본 광마는 쓴웃음을 지었다.

-……괜찮다.
-육시랄! 괜찮긴 뭐가 괜찮아!
-비켜다오.

갑자기 도를 내던진 광마가 바닥에 무릎을 꿇었다. 깜짝 놀란 녹림투왕이 옆으로 물러섰다.
광마가 목이 메어 갈라진 목소리로 입을 열었다.

-아버님. 어머님. 형님. 동생들. 그리고 피를 나눈 가족들…….

광마는 천천히 절을 올리기 시작했다. 그 방향은 아마도 헌원세가가 있는 방향이었을 것이다.

-……이번 생에는 여러분이 제게 베풀어 주신 은혜를 갚지 못할 것 같습니다.

고개를 든 광마는 흐린 밤하늘을 바라보며 중얼거렸다. 그의 두 눈에서 피눈물이 흘러내리고 있었다.

-만약 다시 태어날 수 있다면…… 이번 생에 갚지 못한 은혜를 갚겠습니다.
-이 개새끼야! 재수 없게 유언 같은 거 남기지 마! 너 아직 안 뒈졌어!
-어이 산적.
-왜 미친 칼잽이야!

쓰게 웃은 광마의 눈이 녹림투왕에게로, 그리고 나에게로 향했다.

-그동안 고마웠다.
-미친놈이 진짜……. 어이! 정신 차려! 정신 차리라고!
-…….

서서히 흐려지던 광마의 두 눈이 완전히 생기를 잃었다.
털썩. 상처투성이인 몸이 힘없이 옆으로 쓰러졌다.

-으아아아아! 이 개새끼들! 모두 죽여 버리겠다!

그리고 친우를 잃은 녹림투왕의 절규가 전장을 뒤흔들었다.

"……형님. 형님?"
"……."
감았던 눈을 뜨자, 세 사람이 염려 가득한 얼굴로 나를 바라보고 있었다. 과거 속을 헤매고 온 탓인지, 갑자기 현재가 비현실처럼 흐릿하게 느껴졌다.
악연호가 내 표정을 살피며 물었다.
"괜찮으세요?"
"……괜찮아. 오늘 술이 좀 안 받네."
그날 광마 사부는 죽었다. 광마 사부뿐만이 아니라 맹 사부도, 검존 사부도, 은 사부도 모두 내가 보는 앞에서 죽었다. 그리고 그들이 그곳에서 싸우다 죽었다는 사실을 아는 것은 세상에 나 혼자뿐이었다. 어떤 사람들이 혈교를 무너뜨리는 데 가장 큰 역할을 했는지, 그들이 어떻게 죽어갔는지, 무림은 영원히 모를 것이다.

"……미안한데 난 먼저 가 봐야겠다. 너흰 더 마시다 가."

나는 세 사람에게 양해를 구하고 자리에서 일어났다.

"……예, 들어가서 쉬세요."

"……출근 첫날이라 피로가 많이 쌓였을 겁니다."

두 녀석은 눈치껏 고개를 끄덕이고 다시 자리에 앉았는데, 제갈소영만은 안절부절못하는 얼굴로 객잔 밖까지 나를 따라 나왔다.

"혹시 제가 괜한 얘기를 해서……."

"아니오. 정말 몸이 좀 안 좋아서 쉬려는 겁니다."

"마, 많이 안 좋으신가요? 제가 데려다 드릴까요?"

나는 어쩔 줄 모르는 그녀에게 쓴웃음을 지었다.

"미안하오. 잠시 혼자 생각할 시간이 필요해서."

"죄, 죄송해요! 제가 또 눈치 없이……."

"내가 미안하지. 다음에 봅시다."

그녀에게 힘없이 웃어 준 나는 객잔을 나와 혼자 밤거리를 걷기 시작했다.

"……."

걸으며 머릿속으로 천천히 생각을 정리했다.

광마로부터 시작된 헌원세가와 하북팽가의 수십 년 묵은 은원. 그로부터 수십 년 후, 헌원세가로 돌아와 혼자서 세가를 거의 멸문시킨 광마, 아니 광마를 사칭한 자.

'어떤 놈이냐.'

죽은 자가 되살아나지 않는 한, 혈사를 일으킨 자가 광마 본인일 수는 없다. 아니, 죽었다 살아났다고는 해도 광마 사부가 그랬을 리는 없다. 하지만 당시 헌원세가의 가주는 그자를 광마 사부라고 착각하고 사람들을 모아 연회를 열었다고 한다.

'실종되고 수십 년이 지났으니 외모는 적당히 속여 넘길 수 있었겠지.'

하지만 무인에게는 외모보다 더 중요한 것이다. 바로 무공. 외모는 인피면구나 역골공 따위로 흉내 낼 수 있지만, 광마의 고강한 무공은 감히 아무나 흉내 낼 수 있는 것이 아니다.

'즉, 범인은 광마 사부를 흉내 낼 수 있을 정도로 고강한 무공의 소유자라는 뜻이다. 게다가 헌원세가의 무공까지 알고 있어야…….'

여기까지 떠올린 순간, 나는 망치로 머리를 얻어맞은 듯한 충격을 받았다.

"설마……."

이 세상에 그런 일이 가능한 조직은, 내가 알기로 하나밖에 없었다. 청천에게 혈우마공을 배우게 하고, 위지천에게 가짜 무극검을 건넨 자들. 광마 사부의 무공 또한 알고 있으며, 십 년 이상 그를 가둬놓고 그의 모든 것을 빼앗은 자들.

"……혈교."

혈교가 완전히 사라지지 않았다면, 아니 이미 수십 년 전부터 부활할 계획을 꾸미고 있는 중이라면?

'헌원세가에 혈사를 일으킨 건, 그날 우리에게 당한 것에 대한 보복이었을까.'

내 예상이 맞다면, 광마 사부는 죽어서도 눈을 감지 못할 것이다. 결국 자신 때문에 헌원세가가 망해 버린 것과 다름이 없으니까. 그의 기구한 운명에 절로 한숨이 새어 나왔다.

"하아……."

내 예상이 틀릴 수도 있었다. 헌원세가에 개인적인 원한을 가진 자가 광마를 사칭해 꾸민 짓일지도 몰랐다. 하지만 설령 그렇다고 해도 마음이 편해지는 것은 아니다.

─만약 다시 태어날 수 있다면…… 이번 생에 갚지 못한 은혜를 갚겠

습니다.

나는 광마 사부의 마지막을 모습을 떠올리며 걸었다.

-나는 내 선택을 후회하지 않는다.

정파 기준에서 그는 분명 악인이었다. 자신의 무공을 완성하기 위해 수많은 피를 흘렸으니까. 하지만 그렇다고 해서, 자신이 저지르지 않은 죄까지 뒤집어써야 하는가. 역사 속에 영원히 희대의 악인으로 기록되어야 하는가. 빛 한 점 들어오지 않는 뇌옥에 갇혀 수십 년 동안 악몽을 꾼 것으로도, 그 죗값을 치르기엔 부족한 것일까.
동시에 나는 헌원강을 떠올렸다.

-광마? 지금 나보고 한 소리냐?

녀석을 처음 봤을 때, 광마 사부가 환생한 것이 아닌가 싶을 정도로 비슷하다고 느꼈다.

-젠장……. 아까부터 뭔 개소리를 지껄이는 거야?

천재라는 말이 아깝지 않은 재능을 타고났지만 환경 때문에 빛을 발하지 못한 원석.

-나한테 관심 끄고 꺼져!

나는 오랫동안 걸으며, 두 사람에 대해서 생각했다.

· ❖ ·

"끄윽. 물……."

헌원강은 숙취에 지끈거리는 머리를 부여잡으며 잠에서 깼다. 밤새 퍼마신 술 때문에 시야가 빙글빙글 돌고, 축 늘어진 몸에는 힘이 하나도 없었다. 잠깐이라도 운기조식을 하면 숙취를 날려 버릴 수 있겠지만, 굳이 그렇게 할 필요는 느끼지 못했다.

꿀꺽꿀꺽. 찬물을 주전자째로 들이켠 헌원강은 다시 누웠다. 그리고 몇 시진 동안이나 멍하니 천장을 바라보았다.

—넌 천재다.

"미친놈."

허여멀건한 기생오라비의 얼굴이 천장 한복판에 떠올랐다. 갑자기 나타나서 천재니 어쩌니 말하던 정신 나간 신입 강사.

—얘기는 대충 알고 있다. 너희 헌원세가와 하북팽가의 관계.

"알긴 뭘 알아."

정말 안다면 그렇게 함부로 말할 수 없다. 지금의 헌원세가가 팽가에 얼마나 의존하고 있는지, 그들의 한 마디, 기침 한 번에 가문의 어른들이 벌벌 떠는 것을 안다면…….

—무공을 익혀 봤자 결국엔 팽가의 종놈이 될 인생이라고 생각해 포기한 거라면, 넌 정말 멍청한 놈이야.

"닥쳐."

-네 재능은 고작 그 정도가 아니야.

"닥치라고."
　지금까지 자신에게 무공을 가르치려 한 선생은 여럿이었다. 어릴 때부터 재능이 있다는 소리는 자주 들었다. 특별할 것도 없는 이야기. 하지만 죽어라 무공을 익혀 봤자, 결국엔 팽가의 잘 드는 칼이 될 뿐인 운명이다. 그리고 팽사혁 같은 놈에 의해 휘둘러지겠지.

-지금 우리가 가진 무공으론…… 잘해도 절정고수가 한계일 게다.

　이번엔 아버지의 얼굴이 떠올랐다. 나이에 비해 훨씬 늙고 지친 얼굴. 항상 쪼들리는 형편에, 팽가의 당주에게조차 고개를 숙는 헌원세가의 가주.

-파천도, 아니 하다못해 진천도만이라도 완벽하게 복원할 수 있다면…….

　늦은 밤 홀로 술잔을 기울이며 한숨을 내쉬던 아버지의 모습이 보였다. 아버지가 미안한 얼굴로 이쪽을 돌아보았다.

-미안하구나. 네게 해 줄 수 없는 게 별로 없어서…….

"아무것도 해 주실 필요 없습니다."

―청룡학관 생활은 할 만하더냐? 팽가의 소가주랑은…… 잘 지내고?

"예. 지랄 맞게 잘 지냅니다."
 헌원강은 큭큭 웃으며 대답했다. 아버지의 근심 가득한 얼굴이 천천히 사라졌다.
"아버지. 저는 팽가의 충성스러운 개가 될 생각은 없습니다."
 그럴 바엔 그들이 한심하다며 쳐다도 보지 않을 망나니가 되는 것이 낫다.
 그때 사라졌던 백수룡의 얼굴이 다시 나타났다.

―지금처럼 팽사혁의 눈치나 보면서 살면, 헌원세가는 앞으로도 팽가에 목줄 매인 개처럼 지내게 될 거다.

"닥쳐! 닥치라고 좀!"
 헌원강은 자리를 박차고 일어났다. 방안에 계속 있으면 그 재수 없는 인간의 얼굴이 시도 때도 없이 떠오를 것 같았다.
 '나가서 술이라도 한잔 더 해야겠어.'
 대충 옷을 걸쳐 입은 헌원강은 외박계를 쓰고 기숙사를 나섰다.
 오늘은 싸구려 주점에 가서, 아무 생각도 안 날 때까지 진탕 취해 버릴 생각이었다.
 기숙사를 나와 대연무장을 가로질러 터덜터덜 걸어가는데, 등 뒤에서 무언가가 날아왔다.
 휘익! 옆으로 피하고 보니, 돼지 오줌보에 바람을 불어넣어 만든 공이 땅에 부딪혔다가 데구르르 옆으로 굴러갔다.
"죄송합니다!"
 '모여서 축국이라도 하고 있었나.'

그때, 모여 있던 학생들 중 한 명을 본 헌원강의 인상이 잔뜩 구겨졌다.

"어이. 헌원가의 망나니."

팽사혁이 이죽거리며 그를 불렀다. 헌원강은 평소처럼 별다른 대답을 하지 않고 돌아서려고 했다.

"옆에 있는 공 좀 주워 줘라."

"……"

"내 말 무시하냐? 헌원세가가 요즘 먹고살 만한가 보다?"

한숨을 푹 내쉰 헌원강은 옆에 있던 공을 차서 팽사혁이 있는 곳으로 보냈다.

뼈엉! 공은 정확히 팽사혁의 발 앞에 떨어졌다. 그러나 팽사혁은 어이가 없다는 듯 웃었다.

"하. 이 새끼가 장난하나."

그러더니 자신의 발 앞에 놓인 공을 힘껏 걷어찼다.

뼈어엉! 수십 장을 날아간 공은 대연무장을 벗어나 아예 학관 밖으로 날아갔다.

"주인이 부르면 공손하게 두 손으로 갖고 와야지. 가서 다시 가져와."

"……하."

평소 같았으면 무시하고 그냥 갔을 것이다. 욕이나 걸쭉하게 한번 해 주고 자리를 피했을 것이다. 삼 년이나 참아왔으니 그리 어려울 것도 없을 텐데. 하지만 어째서일까.

"하, 하하……. 하하하하!"

"저 자식 왜 저래?"

"아직도 술이 안 깼나 본데."

헌원강은 지금 순간을 도저히 참아 넘길 수 없었다. 삼 년을 참았으니 계속 참을 수 있는 게 아니다. 삼 년이나 참았으니 더 이상은 참을 수 없는 것이다.

돌연 웃음을 멈춘 헌원강이 팽사혁을 불렀다.

"어이 팽사혁."

"……뭐냐?"

스르릉. 도를 뽑아 든 헌원강이 성큼성큼 팽사혁을 향해 걷기 시작했다.

"오랜만에 한번 붙어 보자."

"……뭐?"

"우리 어릴 때 말곤 제대로 붙어 본 적 없잖아?"

헌원강이 사납게 웃자, 팽사혁이 보기 드물게 당황한 얼굴로 그를 바라봤다.

"이게 미쳤나……."

"왜? 쫄리냐? 어릴 때처럼 나한테 지고 울까 봐?"

"……덤벼, 이 새끼야."

잠시 후, 도를 뽑아 든 두 학생이 대연무장 한복판에서 충돌했다.

57화
빗방울이 멈췄다

 철모르던 어린 시절, 헌원강과 팽사혁도 친하게 지내던 때가 있었다.

 -안녕······?
 -안녕!

 두 소년은 동갑이었고, 둘 다 가주의 아들이었으며, 걸음마를 시작하면서부터 목도를 가지고 놀았다는 공통점이 있었다.

 -나랑 대련할래?
 -응! 좋아!

 그 시절 헌원강의 아버지는 종종 아들과 함께 팽가를 찾아갔고, 어린 헌원강은 또래 친구를 만날 수 있다는 사실이 마냥 즐거웠다.
 그때까지만 해도 몰랐다. 헌원세가와 하북팽가가 어떤 관계인지. 아버지가 왜 그리 팽가를 자주 찾아가야만 했고, 돌아올 때마다 깊은 한숨을 쉬었는지를.

　―사혁아! 나 왔어!
　―강아!

　어린 헌원강은 그저 또래 친구를 만나서 놀 수 있다는 사실이 행복했고, 함께 목도를 휘두르며 뒹굴 수 있다는 것이 즐거웠다.

　―아하하! 내가 또 이겼다!
　―우씨! 다음엔 내가 이길 거야!

　대련은 항상 헌원강의 승리로 끝났다. 팽사혁은 질 때마다 씩씩거리면서 다음엔 자신이 이길 거라고 다짐했지만, 헌원강의 눈에는 팽사혁의 공격이 훤히 다 보였다.

　―다음에 또 올게! 그때 또 놀자!
　―빨리 와야 해!
　―응!

　하지만 조금씩 나이가 들면서 헌원강은 뭔가 이상하다는 것을 느끼기 시작했다. 팽가 사람들은 헌원세가 사람들보다 좋은 옷을 입었고, 맛있는 음식을 먹었으며, 일하는 사람도 훨씬 많았다. 하지만 아직 어린 나이에는 그게 뭘 뜻하는지 정확히 몰랐다.
　그렇게 두 소년의 나이가 열한 살이 되었을 때였다.

　―강! 대련하자! 이번엔 내가 이길 거야!

―좋아. 얼마든지 덤벼!

 거의 반년 만에 만난 팽사혁과의 대련은 유독 힘들고 이상했다. 그때 팽사혁은 이미 가문의 절기인 오호단문도를 배우기 시작했고, 내공도 몇 배나 늘어 있었다. 헌원강도 진천도법을 배우기 시작한 시기였지만, 진본이 유실되고 겨우 절반쯤 복원된 진천도로는 오호단문도를 상대할 수 없었다.
 '절대 안 져!'
 하지만 헌원강의 재능은 부족한 도법을 메우기에 충분했다.
 임기응변으로 몇 차례 위험한 공격을 피한 후, 팽사혁의 비어 있는 어깨를 노리고 강하게 도를 휘둘렀다. 하지만 팽사혁도 이번엔 쉽게 물러서지 않았다. 이번에야말로 헌원강을 이기겠다며 공격을 피하기 위해 몸을 틀었고, 반격을 시도하려 했다.
 기합과 함께 두 소년의 공격이 엇갈렸고,

―아악!

 헌원강의 도가 팽사혁의 머리를 때렸다. 부지불식간에 일어난 사고였다. 의식을 잃고 쓰러진 팽사혁의 머리에서 피가 흘렀다. 그 비명을 듣고 팽가의 가신들이 우르르 몰려왔다.

―소가주님!
―공자님!

 두 소년 다 무공이 미숙하던 시절이었다. 하지만 머리에서 피를 흘리는 소가주를 본 팽가의 가신들은 그런 것은 생각하지 않았다.

―감히 소가주님께 살수를 쓰다니!

―은혜도 모르는 놈!

―소가주님께 무슨 일이 생기면 네놈 목숨 하나로 끝날 것 같으냐!

―헌원! 이놈들이 또……!

―빨리 소가주님을 의원으로 데려가라!

자신을 둘러싼 고수들이 내뿜는 살기에, 헌원강은 변명조차 하지 못하고 몸을 바들바들 떨었다. 기절한 팽사혁은 곧바로 의원으로 실려 가고, 잠시 후 하북팽가의 가주와 헌원세가의 가주가 함께 나타났다.

―……네가 내 아들에게 살초를 썼느냐?

헌원강 앞에 나타난 팽가의 가주가 조용히 물었다. 하지만 헌원강은 앞선 가신들보다 그가 몇십 배는 더 무서웠다.

―저, 저는…….

어린 헌원강은 압도적인 공포에 몸을 덜덜 떨었다. 집채만 한 호랑이와 마주친 기분. 말 한마디 잘못했다간 그대로 갈기갈기 찢길 것 같았다.

그때였다.

―가주님!

헌원강의 앞을 가로 막고 선 그의 아버지가, 하북팽가의 가주 앞에 망설임 없이 무릎을 꿇고 고개를 조아렸다.

―죄송합니다. 죄송합니다. 한 번만 용서해 주십시오. 제 아들이 아무

것도 모르고 한 짓입니다.

−…….

지금 생각해 보면, 설마 무릎까지 꿇을 줄은 예상치 못했는지 하북팽가의 가주도 당황했던 것 같다. 그만큼 아버지는 아들을 살리기 위해 필사적이었다.

−가주님. 두 아이가 어렸을 때부터 잘 어울려 지낸 것을 아시지 않습니까.
−……같이 놀아 주었다고 해서, 내 아들이 당신 아들이랑 같다고 생각한 거요?
−아닙니다. 그럴 리가요, 같을 리가요. 모두 제 아들의 잘못입니다.

아버지의 비굴한 모습에 팽가의 가주는 혀를 찼고, 마침 의원으로 실려 간 팽사혁이 무사하다는 소식이 전해졌다. 팽가의 가주는 두 사람이 꼴도 보기 싫다는 듯 축객령을 내렸다.

−돌아가시오. 이번 한 번만 용서해 주겠소.
−정말 감사합니다. 팽가의 자비로움에 정말 감사드립니다.
−다신 그 녀석을 이곳에 데려오지 마시오.
−예. 다시는 공자님 주위에 얼씬도 못 하게 하겠습니다.

집으로 돌아오는 길, 헌원강은 마차에 탄 아버지의 옆얼굴이 십 년은 더 늙어 보인다고 생각했다.

−아버지…….

―아무 말도 하지 마라. 오늘은 좀 쉬고 싶구나.
―……예.

그날 이후, 헌원강은 하북팽가에 놀러 가지 않았다. 팽사혁에게서 여러 차례 편지가 왔지만, 단 한 번도 답장을 보내지 않고 모두 찢어 버렸다. 두 사람이 다시 만난 건, 열다섯이 되어 청룡학관에 입관한 후였다.
"고작 이거밖에 안 되냐?"
팽사혁은 실망 가득한 표정으로 헌원강을 바라봤다. 그의 앞에는 피투성이가 된 헌원강이 무릎을 꿇고 있었다.
"끄윽……."
옷이 여기저기 찢어지고, 입술은 터져서 피가 줄줄 흘렀다. 내상을 입었는지 얼굴색도 새파랗게 질려 있었다. 반면 팽사혁은 소매의 옷자락이 조금 잘려나갔을 뿐, 숨조차 거칠어지지 않은 모습이었다. 이 압도적인 결과 앞에 구경꾼들이 숨을 죽였다.
"저 헌원강이 꼼짝도 못 하고 당하다니……."
"팽사혁이 저렇게 강했어?"
"괜히 오대세가의 소가주겠어? 애초에 우리랑 사는 세계가 다르다고."
"그런데 왜 천무제에는 안 나가는……."
"전부 닥쳐!"
팽사혁의 사자후에 수군거리던 학생들이 입을 다물었다. 지금 팽사혁은 기분이 매우 불쾌했다. 처음으로 헌원강을 이겼지만, 조금도 기쁘지 않았다.
뿌드득. 이를 간 팽사혁이 헌원강을 노려봤다.
"어릴 때랑 똑같을 거라고 생각한 거냐?"
"……."
"네놈이 술 처먹고 돌아다니는 동안 나는 죽어라 무공을 수련했다. 네

놈이 열등감에 젖어 도망치기만 할 때, 나는 더 강해지기 위해 뼈를 깎는 노력을 해 왔다."

"크큭……. 물론 그러셨겠지."

헌원강이 실없이 웃더니 눈을 사납게 치켜뜨며 말했다.

"가문에서 준 비싼 영약을 처먹고, 가문의 최고수들에게 사사하면서, 가주에게만 대대로 전해지는 대단한 무공을 익히면서 노력하셨겠지. 그러고도 나보다 약하면 그게 병신 아니냐?"

독이 배어날 같은 한마디 한마디. 시퍼렇게 뜬 눈에서는 응어리진 분노가 묻어났다.

하지만 팽사혁은 그 모습을 보며 코웃음을 쳤다.

"이 새낀 남들 무공 수련하는 시간에 혓바닥만 단련했나."

"어. 혓바닥 놀리는 데는 영약도 비급도 잘난 가문도 필요 없거든."

"그래서 어쩌라고."

"……뭐?"

팽사혁은 한심하다는 표정으로 헌원강을 바라봤다.

"내가 잘난 가문에서 태어난 거랑 너랑 무슨 상관이냐고."

"너 지금 그걸 몰라서……!"

헌원강이 벌떡 일어나려 했으나, 그 순간 팽사혁의 발이 그의 복부를 걷어찼다.

퍼억!

"끄악! 이 개새끼가!"

복부를 감싸 쥔 헌원강이 얼굴이 시뻘게진 채로 끅끅댔다. 그 앞에 선 팽사혁이 나직한 목소리로 물었다.

"한 가지만 묻자."

"엿이나 먹어라 이 개……."

"네가 나보다 더 강해지면, 내가 가문의 힘으로 헌원세가를 핍박이라도 할 거라고 생각했냐?"

"……."

헌원강은 대답하지 못했다. 그 순간 마주친 팽사혁의 눈에서, 자신에 대한 커다란 분노와 실망이 느껴졌기 때문이었다.

"네 눈에는 내가 그런 놈으로 보였냐?"

"……."

한 번도 직접 그런 이야기를 한 적은 없었다. 하지만 그날 아버지가 팽가에서 겪었던 수모와 서러운 기억. 자신을 쓰레기 보듯 하던 하북팽가의 가신들과 가주의 눈빛. 시간이 지나면 이 녀석도 결국 그들과 똑같아질 거라고 생각했다. 지난 몇 년 동안.

"대답해 봐. 이제 도망갈 데도 없으니까."

팽사혁은 손을 뻗어 산발이 된 헌원강의 머리카락을 꽉 움켜쥐었다. 숨결이 닿을 만큼 가까운 거리. 팽사혁이 이글거리는 눈빛으로 그를 노려보며 물었다.

"내가 정말 그럴 사람으로 보였냐고. 이 씨발 새끼야!"

"……그야 모르지."

퍼억! 얼굴을 얻어맞은 헌원강의 몸이 옆으로 쓰러졌다.

"잘 들어라, 헌원강. 옛 친구로서 마지막으로 해 주는 충고다."

팽사혁의 두 눈에서 불길이 쏟아져 나올 것 같았다. 항상 자신을 피하기만 하던 헌원강이 처음으로 먼저 다가오기에, 뭔가 변한 줄 알았다. 그러나 아니었다. 이 녀석은 열등감으로 가득한, 청룡학관에서도 가장 구제 불능의 열등감 덩어리일 뿐이다.

"다신 내 눈앞에 띄지 마라. 백 장 밖에서도 내가 보이면 알아서 피해. 또 네 면상을 보게 되면……."

팽사혁은 옛 친구에 대한 마지막 남은 감정을 정리하며, 싸늘하게 내뱉었다.

"그땐 진짜로 벌레처럼 밟아 버리고 싶을 것 같으니까."

"……."

"한심한 새끼."

팽사혁은 홱 몸을 돌려 대연무장을 떠났다. 그를 추종하는 학생들, 그리고 구경꾼들도 하나둘 자리를 떴다. 혼자 남은 헌원강은 대연무장 한복판에 대자로 드러누웠다.

"시발……."

졌다. 질 거란 것은 이미 예상하고 있었다. 팽사혁의 말대로 자신이 시간이나 축내며 망나니로 살아가는 동안, 녀석은 오대세가의 후계자에 어울리는 수련을 해 왔을 테니까.

'저 새낀 왜 청룡학관에 들어온 거야?'

다른 오대세가의 후계자들은 모두 천무학관에서 무공을 배우고 있었다. 하지만 팽사혁만은 청룡학관에 입관했다.

당시에 그것만으로도 큰 화제가 돼서, 망해 버린 헌원세가의 후계자 따위가 입관한 것에는 아무도 관심을 주지 않았다.

―헌원강! 오랜만이다!

불현듯 삼 년 전 입관식 날이 떠올랐다. 입관식이 시작되기 전, 멀리서 자신을 발견하고 걸어오던 팽사혁.

―몇 년 동안 뭐 하고 지냈냐? 편지 보냈는데 못 받았어? 너희 집에 놀러 가고 싶었는데 아버지가 못 가게 해서…….

―……꺼져.

―……뭐?

―꺼지라고.

―……야. 넌 그게 오랜만에 만난 친구한테 할 말……. 야! 어디 가!

몸을 돌려 서둘러 자리를 피했다. 팽사혁이 뒤에서 자신을 불렀지만 무시했다. 그렇게 3년을 피해 다녔다. 처음에는 먼저 다가오던 팽사혁도, 헌원강이 자신을 계속 무시하고 피하자 점점 태도가 싸늘하게 변했다.

―어이. 헌원가의 망나니. 오늘도 어디 가서 술 처먹고 왔냐? 술 냄새가 진동을 하는군.
―……남이사.
―한심한 새끼. 평생 그렇게 살 거냐?

헌원강이 점점 안하무인의 망나니가 되어가는 동안, 팽사혁은 동아리 연합회를 장악하고 권력을 움켜쥐었다. 팽사혁은 학생회장 독고준과 함께 청룡학관 최고의 후기지수였다.

다른 점이 있다면, 매년 천무제에 참가한 독고준과 달리 팽사혁은 단 한 번도 천무제에 참여하지 않았다는 것뿐.

'왜 안 나가겠어? 자신이 없으니까 그렇지.'
'천무제에 나가면 곧바로 실력이 들통 날 테니까.'
'여기서나 지가 왕이지. 천무제에 나가면 용봉에도 못 들걸?'

학생들은 천무제에 나가지 않는 팽사혁을 뒤에서 씹어 댔다. 용 꼬리보단 뱀 머리가 되길 선택한 소인배. 청룡학관에 입관한 것도 천무학관에서 치열하게 경쟁하느니, 이곳에서 추종자들을 모아 편하게 왕 노릇을 하려고 온 거라고. 하지만 헌원강은 그럴 리 없다고 생각했다.

'헛소리. 녀석이 경쟁이 무서워서 청룡학관에 들어왔을 리가 없잖아.'
어릴 때도 자신에게 매번 져도 언젠간 꼭 이기겠다며 계속 도전하던 녀석이다. 그런 승부욕을 가진 녀석이, 경쟁이 무서워서 천무학관 대신 청룡학관을 선택할 리가 없었다.

'근데 왜…….'

돌고 돌아 다시 제자리다. 그렇다면 팽사혁은 왜 청룡학관에 왔단 말인가. 그러다 불현듯, 어떤 생각이 들었다.

-네 눈에는 내가 그런 놈으로 보였냐?

'설마 나 때문에?'

말도 안 된다. 겨우 어릴 때 잠깐 친했다는 이유로 자신을 따라 청룡학관에 입관했단 말인가.

-내가 정말 그럴 사람으로 보였냐고. 이 씨발 새끼야!

설마. 그걸 물어 보려고.

"하. 그럴 리가 없잖아……."

헌원강은 대연무장에 누운 채 멍한 표정으로 흐린 하늘을 올려봤다.

툭, 툭툭……. 갑자기 빗방울이 하나둘 떨어지기 시작했다. 빗줄기는 점점 강해지기 시작하더니 이내 소나기가 되어 쏟아졌다.

쏴아아아…….

"……진짜 가지가지 하는군."

비 오는 날 먼지 나게 얻어맞는다는 말은 이럴 때 쓰는 건가. 헛웃음이 새어 나왔다.

"푸흐흐…….."

정말로 개 같은 날이다.

헌원강은 팔로 얼굴을 가려 쏟아지는 비를 막았다. 빗물이 상처로 들어가 온몸이 쓰라렸지만, 지금은 자리에서 꼼짝도 하기 싫었다.

―안녕?
―나랑 대련할래?
―우씨! 다음엔 내가 이길 거야!
―빨리 와야 해!
―아악!

어린 시절의 기억들이 멋대로 떠오른다. 이 기억들이 빗물에 모두 씻겨 내려갔으면. 그리고 나도 이 빗물에 녹아서 없어져 버렸으면. 헌원강이 비를 맞으며 그런 생각을 할 때였다. 갑자기 얼굴로 떨어지던 빗물이 멈췄다.

쏴아아아아······. 빗소리는 여전히 들리고 있었지만, 얼굴에 떨어지던 빗방울은 멈췄다.

그리고.

"여기서 뭐 하고 있나."

머리 위에서 들려온 익숙한 목소리에, 헌원강은 얼굴을 가리고 있던 팔을 내렸다. 한 남자가 우산을 쓰고 그를 물끄러미 내려 보고 있었다.

58화

수라혈천도(修羅血天刀)

우산을 쓴 남자가 물끄러미 헌원강을 물끄러미 내려 보고 있었다.

"헌원강 학생. 여기서 뭐 하고 있냐고 물었다."

무뚝뚝한 것을 넘어 감정이 없는 표정. 잘 빗어 넘긴 머리와 비가 오는 날에도 깔끔한 의복. 좀처럼 빈틈을 찾을 수 없는 느낌의 남자는 청룡학관 유일의 일타강사였다.

"남궁수……."

"뒤에 선생님을 붙이도록."

"……."

미간을 모은 남궁수가 누워 있는 헌원강의 상태를 살폈다.

"여기저기 다친 것 같군. 비무를 했나? 자네를 이 정도로 다치게 할 학생이 많지는 않을 텐데……. 상대가 다수였나?"

"신경 쓰지 말고 가던 길 가십시오."

헌원강은 퉁명스럽게 대꾸했다. 지금은 서로 소 닭 보듯 하는 사이지만 입관 초기에는 남궁수가 자신에게 꽤나 신경을 써 줬던 것을 기억하고 있었다.

―자네는 재능이 있어. 그런데 왜 열심히 수련하지 않나?
―하기 싫으니까요.
―……어째서?
―그냥 싫은 걸 왜냐고 물으면 뭐라고 대답합니까.
―…….

헌원강은 입관 초기부터 삐딱선을 타기 시작했다. 그의 재능이 아까웠던 남궁수는 몇 차례 더 헌원강을 설득하려 해봤지만, 헌원강은 번번이 그를 피하기만 했다. 결국, 남궁수는 헌원강을 가르칠 수 없는 문제아로 분류하고 신경을 껐다. 그에겐 헌원강이 아니더라도 가르쳐야 할 학생이 많았으니까.

"못 본 척 지나가십시오. 바쁘신데 저 같은 거 신경 쓰지 마시고요."

미간을 좁힌 남궁수가 가볍게 혀를 찼다.

"헌원강 학생. 올해로 3학년이지. 열일곱 살이고."

"……."

"무림인이 열일곱이면 자신의 행동과 말에 책임을 져야 하는 나이라고 생각하지 않나."

"……."

"자네는 왜 청룡학관에 입관했지? 부모가 보내서? 졸업장이 필요해서? 남들 다 가니까 따라왔나?"

헌원강은 남궁수를 노려보며 이를 악물었다. 그러나 남궁수는 하려던 말을 멈추지 않았다.

"자네는 삼 년 동안 나와 다른 강사들을 실망시켰어. 좋은 재능이 있으면서 노력하지 않고, 수시로 폭력 사건을 일으켰지. 하지만 여러 번 봐줬다. 왜라고 생각하나? 언젠가는 철이 들고 열심히 할 거라고 생각했기 때문이야."

"……."

"하지만 봐주는 것에도 한계가 있어."

남궁수는 우산으로 쏟아지는 비로부터 헌원강을 가려 주고 있었지만, 헌원강에겐 그의 말이 몇 배나 아팠다.

"차라리 자퇴해."

"……."

감정이 실리지 않은 싸늘한 목소리. 남궁수는 엉망이 된 꼴로 누워있는 헌원강을 냉정하게 바라봤다.

"더 이상 청룡학관의 명예를 실추시키는 일을 용납하지 않겠다. 앞으로 이렇게 행동할 거라면 차라리 자퇴하기를 추천하지."

"당신은 뭔데 자퇴를 하라 마라……!"

"헌원강."

순간 헌원강은 숨 막힐 듯한 살기가 목을 조여 오는 것을 느꼈다.

"세상이 만만해 보이나?"

남궁수는 그를 조용히 내려 보고 있을 뿐이었지만, 그의 눈에는 헌원강에 대한 경멸이 가득했다.

"무언가를 이루고 싶다면 죽도록 노력해야 한다. 그래도 평생 닿을까 말까 하지. 너처럼 제멋대로 살고, 싸움에서 졌다고 누워서 징징대는 녀석은 아무것도 할 수 없다."

잠시 말을 멈춘 남궁수는 선심 쓰듯 손을 내밀었다.

"잡아라. 내가 주는 마지막 기회다. 내일부터 내 수업에 나와라. 네 인생을 바꿀 수 있는 마지막 기연이다."

다른 사람들이 보았다면 크게 놀랐을 것이다. 강압적인 목소리와 태도이긴 했지만, 남궁수가 학생 개인에게 이렇게까지 기회를 주는 일은 흔치 않았다. 하지만 헌원강은 그 손을 잡는 대신, 이를 악물고 남궁수를 노려봤다.

"필요 없어. 그딴 기연."

자신을 내려 보는 남궁수의 눈빛에서, 어린 시절 보았던 하북팽가의 가주가 겹쳐 보였기 때문이었다.

"예상에서 벗어나질 않는군."

싸늘했던 남궁수의 표정에 작게 조소가 맺혔다.

"지금 이 순간, 나는 너에게 졸업장을 주지 않기로 결정했다."

청룡학관 유일의 일타강사. 학관에서 남궁수의 영향력은 관주 노군상을 능가했다. 그가 하기로 마음먹으면, 청룡학관에서 불가능한 일은 거의 없었다.

"퇴학 전까지 남은 학교생활을 즐기도록."

"……마음대로 하시지."

"마지막 배려로 우산은 여기 놓고 가지."

남궁수는 들고 있던 우산을 헌원강의 얼굴 옆에 놓아두었다. 그리고 예비로 가지고 온 우산을 활짝 폈다.

"혹시 모를 상황에 대비해 항상 두 개를 가지고 다니거든."

"……안 물어봤거든."

촤악. 새 우산을 활짝 펼친 남궁수는 그대로 몸을 돌려 빗속을 휘적휘적 걸어갔다. 작아지는 그의 뒷모습을 향해, 헌원강이 나직이 욕설을 내뱉었다.

"재수 없는 인간…….."

자신을 경멸하던 남궁수의 눈빛에 울화가 치밀었다. 동시에 후회가 밀려들었다. 아까 그 손을 잡았어야 했나? 마지막 기회라던 그 손을 잡고, 지금부터라도 아등바등 노력했어야 하는 걸까?

'아니. 잡아도 소용없었어.'

남궁수는 기본적으로 검객이다. 물론 다른 무공에도 대부분 능하기에 일타강사로 불리지만, 남궁수의 수업은 항상 검을 기본으로 한다.

반면 헌원세가의 무공은 도법이다. 가문에 대대로 전해지는 가전 무공. 그러나 그들의 무공에는 문제점이 있다.

―지금 우리가 가진 무공으론…… 잘해도 절정고수가 한계일 게다.

아버지의 말이 떠오른다. 어린 헌원강이 좌절했던 이유. 헌원세가의 무공으론 강해질 수 있는 한계가 뚜렷하다는 것을 느꼈기 때문이었다. 헌원세가의 가주인 그의 아버지는 팽가의 일개 당주와 무공수위가 비슷한 수준이었다.

―파천도, 아니 하다못해 진천도만이라도 완벽하게 복원할 수 있다면…….

진천도는 광마혈사 때 진본이 유실되었다. 이후 겨우 복원했지만, 어딘가 모자란 반쪽짜리 무공이었다. 진천도를 익히면 익힐수록, 헌원강은 그 사실을 뼈저리게 깨달았다.
"……아니. 이것도 다 핑계지."
한계가 뻔히 보인다는 이유로 한계까지 노력하지 않았다. 만약 죽어라 한계까지 노력했다면…… 어쩌면 스스로 그 한계를 부술 수도 있지 않았을까.
쏴아아아……. 빗줄기는 좀처럼 약해질 기미가 보이지 않았다. 남궁수가 놓고 간 우산이 얼굴로 쏟아지는 비를 막아 주고 있었지만, 연무장 바닥에 빗물로 차오르며 젖은 몸이 으슬으슬 떨려 왔다. 정신이 혼미해졌다.

―네 눈에는 내가 그런 놈으로 보였냐?

―미안하구나. 네게 해 줄 수 없는 게 별로 없어서…….
―……내 아들에게 살수를 썼느냐?
―자네는 재능이 있어. 그런데 왜 열심히 수련하지 않나?

머릿속에서는 팽사혁, 아버지, 팽가의 가주, 남궁수가 한 말들이 끊임없이 그를 괴롭혔다.
'제발 그만들 좀 해!'
눈을 질끈 감았다. 끔찍한 피로가 몰려왔다. 팽사혁에게 당한 상처가 점점 욱신거렸지만, 손가락 하나 꼼짝할 힘도 없었다. 설상가상 차가운 빗물에 몸이 점점 굳어 갔다.
"하아……."
입을 열자 새하얀 입김이 새어 나왔다. 온몸에서 서서히 힘이 빠져나가고 있었다.
'이대로 얼어 뒈지는 건가. 망나니에 어울리는 최후로군.'
문득 이것도 나쁘지 않다는 생각이 들어, 큭큭 웃음이 새어 나왔다.
그때였다.
"새끼, 팔자 좋게 늘어진 것 좀 봐. 뭐가 좋다고 쪼개고 있어?"
처음엔 잘못 들은 거라고 생각했다.
"일어나 인마. 연무장 한복판에서 뭐 하는 궁상이야?"
자신의 마지막 순간에, 하필이면 이 목소리가 들릴 리 없으니까.
"너 이런 데서 자다가 입 돌아간다?"
남궁수의 오만하고 강압적인 말투와 달리, 동네 한량처럼 편안하고 친근한 말투.
"다 들리면서 안 들리는 척하는 것 좀 보게. 무시하고 있으면 내가 그냥 갈 것 같냐? 어림도 없지."
"설마……."

헌원강이 눈을 뜨는 순간, 퍽 소리와 함께 그의 얼굴을 가리고 있던 우산이 옆으로 날아갔다. 즉, 헌원강은 눈을 뜨자마자 물벼락을 맞았다.

"어푸푸푸! 이런 미친!"

갑자기 어디서 그런 힘이 났는지, 다 죽어가던 헌원강이 상체를 벌떡 일으켰다. 그리고 자신에게 물벼락을 끼얹은 상대를 향해 삿대질까지 해 가며 소리쳤다.

"백수룡!"

"선생님이라고 불러야지."

백수룡이 헌원강 앞에 쪼그려 앉아 씩 웃고 있었다.

오들오들. 어깨에 담요를 덮은 헌원강이 몸을 덜덜 떨었다.

"으으……."

아직 추운 계절이었다. 비 오는 날에 부상 당한 몸으로 몇 시진이나 누워 있었으니, 몸살이 나는 것이 당연했다.

"마셔라. 추위가 좀 가실 거다."

나는 헌원강에게 따뜻한 차를 건넸다. 녀석은 덜덜 떠는 손으로 차를 몇 모금 마시더니, 감기 기운으로 붉게 상기된 얼굴로 나를 빤히 바라봤다. 그러더니 갑자기 고개를 푹 숙이고 모기만 한 목소리로 중얼거렸다.

"나는 천재가 아니었어."

"……갑자기 뭔 소리야?"

이 자식이 팽사혁한테 맞아서 뇌까지 다쳤나. 헌원강이 팽사혁에게 졌다는 사실은, 이미 학관 전체에 소문이 난 뒤였다. 내가 황당하다는 표정으로 바라보자, 헌원강은 입술을 꽉 깨물며 연무장에 누워 있게 된 사연을 이야기하기 시작했다.

"……그래서 팽사혁과 싸우게 됐는데…… 결국 나는 아무것도 못 하고……."

두서없는 헌원강의 이야기가 다 끝났을 때, 나는 쯧쯧 혀를 찼다. 이 녀석은 뭔가 단단히 착각하고 있었다.

"천재면 뭐. 아무 노력도 안 해도 천하제일인이 되는 줄 알았냐? 그리고 팽가 소가주 놈은 둔재냐? 충분히 기재 소리 들을 녀석이야."

"……."

내 설명에도 헌원강의 눈빛은 썩은 동태 눈깔처럼 흐릿했다. 압도적인 패배의 충격에서 아직 빠져나오지 못한 것이다.

나는 한숨을 푹 내쉬며 말을 이었다.

"밥만 먹어도 내공이 늘어나고 대충 팔다리만 휘둘러도 절세신공이 되면 얼마나 좋겠냐. 하지만 천재도 노력해야 목적지에 닿을 수 있어. 남들보다 그 길이 쉬울 뿐이지."

"이곳엔 내 길이 없어."

헌원강은 날 바라보더니, 뭔가 결심을 단단히 굳힌 사람의 표정을 지었다. 그 표정을 본 순간, 나는 수십 년의 경험으로 나는 녀석이 뭔가 사고를 치려 한다는 사실을 깨달았다.

아니나 다를까.

"청룡학관을 자퇴하겠어."

나는 그 즉시 헌원강의 머리통을 냅다 후려갈겼다.

빠악!

"악! 왜 때리고 지랄이야!"

"이게 확 그냥."

내가 손을 들어 올리자 헌원강이 움찔해서 뒤로 물러났다. 몸살이 걸려서 저항할 힘도 없는 상태였다.

"이거 아주 글러 먹은 새끼네. 뭐? 자퇴? 아버지가 팽가에 허리 숙여

가며 먹이고 입히고 청룡학관까지 보내 놨더니, 뭐? 그럼 앞으로도 평생 이렇게 망나니처럼 살겠다 이거냐?"

"그런 게 아니야!"

버럭 소리를 지른 헌원강이 나를 똑바로 노려보며 말했다.

"앞으론 망나니처럼 살지 않을 거야. 난 낭인이 될 거다."

낭인? 이건 또 뭔 참신한 개소리야?

하고 싶은 말이 많았지만, 헌원강의 눈빛이 워낙 진지해서 일단 더 들어 보기로 했다.

"……아까 누워서 수많은 생각을 해봤어. 어디서부터 잘못된 걸까. 나는 왜 이렇게 인생을 허비하고 있었던 걸까. 젠장. 내가 당신한테 왜 이런 얘기를 하는지 모르겠지만…… 어쨌든 결국은 무공 때문이야."

"무공이 왜?"

내 질문에 헌원강의 쓸쓸한 표정으로 한숨을 내쉬었다.

"당신은 헌원세가의 무공에 대해서 얼마나 알아?"

"도법. 특히 진천도법, 그리고 파천도법은 강호일절로 유명하지."

나는 여기에 하나를 더 알지만, 굳이 말하지 않았다. 헌원강이 우울한 표정으로 고개를 끄덕였다.

"맞아. 하지만 광……마혈사로 지금 우리 가문에 남은 건 반쪽짜리 진천도뿐이야. 이 무공은 한계가 명확해."

"그게 낭인이 되는 것과 무슨 상관인데? 너 설마……."

내 예상이 맞다는 듯, 헌원강은 눈을 독하게 빛내며 고개를 끄덕였다.

"진천도를 바탕으로, 실전을 통해서 나만의 무학을 완성하겠어. 그 무공을 헌원세가를 부흥시킬 새로운 토대로 삼을 거야."

뜻은 제법 가상했다. 하지만 헌원강을 바라보는 내 시선은 고울 수가 없었다. 녀석은 지금 자신이 무슨 말을 하는지도 모르고 있었으니까.

"어차피 남궁수도 나한테 자퇴하라고 했어. 더 이상 학관의 명예를 더

럽히는 걸 용서하지 않겠다더군. 다녀 봤자 졸업장도 못 받겠지. 좋아. 나도 더 이상 시간 낭비하지 않겠어. 낭인이 돼서 전장을 돌아다니고 실전 경험을 쌓아……."

빠아악! 이번에는 작정하고 때렸다.

"빌어먹을! 왜 또 때리는데!"

바닥을 데굴데굴 구르는 헌원강의 눈에는 눈물이 찔끔 맺혀 있었다.

"때릴 만하니까 때리지."

나는 한숨을 푹 내쉬었다. 정신 차리고 마음을 다잡은 건 좋은데, 하필이면 낭인이라니.

―……후회하지 않는다. 무공을 완성하기 위해서였으니까.

누가 광마와 같은 핏줄 아니랄까 봐, 하는 짓도 똑같이 닮았다.

백인비무행. 광마는 자신의 무공을 완성하기 위해 백 명의 고수와 생사결을 벌이는 비무행에 나섰다. 그리고 결국엔 내가 아는 그 최후를 맞이했다.

나는 한숨을 내쉬며 말했다.

"쓸데없는 생각하지 말고 얌전히 학관에 다녀라."

"말했지만 여기서 더 배울 수 있는 게 없어. 나만의 무공을 완성하려면……."

"확 그냥. 일단 내 말 먼저 들어."

내가 손을 들자 헌원강이 움찔해서 입을 다물었다.

"일단 실전을 통해서 무학을 완성한다는 논리에 근거가 부족해. 훌륭한 교육 환경, 좋은 스승의 지도보다 목숨을 건 실전이 낫다는 것부터가 구시대적 발상이다."

물론 스승의 지도가 필요 없을 정도로 완성된 무인이라면 목숨을 건 실전이 큰 도움이 되겠지만, 헌원강은 그런 경지에 오르기엔 아직 한참 먼 애송이였다.

"그리고 넌 너만의 무공을 만들 필요가 없어. 먼저 배워야 할 무공이 있으니까."

"……배워야 할 무공이라니?"

나는 광마 사부의 얼굴에서 수십 년의 세월을 거슬러 올라간 듯한 그 얼굴을 바라보며 말했다.

"내가 너한테 도법을 하나 가르칠 거다. 이제는 고인이 된 전대 고수의 도법이고, 이 세상에서 나만 아는 도법이다. 장담하는데 진천도, 아니 파천도에 못지않은 도법이다."

도법을 가르쳐 준다는 말에 헌원강이 눈을 부릅떴다. 무림에서는 결코 자신의 무공을 타인에게 함부로 가르치지 않는다. 청룡학관을 비롯해 오대학관에서 가르치는 것도 무공이라기보다는 무공을 활용하는 법, 대처하는 법이 대부분이다.

헌원강이 떨리는 목소리로 물었다.

"나, 나한테 전대 고수의 도법을 가르쳐 주겠다고?"

"그래."

"어째서?"

이 도법의 주인이 그러기를 원할 것 같거든. 그렇게 말할 수는 없기에, 나는 다른 이유를 댔다.

"천무제에서 우승해야 하니까."

내 대답에 헌원강은 황당하다는 듯 헛웃음을 터트리더니, 이내 진지해진 표정으로 말했다.

"갑자기 다른 도법을 배운다는 건 쉬운 게 아니야. 그것도 1년 안에 실전에서 사용할 정도로 익히는 건……."

"그래서 배우기 싫다는 거냐?"

"……강해질 수만 있다면 뭐든 해 보고 싶어. 아무리 힘들어도 좋으니까……."

확실히 팽사혁에게 깨지고 나서 정신을 좀 차린 모양이다.

나는 씩 웃으며 말했다.

"생각보다 적응하기는 쉬울 거다."

왜냐면 내가 가르칠 무공의 뿌리가 바로 헌원세가니까.

나는 과거 광마 사부와 나누었던 대화를 떠올렸다.

-광마 사부. 근데 당신이 창안한 이 도법, 이름이 뭐예요?
-……수라혈천도, 라고 이름 붙였다.

수라혈천도(修羅血天刀).

헌원세가의 모든 무공을 집대성한 광마가 백인비무행을 통해 얻은 깨달음을 담아 완성한 절세무공. 나는 광마가 완성한 이 도법을, 그 후예인 헌원강에게 가르치기로 결심했다.

'헌원강. 내가 널 천하제일의 도객으로 만들어 주마.'

59화
다음에 다시 붙자!

"편입을 하고 싶다고?"
"예."
마주 앉은 노군상의 질문에, 팽사혁은 굳은 표정을 고개를 끄덕였다.
노군상이 팽사혁을 물끄러미 바라보다 물었다.
"이제 와서 말인가? 어째서?"
"……."
팽사혁은 솔직히 이 자리가 불편했다. 하지만 다른 학관으로 편입하기 위해선 학관주인 노군상의 추천서가 꼭 필요했다. 공손하게 고개를 숙인 팽사혁이 말했다.
"죄송하지만 청룡학관에서는 더 이상 배울 것이 없다고 생각합니다. 더 좋은 환경에서 더 뛰어난 학생들과 경쟁하고 싶습니다."
"허……."
잠시 말문이 막힌 노군상이 이내 작게 한숨을 내쉬었다.
"편입은 어느 학관을 생각 중인가?"
"천무학관입니다."

"그나마 다행이로군. 백호학관이 아니어서 말이네."

청룡학관과 백호학관은 오래된 앙숙이었다. 무림의 동쪽과 서쪽에 있는 두 학관은 예전부터 묘한 경쟁의식이 있었고, 천무제에서 거둔 성적도 비슷해 학생이건 강사건 만나면 으르렁거렸다.

……그것도 청룡학관이 십 년 연속 최하위를 기록하면서 의미 없는 것이 되었지만.

"천무학관 외엔 생각해 본 적도 없습니다."

"편입 준비는? 지금부터 하려면 빠듯할 텐데."

"추천서만 써 주시면 나머지는 제가 알아서 준비하겠습니다."

당연한 말이지만 편입학은 매우 어렵다. 기존 학관에서의 성적이 매우 우수해야 하며, 입관 시험보다 몇 배는 어려운 실기시험을 치러야 한다. 오대학관 중 가장 떨어지는 청룡학관 출신이 천무학관으로 편입하려면 그 기준은 더더욱 엄격할 것이다.

"텃세도 심할 테지. 그곳의 강사들과 학생들이 끊임없이 자네를 시험하려 할 게야."

그러나 팽사혁은 그 모든 것이 아무것도 아니라는 듯, 자신만만한 표정조차 짓지 않았다.

"상관없습니다."

"……그런가. 하긴 자네라면 잘 적응하겠지."

천무학관에 아무리 기재들이 많다 한들, 팽사혁은 충분히 그곳에 가서도 두각을 드러낼 수 있는 인재였다.

'오히려 저 만만치 않은 성격이라면 천무학관을 들썩이게 할 수도 있겠지.'

노군상이 갑자기 짓궂게 웃자, 팽사혁의 의문 어린 표정으로 그를 바라보았다.

"그런데 말이야. 추천서에 자네의 인성에 대해서 어떻게 적어야 할지 모르겠군. 삼 년간 동아리연합회를 장악해 추종 세력을 만들고, 동급생을 괴롭히고, 올해는 신입 강사들을 길들이려다 관아까지 갈 뻔하지 않았나."

"과, 관주님."

팽사혁이 처음으로 당황한 기색을 내비쳤다. 그 모습에 노군상의 미소가 더욱 짙어졌다.

"자네도 따지고 보면 누구 못지않은 문제 학생인데 말이지. 천무학관 주가 이 사실을 알면 어떻게 생각할지 모르겠어."

"관주님……."

팽사혁은 진심으로 당황했다. 만약 노군상이 정말로 추천서에 '인성 문제'를 거론한다면, 편입은 물 건너가는 것이나 다름없었다.

'이런 젠장…….'

상대는 백대 고수인 천수관음 노군상이다. 하북팽가의 이름으로 으름장을 놓는다고 통할 상대가 아니었다.

팽사혁의 당황한 얼굴을 본 노군상이 클클 웃으며 말했다.

"농담이네. 추천서에 인성 부분은 빼고 써 주겠네. 자네의 장난질은 간혹 도가 지나쳤지만, 수습은 대체로 잘했으니 말이야."

"……감사합니다."

팽사혁이 안도의 한숨을 내쉬며 대답했다.

그러나 노군상의 말은 아직 끝나지 않았다.

"단, 하루만 더 고민해 보게."

"예? 어째서……."

그 순간, 노군상은 깊은 눈빛으로 팽사혁을 응시했다. 그 눈빛이 자신의 속마음을 꿰뚫을 것만 같아, 팽사혁은 슬그머니 그의 시선을 피했다.

"자네가 편입하려는 이유. 그게 전부가 아니지?"

"……어째서 그렇게 생각하십니까?"

"자네 눈에 미련이 남아 있거든. 오래 살다 보면 알기 싫어도 알게 되는 것들이 있다네."

"……."

"천무학관으로 가고 싶다면 얼마든지 보내 주겠네. 하지만 그전에 이곳에 남겨 둔 미련을 깨끗이 정리하고 가게. 그냥 내버려 두면 심마가 될 수도 있으니."

'미련이라면 이미 깔끔하게 정리하고 왔습니다.'라는 외침이 턱 끝까지 올라왔으나, 무림의 대선배이자 학관주에게 그런 말을 할 만큼 팽사혁은 어리석지 않았다.

"……알겠습니다."

"추천서는 내일 오후까지 써 놓을 테니, 그때 찾으러 오게나."

"예."

자리에서 일어난 팽사혁은 노군상에게 인사를 하고 뒤돌아섰다. 그때 노군상의 부드러운 목소리가 그의 등에 와 닿았다.

"삼 년 전, 자네가 청룡학관에 입관했을 때 선생들이 자네에게 건 기대가 무척 컸다네. 나 역시 마찬가지였지."

"……기대에 부응하지 못해 죄송합니다."

"죄송할 것이 뭐가 있겠나. 제대로 가르치지 못한 우리 탓이지. 오히려 미안하게 생각하네. 그런데 말이야."

팽사혁은 천천히 돌아섰다.

그와 눈이 마주친 노군상이 빙긋 웃으며 말했다.

"나는 아직도 자네에게 큰 기대를 걸고 있다네."

"……청룡학관에 남으라는 말씀이십니까?"

팽사혁이 표정을 굳히며 묻자, 노군상은 고개를 저었다.

"그런 뜻이 아니야. 자네가 이곳에 남든, 천무학관에 가든 상관없어. 어디에서든 최선을 다하고 목표한 것을 이루면 돼. 그게 내 기대에 부응하는 거야."
"……."
"물론 아쉽기도 하지. 올해의 청룡학관은 재미있는 일이 많을 것 같거든. 왠지는 알지?"
노군상은 아이처럼 순수한 미소를 지었다.
그 미소에 팽사혁은 자기도 모르게 따라 웃어 버렸다.
"알 것 같습니다."
그 순간 두 사람의 머릿속엔 똑같은 사람의 얼굴이 떠올랐다.

─올해 천무제. 제가 책임지고 우승시키겠습니다.

당당히 천무제 우승을 말하던 백수룡. 물론 불가능한 일이지만, 어떻게든 결과를 내기 위해 온갖 일을 다 벌일 거란 예상은 충분히 되었다.
"그걸 못 봐서 아쉽지 않겠나?"
"재미있을 것 같지만, 혼자서는 아무것도 바꿀 수 없습니다."
그것이 팽사혁이 내린 결론이었다.
"이만 가 보겠습니다."
팽사혁은 고개를 꾸벅 숙인 후, 몸을 돌려 관주실을 나섰다. 노군상은 더 이상 그를 붙잡지 않았다.
쿵! 문을 나선 팽사혁이 작게 중얼거렸다.
"……더 이상 아무 미련도 없습니다."
건물 밖으로 나와 학관 내부를 걸으며, 팽사혁을 청룡학관에서 보낸 지난 삼 년의 시간을 돌이켜 보았다. 아무리 좋게 포장해도 자신은 좋은 학생은 아니었다. 수업은 대부분 수준에 맞지 않아 따분하기 짝이 없었고, 동기란 녀석들도 하나같이 약하고 재미없었다.
'그나마 독고준 정도는 쓸 만하지만.'

그 외에는 대부분 수준 미달이다. 학관 내에서 제대로 된 경쟁자가 없었기에, 팽사혁은 일찌감치 다른 쪽에 눈을 돌렸다.
'권력이라면 질리도록 즐겼지.'
하북팽가의 소가주가 학관 내에서 추종자들을 거느리는 건 너무 쉬웠다. 추종자들을 기반으로 동아리연합회를 장악해 권력을 쥐었고, 이제는 일부 강사들마저 자신의 눈치를 살폈다. 뒤에서 자신을 뱀 머리에 만족하는 소인배라고 수군댄다는 것을 알았지만, 약한 놈들이 지껄이는 말에도 신경도 쓰지 않았다.
'전부 따분할 뿐이야.'
청룡학관에선 아무리 안하무인으로 행동해도 다 용납이 되었다. 헌원강을 만날 때마다 헌원세가의 망나니라고 조롱하듯 불렀지만, 사실 진짜 망나니는 자신이었다.
……이제는 그것도 지겨워졌다.

─가문에서 준 비싼 영약을 처먹고, 가문의 최고수들에게 사사하면서, 가주에게만 대대로 전해지는 대단한 무공을 익히면서 노력하셨겠지. 그러고도 나보다 약하면 그게 병신 아니냐?

"병신 같은 놈."
입술이 터지고 부어오른 한심한 얼굴. 그 와중에 독기만 가득해서, 자신을 노려보던 눈빛. 모두가 부러워할 엄청난 재능을 가지고도 한심하게 인생을 낭비한 놈. 한때는 친구였지만, 이제는 아무것도 아닌 존재. 헌원강을 떠올린 팽사혁은 코웃음을 쳤다.
"넌 여기서 평생 그렇게 살아라."
아무리 생각해도 청룡학관에선 더 이상 배울 것도, 남을 이유도 없었다. 미련 따위는 없다. 자신은 더 위를 향할 것이다. 천무학관에 편입해,

자신을 아니꼽게 보는 놈들을 전부 밟고 올라가 천무학관마저 접수할 것이다.

'돌아가서 추천서를 당장 써 달라고 해야겠어.'

팽사혁이 노군상을 다시 찾아가려 할 때였다.

"팽사혁!"

숨을 모두 토해내는 외침과 함께, 전력으로 경공을 펼쳐 바람을 가르는 달려오는 소리가 들렸다.

'설마?'

팽사혁은 목소리가 들려온 방향으로 고개를 돌렸다. 얼굴이 멍투성이가 된 헌원강이 달려오는 것이 보였다. 일단 녀석이 자신을 찾아온 것도 어이가 없었지만, 그 처참한 몰골을 보니 헛웃음이 먼저 나왔다.

'저건 내게 팬 게 아닌데…….'

어디서 다른 누구에게 처맞고 왔는지 웅묘(熊猫 : 판다)처럼 눈탱이가 시퍼렇게 멍들어서 보통 우스운 꼴이 아니었다. 팽사혁 앞에 도착한 헌원강이 숨을 몰아쉬었다.

"후, 후우……. 여기 있었군. 젠장. 어디 있는지 한참 찾았잖아."

"날 찾았다고?"

일순간 팽사혁의 표정이 와락 일그러졌다. 그의 몸에서 솜털이 곤두설 정도의 살기가 흘러나왔다.

"헌원강. 내가 분명히 경고했지. 백 장 밖에서도 날 보면 피하라고. 다시 만나면 그땐……."

"야. 다시 붙자."

"뭐?"

"다시 붙자고."

그 뻔뻔한 말투에, 팽사혁은 황당하다 못해 멍한 표정을 지었다. 잠시 후 겨우 정신을 차린 팽사혁이 으스스한 목소리로 말했다.

"……정말 정신을 못 차렸군. 좋다. 기분도 더러운데 죽도록 패 주지. 덤벼, 이 새끼야."

"잠깐만!"

스르릉. 팽사혁이 도를 뽑아 들기 무섭게, 헌원강이 뒷걸음질 치며 말했다.

"오늘은 말고 다음에 붙자! 그 말 하려고 온 거다."

"……뭐? 장난하나 이게."

그러나 헌원강의 표정은 장난이 아니었다. 팽사혁에게 또 일방적으로 당할까 봐 무서워서 피하는 것도 아니었고, 진 것이 분해서 무작정 달려온 것도 아니었다.

헌원강은 팽사혁의 눈을 똑바로 마주 보며 말했다.

"오늘부터 새로운 도법을 배울 거다."

"새로운 도법?"

"이제부터 술도 안 마시고, 게으름도 안 피우고 나 죽도록 수련만 할 거다."

"……어쩌라고?"

그 순간, 헌원강은 하얀 이를 드러내며 씨익 웃었다.

"다음엔 내가 이길 거다."

삼 년 동안 한 번도 본 적 없었던 헌원강의 웃는 모습. 팽사혁은 잠시 과거로 돌아온 기분을 느꼈다.

―다음엔 내가 이길 거야!

어릴 때 자신이 헌원강에게 수없이 했던 말이다. 그 말을 지금 헌원강이 자신에게 하고 있었다.

순간 자신도 모르게 웃음이 터져 나왔다.

"미친놈이……. 크크크."

"왜? 내 말이 우습냐? 그래. 지금 마음껏 웃어라. 몇 달 뒤에도 그렇게 웃을 수 있는지……."

퍼억! 기습적으로 배를 맞은 헌원강이 무릎을 꿇고 꺽꺽댔다. 눈물을 찔끔 흘린 헌원강이 팽사혁을 노려봤다.

"왜 때려, 이 새끼야! 대련은 다음에 하자니까!"

팽사혁은 조소 어린 표정으로 헌원강을 내려봤다. 그 시선이 싸늘하기 그지없었다.

"기대할 걸 기대해라. 몇 달? 앞으로 넌 날 평생 못 이겨. 헌원가의 망나니."

"빌어먹을……. 두고 봐라."

이를 바득바득 가는 헌원강을 보며 팽사혁은 피식 코웃음을 쳤다. 그 웃음은 제법 유쾌해 보였다.

"크크크. 좋다. 다음에 다시 덤벼라. 즐거운 마음으로 널 패 줄 날을 기다리고 있을 테니까."

팽사혁은 한결 후련해진 얼굴로 말했다.

며칠 후. 팽사혁은 노군상의 추천서를 받아 천무학관으로 향했다. 그리고 무난히 편입 시험에 합격해 천무학관의 학생이 되었다.

천무제에 와라. 거기서 붙자.

헌원강에게는 따로 서찰 하나를 남겼다.

60화
두 천재

팽사혁이 천무학관으로 떠난 지 사흘이 지났다.

천무제에 와라. 거기서 붙자.

"빌어먹을 놈."

헌원강은 팽사혁이 자신에게 남기고 간 서찰을 노려봤다. 벽에 붙여 놓은 저 서찰을 매일 아침 일어나자마자 보고, 수련이 너무 힘들어서 포기하고 싶을 때마다 보고, 녹초가 되어서 잠들기 직전에도 다시 보았다.

"이기고 천무학관으로 튀었다 이거지?"

만약 눈빛으로 사물을 꿰뚫을 수 있었다면, 벽에 붙은 서찰은 진작 너덜너덜해졌을 것이다.

"오냐. 천무제에서 보자. 모두가 보는 앞에서 개망신을 시켜 주마."

이를 간 헌원강은 벽에 붙어 있던 서찰을 거칠게 뜯어 품에 넣었다. 그 서찰을 마지막으로 얼마 안 되는 짐을 모두 꾸렸다. 헌원강은 미련 없이 삼 년간 머무른 기숙사를 나섰다. 기숙사 정문 앞에서 백수룡과 매극렴이 대화를 나누며 그를 기다리고 있었다.

헌원강을 본 백수룡이 물었다.

"짐은 그게 전부냐?"

"……예."

아직은 어색한 존댓말을 하며, 헌원강은 고개를 끄덕였다. 백수룡에게 도법으로 배우기로 한 이후로, 헌원강은 그동안의 자존심을 다 버리고 수련에 매진하기로 결심했다. 도법을 가르쳐주기로 한 백수룡에게 존댓말을 하는 것은 당연했고, 귀찮아서 산발로 내버려 두던 머리도 짧게 잘랐다.

아직은 어색한 짧은 머리를 긁적이며 헌원강이 말했다.

"필요한 건 다 챙겼습니다."

"이쪽도 절차 다 끝냈다. 할아버님. 이 녀석 데려가도 되겠습니까?"

"잠시 이리 와 보거라."

학생 주임이자 기숙사 사감을 겸하는 매극렴이 헌원강을 불렀다. 그의 시선은 언제나 그렇듯 칼날처럼 예리했다.

"앞으로 무공에만 정진하겠다는 것이 진심이더냐?"

헌원강은 항상 피해 왔던 그 시선을 똑바로 마주 보며 대답했다.

"예. 오늘부터 백 선생님 댁에서 하숙하며 무공에만 정진하겠습니다."

특별한 사유가 없는 한, 방학 기간에 학관에 머무는 학생은 무조건 기숙사에 있어야 한다. 일주일에 하루 쓸 수 있는 외박계를 제외하면, 그 이상의 외박은 금지되어 있었다.

'대체 이 깐깐한 학생 주임을 어떻게 구워삶았는지 모르지만…….'

백수룡은 사흘 만에 헌원강이 기숙사에서 짐을 뺄 수 있도록 만들었다. 자신의 집에서 하숙시키며 무공을 가르친다는 명목으로 말이다.

"확실히 눈빛이 좋아졌구나."

매극렴은 고개를 끄덕였다. 그는 수십 년 동안 청룡학관을 지키며 온갖 학생을 봐 왔다. 그중에는 헌원강보다 더한 망나니도 있었고, 졸업해서 대체 뭐가 될지 상상도 안 되는 문제아도 있었다.

예를 들면 자신의 딸을 훔쳐 간 도둑놈…….

"백무흔 이 개잡놈……."

"하, 할아버님? 천천히 심호흡하십시오. 심호흡!"

"후우……. 요란 떨지 마라."

겨우 진정한 매극렴이 다시 헌원강을 바라보았다. 아무튼 이런 눈빛을 한 학생은 쉽게 포기하지 않는다.

매극렴이 헌원강의 어깨에 손을 올리며 말했다.

"믿어 보마. 얼마 안 남은 방학이나 백 선생에게 많이 배우고 오거라."

"그동안…… 실망시켜 드려서 죄송했습니다. 앞으로는 달라진 모습을 보여 드리겠습니다."

헌원강이 고개를 꾸벅 숙였다. 확연히 달라진 태도에 매극렴의 입가에 흐뭇한 미소가 맺혔다.

매극렴은 마지막으로 몇 가지 당부의 말을 전했다.

"술은 끊도록 해라."

"……앞으로 입에도 안 대겠습니다."

"여자도 멀리하고."

"예."

"한 번 더 강조하마. 만약 기숙사를 나가서 혹여 기루에 출입한다는 이야기가 들려오면……."

츠츠츠츳. 날카로운 살기에 헌원광은 온몸의 솜털이 곤두서는 것을 느꼈다.

매극렴이 스산한 목소리로 말을 이었다.

"너와 네 스승의 거시기를 자를 것이다."

"하, 할아버님? 저는 왜요?"

백수룡이 뜨악한 표정으로 매극렴을 바라봤지만, 매극렴의 표정에는 한 치의 자비도 없었다.

"학생의 잘못은 곧 선생의 책임이기 때문이다. 그러니 명심, 또 명심하거라."

"예……."

"네……."

창백해진 두 남자가 열심히 고개를 끄덕였다. 그렇게 모든 이야기가 끝난 후, 헌원강은 백수룡을 따라 청룡학관을 나섰다.

"본격적으로 수련을 시작하면 꽤 힘들 거다."

"충분히 각오하고 있습니다."

백수룡의 말에 헌원강은 비장한 표정으로 대답했다.

삼 년. 방황이 너무 길었다. 왜 그렇게 살았는지, 낭비한 시간이 아까워 죽을 지경이었다. 이제부터는 하나만 보고 달릴 생각이었다.

천무제. 그곳에서 다시 팽사혁을 만나 지난 패배를 설욕할 것이다. 그리고 지난번에 못 한 이야기를 마저 할 것이다. 몸에 힘이 잔뜩 들어간 헌원강을 본 백수룡이 피식 웃었다.

"어깨에 힘 빼. 누가 보면 수금하러 가는 줄 알겠다."

"……예."

목적지는 멀지 않았다. 두 사람은 청룡학관을 나와 금세 커다란 장원 앞에 도착했다.

"앞으로 이곳에서 하숙하면서 무공을 배우게 될 거다."

"……여기서 말입니까?"

상상보다 훨씬 더 큰 장원의 규모에, 헌원강이 눈을 크게 뜨고 백수룡을 돌아봤다.

"선생님 부자……였습니까?"

백수룡이 흐뭇하게 웃으며 대답했다.

"내 집은 아니고 내 친구 집이야. 허천이라고, 근방에서 사업을 크게 하는 친구지."

친구 얘기를 하는데 마치 자기 자랑을 하는 것처럼 뿌듯한 얼굴이었다. 헌원강은 백수룡이 허천이란 사람과 정말로 친한 친구인가 보다, 하고 생각했다.

"친형제나 다름없는 친구니까 편하게 써도 돼. 내가 다 얘기해 놨어!"

잠시 후, 두 사람은 마차도 드나들 수 있을 만큼 커다란 정문을 열고 안으로 들어갔다. 장원 안은 연무장까지 있을 정도로 크고 넓었다. 하지만 사람의 기척은 거의 느껴지지 않았다.

"얼마 전에 구입한 장원이라 아직 사람이 별로 없거든. 원래는 최종에서 떨어지면 여기다 백룡학관을 지으려고 했는데……."

"예?"

"뭐, 거기까진 몰라도 되고."

어깨를 으쓱한 백수룡은 안쪽에서 느껴지는 인기척에 씩 웃었다.

"아, 그리고. 여기서 무공 수련하는 건 너 혼자가 아니다."

"……누가 또 있습니까?"

"천무제 우승을 위한 내 비밀병기."

"예?"

"그리고 곧 네 후배가 될 녀석."

백수룡이 씩 웃는 순간, 장원 안쪽에서 열 네다섯 정도의 나이로 보이는 앳된 소년이 나왔다.

"수룡 형님!"

"선생님이라고 부르라니까."

두 사람을 발견한 소년이 반가운 얼굴로 소리쳤다. 나이에 비해 체구가 조금 작은 소년이었다. 순진하게 생긴 얼굴에 티 없이 맑은 웃음. 얼굴이 하얀 것만 빼면 영락없는 시골 소년이었다.

"천아. 잘 지냈냐?"

"네!"

백수룡은 주인을 발견한 강아지처럼 달려온 소년의 머리를 거칠게 헝클어뜨렸다.

"왜 이렇게 오랜만에 오셨어요. 저랑 할아버지랑 얼마나 기다렸는데."

"한동안 좀 바빴거든. 대신 앞으론 매일 볼 거야. 내일부터 여기서 출퇴근할 거거든."

"정말요?"

정말로 기쁜지 환하게 웃는 소년. 수년간 학관에서 알아주는 망나니로 살아온 헌원강은 그 선량한 미소가 어쩐지 좀 불편했다.

그런 시선을 느꼈을까, 소년이 헌원강을 돌아보며 물었다.

"저, 그런데 옆에 계신 분은 누구세요?"

백수룡은 그제야 두 사람을 서로에게 소개해 주었다.

"이쪽은 헌원강이라고. 오늘부터 이곳에서 하숙하게 될 녀석이다. 청룡학관 3학년이지."

"……헌원강이오. 오늘부터 신세 좀 지겠소."

무뚝뚝하게 고개만 살짝 까닥이는 헌원강과 달리, 소년은 인사성 바르게 허리를 크게 숙여 인사했다.

"위지천이라고 합니다! 올해로 열다섯입니다! 말씀 편하게 하세요, 선배님!"

"……선배님?"

헌원강이 의아한 표정으로 백수룡을 바라보자, 백수룡이 그 의문을 해결해 주었다.

"이 애는 올해 입관 시험을 치를 거다. 곧 네 후배가 되겠지."

"입관은 뭐 개나 소나 받아 주는 줄……. 아, 미안. 그쪽을 무시하는 게 아니라……."

헌원강이 뒤늦게 위지천을 보며 미안한 표정을 지었지만, 위지천은 아무렇지도 않다는 듯 밝게 웃었다.

"헤헤. 아니에요. 청룡학관 입관 시험이 어렵다고 해서 열심히 준비하고 있어요!"

"……그래. 열심히 해."

헌원강은 영 떨떠름한 표정으로 고개를 끄덕였다. 백수룡은 물과 기름처럼 영 어울리지 않아 보이는 둘을 바라봤다.

'마치 처음 만난 개와 고양이 같군.'

헌원강이 까탈스러운 고양이 같은 성격이라면, 위지천은 사람만 보면 꼬리를 흔들며 다가오는 강아지 같은 성격이었다. 어쨌든 둘을 나란히 세워 놓자 보기만 해도 든든했다.

"너희는 앞으로 함께 수련하게 될 거다. 대련도 자주 하게 될 거고."

"잘 부탁드립니다, 선배님!"

"……어. 그래."

헌원강은 떨떠름하게 대답했다. 솔직히 조금 김이 샜다. 자신은 3학년이고, 위지천보다 두 살이나 더 많았다. 그런데 딱 봐도 허약해 보이는 녀석과 함께 수련하고 대련을 해야 한다니.

'시시하겠군.'

그것뿐만이 아니다. 새로운 무공을 익히기도 바쁜데, 위지천이 이것저것 가르쳐 달라고 들러붙을까 봐 헌원강은 걱정이었다.

'귀찮게 굴지 않았으면 좋겠는데……. 첫 대련에서 기를 한번 죽여 놔야 하나.'

그런 생각이 바뀐 건, 백수룡이 둘에게 대련을 시킨 이후였다.

"몸이나 풀 겸 가볍게 둘이 대련이나 한번 해 보자. 단, 내공은 쓰지 말고."

생각보다 기회가 빨리 왔다고 생각하며, 헌원강은 자신만만하게 목도를 집어 들었다.

• ◈ •

"꾸엑!"

목검에 배를 얻어맞은 헌원강이 허리를 새우처럼 접었다. 숨을 제대로 쉬지 못하고 꺽꺽대는 헌원강에게, 위지천이 걱정스러운 표정으로 다가갔다.

"선배님. 괜찮으세요?

"괜찮……. 우에에엑!"

이미 몇 번이나 속에 있는 걸 게워낸 터라, 이제는 허연 위액만 게워냈다. 손등으로 입가를 대충 닦아 낸 헌원강이 몸을 일으키며 말했다.

"한 번 더 하자."

"또요?"

위지천이 좀 말려 달라는 표정으로 나를 바라보며 말했다.

"이제 그만해도 되지 않을까요?"

하지만 내가 뭐라고 하기도 전에, 헌원강이 목도를 지팡이 삼아 몸을 일으켰다.

"한 번 더."

눈에 독기를 잔뜩 품은 모습. 처음에 위지천을 얕잡아보던 모습은 온데간데없고, 헌원강은 생사대적을 만난 것처럼 목도를 들어 위지천을 겨눴다.

"벌써 아홉 번이나 했는데요? 선배님. 이제 정말 그만하는 게……."

"한 번 더."

고집을 부리는 헌원강과 울상을 짓는 위지천.

내가 둘 사이에서 중재를 해 주었다.

"이번이 마지막이다."

"……예."

"예……."

각오를 다진 헌원강과 한숨을 내쉰 위지천이 각각 목도와 목검을 들었다. 다시금 두 녀석의 검과 도가 어우러졌다.

나는 팔짱을 낀 채로 둘의 대련을 지켜봤다.

'역시 위지천이 더 강하군.'

비록 주화입마를 치료하면서 내공은 대부분 잃었다지만, 혼자서 가짜 무극검을 익혀 낸 가락이 어디 간 게 아니었다. 내공을 사용하지 않는다는 전제하에서, 위지천은 자기보다 두 살 많은 헌원강을 압도할 실력을 갖추고 있었다.

퍼억!

"커헉!"

결국 또다시 복부를 얻어맞은 헌원강이 바닥에 대자로 뻗었다.

"저, 선배님……."

"……말 시키지 마."

"……넵."

잘나가던 망나니(?)에서 동네북이 된 헌원강은 복잡해 보이는 얼굴로 밤하늘의 별을 올려보며 중얼거렸다.

"접시 물에 코 박고 죽을까……."

아주 궁상을 떠는구나. 궁상을 떨어.

가볍게 혀를 찬 나는 위지천에게 말했다.

"천아. 그 녀석 데려가서 좀 씻게 하고 방도 안내해 줘라."

"아, 네!"

위지천의 부축을 받아 일어난 헌원강이 절뚝이며 방으로 향했다. 녀석은 그 와중에도 고집을 부렸다.

"이거 놔. 혼자서 걸을 수 있어……."

"놓으면 넘어질 것 같은데요……."

"두 번 말 안 한다. 놔라."

"지, 진짜 놔요?"

"놓으라니까……."

"노, 놓을게요. 그럼."

위지천이 부축하던 손을 놓자마자 헌원강은 무릎이 풀려 바닥에 쓰러졌다. 거기다 재수도 없지. 앞으로 넘어지면서 안면으로 바닥에 있던 돌을 박았다.

퍼억!

"노, 놓으라고 해서 놓은 건데……. 괜찮으세요?"

잠시 후, 고개를 치켜든 헌원강이 애써 괜찮은 표정으로 씩 웃었다.

"흐. 이 정도는 아무것도 아니다."

녀석의 얼굴에서 쌍코피가 줄줄 흐르고 있었다.

61화
있었는데요, 없었습니다

"드르렁~ 피유우…… 드르렁~ 피유우……."

침상에 대자로 뻗은 헌원강이 우렁차게 코를 골았다. 퉁퉁 부은 얼굴과 쌍코피가 터진 모습은 그야말로 가관이었다.

'그래도 어디 다친 곳은 없네.'

헌원강의 가장 큰 재능 중 하나는 타고난 강골이라는 점이다. 남들은 며칠씩 몸살을 앓을 무식한 수련을 매일 하면서도 다음 날이면 훌훌 떨치고 일어났다. 가히 경이적인 체력이라고 할 수 있었다.

"음냐……. 팽사혁……. 너 이 새끼……. 조금만 기다려라……."

"조금? 멀었다, 이 자식아."

나는 잠꼬대를 하는 헌원강의 몸 상태를 확인한 후 옆방으로 이동했다. 바로 옆방에서는 위지천이 새우처럼 몸을 말고 새근새근 얌전히 잠들어 있었다.

"쿠울……."

열다섯이지만, 잠든 얼굴은 열 살짜리 소년처럼 앳되었다. 처음 만났을 때는 정신이 반쯤 나간 검귀였지만, 지금의 위지천은 또래 아이들보다 훨씬 더 순수한 소년이었다.

'하긴, 이 녀석은 주화입마에 빠졌을 때도 순수하긴 했지.'

그 순수한 얼굴로 무덤 옆에서 산새를 찢어 죽이고 토끼를 씹어 먹긴 했지만 말이다.

"엄마……."

위지천이 잠꼬대를 하며 품 안의 검을 꽉 끌어안았다. 나는 그 모습을 물끄러미 바라봤다. 헌원강과 달리 위지천은 체격이 작고 팔다리가 가늘었다. 아직 성장기라 충분히 더 클 여지는 있지만, 그렇다고 해도 보통의 체격 정도일 것이다.

'검을 다루기에 나쁜 근골은 아니지만, 아주 좋다고도 할 수 없어.'

위지천은 천재다. 하지만 이 소년의 재능은 신체가 아니라 오성(悟性)에 있었다. 비록 가짜였다고는 해도, 그 어려운 무극검을 혼자서 상당히 높은 수준까지 익힐 정도로 뛰어난 이해력과 집중력. 무엇보다 이 소년은 검을 좋아한다.

─검객은 검을 좋아해야 한다.

─그야 당연한 거 아닙니까?

─당연하다 생각하느냐? 대부분의 검객은 검을 무공을 펼치는데 필요한 도구로, 살인을 위한 날붙이로만 여긴다. 그들은 검을 이용할 뿐, 좋아하지 않는다.

─검을 좋아해야 한다는 게 구체적으로 무슨 뜻입니까? 마음가짐에 대한 조언입니까?

─검은 검이다.

─저기요, 검존 사부. 제가 지금 선문답을 하자는 게 아니라…….

─검은 검일 뿐. 검을 이해하고 싶다면 매일 검을 들여다보도록 해라.

─아니이…….

선문답으로 사람 복장을 터지게 해 놓고는 조용히 애검을 쓰다듬던 검존 사부의 얼굴이 떠올랐다. 검존 사부가 그렇게 아끼던 애검은, 주인이 죽을 때 함께 부러졌다.

"엄마……. 아빠……."

악몽이라도 꾸는지, 위지천은 작은 몸을 움찔거리며 품 안의 검을 꽉 끌어안았다. 창백한 이마에 식은땀이 배어 있었다.

'아직 주화입마의 후유증이 남았나.'

사람들 앞에서는 애써 밝은 척하지만, 위지천은 주화입마에서 벗어난 지 한 달도 채 되지 않았다. 체력적인 부분에서는 거의 회복이 되었지만, 정신적인 부분은 조금 더 시간이 걸릴 것이다.

"으, 으으, 무서워……."

나는 악몽으로 창백해진 위지천의 이마에 손을 올렸다. 약간의 내공을 흘려 넣어 몸에 온기를 불어넣자, 위지천의 표정도 조금씩 편안해졌다.

"괜찮다. 괜찮아."

"아빠……. 가지 마……."

"안 간다. 아빠 아무 데도 안 가."

한 손은 이마에, 한 손은 배에 올려놓고 천천히 쓸어 주자 위지천은 서서히 깊은 잠에 빠져들었다.

'나 참. 팔자에도 없는 애 키우는 기분이군.'

위지천이 깊게 잠든 것을 확인한 후, 나는 자리에서 일어나 밖으로 나왔다. 달이 휘영청 밝은 밤.

장원을 한 바퀴 돌며 이런저런 생각에 잠겼다.

'광마와 검존. 헌원강과 위지천이라.'

둘 다 천재라고 불릴 수 있는 재능을 가지고 있지만, 자세히 보면 전혀 다른 유형이었다. 헌원강은 한 번 본 초식은 대부분 따라 할 수 있는 우월한 신체 능력과 좋은 눈, 강철 같은 체력을 타고났다. 때문에 녀석에겐 직선적이고 파괴적인 수라혈천도법이 딱이었다.
 반면 위지천은 어려운 무공을 이해하고 습득하는 오성, 집중력, 검에 대한 몰입이 뛰어났다. 난해하지만 깊이가 있는 무극검이 위지천에게 잘 어울리는 이유다.
 '지금은 위지천이 더 강하지만.'
 아직은 둘 중 위지천이 더 강하지만, 헌원강이 수라혈천도를 본격적으로 배우면 그 차이는 빠르게 좁혀질 것이다. 헌원강이 익힌 반쪽짜리 진천도는 수라혈천도를 익히는 데 훌륭한 밑거름이 될 것이고, 여기에 녀석의 집념과 체력을 생각하면 엄청난 속도로 발전할 테니까.
 게다가 위지천이라는 경쟁자의 존재까지. 수련에 엄청난 상승효과를 가져올 것이 틀림없었다. 물론 위지천에게도 해당되는 이야기다.
 "둘 다 얼마나 강해질지…… 상상도 안 되는군."
 어느새 내 입가에는 즐거운 미소가 맺혔다. 내 손으로 기른 제자들이 천무제를 휘젓고 다닐 모습을 상상하는 것만으로도 짜릿했다. 물론 이 상상을 현실로 만들기 위해서 죽도록 굴릴 생각이었다. 그게 스승인 나의 역할이니까.
 '그러려면 나도 더 강해져야겠지.'
 이 두 천재 녀석들을 제대로 가르치려면, 나도 지금보다 더 강해질 필요가 있었다.
 나는 천천히 걸으며 계속 생각했다.
 '외공은 녹림십팔식을 매일 수련하니 문제없어. 문제는 역시 역천신공의 성취를 높이는 건데…….'
 역천신공은 성취에 따라 소성(小成), 중성(中成), 대성(大成)으로 구분한다.
 현재 나는 역천신공의 3성의 성취를 이루며 완전한 소성을 이루었고, 이제 중성으로 넘어가려는 기로에 있었다.
 "……영약을 더 구해야겠어."

4성을 넘어 역천신공이 중성의 초입에 들면 할 수 있는 일이 훨씬 더 많아진다. 하지만 그만큼 많은 양의 영약이 필요했다. 최소한 중성의 끝자락까지는 영약이 계속 필요한 것이 역천신공이었다.

 '돈이 엄청나게 깨지겠군. 조만간 복만춘을 만나야겠어.'

 앞으로의 계획에 대해 이런저런 생각을 할 때였다. 나는 등 뒤에서 살금살금 다가오는 인기척을 느끼고 뒤를 돌아봤다.

 "어르신? 늦으셨네요."

 "허허. 등 뒤에서 놀라게 해 주려고 했는데……. 역시 들켰나."

 위지열이 멋쩍은 표정으로 뒤통수를 긁적였다. 멸망한 혈교의 팔대 가문 중 하나인 위지가의 가주. 하지만 지금은 그냥 사람 좋고 덩치 큰 노인이었다. 위지열의 몸에서 아직 다 식히지 못한 열기가 느껴졌다.

 "대장간에서 오시는 길입니까?"

 "허허. 요즘은 거기서 거의 산다네. 오랜만에 제대로 된 대장간에서 쇠를 만지니 주체할 수가 있어야지."

 청천이 마련해 준 위장 신분으로 이 도시에 들어온 후, 위지열은 내(허천의 이름으로 된) 사업체 중 한곳인 대장간을 맡아 일하고 있었다.

 "쉬엄쉬엄하세요. 연세도 있으신데."

 "노력은 해 보겠네. 천이는 어떤가?"

 "피곤한지 일찍 잠들었습니다. 제가 데려온 녀석과 종일 대련을 했거든요."

 "아, 청룡학관의 선배가 온다고 한 날이 오늘이었군. 다투지 않고 잘 지내야 할 텐데……."

 "걱정하지 마세요. 처음에는 천이가 들러붙었는데, 나중에는 선배 녀석이 징그러울 정도로 들러붙더라고요."

 우리는 웃으며 잠시 서로의 근황을 이야기했다. 오랜만에 본 위지열의 얼굴은 무척 밝아 보였다.

"요즘은 정말 행복하다네. 다 자네 덕분이야."

위지천의 주화입마를 고쳐 준 이후로, 위지열은 나를 평생의 은인으로 여기고 있었다.

"하나뿐인 손주를 구해 준 것도 모자라, 우리에게 새로운 신분을 주고. 게다가 내 평생의 염원까지 이루게 해 주었으니……. 자네에게 받은 은혜는 죽을 때까지 갚아도 모자랄 게야."

"그럼 오래오래 사셔야겠네요. 그래야 은혜도 오래오래 갚으실 거 아니에요?"

내 진심 섞인 농담에 위지열은 너털웃음을 터트리며 내 어깨를 쳤다.

"허허허! 그게 또 그렇군! 아암! 내 자네를 위해서라도 아주 오래 살아야겠어!"

"그, 그렇죠."

"허허허허!"

퍽퍽퍽! 친근하다는 듯 내 어깨를 퍽퍽 때리는 손맛이 매우 맵다. 뭔 노인네 손바닥이 솥뚜껑만 해서는…….

급하게 화제를 돌리지 않으면 내일 아침에는 어깨를 못 움직일 것 같아서, 나는 슬쩍 어깨를 빼며 마침 생각난 것을 물었다.

"그런데 혈마검을 능가하는 검을 만드는 작업에 진척이 좀 있습니까?"

"……."

그 순간, 거짓말처럼 위지열의 손이 멈췄다. 위지열은 곤란하다는 표정으로 나를 바라봤다.

"으음. 안 그래도 그걸로 할 말이 좀 있네."

나는 혈교 최고의 대장장이였던 위지열에게 운철을 맡기며 혈마검을 능가하는 검을 만들어 달라 의뢰했고, 위지열은 그 의뢰에 착수한 상태였다.

'그런데 왜 표정이 안 좋지? 무슨 문제라도 생긴 건가?'

분명 조금 전까지만 해도 표정이 밝았던 위지열은 슬금슬금 내 눈치를 보며 말했다.

"이런 말 하기 미안하네만……. 크흠. 돈이 좀 많이 들 것 같네."

생각보다 별것 아닌 이유라, 나는 안도의 한숨을 내쉬며 말했다.

"얼마나 필요하신데요?"

"안 그래도 자네가 오면 주려고 정리해서 적어 왔네. 필요한 장비와 재료들이 좀 많아."

위지열은 품을 뒤져, 필요한 물품이 적힌 목록을 내게 건네주었다. 그 안에는 필요한 물건들의 목록과 가격이 적혀 있었다.

……별것 아닌 게 아니다.

"이, 이렇게나 많이 필요합니까? 대체 뭐가 이렇게 비싸요?"

"……일단 운철만으로는 검을 만들 수가 없네. 양도 부족하고, 기본적으로 현철과 다른 여러 철을 섞어 합금으로 만들어야 검의 강도가 훨씬 높아진다네. 그리고 여러 종류의 철을 다루려면 장비도 여럿 필요하고……."

"저기, 어르신은 혈교 최고의 야장이시잖습니까? 허름한 대장간에서도 명검을 만들어 내는 장인……."

내 말에 위지열이 황당하다는 표정을 지었다.

"장인은 뭐, 검도 맨손으로 만드는 줄 아나? 최고의 검을 만들려면 최고의 재료와 환경이 갖춰져야 하는 게 당연하지 않나. 오히려 장인일수록 장비에 까다로운 법이야!"

"……."

"믿어 주게. 이것들만 구해다 주면 내 반드시 혈마검을 뛰어넘는 보검을 만들어 줄 테니……."

"……."

내가 대답은 않고 한숨만 내쉬자, 위지열의 표정이 시무룩해졌다.

"역시 너무 많은가……? 알았네. 그럼 여기서 몇 개는 뺄 테니…… 꼭 필요한 것들만……."

"아닙니다. 이왕 만드는 거."

그 작아진 모습에 나는 고개를 절레절레 저었다. 최고를 만들기 위해선 최고의 재료와 환경이 갖춰져야 한다는 건, 나도 동의하는 바였다.

"여기 있는 것들. 다 마련해 드리겠습니다."

"고, 고맙네! 그리고 미안하네……."

나는 피식 웃으며 말했다.

"미안하실 것 없습니다. 저 부자거든요."

그런 줄 알았지. 이때까지만 해도 난 내가 부자인 줄 알았다.

다음 날, 나는 인피면구를 쓰고 복만춘을 찾아갔다.

"공자님. 어서 오십시오."

"복 총관님. 오랜만입니다."

오랜만에 만난 복만춘은 예전보다 살이 많이 찐 듯 보였다. 예전에는 험악한 인상에 베일 듯한, 말 그대로 낭인스러운 분위기를 풍겼다면, 지금은 그냥 인상 험악한 배 나온 아저씨였다. 내 시선을 느낀 복만춘이 헛기침을 하며 변명을 했다. 급히 손으로 배를 가리면서.

"요즘 바빠서 운동을 통 못 했더니……."

무림인이 운동을 못 한다고 말할 정도면 문제가 좀 많은 거 아닌가. 잠시 그런 생각이 들었지만, 복만춘은 내 호위 무사가 아니라 여러 사업을 대신 굴려주고 돈을 벌어다 주는 총관이었기에 신경 쓸 일은 아니었다.

나는 그에게 위지열에게 받아온 물건 목록을 내밀었다.

"이것들을 좀 부탁할까 해서요."

목록에 적힌 물건과 가격을 본 복만춘의 표정이 순식간에 흐려졌다.
"하나같이 비싼 물건들이군요."
"이번에 대장간을 좀 확장했으면 합니다. 아시겠지만 새로 오신 위 노인이 실력은 좋잖아요?"
"아, 예……. 시간이 좀 걸려도 괜찮겠습니까?"
"되도록 빨리해 주실수록 좋죠."
복만춘의 표정이 썩 좋지 않았지만, 나는 크게 신경 쓰지 않고 다음 용건을 꺼냈다.
"그리고 전처럼 영약도 좀 알아봐 주세요. 이번에는 양을 좀 많이……."
"저, 공자님. 솔직히 말씀드리겠습니다."
표정을 굳힌 복만춘이 갑자기 장부를 꺼내 내 앞으로 내밀었다.
"장부는 갑자기 왜……."
"돈이 없습니다."
"……그게 무슨 소립니까?"
나는 남창에서 열 손가락 안에 꼽히는 고리대금업자였던 허 노인의 재산을 물려받았다. 그런데 돈이 없다니?
"정확히 말하면 있었는데요, 없어졌습니다."
복만춘이 내 앞에 장부를 펼치며 말했다.

62화
지금 바로 문의하세요!

'이게 현실일 리 없어.'

장부를 보는 내 눈동자가 격렬하게 흔들리고 있었다.

복만춘이 그런 내 눈치를 보며 말했다.

"여길 보시면 아시겠지만……."

그가 장부를 펼친 순간 생겨난 수많은 숫자의 향연. 이해할 수 있는 것은 이해하고, 이해할 수 없는 부분은 그냥 넘어가고. 그래서 결국 결론은 이거다.

"……먹고 죽으려 해도 없습니다. 여윳돈이 하나도 없어요."

탕! 나는 어이가 없어서 손바닥으로 탁자를 내리쳤다.

"이게 말이 됩니까? 제가 물려받은 재산이 한두 푼도 아니고. 그 많은 돈이 다 없어졌다고요?"

허 노인에게 물려받은 그 많은 유산. 원래는 내 돈이 아니지만, 청천에게 유언장과 그 권리를 넘겨받았으므로 이제는 피 같은 내 돈이었다.

그런데 지금, 복만춘은 나의 피 같은 돈이 거덜 났다고 말하고 있었다.

'혹시 이 인간이 중간에서 횡령을…….'

복만춘을 바라보는 내 눈이 가늘어지자, 오랜 낭인 생활로 눈치 하나는 기가 막힌 복만춘이 펄쩍 뛰었다.

"맹세코 제가 해먹은 게 아닙니다! 다 사업에 투자해서 그런 겁니다. 전에 공자님도 여러 사업에 공격적으로 투자하라고 말씀하시지 않았습니까!"

"전에 그런 말을 하긴 했습니다만, 그래도 이건 말이 안 되잖아요."

"공자님. 한번 잘 생각해 보십시오."

복만춘은 억울함을 가득 담아 항변했다.

"허 노야가 살아 계시던 시절에 가장 큰 수입원이었던 고리대금업을 접고, 기루도 돈 되는 청루는 다 접고, 그 외에도 불법적인 일은 다 접었습니다. 이제 돈이 어디서 나오겠습니까?"

"……."

"저희한테 남은 건 이제 객점, 반점, 주루, 대장간, 세금 아끼려고 이름만 만들어 둔 상단과 표국 같은 정상적인 사업뿐이란 말입니다. 원래 주력 사업이 아니었던 것들이라 다 확장해야 하고요. 이건 동의하시죠?"

"으음. 뭐."

듣다 보니 맞는 말이라 나는 팔짱을 낀 채로 고개를 끄덕였다. 복만춘이 서류 몇 장을 가져와 내 앞에서 팔랑팔랑 흔들었다.

"이것 보십시오. 최근에도 잠룡반점이라고 터 좋은 곳에 나온 가게 매물 하나를 사들였고, 청룡학관 앞에 커다란 장원도 하나 샀고, 대장간 새롭게 꾸리는 데는 돈이 또 오죽 많이 들었습니까? 그 위 노인이란 양반. 실력은 좋은데 더럽게 비싼 장비만 사더만요!"

"……그분이 좀 그렇긴 하죠."

뛰어난 장인일수록 좋은 도구를 써야 한다는 주장을 펼치던 위지열을 떠올리자, 절로 한숨이 새어 나왔다. 복만춘이 그거 보라며 기세등등하게 말했다.

"이 상황에서 여윳돈이요? 벌여 놓은 게 많아서 오히려 투자를 받아야 할 지경입니다."

"설마……."

"걱정 마십시오. 제가 공자님께 허락도 받지 않고 빚져서 사업할 만큼 막돼먹은 놈은 아닙니다."

그 뻔뻔한 대답에 나는 한숨을 내쉬며 그를 바라봤다.

"그런 것 치고는 곳간을 아주 탈탈 터셨는데요."

"공자님. 제 처와 자식에게 맹세코 이 중에 손해 볼 투자는 단 하나도 없습니다."

복만춘이 내 쪽으로 몸을 기울이며 진지한 얼굴로 말했다.

"공자님. 전 자신 있습니다. 이곳에서의 사업이 확실하게 자리를 잡으면 상단도 제대로 꾸려서 상행을 나가고, 또 믿을 만한 친구들을 불러 표국도 만들고 싶은 욕심이 있습니다. 물론 공자님께서 허락하지 않으신다면 하지 않겠습니다."

목이 타는지 앞에 놓인 차를 꿀꺽꿀꺽 마신 복만춘이 말을 이었다.

"공자님이 물려받으신 유산. 정말 많은 돈입니다. 중원전장에 맡기고 이자만 받아도 평생을 풍족하게 살 수 있겠지요. 공자님은 원하시는 게 그런 거라면 다 팔아치우겠습니다. 원금은 지금도 충분히 회수할 수 있으니까요."

"……."

나는 복만춘의 눈을 똑바로 바라보았다. 확실히 이 양반에겐 사업가로서 기질이 있었다. 그는 현재의 작은 이익보다는 미래의 큰 이익을 위해, 아낌없이 현재에 투자했다.

'돈 떼먹고 도망갈 사람도 아니고.'

함께 낭인 시장을 다녀온 이후로, 나는 그의 사람 됨됨이를 믿고 내가 물려받은 유산과 사업체의 관리를 모두 맡겼다.

'그게 이런 결과로 돌아와서 조금 당황스럽긴 하지만…….'

복만춘의 눈빛은 상인으로서 성공하겠다는 야망으로 활활 타오르고 있었다.

짧은 침묵 끝에, 생각을 정리한 내가 물었다.

"복 총관. 그렇다면 사업이 흑자로 돌아서기까지 얼마나 걸릴 것 같습니까?"

내 말에 복만춘의 입가에 환한 미소가 맺혔다.

"투자금을 모두 회수하는 데 일 년! 그때부터는 돈방석에 앉을 일만 남았습니다!"

일 년이라. 당장은 조금 곤란하겠지만, 그 이후의 벌어들일 수익을 생각하면 충분히 감수할 수 있는 시간이었다.

나는 고개를 끄덕이며 말했다.

"알겠습니다. 이대로 진행하세요. 앞으로도 복 총관만 믿고 맡기겠습니다."

"감사합니다. 절대 후회하지 않으실 겁니다!"

"그리고 준비 중이라는 상단과 표국 말입니다."

"예!"

"이참에 이름도 새로 짓죠."

"생각해 두신 이름이 있습니까?"

나는 씩 웃으며 고개를 끄덕였다.

"상단은 백룡상단. 표국은 백룡표국으로 하죠."

백룡학관 설립은 물 건너 건너갔지만, 상단과 표국에 같은 이름을 붙이는 것도 나쁘지 않을 것 같았다.

"백룡상단이라……. 언젠가 중원 최고의 상단이 될 것 같은 이름이로군요."

복만춘도 그 이름이 마음에 쏙 드는지 껄껄 웃었다.

· ❖ ·

"그래서 여차여차해서…… 내가 지금 돈 나올 구석이 모두 다 막혀 버렸거든?"

"……음?"

"설마…….'

내가 사 준 술과 고기를 열심히 먹고 마시며 이야기를 듣고 있던 악연호의 명일오의 표정이 굳었고, 불안감이 스며들었다.

애들아. 그래 봤자 늦었단다.

"그래서 말인데."

스윽. 나는 두 녀석이 도망가지 못하도록 어깨동무를 단단히 하며 빙긋 웃었다.

"니들 돈 좀 가진 거 있냐?"

"콜록! 콜록! 당신 건달이야?!"

"갑자기 왜 술을 사 주나 했더니…… 수금하려고 그런 거였습니까?"

악연호는 술을 마시다 사레가 들렸고, 명일오는 먹던 안주를 내려놓으며 황당하단 표정으로 나를 바라봤다.

"부탁 좀 하자. 다음 달에 월봉 나오면 갚을게."

"아니, 우리가 돈이 어디 있어요?"

"저, 저희도 요즘 형편이 별로 안 좋아서……."

두 녀석 엉덩이를 떼고 슬금슬금 물러나려 했지만, 나는 둘의 어깨를 움켜쥔 손에 꽉 힘을 주었다.

그리고 날카롭게 눈을 빛내며 두 녀석의 전낭을 바라봤다.

"왜들 이러실까. 한 명은 오대세가 부럽지 않은 산동악가의 자제에, 명가장은 표국도 운영하는 알부자라며?"

자주 어울려 다니면서, 나는 둘의 집안 형편과 주머니 사정에 대해서도 빠삭하게 알게 되었다.

잠시 후, 전낭이 깃털처럼 가벼워진 두 녀석이 울상을 지었다.

"흑흑. 당신은 인간도 아니야……."

"뜯어먹을 게 없어서 신입 강사 월봉 그 쥐꼬리만 한 걸……."

나는 두둑해진 전낭을 툭툭 두드리며 둘에게 활짝 웃어 주었다.

"자자. 오늘은 다 내가 살 테니까 실컷 먹어. 술이랑 안주 좀 더 시켜 줄까?"

"시켜 주긴 뭘 시켜 줘! 이거 다 우리 돈으로 사는 거잖아!"

"……아버님이 친구 한번 잘못 사귀면 패가망신한다고 신신당부하셨을 때, 그때 잘 들었어야 했는데……."

한동안 신세 한탄을 하던 두 녀석은 결국 술과 안주를 추가로 더 시켰다. 이왕 주머니도 다 털린 것, 코가 삐뚤어지도록 먹고 마시겠다는 의지였다.

"……니들, 내일도 출근해야 되는데 이래도 되는 거야?"

슬쩍 그런 의문을 제기해 보았지만, 이미 부어라 마셔라 시작한 둘에게는 안 들리는 모양이었다.

"아 몰라 몰라~"

"출근? 이거나 먹으라지!"

인간의 욕심은 끝이 없고 같은 실수를 반복한다. 이 녀석들은 내일 하루 내내 숙취로 고생하고, 선임 강사한테 죽도록 깨지면서 오늘의 술자리를 후회할 것이다. 그리고 내일이면 또 술을 마시러 나오겠지.

"으하하하! 오늘 먹고 죽자!"

"형님! 제갈 소저도 부릅시다!"

나는 흐뭇한 시선으로 고주망태가 되어 가는 두 녀석을 바라봤다.

"으이구……. 어디서 이런 등신들만 모였을까……."

잠시 후, 야근을 끝내고 합류한 제갈소영은 늘 그렇듯 처음에는 얌전히 술을 마시다가 어느 순간 자연스럽게 병나발을 불었다.

순식간에 몇 병을 비운 그녀는 얼굴이 빨개지더니, 갑자기 자신의 선임 강사인 남궁수의 욕을 하기 시작했다.

"진짜 미친놈이라니까요!"

……다들 직장에서 울화가 많이 쌓인 모양이다. 어쨌든, 나는 제갈소영에게도 금전적으로 큰 도움을 받을 수 있었다.

"그러니까 이러저러해서……."

"돈이…… 없어요……?"

대충 내 사연을 들은 제갈소영은 울먹이며(대체 왜?) "이거 얼마 안 되지만 보태세요……." 하고 자기 전낭을 통째로 넘겨주었다.

물론 양심과 상식이 있는 사람인 나는 취한 사람의 전낭을 통째로 꿀꺽하는 몰상식한 짓은 하지 않았다. 딱 절반만 챙기고 돌려줬다.

"소저. 이건 넣어 두시오."

"……돈? 와! 저 용돈 주시는 거예요? 헤헤. 감사합니다……."

전낭을 두 손으로 공손히 받으며 고개를 꾸벅 숙이는 빨개진 얼굴. 양심이 쿡쿡 찔려서 절로 헛기침이 나왔다.

"……흠흠. 지금 말해 봤자 기억도 못 하겠지만, 소저한테 빌린 돈은 꼭 갚겠소."

"헤헤! 감사함니당!"

"잠깐만! 그럼 우리 돈은?"

"사소한 건 넘어가자."

"으하하하! 더 마셔!"

그렇게 술판은 점점 개판이 되어 갔고, 그만큼 내 전낭은 두꺼워졌다.

하지만 마냥 좋아하고 있을 수만은 없었다.

'이걸로는 한참 모자란데.'

세 사람에게 빌린(?) 돈이 제법 되기는 하지만, 이 돈으로 지금 내게 필요한 수준의 영약을 사는 건 불가능했다. 게다가 위지열이 필요하다고 요청한 장비와 재료들도 사야 한다.

'돈 벌 곳은 없는데 나갈 곳만 많군.'

허 노인에게 물려받은 유산은 사업 확장을 위한 투자금으로 다 사용 중이고, 강사 월봉은 아직 받아 보지도 못했다. 사실 신입이라 얼마 되지도 않는다.

내가 지금 가진 거라고는 커다란 장원과 몸뚱이, 돈도 안 내고 내 집에서 숙식을 해결하는 두 제자뿐이었다.

"어휴."

"왜 그렇게 한숨이에요?"

"돈 빠져나갈 구멍은 많은데 돈 들어올 구멍은 없어서 그런다."

돈 걱정에 내가 한숨을 푹푹 내쉬자, 술기운에 얼굴이 벌게진 명일오가 턱을 긁적이며 말했다.

"형님. 그렇게 돈이 급하면 개인 과외라도 해 보는 건 어떻습니까? 시간 내기가 힘들긴 하겠지만……."

"개인 과외?"

내가 그런 단어를 처음 들어 본다는 표정으로 쳐다보자, 명일오가 설마 그것도 모르냐며 황당해했다.

"말 그대로, 개인 대 개인으로 무공 지도를 해 주고 수업료를 받는 거 말이에요. 청룡학관 강사라는 감투도 있으니 배우려는 사람은 꽤 많을 텐데."

"어? 그러고 보니 한 달만 있으면 청룡학관 입관 시험이잖아요. 입시 준비반은 딱 지금 대목일걸요?"

탁자에 반쯤 엎어져 있던 악연호도 고개를 들어 한마디 보탰다.

"오호라……!"

왜 진작 그런 생각을 못 했지?

나는 명일오에게 개인 과외에 관한 내용을 더 자세히 물어보았다.

"너는 과외 해 봤냐? 보통 어떻게 하는데?"

대답은 제갈소영에게서 들려왔다. 술기운에 그녀의 목소리가 살짝 꼬부라졌다.

"보통 일주일에 두우 번, 한 시진 정도 수업을 해요오. 수업료는 회당 받기도 하구, 한 달에 한 번 받기도 하구요. 전 별로 추천하진 않지만……."

"추천하지 않는 이유라도 있습니까?"

제갈소영이 뚱하게 입술을 내밀며 말했다.

"개인 과외는요. 거의 고관대작이나 부잣집 애들이 많이 하거든요? 그래서 그런지 애들이 쫌……."

"버릇이 없다?"

"네에. 저도 천무학관 다닐 때 몇 번 해 봤는데……."

나는 제갈소영의 이야기를 들으며 생각에 잠겼다. 개인 과외를 하는 것 자체는 별로 어렵지 않다. 문제는 그걸로 충분한 돈을 벌 수 있느냐인데…….

나는 솔직하게 물었다.

"과외비는 얼마나 받습니까?"

"다 달라요. 이쪽 업계는 강사마다 대우가 천차만별이라 평균은 의미가……."

"나도 평균이 궁금하진 않아요."

업계 최고 대우가 어느 정도인지 궁금한 것이다.

"남궁수 정도라면?"

내가 갑자기 남궁수를 언급하자 제갈소영이 눈을 동그랗게 떴다. 남궁수는 그녀의 선임 강사이기도 하지만, 청룡학관 유일의 일타강사였다. 당연히 과외 몸값도 제일 높을 것이다.

"남궁 오라버니 정도면…… 한 명당 한 달에 은자 삼백 냥 이상도 받을 수 있지 않을까요?"

"……삼백 냥?"

내 눈이 커졌다. 은자 백 냥이면 평범한 가족이 일 년은 먹고살 수 있는 돈이다. 삼백 냥이면 그 세 배. 한 달 동안 일주일에 두 번씩 무공 좀 봐주는 거로 그만한 돈을 번다고?

나는 남궁수의 냉막한 얼굴을 떠올리며 혀를 찼다.

"허. 물욕 없는 얼굴을 해서는 돈독이 제대로 오른 놈이었네."

어쨌든 잘 됐다. 역천신공의 성취를 올리는 데 필요한 영약, 대장간에 필요한 장비와 재료들을 사는 데 필요한 돈을 어떻게 벌어야 할지 고민이었는데.

내 입가에 흐뭇한 미소가 맺혔다.

"과외비를 그 정도로 받으면, 원하는 만큼 충분히 벌 수 있겠네."

"저 형님. 방금 제갈 소저도 말했지만 신입 강사는 돈이 별로……."

"무슨 소리야?"

나는 이해할 수 없다는 표정으로 세 사람을 바라봤다.

"난 당연히 남궁수보다 많이 받을 생각인데."

"예?"

"그게 말이 된다고……."

"신입 강사한테 누가 그런 큰돈을 내요!"

뜨악한 얼굴로 나를 바라보는 세 사람. 나는 그들을 향해 씨익 웃어 주었다.

"돈? 낼 수밖에 없게 만들면 되지."

다음 날 아침, 나는 두 제자와 함께 도시를 돌아다니며 곳곳에 전단지를 붙였다.

청룡학관 속성 입시반 대(大)모집!
믿을 수 없는 가격! 무조건 합격 보장!
미래의 일타강사! 현 청룡학관 강사 백수룡이 직접 지도하는
개인별 맞춤 학습!
지금 바로 문의하세요!

63화
열 배면 되겠소?

 드르륵. 창문을 열자 찬 공기가 폐 깊숙이 스며들었다. 흐릿했던 정신이 서서히 맑아지는 기분.
 "후우……."
 노인은 천천히 심호흡하며 창 너머로 시선을 주었다. 일찌감치 노안이 온 탓에 시야는 희뿌옇지만, 아직 새벽의 일출을 즐길 정도는 되었다.
 "좋구나."
 노인은 선선히 웃으며 고향의 새벽을 내려다보았다. 생업을 위해 일찍 집을 나선 사내와 아낙들. 학관이나 무관으로 향하며 재잘대는 아이들의 목소리로 거리는 생기가 넘쳤다.
 창문을 열고 그 모습을 가만히 지켜보는 것. 고향에 내려오고 지난 몇 주 동안, 노인의 소일거리이자 몇 안 되는 낙이었다. 그 순간, 창문이 저절로 닫혔다.
 "어르신. 새벽부터 찬바람을 쐬시는 건 몸에 좋지 않습니다."
 등 뒤에서 들려온 목소리에 노인은 작게 혀를 찼다. 뒤를 돌아보자 흑의무복 차림을 한 무뚝뚝한 인상의 여인이 다가오고 있었다.

"너도 어지간하구나. 아침마다 내 낙을 방해하느냐."

"제게는 어르신의 낙보다 건강이 우선이니까요."

무뚝뚝한 외모와 달리 여인의 목소리는 부드러웠다. 여인은 노인에게 다가와 겉옷을 입혀 주었다. 어느새 준비해 왔는지 침상 옆 탁자에는 따뜻하게 달인 탕약도 놓여 있었다.

"창문 좀 열어다오."

"약부터 드시면 열어 드리겠습니다."

"에잉……."

결국 겉옷을 입고 쓰디쓴 탕약을 한 모금 입에 댄 후에야, 여인은 창문을 다시 열어 주었다.

노인이 여인을 흘겨보며 말했다.

"내 돌아가면 네가 내 말을 듣지 않았다고 다 일러바칠 게다."

"그럼 저도 어르신이 약을 제대로 안 드셨다고 일러바치겠습니다."

"고얀 것……."

노인은 뭐라고 더 쏘아붙이려다가 그냥 웃고 말았다. 말은 얄밉게 해도 참으로 고마운 아이다. 명령이라고는 해도 이 먼 곳까지 자신을 따라와 수발을 들고, 무뚝뚝한 얼굴이지만 늘 자신의 건강을 염려하고 챙겨 주고 있지 않은가.

"내 돌아가면 너를 더 중한 곳에 써 달라고 말씀드려 보겠네."

"……제가 잘못했으니 그런 말씀은 거두어 주십시오."

일러바치겠다고 말할 때는 꿈쩍도 안 하던 여인의 얼굴이 조금 창백해졌다. 그 모습이 웃겨 노인은 푸흐흐 웃었다.

다시 창밖으로 몸을 돌린 노인이 거리를 구경하며 말했다.

"나는 이곳에서 약관을 조금 넘길 때까지 살았네. 그리고 수십 년 만에 다시 오게 되었지. 참…… 많이 변했구나."

"예."

"고향이지만 정은 없다고 생각했네. 부모님은 어린 시절에 돌아가셨고, 그리 좋은 기억이 많진 않거든."

"……그런데도 굳이 이곳을 선택하신 이유가 있습니까?"

여인의 질문에 노인은 잠시 침묵했다. 거리를 바라보는 그의 두 눈이 복잡한 감정에 잠겨 있었다.

"그래도 고향은 고향인가 보다. 요양을 다녀오라는 말을 들었을 때, 가장 먼저 생각난 곳이 이곳이었어."

"금방 쾌차하셔서 곧 돌아가실 겁니다."

"……이보게, 흑영. 솔직히 나는 그 복마전으로 돌아가고 싶지 않아."

"……."

흑영은 아무런 말도 하지 않고 가만히 노인의 뒷모습을 바라봤다. 여기서 자신이 이래라저래라하는 건 주제넘은 짓이기 때문이다. 노인의 마음을 편안하게 해 주고, 그의 건강을 돌보며, 혹시라도 모를 위험에 대비하는 것이 그녀의 역할이었다.

"식사를 가져오겠습니다."

흑영이 몸을 돌려 노인의 방에서 내려가려고 할 때였다.

"음? 무슨 일이라도 생겼나?"

노인의 목소리에 흑영이 다시 몸을 돌렸다. 창밖으로 몸을 반쯤 내밀다시피 한 노인이 바깥을 바라보고 있었다. 그의 시선이 향한 곳에는 사람들이 모여 웅성거리고 있었다.

"푸하하하! 이것 좀 봐!"

"쯧. 세상엔 별 이상한 놈이 다 있다니까……."

명백한 비웃음과 무시부터 시작해서,

"미래의 일타강사? 청룡학관 강사라고? 백수룡이 대체 누구야?"

"자넨 그 소문도 못 들었나? 왜 이번에 신입 강사로 들어온 사람 중에……."

"아! 청룡학관을 천무제에서 우승시키겠다고 선언했다는 그 허풍쟁이 말이지?"

호기심과 황당하다는 반응들.

"무조건 합격 보장? 이건 그냥 사기꾼 아닌가."

"청룡학관의 위신도 땅에 떨어졌군. 어찌 이런 저급한 방법으로……."

"무인이란 자가 부끄러운 줄도 모르고……!"

거세게 타오르는 분노까지. 그 자리에 모인 사람들은 온갖 이야기를 떠들어 대고 있었다. 그 모습이 노인의 흥미를 끌었다.

"대체 무슨 일이기에 저리들 난리지? 무림공적의 신상파기라도 붙은 겐가?"

흑영이 바깥의 소리에 귀를 기울이며 대답해 주었다.

"전단지가 붙은 모양입니다. 백수룡이라는 무공 강사가…… 과외를 할 학생을 구하는 것 같군요."

"무림에서는 보통 그런 일로 저렇게 욕을 먹나?"

"……그렇지는 않은 것으로 압니다."

사실 전단지를 보고 무공 과외를 구한다는 것 자체가 흔치 않은 일이었다. 어떤 부모도 실력이 증명되지 않고, 신분이 불분명한 자에게 자식을 맡기려고 하진 않는다. 그래서 무공 과외는 인맥으로 구하는 것이 보통이었다.

'청룡학관 강사라면 신분은 어느 정도 보장되긴 하겠지만…….'

사람들의 입에서 자주 오르내리는 백수룡이라는 이름. 사람들의 말을 대충 들어 보니, 허풍이 심하고 사람들의 관심을 끌기 위해 저런 짓을 하는 모양이었다.

'어르신과는 상관없는 일이야.'

흑영은 백수룡이라는 이름에 관한 생각을 지웠다. 그녀는 자신의 일 외에는 관심을 두지 않는 성격이었다. 하지만 그녀가 모시는 노인은 그렇지 않았다.

"대체 뭐라고 적어 놨기에 저리들 난리인지 궁금하군. 가서 저 종이 하나만 떼 오게나."

그 순간 흑영은 노인의 초롱초롱한 눈빛이 왠지 불안했으나, 그녀에겐 노인의 명령을 거절할 권리가 없었다.

"⋯⋯예."

고개를 꾸벅 숙인 흑영의 모습이 방에서 스르륵 사라졌다.

잠시 후, 거리에 붙은 전잔지 중 하나를 조용히 챙겨 온 흑영은 떨떠름한 표정으로 그것을 노인에게 건넸다.

"갖고 오는 길에 슬쩍 봤습니다만, 굳이 보실 필요는⋯⋯."

"얼른 이리 주게."

노인은 빼앗듯이 흑영이 가져온 전단지를 가져와 읽었다.

청룡학관 속성입시반 대(大)모집!
믿을 수 없는 가격! 무조건 합격 보장!
미래의 일타강사! 현 청룡학관 강사 백수룡이 직접 지도하는
개인별 맞춤 학습!
지금 바로 문의하세요!

"⋯⋯."

한동안의 침묵.

노인은 내용을 쭉 읽더니, 손등으로 눈을 한번 비빈 후 다시 읽었다. 노안 탓에 잘못 읽은 게 아닌가 싶었던 것이다. 그러나 몇 번을 읽어도 내용은 그대로였다.

"허허⋯⋯."

경박하기 짝이 없는 문구는 싸구려 약장수들이나 쓸 내용이었고, 자신만만한 말투는 오만을 넘어 광대처럼 보일 지경이었다. 노인의 입가에 부드러운 웃음이 맺혔다.

"이 친구, 돈이 아주 궁한 모양이야. 그렇지 않나? 자존심 강한 무인이 이런 전단을 붙이는 게 쉽지만은 않았을 텐데 말이야."

"……."

무인들은 자존심을 빼면 시체 아니던가. 노인도 어린 시절에는 천하를 질타하는 무림인을 동경했었다. 허리에 검을 차고 청룡학관으로 향하는 소년들과 소녀들을 얼마나 부러워했던가.

책보에 책을 가득 넣고 학관으로 향하던 코흘리개 시절, 청룡학관으로 향하던 헌앙한 후기지수들과 마주치면 자기도 모르게 어깨가 움츠러들었다.

지금이야 어지간한 고수들도 노인 앞에서 고개를 조아려야 하지만 말이다.

"무공 과외라……. 허허. 재미있겠군."

"어르신. 설마……."

흑영이 당황한 표정으로 노인을 바라봤다. 그녀는 노인의 성격을 안다. 지금이야 몸이 약해져 고향으로 요양을 왔다지만, 한번 고집을 부리기 시작하면 누구도 말리기 어려웠다.

아니나 다를까. 노인은 인자한, 그러나 흑영이 느끼기엔 불길하기 그지없는 미소를 지으며 말했다.

"오랜만에 바깥으로 좀 나가고 싶으니 준비하게."

"설마 그곳에 가실 셈입니까?"

흑영의 시선은 노인이 손에 들고 있는 종이를 향했다. 그곳에는 주소도 적혀 있었다. 청룡학관 인근의 커다란 장원, 백룡장. 오늘 노인의 산책 장소가 바로 그곳이었다.

"걱정 마라. 구경만 하고 올 생각이니."

흑영이 그 말을 그대로 믿기엔, 노인의 눈이 어린아이처럼 반짝이고 있었다.

· ◈ ·

백룡장(白龍莊)

장원의 간판에는 용사비등한 필체로 그렇게 적었다. 대문은 활짝 열어 두었다. 전단지를 보고 상담하러 온 학생들이 편하게 들어올 수 있게 하기 위해서였다. 하지만 이미 해가 중천인데도 상담을 받으러 오는 사람은 거의 없었다.

"파리만 날리는데요."

따악! 나는 재수 없는 소리를 하는 헌원강의 조동아리를 검집으로 후려쳤다.

"악! 왜 때려요!"

"방정맞게 입 벌리지 말고 자세나 똑바로 해. 이거 봐. 벌써 자세 무너지지?"

나는 검집으로 헌원강의 몸 여기저기를 쿡쿡 찔렀다. 녀석은 내가 가르쳐 준 녹림십팔식으로 수련하고 있었는데, 습득 속도가 놀라울 정도로 빨랐다. 몇 군데 틀린 자세를 지적해 준 후에 물었다.

"전단지는 제대로 붙이고 온 거 맞아?"

내가 눈을 가늘게 뜨고 묻자, 헌원강이 억울하다며 펄쩍 뛰었다.

"새벽에 도둑고양이처럼 뛰어다니면서 그 낯부끄러운 종이를 100장이나 붙이고 왔는데!"

"저도 다 붙이고 왔어요."

헌원강 옆에서 땀을 흘리며 무극검을 수련 중이던 위지천도 고개를 끄덕였다.

나는 위지천의 자세도 교정해 주며 말했다.

"그래. 내가 저 망나니는 못 믿어도 천이 너는 믿지."

"왜 나만 차별하는데……."

"몰라서 묻냐? 몰래 술이나 안 처마시고 왔으면 다행이지."

"술 끊었다니까!"

"조동아리."

따악! 헌원강은 조동아리가 퉁퉁 부은 채로 녹림십팔식에 집중했고, 위지천은 천천히 무극검을 펼쳤다. 나는 둘의 자세를 지적해 주며 활짝 열린 대문을 바라봤다.

쩝. 입맛이 썼다.

'기껏 휴가까지 냈는데 말이야.'

입사한 지 한 달도 안 돼 휴가를 내는 나를 보고 동기들이 경악했지만, 내게는 당장 과외를 구하는 것이 더 중요했다. 역천신공의 성취를 높일 영약을 구하고, 검을 만들기 위해서는 꽤 많은 돈이 필요하니까.

'적어도 세 명은 구해야 하는데…….'

어째서 한 명도 찾아오지 않는 건지 이해할 수가 없었다.

"홍보가 부족했나? 역시 조금 더 자극적인 문구를 넣었어야……."

"그랬다간 허위 광고로 관아에 신고가 들어갔을걸요."

"수룡 형, 아니 선생님이 가르치는 건 잘해도 사업에는 재주가 없는 것 같아요……."

"니들 조동아리 여는 거 보니 할 만한가 보다? 앙?"

한창 두 녀석을 갈구며 수업을 진행할 때였다.

"안에 계신가?"

나직한 목소리와 함께, 안색이 그리 좋지 않은 노인과 흑의무복을 입은 여인이 대문을 넘어 들어왔다. 나는 습관처럼 두 사람을 자세히 살폈다. 노인은 허리가 꼿꼿하고 목소리가 또랑또랑하니 힘이 있었다. 지팡이를 짚으며 천천히 걷고 있었는데, 안색이 영 좋지 않은 걸 보니 건강에 문제가 있어 보였다. 무공을 본격적으로 익히지는 않은 것 같지만, 몸에 배어 있는 분위기가 범상치 않았다.

'보통 사람은 아니로군.'

내 시선은 노인을 지나 그 뒤를 따라오는 흑의무복을 입은 여인에게로 향했다.

'저쪽도 보통은 넘고.'

매서운 눈빛과 굳게 다문 입술에서 강한 고집이 느껴졌다. 언제라도 몸을 움직일 수 있도록 대비하고 있었다. 그때 노인이 나를 바라보며 다시 입을 열었다.

"여기가 백룡장이 맞소?"

정체가 무엇인지 모르나, 그의 손에 오늘 붙인 종이가 들려 있는 모습을 본 순간 나는 영업용 미소를 지으며 앞으로 나섰다.

"어서 오십시오. 일단 저쪽에 앉으시죠."

"전단지를 보고 상담이나 한번 받으러 왔소만……."

"손주분을 맡기시려고요? 같이 오시면 더 좋았을 텐데……. 몇 살이나 되었습니까?"

노인과 마주 앉은 나는 노인이 손자나 손녀의 과외 상담을 하러 온 것이라 추측하고 물었다. 하지만 그 순간, 노인은 어린아이처럼 장난기 가득한 미소를 지었다.

"손자는 아니고. 내가 상담을 받아 볼까 하는데 말이오."

"……예?"

"어르신!"

나보다 노인 뒤에 있던 흑의무복 여인이 더 놀란 듯했다.

"자네는 가만히 있게. 상담일 뿐이라니까."

노인은 흑의 여인에게 손을 저어 제지한 후, 나를 지그시 바라보며 물었다.

"백 선생. 이런 늙은이도 선생의 과외를 받으면 청룡학관에 입관할 수 있소?"

"진심이십니까?"

"어때 보이오?"

나는 노인의 눈을 빤히 바라봤다. 노인도 거리낄 게 없다는 듯 내 시선을 마주 봤다. 잠시 본 것만으로 노인의 정확한 진의를 파악할 수는 없었지만, 장난기 속에 진지함이 깃들어 있는 것만은 알 수 있었다.

"……진심이신 것 같네요."

"허허. 일단은 상담이나 받으려고 하오. 청룡학관 입관에 나이 제한은 없는 것으로 알고 있소만."

청룡학관 입관에 필요한 최소 나이는 열다섯부터지만, 나이가 많은 것에는 아무 제한이 없었다. 하지만 보통은 스무 살만 넘어도 입관하려 하지 않았다. 종종 서른이 넘어 입관하는 '만학도'가 있긴 하지만, 그것도 아주 드문 경우다.

"어르신. 실례지만 올해 춘추가 어떻게 되십니까?"

"올해로 예순다섯이오."

'입관 자격은 50년 전부터 갖고 계셨네요.'

내가 그런 눈빛으로 바라보자, 노인이 민망한 듯 껄껄 웃으며 지팡이로 바닥을 두드렸다.

"배움에 나이가 중요하겠소?"

배움 자체에는 나이가 중요하지 않지만, 그 결과에는 매우 중요한 영향을 미친다. 괜히 어린 나이부터 무공에 입문하는 것이 아니다. 몸이 유연하고 탁기가 없을 때 무공에 입문할수록 유리한 것은 분명한 사실. 간혹 타고난 자질이나 특수한 체질로 늦은 입문을 극복하는 경우도 있지만, 내가 볼 때 노인은 그런 경우도 아니었다.

'일단 나이가 너무 많아.'

내가 아무리 돈이 궁해도, 아닌 것은 아닌 것이다. 노인 뒤에서 부리부리한 눈으로 나를 노려보는 흑의 여인의 눈빛도 부담스럽고 말이지.

"어르신. 죄송하지만 그건 어렵겠습니다."

내 말에 노인은 실망한 표정을, 흑의 여인은 감사의 의미로 포권을 취해 보였다. 하지만 노인은 아직 미련이 남은 듯했다.

"……열 배를 준다면 어떻소?"

"예?"

"날 청룡학관에 입관시켜 준다면 과외비를 열 배로 지불하지."

노인의 눈빛에서 장난기가 걷혔다. 그는 나를 똑바로 바라보며 진지하게 묻고 있었다.

'열 배?'

내가 책정한 과외 비용은 은자 삼백 냥이다. 열 배면 삼천 냥. 노인 이외에 다른 학생을 구할 필요도 없는 액수다. 가능만 하다면…….

"손을 좀 줘 보십시오."

나는 노인의 맥문을 쥐고 진맥을 했다. 몸 안에 흐르는 기의 흐름을 더욱 잘 느끼기 위해 눈을 감고 천천히 살폈다.

그렇게 일다경 정도 살핀 후, 나는 천천히 눈을 떴다.

"죄송하지만 열 배를 주셔도 어렵겠습니다."

내 한마디에 노인의 표정이 흐려졌다. 그가 나직이 한숨을 내쉬며 말했다.

"역시 그런가……."

"혹시나 해서 말씀드리는데 누구에게 상담을 받으셔도 똑같이 말할 겁니다. 제가 할 수 없으면 청룡학관의 누구도 못 합니다."

"허허. 오만하지만 왠지 믿음이 가는구려. 그래. 말도 안 되는 일이겠지……. 상담해 주어서 고맙소."

노인은 자리에서 일어났다. 돌아선 어깨는 처음 대문으로 들어올 때보다 처져 보였다.

나는 백룡장을 나서는 노인을 배웅했다.

"도움을 못 드려 죄송합니다."

"오히려 내가 무리한 부탁을 해서 미안하오."

"열 배……. 큰돈이지만 그 정도 돈으로는 어려운 일이라서요."

"그렇겠지. 세상에 돈만으로 다……. 무어라?"

방금 내 말에서 이상한 점을 느꼈는지, 노인이 나를 돌아봤다. 나는 방금 '그 정도 돈으로는 어렵다.'라고 했다.

"그 말은 혹시……."

나는 씩 웃으며 고개를 끄덕였다. 흥정이야말로 거래의 기본이 아니겠는가.

"스무 배를 주시죠. 그럼 청룡학관 역대 최고령 합격자로 만들어 드리겠습니다."

나를 바라보는 노인의 눈동자가 거칠게 흔들렸다.

64화
이게 뭐야?

"스무 배라고 했소?"
"적어도 그 정도는 받아야 수지가 맞습니다."
이럴 때일수록 뻔뻔해져야 한다. 뭐 이런 도둑놈이 다 있냐는 표정으로 나를 바라보는 노인에게, 나는 당당하게 스무 배를 받아야 하는 이유를 설명했다.
"제가 어르신의 과외를 하게 되면, 다른 학생은 안 받고 어르신에게만 집중할 생각입니다."
"어차피 나 말곤 아무도 안 오지 않았소?"
……초반부터 큰 위기가 찾아왔지만, 못 들은 척 무시하면서 말을 이었다.
"과외는 보통 사흘에 한 번씩, 한 시진 정도 무공을 봐주는 것이 일반적입니다. 하지만 어르신은 그 정도로는 안 됩니다. 보아하니 내공은 제법 있으시지만 외공은 거의 안 익히신 것 같은데. 맞습니까?"
"……건강을 위해 기체조 정도는 매일 하고 있소만."
노인은 부정하지 않고 고개를 끄덕였다. 나는 그럴 줄 알았다는 듯 한숨을 쉬었다.

"기체조로 청룡학관 입관이요? 어림도 없습니다. 내·외공 수련은 물론이고 식단 관리, 건강 관리까지. 저는 한 달 내내 어르신을 신경 써야 합니다. 즉."

나는 진지한 표정으로 노인의 눈을 마주 바라봤다. 이건 내 진심이기도 했다.

"들어가는 시간과 정성이 스무 배 이상이란 말입니다. 절대로 많은 액수가 아닙니다."

"허허……. 듣고 보니 또 그럴듯하군."

노인은 수염을 쓰다듬으며 웃었다. 이내 그 미소가 짓궂게 변했다. 동시의 그의 말투가 변했다.

"그래서 그 스무 배가 얼마인가? 나는 아직 가격도 못 들었네만."

얼마냐면, 그러니까…….

나는 침을 꼴깍 삼킨 후 말했다.

"은자 육천 냥입니다."

"……강도가 따로 없구먼."

노인은 황당하다는 듯 혀를 찼다. 하지만 화를 내거나 말도 안 된다는 표정을 짓지는 않았다.

은자 육천 냥. 서민들은 평생 만져 볼 수 없는 돈이고, 웬만한 부잣집도 마련하기 쉽지 않은 돈이다. 그런데 노인은 그 액수를 듣고 가볍게 혀를 차는 정도에 그쳤다.

'즉, 돈은 아무 문제가 안 된다는 뜻이지.'

이 정도 되는 돈을 쉽게 생각할 수 있는 노인. 그 정체가 궁금해졌지만, 나는 괜한 호기심을 드러내지 않았다.

"그래서 육천 냥이면, 자네가 날 청룡학관에 입관시켜 줄 수 있다 이 말인가?"

"제 지도를 성실하게 따라오신다면……."

"어르신!"

그 순간 검은 그림자가 우리 둘 사이를 가로막았다. 이곳까지 노인을 호위해 온 흑의무복의 여인. 그녀가 눈을 부라리며 나를 노려보았다.

"더 이상 이런 사기꾼의 말에 귀를 기울이실 필요 없습니다!"

"흑영. 내 말이 아직 안 끝났네만……."

"더 들으실 것도 없습니다!"

흑영은 노인의 말을 끊으며 나를 노려봤다. 당장이라도 출수할 듯 그녀의 손이 칼 위에 올라가 있었다.

"어르신의 몸으로 무공을 배운다는 것이 가당키나 한 일이라고 생각하십니까?"

"안 될 이유라도 있습니까?"

"연세도 있으시지만, 병환도 깊으신 분입니다. 요양이 필요해 잠시 이곳에 내려와 계신 거란 말입니다."

"몸 상태를 충분히 고려해서 수업을 짤 테니 걱정 안 하셔도 됩니다. 한 달 후엔 더 건강해지실걸요?"

"감히……!"

나는 호의를 담아 웃으며 한 말이었는데, 그 순간 흑영의 얼굴이 악귀처럼 일그러졌다.

"누굴 기만하려 드는 것이냐!"

순식간에 뽑혀 나온 칼이 내 목적에 닿아 있었다. 흑영이 스산한 살기를 뿜어내며 나를 노려봤다.

"더 이상 세 치 혀를 놀려 어르신을 미혹하지 말거라. 아예 잘라 버리기 전에."

"……이게 무슨 짓입니까?"

"흑영!"

흑영의 살벌한 기세에 노인이 놀라서 소리치자, 장원 안쪽에 있던 헌원강과 위지천이 살기를 느끼고 동시에 달려왔다.

"선생님!"

나는 눈을 가늘게 뜨고 흑영이란 여인을 바라봤다. 내 목적에 닿아 있는 칼끝은 한 치의 흔들림도 없었다.

'생각했던 것보다 더 고수로군.'

기도를 드러낸 흑영은 상상 이상의 고수였다. 남의 밑에서 호위나 한다는 것이 이해가 안 될 정도로.

"당장 칼 내려놔!"

"뭐 하시는 겁니까!"

채앵! 채앵! 검과 도를 뽑아 든 달려온 위지천과 헌원강이 흑영을 겨눴다. 그러나 흑영은 그쪽엔 시선도 주지 않고 나를 노려봤다.

"마지막 경고다. 당치도 않는 거짓말로 어르신을 현혹하면 다음엔 경고로 그치지 않을 것이다."

"난 거짓말은 한 적이 없는데."

"정녕 그 혀가 잘리고 나서야……!"

쿵! 작은 소리였다. 지팡이가 바닥을 찍는 소리. 가공할 내공이 담긴 것도 아니었고, 그저 신경질적으로 바닥을 내리친 소리였다.

"흑영."

다만 그 소리를 낸 사람이 흑영이 모시는 노인이라는 것이 중요했다.

"지금 나를 우습게 만드는 것이 그 청년인가, 아니면 너인가?"

노인은 지금껏 들어 보지 못한 까랑까랑한 목소리로 말했다.

"어, 어르신."

얼굴이 창백해진 흑영이 몸을 돌려 노인을 바라봤다. 그 몸이 사시나무 떨리듯 떨리고 있었다.

"죄, 죄송합니다. 용서를……."

"당장 검을 치우고 물러나거라."

그것은 무인의 기세와는 달랐다. 노인의 작은 몸에서 뿜어지는 강렬한 존재감에 흑영이 칼을 내렸다. 뿐만 아니라 노인 앞에 무릎을 꿇었다.

"부디 용서를……."

노인은 그런 흑영을 그대로 지나쳐, 내게로 걸어왔다.

"미안하네. 내 호위가 못난 꼴을 보였군."

"아닙니다. 충성심 깊은 호위를 두신 것 같아 부러운데요."

"허허. 그리 생각해 주니 고맙군."

노인이 빙그레 웃자, 방금 보여 준 위압감은 거짓말처럼 사라졌다.

"아까 하던 이야기를 마저 해 보지. 자네에게 무공 지도를 받으면, 정말 청룡학관에 입관해서 무림 고수가 될 수 있는 건가?"

그 눈빛은 부드러웠지만 동시에 내 진의를 추궁하듯 날카로웠다.

나는 거짓을 보태지 않고 사실대로 말했다.

"솔직히 말씀드리면, 어르신 연세에 무공을 시작해서 대성하는 건 어렵습니다. 잘해 봤자 이류, 천운이 닿으면 일류고수 정도가 한계겠지요."

"헛소리……!"

무릎을 꿇은 흑영이 이를 갈며 중얼거렸지만, 노인이 흘겨보자 입을 꾹 다물었다.

노인이 씁쓸한 표정으로 나를 바라봤다.

"천운이라……. 그리 운이 좋은 편은 아닌데 말일세."

"다행히 이번엔 어르신에게 천운이 닿은 것 같은데요?"

"음? 그게 무슨 소리인가?"

나는 씩 웃으며 손가락으로 나를 가리켰다.

"이렇게, 어르신 눈앞에 천운이 나타나지 않았습니까."

한순간 노인의 눈이 커지더니, 이내 폭소를 터트렸다.

"푸하하하! 자네 배포 하나는 정말 마음에 드는군! 흑영의 칼을 눈앞에 두고도 눈 하나 깜짝 안 할 때 알아봤지만 말이야!"

"그거야 별로 안 위험했으니까요."

"뭐라? 푸하하하하!"

노인이 들고 있던 지팡이까지 떨어뜨리며 폭소를 터트렸고, 흑영은 나를 노려보며 조용히 이를 갈았다.

잠시 후, 겨우 진정한 노인이 눈가의 눈물을 닦으며 말했다.

"그럼 서른 배를 주지."

"예?"

그 말은 나도 전혀 예상치 못했던 전개라, 나는 눈을 동그랗게 뜨고 노인을 바라봤다.

"은자로 구천 냥. 아니, 만 냥을 채워 주겠네. 절반은 선금으로, 나머지 절반은 입관 시험에 합격하면 주지. 어떤가?"

거절할 이유가 없다. 내 이름을 걸고 과외를 시작한 이상 반드시 합격시킬 생각이었지만, 보수가 좋을수록 당연히 의욕도 더 활활 타올랐다.

"반드시 합격시켜 드리겠습니다."

"꼭 그래야 할 걸세."

노인의 입가에는 부드러운 미소가 맺혔지만, 그 입에서 나온 말은 결코 부드럽지만은 않았다.

"날 합격시키지 못하면, 나는 자네에게 많이 실망하게 될 테니 말이야. 어쩌면 화가 날지도 모르지."

이건 협박이다. 은자 만 냥을 말 한마디로 지불할 수 있는 노인의 분노라……. 조금은 궁금하기도 하지만, 굳이 경험해 보고 싶지는 않았다.

"실망하실 일은 없을 겁니다."

"기대하겠네. 그럼 수련은 언제부터 시작인가?"

"쇠뿔도 단김에 빼랬다고, 오늘부터 시작하시죠."

"……오늘?"

"일단 안으로 다시 들어가시죠."

진심으로 당황한 듯 노인의 눈이 커졌다. 나는 혹시라도 무르겠다고 하기 전에, 재빨리 노인을 백룡장 안으로 이끌었다. 흑영이 똥 씹은 표정으로 우리 뒤를 따라왔다.

"그리고 미리 말씀을 안 드렸는데. 앞으로 한 달 동안은 이곳에서 저희와 합숙하셔야 합니다."

"음……. 꼭 그래야 하나?"

"꼭 그래야 합니다."

난감한 표정을 짓는 노인에게, 나는 단호하게 고개를 끄덕였다. 자신 있게 합격시켜 주겠다고 말하긴 했지만, 예순다섯 노인을 청룡학관에 입관시키는 것은 결코 만만한 일이 아니었다.

"수업은 바로 오늘 저녁부터 시작하겠습니다. 장원에 빈방이 많으니 아무 곳이나 골라잡으시고요."

"……으음. 알겠네."

그렇게, 청룡학관 역사상 최고령인 지원자와 함께하는 합숙이 시작되었다.

그날 저녁. 나는 연무장에서 공(公) 노인(그는 자신의 이름은 알려 주지 않고 그저 공 씨라고만 소개했다)과 마주 섰다.

"생각보다 체력은 나쁘지 않으시네요."

"후우……. 말했잖은가. 기체조를 오래 했다고."

방금 막 기체조를 끝낸 노인이 숨을 가다듬었다. 어떠냐는 듯, 그가 기대 어린 눈으로 나를 바라봤다. 나는 조금 전 노인의 움직임을 떠올리며 턱을 긁적였다. 느리고 굼뜨긴 했지만, 부드럽고 현묘한 도가 계열 무공의 묘리가 느껴졌다.

"그냥 기체조가 아니던데요? 무당 쪽 움직임이 섞여 있던데."

내 말에 공 노인의 눈을 반짝반짝 빛냈다.

"허어. 강사라 그런지 과연 눈이 좋구먼. 맞네. 내 비록 정식으로 무공을 배운 적은 없지만, 이 체조를 삼십 년 넘게 했지. 어떤가? 이 정도면 체력은 젊은이들에 못지 않······. 쿨럭! 쿨럭!"

······마지막에 기침만 안 했어도 참 믿음직했을 텐데. 공 노인이 기침을 해 대자 뒤에서 조마조마한 표정으로 서 있던 흑영이 곧장 달려와 부축했다.

"어르신!"

"괘, 괜찮네. 오랜만에 흥이 나서 조금 빠르게 했더니 그래. 후우······."

"천천히 심호흡하세요. 천천히······."

지랄 났다 아주······.

흑영이 얼굴이 창백해진 노인을 부축하며 심호흡을 시키는 동안, 나는 노인이 한쪽에 놓아 둔 지팡이를 들고 그에게 가져갔다.

'음?'

잠깐 들어 본 것이지만, 지팡이의 무게중심이 내가 예상한 것과 상당히 달랐다.

달칵. 지팡이 손잡이의 한 부분을 누르자, 아니나 다를까 지팡이 끝에서 두 치 정도 되는 송곳이 튀어나왔다.

"혼자 기체조도 하실 수 있으면서 지팡이는 왜 짚고 계시는가 했더니······."

내가 아연실색한 표정으로 지팡이를 건네주자, 노인이 멋쩍은 미소를 지으며 말했다.

"허허. 보다시피 호신용 무기일세. 아쉽게도 아직 써 본 적은 없어."

"제가 곁에 있는 한, 앞으로도 쓰실 일은 없을 겁니다."

흑영이 단호한 표정으로 말하자, 공 노인은 허허 하고 웃었다. 공 노인이 기대가 담긴 표정으로 나를 바라봤다.

"어떤가? 이만하면 늙었어도 몸뚱이는 꽤 쓸 만하지 않나?"

고작 일다경 정도 몸을 움직이고, 시체처럼 창백한 얼굴이 되어 그런 말을 해 봤자 설득력이 없었다.

"어림도 없습니다."

"흥."

공 노인이 못마땅한 표정으로 입을 삐죽거렸다. 늙으면 애가 된다더니. 어린애 같은 면이 있었다.

'말은 그렇게 했지만, 생각보다 체력은 나쁘지 않아.'

적어도 최악은 아니다. 공 노인은 무공을 펼치는 데 필요한 최소한의 근력은 가지고 있었다. 몸도 생각보다 유연했고, 배우고자 하는 의지도 충분했다.

'부족한 체력은 저 기체조에 녹림십팔식을 섞어서 가르치면 되겠어.'

겉으로 드러난 몸 상태는 확인이 끝났다. 이제 몸 안을 확인해 볼 차례였다. 나는 조심스럽게 공 노인에게 물었다.

"어르신. 제가 몸을 좀 자세히 살펴봐도 되겠습니까?"

"진맥이라면 아까도 하지 않았나?"

"그 정도로는 부족해서요. 몸 안에 내공을 흘려 넣어서 확인해 보고 싶습니다만……."

허락 없이 몸 안에 타인의 내공을 흘려 넣는 것은 금기다. 마음만 먹으면 얼마든지 내상을 입히거나 상대를 불구로 만들 수 있기 때문이다. 때문에 아까도 그냥 진맥만 했고, 큰 문제가 없다는 것 정도만 확인했다.

"어르신……."

표정을 굳힌 흑영이 고개를 저었다. 허락하지 말라는 의미였다. 하지만 결정은 결국 공 노인의 몫이었다. 그는 빤히 날 바라보더니, 고개를 끄덕였다.

"여기까지 와서 거절하는 것도 우습겠지. 살펴보시게."

"저쪽에 가서 가부좌를 틀고 앉아 주십시오."

공 노인이 가부좌를 틀고 앉았고, 나는 그의 뒤에 앉으며 등에 손바닥을 갖다 댔다.

흑영이 내게 눈을 부라리며 살기를 내뿜었다.

"조금이라도 어르신께 허튼짓하면, 즉시 목을 벨 것이다."

"알았으니 호법이나 잘 서십쇼."

흑영이 살벌한 목소리로 경고했지만, 가볍게 무시해 주었다. 내가 공 노인의 등에 손을 댄 이상, 흑영도 함부로 날 건드릴 수 없었다.

"이제 제가 내공을 인도할 것입니다. 거부하지 마시고 흐르는 대로 두십시오."

"……조금 떨리는구만."

나는 역천신공을 끌어올려 공 노인의 몸 안으로 내공을 흘려 넣었다. 그리고 얼마 지나지 않아, 내 표정이 기괴하게 일그러졌다.

'뭐가 이렇게 많아?'

65화

이거…… 대박인데?

'뭐가 이렇게 많아?'

나는 공 노인의 몸 안에 뭉쳐 있는 어마어마한 기운에 놀라고 말았다. 그의 몸 안에 흡수되지 않은 영약의 약기가 잔뜩 쌓여 있었다.

'영약을 삼시 세끼 반찬으로 챙겨 드셨나?'

나는 역천신공으로 공 노인의 기경팔맥과 십이경맥을 훑어 내렸다. 기혈 곳곳에 고여 있는 약기가 움찔하며 역천신공에 반응했다. 어이가 없을 지경이었다.

'몸 안에 깃든 기만 보면…… 절정고수라고 해도 믿겠군.'

공 노인이 어느 정도 외공과 내공심법을 익히고 있다는 사실은 이미 알고 있었다. 걸음걸이만 보아도, 은연중에 드러나는 기도만 보아도 충분히 알 수 있는 부분. 하지만 이건 상상을 초월했다. 아니, 말이 안 되는 수준이었다.

나는 정신을 집중해 노인의 몸 안을 꼼꼼히 살폈다.

'몸 안에 쌓인 기는 넘쳐나지만…… 내공으로 쌓인 것은 그중 극히 일부분이로군.'

영약을 많이 먹는다고 그것이 전부 내공으로 변하지는 않는다. 적절한 내공심법으로 약기를 단전으로 인도해야 내공이 되고, 내공을 혈도를 따라 꾸준히 순환시켜야 기혈이 튼튼해지고, 신체가 건강해져 기의 수발이 원활해진다.

무림인들이 끊임없이 몸을 단련하고, 하루도 거르지 않고 심법에 몰두하는 이유가 그것이다. 하지만 공 노인의 몸은 그런 쪽으로는 거의 단련이 돼 있지 않았다.

'아예 안 된 것은 아니지만, 무공을 익히지 않는 사람보다 조금 나은 정도야.'

그에 비해 몸 안에 쌓인 약 기운은 지나칠 정도로 많았다. 이건 낭비다. 어마어마한 낭비다.

'게다가…… 몸 안에 쌓여 있는 탁기도 어마어마하다.'

공 노인의 몸 안에는 영약의 기운뿐만 아니라, 독이나 다름없는 탁기까지 공존하고 있었다.

움찔! 역천신공이 몸 내부를 돌아다니자 공 노인의 몸이 부르르 떨렸다. 그 모습을 흑영이 걱정 가득한 표정으로 지켜보면서 발을 동동 굴렀다.

"어, 어르신……."

하지만 내가 공 노인의 몸 안에 내공을 흘려 넣고 있는 이상, 그녀가 함부로 끼어들거나 멈출 수는 없었다. 나는 원망 어린 흑영의 시선을 무시하며 다시 공 노인에게 집중했다.

'뭔가 이상해.'

보통의 무림인이라면 내·외공을 단련하며 탁기를 어느 정도는 배출하기 마련인데, 공 노인의 몸 안에 쌓인 탁기는 일반인의 열 배가 넘었다. 이것 역시 정상은 아니다.

'천음절맥을 타고난 나 정도는 아니지만……. 이 나이에 걸어 다니는

것이 용한 수준이야. 이게 어떻게 가능하지?'

 잘못된 식습관, 잦은 음주와 흡연, 주변 환경, 육체적·심리적인 압박감은 우리 몸에 탁기가 쌓이게 만든다. 그렇게 쌓인 탁기는 만병의 근원이 되어, 탁기가 많이 쌓일수록 온갖 질병에 걸리고 몸이 쇠약해진다. 공 노인의 몸에 쌓인 탁기는 그 나이대의 다른 노인들에 비해서도 훨씬 많았다. 하지만 공 노인은 제법 건강한 상태를 유지하고 있었다.

 '그렇군. 몸에 축적된 영약의 약 기운이 탁기를 억누르고 있는 거야.'

 나는 공 노인의 내부를 다시금 관조했다. 육체를 좀 먹는 독과 같은 탁기를, 축적된 영약의 약기가 억누르며 절묘한 신체의 조화를 이루고 있었다. 그 덕분에 공 노인은 건강을 유지할 수 있었다. 아니, 살아 있을 수 있었다.

 '도대체 누가…….'

 단순한 우연이 아니다. 신의 경지에 달한 의술을 지닌 자가 공 노인의 몸에 특수한 대법을 펼친 것이 틀림없었다. 여기까지 살피며 나는 몇 가지 사실을 알아낼 수 있었다.

 공 노인이 내·외공에 입문한 시기가 매우 늦었고, 탁기가 많이 쌓일 수밖에 없는 환경에 오랫동안 노출된 사람이라는 것. 또한 굉장한 의술을 가진 누군가가 그의 몸이 더 이상 망가지지 않도록 특수한 대법을 펼쳐 놓았다는 것.

 '이 노인. 도대체 뭐 하는 양반이야?'

 의문을 깊이 넣어 둔 채, 나는 천천히 내공을 갈무리하며 공 노인의 등에서 손을 뗐다. 더 이상 진행했다간 공 노인의 체력이 버티지 못할 것 같았다.

 "이제 눈을 뜨셔도 됩니다."

 "후우……."

 천천히 눈을 뜬 공 노인의 이마에 땀방울이 송골송골 맺혔다. 그가 의미심장한 미소를 지으며 내게 물었다.

"자세히 살펴보니 어떻던가?"

'이 노인네. 다 알면서 일부러 말을 안 했군.'

공 노인의 눈이 짓궂게 반짝이는 걸 보니, 어디까지 알아냈는지 시험해 보려는 것이 틀림없었다. 그렇다면 한마디 해 주지 않을 수 없지.

"만 냥이 많은 줄 알았는데 아니었네요. 살아 계신 것이 기적입니다. 신의(神醫)라도 만나신 모양이죠?"

"!"

공 노인의 눈이 확 커지더니, 이내 껄껄 웃기 시작했다. 자신의 목숨을 두고 농담을 하는데도 그의 기분은 전혀 나빠 보이지 않았다.

"벌써 거기까지 알아냈단 말이지? 이름난 고수들도 내 몸 상태가 어떤지 한 번에 알아내지 못했거늘!"

"제가 또 보통 고수가 아니거든요."

"만 냥이나 받아먹는데 당연히 그래야지. 자네에게 점점 신뢰가 가는구만."

내 뻔뻔한 대답에 공 노인은 껄껄 웃으며 맞장구를 쳤다. 흑영이 그런 우리의 대화를 질린다는 표정으로 듣고 있었다.

공 노인이 은근한 어조로 물었다.

"그런데 내가 아는 것 말고, 또 알아낸 게 있나? 예를 들면 내 무공에 대한 자질이 어느 정도로 뛰어나다든가……."

기대 어린 그 표정에, 나는 엄숙하고 진지하고 근엄한 표정으로 대답해 주었다.

"절대 타고난 무골은 아닙니다. 둔재도 아니고, 그냥 평범한 범재 정도라고 봐야겠네요."

내 단호한 대답에 공 노인의 표정이 뚱해졌다.

"거, 말이라도 듣기 좋게 좀 해 주면 안 되나?"

"듣기 좋은 말만 했다가 거만해지시면 어쩌고요."

"쯧. 요즘 젊은 놈들은……."

"어르신. 농담은 이쯤하고 진지하게 말씀을 드리겠습니다."

나는 자세를 바로 하며 공 노인을 똑바로 바라봤다. 그러자 공 노인의 얼굴에도 웃음기가 걷혔다.

"……말씀하시게."

"아까 제 내공이 어르신의 몸 안을 돌아다닐 때 불편한 곳은 없었는지, 기체조를 할 때 어디가 아프신지, 평소에 약은 무엇을 드시는지, 전부 소상히 알려 주십시오. 그래야 수업을 짤 수가 있습니다."

"그리하겠네."

공 노인은 자신의 몸 상태에 대해서 내게 상세히 알려 주었다. 짧지 않은 이야기가 끝난 후, 그가 씁쓸하게 웃었다.

"나도 젊었을 적에는 꽤 건강한 편이었네. 수십 년 동안 서서히 몸이 나빠진 게지."

"그나마 큰 병은 없으셔서 다행이네요."

"의원은 화병이라도 하더군. 쉬는 것 외엔 달리 방도가 없는 병이지."

"덕분에 다 늙어서 고향으로 돌아와 요양도 하고 좋지 않은가."라고 말하며 공 노인은 허허롭게 웃었다.

"그래서 백 선생. 이제부터 나는 뭘 하면 되겠나?"

"아시다시피 어르신의 몸 안에는 탁기가 너무 많습니다."

"나도 아네. 하지만 어쩔 수가……."

"그래서 일단 그걸 쫙 빼낼 생각입니다."

"……뭐?"

잘못 들었다는 듯, 공 노인이 눈을 몇 번 깜빡였다. 옆에서 듣고 있던 흑영의 반응도 비슷했다.

"탁기를 빼낼 거라고 말씀드렸습니다."

"내가 잘 몰라서 그러는데…… 그게 가능한 일인가?"

"또 말도 안 되는 소리를……."

두 사람이 놀라는 것도 당연했다. 사람의 살아가면서 몸 안에 자연스럽게 쌓이는 탁기. 하지만 탁기를 몸 밖으로 배출하는 건 결코 쉬운 일이 아니다. 예로부터 도사들은 선식과 양생술을 통해서, 무인들은 내·외공의 꾸준한 수련을 통해서 몸 안에 탁기가 쌓이는 것을 방지하고 체외로 조금씩 배출했다.

하지만 공 노인은 수양이 높은 도사도, 경지에 달한 무인도 아니었다.

"내 몸에 쌓인 탁기를 빼낸다니……. 그건 나를 돌봐준 생사신의(生死神醫)도 불가능하다고 했네만."

하물며 본인이 아닌 타인의 탁기를 빼내는 것은 더욱 어렵다.

'생사신의라는 의원의 의술이라면 불가능하진 않았겠지만…… 노인장의 체력이 견디지 못했을 겁니다.'

나는 그런 생각을 굳이 입 밖으로 꺼내지는 않았다. 중요한 건 생사신의도 못한 일을 내가 할 수 있다는 것이다.

"제가 분명 어제 말씀드리지 않았습니까."

"무엇을……?"

상식적으로는 불가능한 일. 오직 천음절맥의 체질로 역천신공을 익힌 나만이 할 수 있는 일이었다.

"어르신은 저라는 천운을 만난 거라고."

씨익. 내 미소에 공 노인이 얼떨떨한 표정으로 "허허" 하고 헛웃음을 터트렸다.

"눈을 감으시고 편하게 심호흡하세요."

침상에 누운 공 노인은 내가 시킨 대로 눈을 감았다. 흑영이 내 반대편에 서서 불안한 눈빛으로 나를 노려봤다. 초조한지 손톱까지 잘근잘근 씹으면서.

"만약 어르신 몸에 이상이라도 생기면……."

"부담스러워서 실수라도 하면 그쪽이 책임질 겁니까?"

"뭐라……!"

"흑영. 정신 사나우니 문밖에서 호법이나 서게나."

"어, 어르신. 지금이라도 다시 생각해 주십시오. 이런 자를 어찌 믿고 존체를……."

"두 번 말하게 할 텐가?"

"……죄송합니다."

공 노인의 나직한 말에 흑영이 축 처진 어깨로 돌아서서 밖으로 나갔다. 그 와중에도 나를 한번 째려보는 것을 잊지 않았다.

"흑영이란 호위가 저를 너무 싫어하는 것 같지 않습니까?"

"내 자네를 안 지 얼마 되지 않았지만, 얄미운 놈인 건 사실이라네."

"그런 얄미운 놈한테 존체를 맡기셔도 되는 겁니까? 생사신의가 펼친 대법이 망가질 수도 있는데요."

내 질문에 공 노인은 눈을 감은 채로 피식 웃었다. 씁쓸해 보이는 웃음이었다.

"……앞으로 내가 몇 년이나 더 살겠나. 자네 말대로 이게 천운이라면 걸어볼 만한 도박이지."

"제가 어르신의 적이 보낸 살수일 수도 있다는 생각은 혹시 안 해 보셨습니까?"

"내가 살면서 살수를 여러 번 만나 봐서 아는데 말이야, 자네는 살수라기엔 너무 말이 많아."

"……좀 아플 겁니다."

"설마……."

"삐쳐서 그런 거 아닙니다."

나는 공 노인의 단전과 이마에 손을 올리고 역천신공을 끌어올렸다.

'위지천이랑 비슷한 경우야. 다른 점이 있다면 이쪽은 뇌에는 탁기가 스미지 않았다는 것 정도.'

가짜 무극검을 익힌 대가로 주화입마를 겪었던 위지천. 나는 이미 위지천의 몸에서 탁기를 빼낸 경험이 있었다. 그때와 경우는 다르지만, 방법은 비슷했다.

츠츠츠츳. 내가 흘려보낸 한줄기 내공이 공 노인의 몸 안을 일주천하며, 쌓여 있는 탁기를 내 장심으로 끌어당기기 시작했다.

'한번 해 봐서 그런가. 전보다 쉽네.'

공 노인의 몸 안에 잔뜩 고여 있던 짙은 탁기. 수십 년의 세월 동안 쌓여 온 탁기는 무공을 익히는 데 있어서 방해가 된다. 그 탓에 공 노인은 간단한 심법과 기체조 정도만 했던 것이다.

'무공에 입문이 너무 늦기도 했고.'

예순다섯 살 학생을 청룡학관에 합격시키기 위해선, 우선 무공을 익히기 좋은 체질로 만들어야 한다. 그리고 마침, 내가 익힌 역천신공은 몸 안에 쌓인 탁기를 단전으로 끌어들여 내단을 만드는 특수한 무공이다.

"끄읍……."

공 노인이 식은땀을 흘리며 신음했다. 오한이 드는지 몸을 덜덜 떨었다. 몸 안에 쌓인 탁기를 조금씩 빠져나오며 벌어지는 현상이었다.

"어르신!"

문을 열고 들어온 흑영이 눈을 부릅뜨고 나와 공 노인을 번갈아 바라봤다. 하지만 그녀는 발만 동동 구를 뿐, 함부로 우리를 건드릴 수는 없었다.

'일단 여기까지만 해야겠군.'

나는 역천신공의 내공을 거둬들이며 장심을 떼려 했다. 공 노인의 체력을 생각한 안배였다. 그러나 그 순간, 나조차 예상치 못한 일이 벌어졌다.

츠츠츠츳!

'무슨……. 약기가 딸려온다고?'

공 노인의 몸에 머무르며 탁기를 억누르고 있던 영약의 기운이, 탁기와 함께 내게 끌려오기 시작한 것이다. 내가 의도한 바가 아니었다. 애초에 역천신공에는 타인의 내공을 빼앗는 흡성대법의 공능은 없다. 내공이 아닌 몸 안에 쌓인 탁기에 한해서만 흡기가 가능할 뿐.

'하긴……. 생각해 보면 이건 내공도 아니지.'

공 노인의 몸 안에 있는 약기는 내공이 아니다. 오랜 시간 탁기와 조화를 이루며 몸에 머물면서 뒤섞인 농축된 약기. 보통의 무림인들에게는 독이겠으나, 내게는 농축된 영약이나 다름이 없었다.

한마디로…….

'이거…… 대박인데?'

66화
오해가 깊어지는 밤

'영약지체.'

나는 마음속으로 공 노인의 체질에 그런 이름을 붙였다. 공 노인의 몸 안에는 엄청난 양의 탁기가 고여 있었고, 그것을 억누르기 위해 그만큼의 영약의 약기로 조화를 맞춰야 했다. 그런데 생사신의(生死神醫)의 특수한 대법에 의해 공 노인의 몸 안에는 탁기와 약기가 오랫동안 공존하면서, 두 기운이 한 몸처럼 달라붙어 버린 것이다. 그것이 내가 역천신공으로 공 노인의 몸에서 탁기를 빼내자, 약기도 함께 딸려온 이유였다.

'보통의 무인들에게는 이건 그냥 독일 뿐이지만…….'

역천신공을 익힌 내게는 천고의 영약이나 마찬가지였다. 개인 과외를 돈이 벌려고 한 이유가 무엇이었나. 바로 역천신공의 성취를 끌어올리는 데 필요한 영약을 사기 위해서였다. 그런데 영약이 제 발로 나를 찾아온 셈이다.

'천운을 얻은 건 공 노인만이 아니군.'

잠시 후, 몸 안에 들어온 탁기와 약기를 갈무리하고서 나는 천천히 눈을 떴다.

"후우우……."

숨을 길게 내뱉자 입에서 지독한 냄새가 흘러나왔다. 몸 안에 새로 쌓인 탁기가 오래되고 지독한 탓이었다.

"허……."

공 노인도 눈을 떴다. 그는 멍한 얼굴로 천장을 올려다봤다. 흑영이 달려와 공 노인의 몸 여기저기를 살폈다.

"어르신! 몸은 괜찮으세요?"

"……허허."

"어, 어르신?"

"허허허허."

"정신이 나가시다니……! 네놈이 기어이 사고를 쳤구나! 이분이 누군 줄 알고!"

채앵! 칼을 뽑아 든 흑영이 나를 향해 성큼 다가오는 순간, 그녀의 등 뒤에서 나직한 한숨 소리가 들려왔다.

"멀쩡하니 소란 좀 떨지 말게. 날 얼마나 부끄럽게 할 셈인가."

"어, 어르신? 괜찮으신 겁니까?"

"보면 모르겠나."

공 노인이 침상에서 몸을 일으켰다. 한눈에 봐도 혈색이 전보다 좋아져 있음을 알 수 있었다.

"몸이 가뿐해. 정말이었군. 허허. 탁기를 뽑아내다니……. 그런데 자네, 괜찮은 건가?"

"……예? 아, 괜찮습니다."

공 노인이 왜 저런 질문을 하는지, 나는 거울을 보고서야 알 수 있었다. 거울에 비친 내 얼굴이 시체처럼 창백했던 것이다.

'아직 반의반도 흡수하지 못했는데 이 정도라니…….'

내 몸으로 들어온 탁기와 약기는 아직 내게 완전히 흡수된 것이 아니었다. 그러려면 제대로 된 운공이 필요했다. 그걸 모두 설명할 수는 없기에, 나는 두 사람에게 대충 둘러댔다.

"탁기를 뽑아낸 부작용입니다. 시간이 지나면…… 후우. 괜찮아질 겁니다."

숨이 차다. 오랜만에 느끼는 지독한 탁기에 시야가 조금 어지러웠다. 하지만 기분은 날아갈 듯이 좋았다. 식은땀이 흘렀지만 나는 애써 웃으며 말했다.

"몇 번 더 오늘처럼 탁기를 뽑아낼 겁니다. 하지만 그러면 몸 안에 있는 약기도 함께 빠져나갈 겁니다. 결과적으로는 어르신께 더 나은 방법이지만…… 괜찮으시겠습니까?"

"물론이네. 그런데…… 자네 정말로 괜찮은 건가?"

"하하. 괜찮습니다. 잠시 지나면……. 어라?"

비틀. 나도 모르게 몸이 휘청거렸다. 겨우 중심을 잡으려는데, 옆에서 누가 손을 뻗어 나를 받쳐 줬다. 흑영이었다. 그녀가 흔들리는 눈동자로 나를 바라보고 있었다.

"괜찮……은 겁니까?"

"아, 예. 뭐. 조금 어지럽네요."

나는 간신히 중심을 잡으며 고개를 끄덕였다. 이마에 땀이 흐르고 있었다. 아무래도 농축된 탁기와 약기를 너무 많이 받아들인 탓에 열이 난 것이다. 잠시 후 이걸 다 흡수할 생각에, 내 입가에는 절로 미소가 지어졌다.

"……왜 그렇게 웃는 겁니까?"

"예? 뭐가요?"

"지금 당신 몸에 치명적인……. 아닙니다. 당신이 선택한 일이지요. 참견할 생각은 없습니다."

뭔 소리야, 얘는? 내가 빤히 쳐다보자, 그녀는 내 시선을 피했다.

"고맙……습니다."

"오. 그런 말도 할 줄 아네요. 난 또 발끈할 줄 알았는데."

반쯤은 장난삼아 웃으며 한 말이었는데, 내 예상과 달리 그녀는 고개를 푹 숙였다.

'왜 이래? 분위기 어색해지게…….'

큼큼. 헛기침한 나는 고개를 돌려 공 노인을 바라봤다. 그런데 공 노인도 흑영 못지않게 복잡한 표정으로 나를 바라보고 있었다.

"자네……."

"예?"

"코피 나네."

"아?"

손등으로 코를 훔치자 시뻘건 피가 묻어난다. 나는 민망함에 어색하게 웃었다.

"코피가 나는 줄도 몰랐네요."

"……지금 무슨 말을 해야 할지 모르겠군."

그냥 말을 하세요. 왜 이래 대체? 갑자기 진지해진 두 사람의 분위기를 나는 도통 이해할 수가 없었다. 게다가 무척 피곤하기도 했다. 평소보다 머리가 잘 안 돌아가는 기분이다.

"……아무튼 두 분은 이제 쉬십시오. 본격적인 수업은 내일부터 하겠습니다. 저는 운기도 하고 몸도 좀 씻어야겠어요."

"……알겠네."

"……네."

나는 왠지 찜찜한 두 사람의 표정을 무시하고 돌아서서 방을 나섰다.

'흐흐흐.'

몸 안에 들어온 탁기와 약기를 흡수할 생각에 벌써부터 신이 났다. '공 노인의 몸에 쌓여 있는 탁기와 약기를 전부 흡수할 수 있다면…….'

역천신공의 성취가 일취월장할 것이 분명했다. 그러다 문득 이런 생각이 들었다.

'강사 때려치우고 의원이나 할까? 수입이 꽤 쏠쏠할 거 같은데.'

아주 잠깐, 그런 생각이 들었다.

· ❖ ·

백수룡이 방에서 나간 후.

"직접 겪고도 못 믿겠군. 생사신의도 어찌지 못한 몸을······."

공손수는 자신의 몸을 내려다보며 믿기 힘들다는 표정을 지었다. 이렇게 가뿐한 기분을 느껴 보는 게 얼마 만이던가. 오 년, 아니 십 년은 되었다.

십여 년 전, 공손수는 격무에 시달리다 쓰러져 사경을 헤매었다.

운이 좋아 생사신의가 그의 몸을 돌보게 되었고, 그에게 특수한 대법을 처방받아 겨우 깨어날 수 있었다. 그러나 생사신의도 그를 완치시킬 수는 없었다. 그를 쓰러지게 한 것은 병이 아니었기 때문이다.

─공손 노야. 계속 이렇게 살면 당신은 길어 봤자 오 년 정도 더 살 것이오. 오래 살고 싶다면 일선에서 물러나 요양하셔야 하오.

생사신의는 진지하게 그리 조언했으나, 당시 공손수는 그 말을 웃으며 흘려 넘겼다.

─됐으니 약이나 잘 처방해 주시구려.

그 후 온갖 영약과 몸에 좋다는 보약은 다 먹고, 몸을 움직이기 위해 어린 시절 이후 잊고 살았던 무공에도 입문했다.
　그리고 몇 년이 흘렀다. 천자(天子)는 공손수에게 고향에 내려가 요양하라는 명령을 내렸다. 그것은 유배나 좌천이 아니라, 천자가 진심으로 공손수를 아끼기에 처한 조치였다.
　'몇 년 고향의 풍경이나 구경하다 눈을 감을 줄 알았거늘…….'
　뜬금없이 무공 과외를 받기로 한 것도. 이 나이에 청룡학관 입관 시험을 보겠다며 주책을 부린 것도. 얼마 남지 않은 삶, 무료한 일상에 심심풀이로 시작한 일이었다. 진심으로 가능할 거라는 생각은 조금도 하지 않았다.
　'그런데…….'
　방금 방을 나선 청년은 그것이 가능하다고 말했다. 말뿐만이 아니었다. 그는 자신의 몸에 수십 년간 쌓여 온 탁기의 일부를 뽑아냈다. 그것만으로도 몸이 날아갈 듯 가벼웠다.
　어쩌면…… 무공을 배우는 것도 가능하지 않을까?
　"허허……. 내가 지금 꿈을 꾸고 있는 건 아니겠지?"
　"어르신."
　흑영이 그의 앞에 부복했다. 공손수가 알기로, 그녀는 굉장한 고수였다. 무공에 대한 조예도 자신보다 훨씬 깊을 것이기에, 공손수는 그녀에게 궁금한 것을 물었다.
　"백 선생이 내게 한 일 말일세. 무공이 고강한 고수면 누구나 가능한 일인가?"
　"불가능합니다."
　흑영은 단호하게 고개를 저었다. 무공의 높고 낮음이 문제가 아니다. 백수룡이 한 일은, 애당초 불가능한 일이다.
　"무공은 대자연의 기를 흡수하고 탁기를 배출하는 것을 기본으로 합니다. 그 반대의 경우는 들어 본 적이 없습니다."

"……무림에는 흡성대법이라는 것도 있지 않나?"

"흡성대법은 상대의 내공을 빼앗아 자신의 것으로 삼는 방법입니다. 시간이 지나면 온갖 내공이 뒤섞여 부작용으로 혈맥이 터져 버리기에, 마공으로 분류합니다."

그렇다면 백수룡이 마공을 익힌 것인가? 흑영이 보기에는 아니었다. 비록 말투가 건방지고 행동이 짓궂기는 하지만, 그의 두 눈에는 정기가 가득했다.

"설령 흡성대법이라고 해도…… 탁기를 흡수하는 건 자살행위나 마찬가지입니다."

흡성대법의 고수도 탁기를 몸 안으로 흡수하는 미친 짓은 하지 않는다. 몸을 망치기 때문이다. 차라리 독이라면 해독할 수라도 있지, 탁기는 오랜 시간을 들여 조금씩 배출하는 것밖에 방법이 없었다. 적어도 흑영 그녀가 알고 있는 상식으로는 그랬다.

'부작용을 완화할 수 있는 특수한 기공을 익혔다고 해도…….'

치명적인 독인 것은 변하지 않는다. 아마 지금쯤, 백수룡은 탁기를 몰아내기 위해 전력으로 운기행공 중일 것이다.

……흑영은 상상도 할 수 없었다.

지금 백수룡은 공손수의 몸에서 흡수한 탁기를 역천신공으로 냠냠 흡수하며 싱글벙글하고 있다는 사실을 말이다.

그녀가 어두워진 표정으로 말했다.

"어쩌면…… 그는 오늘 적지 않은 수명을 잃었을지도 모릅니다."

"!"

깜짝 놀란 공손수가 눈을 부릅떴다. 백 선생이 자신 때문에 수명을 잃었다고? 어째서?

'고작 은자 만 냥 때문에?'

서민은 평생 만져 볼 수도 없는 큰돈이긴 하지만, 그 정도로 돈이 궁해 보이지는 않았는데.

　–탁기를 뽑아낸 부작용입니다. 시간이 지나면…… 후우. 괜찮아질 겁니다.

　쓸쓸한 미소를 지으며 말하던 백수룡의 얼굴이 떠올랐다. 온몸에서 식은땀을 흘리며, 중심을 잡지 못해 비틀거리던 모습. 총기를 잃어 흐릿하던 눈빛. 흐르는 코피를 대충 손등으로 훔치며, 멋쩍게 웃던 모습이 연달아 겹쳐졌다.
　"대체 왜 날 위해서……."
　"제 생각엔…… 책임감 때문이 아닐까요."
　"책임감이라니?"
　흑영의 말에 공손수가 의아한 표정을 지었다. 대체 여기서 책임감이란 말이 왜 나온단 말인가. 흑영은 차분하게 자신의 생각을 이야기했다.
　"백 선생은 어르신을 반드시 청룡학관에 입관시키겠다고 말했습니다. 그 후에 어르신의 몸 상태를 알게 되었고, 그 상태로는 입관 시험을 치르는 것조차 어렵다는 것을 알았을 겁니다."
　"그래서?"
　"그렇다면 방법은 하나뿐입니다. 어떻게든 어르신의 몸을 건강하게 만드는 것. 그 과정에서……."
　흑영이 짙은 한숨을 내쉬며 말을 이었다.
　"자신의 수명이 줄어들게 되더라도 말입니다."
　"그럴 수가……!"
　흑영은 평생 주어진 명령에 복종하고, 자신의 목숨을 걸어서라도 완수해야만 하는 인생을 살아왔다. 그렇기 때문에, 다른 사람들도 자신과 비슷한 사고방식을 가졌을 거라는 편견을 갖고 있었다. 문제는 공손수도 비슷한 종류의 인간이라는 것이었다. 흑영의 말을 단숨에 이해한 공손수는 머리를 망치로 한 대 얻어맞은 표정이었다.

"내가 지금까지 사람을 잘못 보았군……!"

"저 또한 마찬가지입니다."

두 사람은 자기들의 기준으로 백수룡을 과대평가했다. 특히 흑영은 부끄러워서 얼굴을 들 수가 없을 지경이었다. 그녀는 백수룡에게 몇 번이나 칼을 겨눴고, 어르신을 해치면 가만두지 않겠다고 여러 번 협박하기까지 했다.

'반반한 얼굴만 믿고 설치는 사기꾼이라고 생각했는데…….'

그런 줄 알았던 백수룡이, 사실은 약속을 지키기 위해 수명마저 포기했다는 것(그녀의 머릿속에선 이미 기정이 되었다.)을 알게 되면서 커다란 부끄러움을 느꼈다.

"허어……. 그에게 너무나 감당하기 힘든 은혜를 입었구나……."

"예……."

그렇게 백수룡에 대한 두 사람의 오해는 깊어져만 갔다.

물론, 당사자에게는 나쁠 것이 하나도 없는 일이었다.

67화
수석이라고?

"……저기 어르신. 꼭두새벽부터 왜 이러십니까?"
"지난밤에 많은 생각을 했다네."
 반듯하게 정좌하고 앉은 공 노인이 형형한 눈빛으로 나를 올려봤다. 백의무복을 단정하게 차려입고, 머리는 기름을 발라 깔끔하게 넘긴 모습. 좋은 향이 나는 걸 보니 이 새벽에 목욕재계까지 한 것 같은데…….
나를 바라보는 그의 시선이 정말이지 부담스러웠다.
 나는 떨떠름하게 물었다.
"……무슨 생각을 하셨는데요?"
"백 선생이 내게 베풀어 준 은혜에 대해서 생각했네. 처음엔 반쯤 장난이었네. 이 나이에 손자뻘 되는 아이들과 함께 무공을 배운다니. 퍽 재밌는 농담이 아닌가? 그런데…… 자네는 그런 내 농담을 진심으로 받아들여 줬어. 스스로의 몸에 그런 짓을 하면서까지…….""
"……그런 짓이요?"
"미안하네."
 대체 뭐가 미안한지 자세히 묻고 싶었지만, 입술을 꽉 깨문 공 노인의 표정이 너무나 비장했다.
"또한 다짐했네. 자네의 진심에 나 또한 부응하기로. 앞으로 최선을 다해 자네의 지도를 따르겠네!"
"……아, 예. 감사합니다."
간밤에 대체 무슨 각오를 한 건지는 모르겠지만, 어쨌든 열심히 배우겠다는 거 아닌가.
"스승에게 이름을 밝히지 않는 것도 예의가 아니겠지. 내 이름은 공손수네. 내 자네에게 진심으로 배움을 구할 테니, 한 달 동안은 내게 하대를 하시게."
"……예?"
"스승님. 절 받으십시오."
공손수가 일어나더니 내게 절을 올리려고 했다. 나는 화들짝 놀라서 그의 몸을 일으켰다.
"아니, 정말 왜 이러세요?!"
"스승은 하늘이라 하였습니다. 부디 말씀을 편하게……."
"말이 됩니까 그게!"
예순다섯 노인한테 반말을 찍찍하라니. 사람들이 알았다간 천하의 후레자식이라고 돌팔매질을 당해도 할 말이 없었다.
"반말은 제가 부담스러워서 못하겠습니다. 그냥 원래 하던 대로 하세요. 그리고 당신은 이거 안 말리고 뭐 해요!"
나는 방 한쪽 구석에 그림자처럼 스며들어 있는 흑영을 바라봤다. 어제까지만 해도 뭐 하나 트집 잡을 것 없나 하는 시선으로 날 흘겨보던 그녀는, 나와 눈이 마주치자 죄라도 지은 사람처럼 눈을 내리깔았다.
"저도 어르신의 말씀을 존중합니다."
"……환장하겠네. 당신까지 왜 그래?"
고개를 절레절레 저은 나는 다시 공손수를 바라봤다.

67화 수석이라고? 183

"제가 무공 좀 가르친다고 어떻게 어르신께 반말을 합니까. 그냥 원래 하던 대로 하세요."

"정말 그래도…… 되겠습니까?"

하. 이런 짓궂은 노인네 같으니. 말하면서 빙긋 웃는 걸 보니 내가 이렇게 나오리란 걸 예상한 모양이다. 내가 째려보자 공손수가 멋쩍게 웃었다.

"허허. 이만큼 내가 진심이라는 걸 보여 주고 싶었네. 정말로 한 달 동안은 내게 하대를 해도 되네."

"됐습니다."

공손수가 부담스러울 정도로 내게 예의를 차리는 이유를 모르는 것은 아니었다. 지난밤, 나는 수십 년간 그의 몸에 쌓여 있던 탁기를 꽤 많이 빼 줬다. 그것만으로도 은인 소리를 듣기에 충분했다.

'나한테도 엄청난 기연이 되었지만.'

나는 공손수의 몸에서 뽑아낸 탁기와 약기를 역천신공으로 흡수했다. 덕분에 오늘 새벽에 역천신공의 성취를 4성까지 끌어올렸다. 공손수의 몸에 남아 있는 기운을 몇 번 더 흡수하면 그 이상의 성취도 바라볼 수 있었다. 이것이 바로 상부상조 아니겠는가. 다만, 공손수는 그걸 알 길이 없기에 나를 극진히 대하는 것이다.

'굳이 알려 줄 필요는 없겠지.'

날 생명의 은인이라고 생각하는 사람에게 가서 "저도 기연을 얻었으니 너무 고마워하실 필요 없습니다."라고 말할 정도로 눈치가 없진 않았다.

"아무튼 오늘부터 새벽 수련을 시작하겠습니다. 이제 연무장으로 나가시죠."

"예! 스승님!"

"……아 쫌."

연무장으로 나온 후, 나는 공손수에게 어제 펼쳤던 기체조를 다시 펼쳐 보라고 시켰다.

휙휙휙!

"허허허! 몸이 날아갈 듯 가볍구나!"

공 노인은 팔다리를 휙휙 뻗으며 기체조를 전날의 두 배 속도로 펼쳤다. 의욕이 넘치는 모습이었다. 그런데 잠깐만……. 너무 빠른데…….

나는 걱정이 되어서 외쳤다.

"어르신! 그러다 허리 다칩니다. 지금보다 천천히……."

그러나 내 경고가 한발 늦었다.

뿌득! 불길한 소리와 함께 공 노인이 허리를 감싸고 주저앉아 버렸다.

"어이쿠 허리야!"

"어, 어르신!"

"천천히 하라니깐!"

흑영과 내가 급히 달려가서 공손수의 허리를 살폈다. 다행히도 근육이 조금 놀란 정도였다. 뼈에는 이상이 없었다. 갑자기 평소보다 급격한 움직임을 펼치자 노구에 곧바로 무리가 간 것이다.

"하아……."

아직도 갈 길이 구만리라는 생각에, 나는 손으로 얼굴을 감싸며 한숨을 쉬었다.

"어르신! 제 말 똑똑히 들으세요. 이번엔 운이 좋았습니다. 또 이렇게 무리했다간 진짜 큰일 날 수도 있습니다. 예? 아셨어요?"

허리에 고약을 덕지덕지 붙인 공손수가 시무룩한 표정으로 고개를 끄덕였다.

"잘못했네……."

"……."

마음 같아서는 더 쏘아붙이고 싶었지만, 그래도 자기 잘못은 아는 것 같아서 이쯤 하기로 했다.

아직 이른 새벽. 내 앞에는 공손수, 흑영, 그리고 위지천이 불려와 있었다. 헌원강은 혼자 다른 곳에서 새벽 수련 중이었다. 나는 공손수와 위지천을 보며 말했다. 두 사람은 올해 청룡학관 입관 시험 동기였다.

"출근 전에 청룡학관 입관 시험에 관해서 설명하겠습니다. 편의상 지금부터 반말로 할 테니 이해해 주시기 부탁드립니다."

내 말에 공손수가 아픈 허리를 부여잡고 있던 손을 흑영에게 뻗으며 말했다.

"잠깐 기다리게. 흑영. 필기구를……."

"어르신. 몸도 편찮으신데 제가 대신 적겠습니다."

"……적을 것까진 없다. 그렇게 많지도 않아."

과거 시험 보는 게 아니란 말입니다.

나는 지끈거리는 관자놀이를 손으로 꾹 누르며 설명을 이어 나갔다.

"일단 청룡학관 입관 시험은 실기와 필기로 나누어져 있다."

"호오. 필기라면 내 자신 있네. 장원 급제를 해 주지!"

"……전체 시험에서 필기는 배점이 반의반도 안 된다. 기본 상식만 있으면 합격할 수 있는 수준이니 안 써도 된다."

"뭣이?"

내 말에 공손수가 울컥한 표정으로 꿍얼거렸다.

"이런 무식한 칼잽이들 같으니. 사내가 큰일을 하려면 문무겸비(文武兼備)하여 출장입상(出將入相)의 재주를 갖추어야 하거늘, 어찌 필기시험에 배점을 낮게 했단 말인가. 내 언젠가 청룡관주를 찾아가 따질 것……."

"한 번만 더 제 말을 끊으면 진짜 쫓아낼 겁니다."

"……미안하네."

내가 눈을 가늘게 뜨고 노려보자 공손수가 어깨를 움츠렸다.

저 노인네 첫인상은 저렇지 않았던 것 같은데…… 어째, 보면 볼수록 애 같다.

나는 눈빛으로 공손수에게 단단히 주의를 준 후 다시 이어서 설명을 시작했다.

"실기는 기초 체력, 외공, 내공, 그리고 실기 대련으로 이루어져 있다. 앞에 세 종목은 절대 평가고, 기준에 미달되면 실기 대련은 아예 볼 수도 없다. 질문 있나?"

위지천이 모범생처럼 손을 번쩍 들고 물었다.

"실기 대련은 누구랑 하나요?"

"학생회 선배 중 한 명과 하게 된다. 누구랑 할지는 그날 제비뽑기로 결정되고."

솔직히 위지천은 전혀 걱정되지 않는다. 청룡학관 3학년 중에서도 상위권인 헌원강을 떡으로 만들 수 있는 실력을 이미 갖추고 있었으니까. 비록 주화입마의 후유증이 약간 남아 있고, 내공을 사용할 경우에는 조금 문제가 있긴 하지만…… 시간만 있으면 충분히 극복할 수 있는 부분이다.

그때 공손수도 소심하게 손을 들었다.

"나도 질문해도 되나?"

"……하십시오."

"실기 대련 말일세. 선배를 이겨야 합격인가?"

"꼭 이길 필요는 없습니다. 현실적으로 신입생이 재학생을 이기기도 힘들고요. 중요한 건 '얼마나 인상적인 모습을 보여 주느냐'입니다."

"인상적인 모습이라면……."

"익힌 무공. 싸움에 대한 감각. 이기려는 의지. 가능성. 그런 것들을 보여 주는 겁니다."

"……."

내 말에 두 사람 다 생각에 잠긴 모습이었다.

사실 실기 대련에서 학생회 선배를 이기면 실기는 거의 합격이라고 할 수 있다. 학생회는 청룡학관 학생들 중에서도 무공이 강한 편이니까.

"일단 중요한 건 이 정도. 자잘한 건 퇴근 후에 더 얘기하도록 하지."

"예."

"알겠네."

이후에는 반 시진 정도 두 사람의 무공을 봐주었다. 꼭두새벽에 일어났는데, 어느새 청룡학관으로 출근해야 할 시간이 되었다.

나는 위지천을 불러 신신당부했다.

"천아. 나 없는 동안 어르신 좀 부탁한다. 못난 동기지만 그래도 입관 시험 동기가 아니냐."

"네! 잘 지켜보고 있을 테니 걱정 마세요!"

뒤에서 듣고 있던 공손수가 입술을 삐죽였다.

"다 듣고 있는데 못났다는 말은 좀 그렇지 않나……."

"어르신. 제발 오늘 알려 드린 동작만 하세요. 무리하다가 아까처럼 허리 나가지 말고요."

"내가 어린애인 줄……. 아까 한 짓이 있어서 뭐라고 변명도 못 하겠군. 크흠. 다녀오시게나."

물가에 어린애 내놓은 것처럼 불안했지만, 그렇다고 출근을 안 할 수도 없었다.

나는 떨어지지 않는 걸음을 억지로 떼며 청룡학관으로 향했다.

"개인 과외를 시작했다고?"

매극렴은 뭐가 못마땅한지 표정을 찌푸렸다. 우리는 함께 관내 순찰을 도는 중이었다.

어제오늘 있었던 내 이야기를 들은 매극렴이 말했다.

"네가 남는 시간에 뭘 하건, 나는 그것에 참견하고 싶은 생각은 추호도 없다."

방학 기간에도 생활지도부는 쉬지 않는다. 오히려 계절 학기를 이유로 기숙사에 남은 녀석들은, 선생들의 감시가 느슨해진 틈을 타 곳곳에 숨어 음주, 흡연, 불순 이성 교제를 하고 다닌다…… 는 것이 매극렴의 주장이었다.

"하지만 과외 때문에 이쪽 일에 소홀해진다면 그것은 본말전도일 것이다."

"예. 명심하겠습니다."

그 순간, 매극렴은 검을 뻗어 앞으로 겨누며 말했다. 하지만 그 검이 향한 곳은 내가 아니었다.

"사, 살려 주세요……."

"선생님. 제발……."

우리 앞에는 지금, 한 쌍의 바퀴벌레를 연상시키는 남녀 학생이 옷을 반쯤 풀어헤친 채로 달라붙어 오들오들 떨고 있었다.

학생식당 뒤편에 으슥한 그림자가 진 장소. 이 어린 연놈들은 무슨 생각인지 야외에서, 그것도 진법까지 펼치고 물고 빨다가, 매극렴의 예리한 기감에 걸려들어 현장에서 적발되었다.

스르릉. 검을 뽑은 매극렴이 스산하게 웃으며 둘에게 다가갔다.

"누가 죽인다더냐?"

"으아아아악!"

끔찍한 비명이 울려 퍼지고 잠시 후, 나는 혼절한 두 녀석을 각각 기숙사 방에 대충 처박아 두고 나왔다.

검날을 꼼꼼히 닦고 있던 매극렴이 날 보더니 물었다.

"아까 어디까지 얘기했지?"

"……과외 때문에 학관 일에 소홀해지는 일은 절대로 없을 겁니다."

"그래. 그래야지."

우리는 관내 순찰을 계속했다. 연초 피우는 놈을 잡으면 피우고 있던 연초를 콧구멍에 박아서 마저 피우게 하고, 몰래 술을 마시다 걸린 놈은 나무에 거꾸로 매달아 마신 술을 전부 토해내게 했다. 불순 이성 교제를 하다가 걸린 것들은…… 그저 애도를 표할 뿐이다.

그 모든 일을 매극렴은 평화로운 얼굴로 해내며, 나와 시시콜콜한 이야기도 나누었다.

"예순다섯이라고? 허어……. 나와 그리 큰 차이도 나지 않는구나."

"어르신이지만 몸 상태도 나쁘지 않고, 의지도 강합니다."

"만약 합격한다면 역대 최고령 신입생이 되겠군."

매극렴은 공손수의 도전에 매우 놀라워했다. 우리는 함께 순찰을 돌며 많은 이야기를 나눴고, 나는 위지천에 대해서도 이야기했다.

"다른 한 명은 위지천이라고, 재능이 굉장한 녀석입니다. 올해 신입생 수석은 분명 그 녀석이 차지할 겁니다."

그때 우리 둘 사이에 다른 목소리가 끼어들었다.

"누가 수석이라고?"

"이 재수 없는 목소리는 설마……."

목소리가 들려온 방향으로 고개를 돌리자,

아니나 다를까, 남궁수가 몇 명의 학생들을 데리고 걸어오고 있었다. 하나같이 앳돼 보이는 얼굴들.

"남궁 선생. 뒤에 있는 학생들은 누군가? 못 보던 아이들인데."

매극렴이 고개를 갸웃거리며 묻자, 기다렸다는 듯 남궁수가 피식 웃으며 말했다.

"제가 개인적으로 가르치는 아이들입니다. 미리 청룡학관을 견학시켜 주고 있었습니다."

"견학?"

"올해 청룡학관에 입관 시험을 치를 학생들이거든요."

남궁수는 그리 말하면서 나를 빤히 바라봤는데, 한쪽 입꼬리가 살짝 올라가 있었다.

"올해는 이 아이들 중 한 명이 수석으로 입관하지 않을까 합니다."

그 오만한 눈빛이 어찌나 건방지던지. 뒤에 있는 제자란 녀석들도, 가르치는 놈을 닮아서 하나같이 눈빛이 건방졌다.

68화
뭘 하라고?

 남궁수는 뒤에 서 있는 학생은 세 명이었다. 남자 둘과 여자 하나. 나이는 셋 다 위지천과 비슷해 보였다.
 '기초는 다들 좋아 보이는군.'
 셋 다 나이에 비해 호흡이 안정적이었고, 자세가 잡혀 있었다. 보통 걸음마를 시작하자마자 무공을 익히면 저런 느낌이 난다.
 "스승님. 그런데 위지천이 누굽니까?"
 그때 셋 중 가운데 있던 소년이 남궁수에게 물었다. 남궁수를 축소해 놓은 게 아닌가 싶을 정도로 분위기나 외모가 상당히 닮은 녀석이었다.
 '설마 남궁수의 아들인가?'
 그런 생각이 들 정도였는데, 말하는 본새나 하는 짓도 쏙 빼닮았다.
 소년이 고개를 갸웃거리며 중얼거렸다.
 "위지천……. 한 번도 들어 본 적 없는 이름입니다. 올해 입관 시험을 보는 학생들 중에서 제가 신경 써야 할 만한 후기지수는 모두 기억하고 있습니다만……."
 "나도 모른다."

남궁수가 피식 웃으며 소년의 어깨를 두드려 주었다.
"알고 싶지도 않구나. 고슴도치도 제 자식은 예뻐하는 법이니, 자기가 가르치는 학생이 뛰어나다고 착각하는 것도 자유가 아니겠느냐."
"아."
아, 는 무슨 아야. 둘이서 아주 짝짜꿍이 맞아서 나를 무안 주려는 모습으로밖에 보이지 않았다.
매극렴도 나와 비슷한 생각을 했는지, 그가 미간을 살짝 찌푸리며 화제를 전환했다.
"남궁 선생. 뒤에 아이들을 소개해 주지 않겠나? 올해 신입생이 될 아이들이라면 내가 미리 알아두어서 나쁠 것은 없을 것 같군."
그 순간 남궁수를 닮은 꼬마가 앞으로 나서며 포권을 취했다. 한눈에 보아도 명문가의 자식이라는 것이 느껴지는 절도 있는 동작이었다.
"무림 말학 남궁석이 인사드립니다! 전설적인 검호 검치 대선배님을 뵈어 크나큰 영광입니다."
"⋯⋯과하게 예의를 차릴 필요는 없다. 남궁세가의 핏줄이더냐?"
"예. 저희 부친께서는⋯⋯."
남궁석이라는 꼬마는 한동안 자기 부친으로 시작해 조부, 숙부와 백부까지 소개하며 어릴 때부터 검치에 대한 위명을 들어왔고 같은 검수로서 얼마나 존경하고 있는지 등을 줄줄 읊었다.
⋯⋯하여튼 정파 놈들은 피곤한 족속이다.
매극렴도 그 줄줄 외워 온 이야기에 질려 손을 휘휘 저었다.
"그만해라. 어차피 기억하지도 못한다."
"⋯⋯예."
고개를 꾸벅 숙인 남궁석의 시선이 이번에는 나를 향했다. 매극렴을 볼 때와는 달리 착 싸늘한 눈빛. 게다가 입꼬리가 살짝 비틀려 있었다.
'이놈 봐라?'

내가 빤히 쳐다보자 남궁석의 표정이 순식간에 변했다. 녀석이 죄송한 얼굴로 내게 포권을 취하며 말했다.

"제가 견문이 짧아 알지 못해 선생님의 별호와 존함을 알지 못합니다. 어리석은 후배에게 가르침을 주십시오."

"……."

겉보기에는 나무랄 것 하나 없는 정중하면서도 예의를 갖춘 태도. 그러나 나는 그 속에서 은근한 무시와 조롱을 느꼈다.

'영악한 녀석이군.'

피식 웃은 나는 짧게 대답했다.

"나는 백수룡이다."

"백수룡……."

남궁석은 내 이름을 혼잣말처럼 중얼거리면서도 난감한 표정을 지우지 못했다. 아무리 생각해도 내가 누군지 모르겠다는 표정. 사실 당연한 일이다. 나는 무림에서 이름을 날린 고수도 아니고, 명문세가나 유명한 문파 출신도 아니니까.

"백수룡? 아! 그 허풍쟁이!"

남궁석의 왼쪽에 있는 녀석이 키득거리며 입을 가렸다. 남궁석보다 키가 조금 더 크고 마른 소년이었는데, 셋 중에 가장 눈빛이 사납고 불량했다.

"조막생! 너 입조심해. 올해부터 우리를 가르치게 될 수도 있는 강사님이야."

남궁석의 오른편에 있는 소녀가 조막생이라 불린 키가 큰 소년을 쏘아보며 말했다.

웬일로 남궁수 밑에 정상적인 제자도 있는가 했더니…….

"뭐, 석 달 후에 어찌 될지 모르는 임시 강사이긴 하지만."

나랑 눈을 마주치며 코웃음을 치곤 고개를 돌려 버리는 소녀.

그래. 그럼 그렇지. 하나같이 일관된 싸가지 없는 모습이 딱 남궁수의 제자들다웠다.

"크크. 진진. 너야말로 선생님한테 말이 너무 심한 거 아냐? 선생님 표정 굳은 것 좀 보라고."

"닥쳐. 징그러우니까 내 이름을 부르지 말랬지?"

"비싸게 굴긴. 나도 너 같은 거한테 관심 없거든?"

"이게 진짜……."

"둘 다 그만."

"……."

티격태격하던 조막생과 진진은 남궁석의 한마디에 입을 다물었다. 누가 저 무리의 중심인지 한 번에 보여 주는 모습이었다.

남궁석이 내게 고개를 숙이며 말했다.

"제 친구들을 대신해 제가 사과드리겠습니다. 뭣들 해! 너희도 얼른 사과드리지 않고!"

"죄송합니다."

"죄송해요……."

남궁석을 따라서 셋 다 내게 고개를 숙였다. 그러나 숙인 것은 고개일 뿐, 눈빛은 여전히 건방졌고 태도는 불량하기 짝이 없었다.

이 녀석들이 나를 어떻게 생각하는지는 안 봐도 뻔했다.

석 달 후면 잘릴 임시 강사. 무림에서 작은 명성도 쌓지 못한 무명소졸. 그래서 존중할 필요도, 눈치 볼 가치도 없는 그런 존재. 건방진 세 꼬맹이는 나를 그렇게 여기며 무시하고 있었다.

'누가 가르쳤는지 참 잘 가르쳤다.'

그때까지 제자들이 하는 짓을 가만히 구경만 하고 있던 남궁수가 앞으로 나섰다.

"백 선생. 아직 어린아이들이 잘 모르고 한 말이니 괘념치 마시오. 돌아가서 내가 따끔하게 훈계를 하지."

 퍽도.

 입사 시험 당시 몇 가지 일로 우리는 으르렁거렸지만, 그 이후 청룡학관주 노군상의 중재로 지금은 최소한 서로 존댓말은 하는 사이가 되었다. 물론 말만 존대일 뿐, 우리 사이가 좋을 리 없었다.

 "하하. 남궁 선생님의 제자들 인성 교육이 참으로 인상 깊네요."

 내가 활짝 웃으며 남궁수를 비꼬자, 매극렴이 옆에서 불편한 표정으로 한숨을 쉬었다.

 "둘 다 그만할 수 없나?"

 할아버지, 저는 정말 그만하고 싶은데요. 저 자식이 그럴 마음이 없는 것 같습니다.

 남궁수가 서늘한 눈빛으로 날 노려보며 말했다.

 "얼마 전에 헌원강을 기숙사에서 데리고 나갔다고 들었소."

 "재능이 있어서 말입니다. 따로 시간을 내서 가르쳐 볼 생각입니다."

 "확실히 재능은 있지."

 갑자기 왜 헌원강의 안부를 묻나 했더니, 남궁수의 표정에 조소가 어렸다.

 "하지만 천성이 게으른 녀석이오. 나태하고 연약하지. 삼 년간 노력할 생각은 하지 않고 세상만 원망하더군."

 "그래서 자퇴하라고 말했습니까? 졸업장도 안 주겠다고 협박했고?"

 내 추궁에 남궁수는 순순히 고개를 끄덕였다.

 "그 녀석은 이미 학관의 명예를 여러 번 실추시켰소. 반성의 기미도 없었지."

 "시키는 대로 안 하니 마음에 안 들었던 건 아니고요?"

 나는 헌원강과 남궁수 사이에 있었던 이야기를 들어서 알고 있었다.

―잡아라. 내가 주는 마지막 기회다. 내일부터 내 수업에 나와라. 네 인생을 바꿀 수 있는 마지막 기연이다.

남궁수는 헌원강에게 손을 뻗으며 그렇게 말했고, 헌원강은 그 손을 뿌리쳤다. 그 일은 분명 남궁수의 자존심을 긁었을 것이다. 왜냐하면, 헌원강이 그 손을 뿌리치고 내 손을 잡았으니까.

"사적인 감정은 없었소. 더 이상 시간 낭비할 것 없이 자퇴하는 편이 그에게도 좋겠다고 생각했을 뿐. 지금도 그 생각은 같소."

"본인이 내민 손을 안 잡았다고 화가 난 건 아니고요?"

내 직설적인 질문에 남궁수는 코웃음을 쳤다.

"그럴 리가. 다만 안타까울 뿐이오. 내 제안을 거절하고 고작 찾아간 사람이……."

남궁수는 더 이상 말하지 않고 나를 빤히 바라봤다. 물론 나도 그 시선을 피하지 않고 씩 웃었다.

"더 좋은 선생을 찾아온 거 아니겠습니까. 아시는지 모르겠는데, 그 녀석 눈이 아주 좋습니다."

"자기 수준에 딱 맞는 선생이었나 보군. 그런 걸 끼리끼리 뭉친다고 말하던데."

"아, 그래요? 그래서 그쪽 제자들은……."

서로 한 치의 양보도 없는 우리의 말다툼에, 매극렴이 노성을 지르며 중간에 끼어들었다.

"더 이상 못 봐 주겠군. 둘 다 그만하지 못하겠나!"

그 서슬 퍼런 기세에 우리는 입을 다물고 서로를 노려보았다. 먼저 몸을 돌린 것은 남궁수였다. 하지만 녀석은 끝까지 빈정대는 것을 멈추지 않았다.

"헌원강은 실패작이오. 그런 녀석을 데리고 천무제 우승이라……. 며칠이나 갈지 두고 보겠소. 이만 가자."

"예!"

남궁수는 자기 할 말은 다 했다는 듯 미련 없이 몸을 돌렸다.

하지만 내 할 말은 아직 끝나지 않았다.

"이봐, 남궁수."

내가 갑자기 반말로 부르자, 그가 불쾌한 시선으로 나를 돌아봤다.

"그럼 나랑 내기 하나 할까?"

"……내기?"

남궁수가 나를 비웃었다.

"백 선생은 내기를 참 좋아하는 것 같군. 그것도 본인이 감당하지 못할 내기를 말이야."

"쫄리면 안 해도 되고."

"……한번 들어는 주지. 무슨 내기를 하고 싶은 건지."

"백수룡!"

매극렴은 옆에서 무시무시한 표정으로 호통을 쳤으나, 나는 이 순간만은 그 목소리를 무시했다.

'헌원강이 실패작이라고?'

내 학생을 그런 식으로 말하는 놈이다. 여기서 그냥 물러나면, 내 얼굴에 스스로 똥칠을 하는 것과 다름이 없었다. 헌원강을 욕하고 때려도 되는 사람은 세상에 오직 나뿐이니까.

"올해 입관 시험. 우리 둘 중에 누가 가르친 제자들이 더 좋은 성적을 거두는지. 그걸로 내기하자고."

"……."

잠시 말이 없던 남궁수가 갑자기 "푸하하!" 하고 웃었다.

남궁수뿐만이 아니었다. 그 뒤에서 굳은 표정으로 서 있던 어린 녀석들도 함께 폭소를 터트렸다.

"무슨 말도 안 되는······."

"푸하하하!"

"큽······."

겨우 웃음을 멈춘 남궁수가 고개를 절레절레 저으며 내게 물었다.

"그게 정말 내기가 성립된다고 생각하나?"

"쫄리면 그냥 가셔도 된다니까."

남궁수가 피식피식 웃으며 여유로운 표정으로 물었다.

"한다면 판돈은 뭘 걸고 할 거지?"

마침 방금 생각난 게 있었다.

"남궁 선생님. 만약에 제가 이기면 말이죠."

나는 다시 반말에서 존댓말로 바꾸며 활짝 웃었다.

왜냐면 이렇게 해야 더 약이 올라서 거절을 못 할 것 같거든.

"이번 학기에 남궁 선생님의 수업 중 하나를 제가 대신하는 건 어떻습니까?"

그 순간 남궁수의 표정이 순식간에 싸늘하게 굳었다.

일타강사로서 자존심이 누구보다 강한 남궁수에게, 본인 수업 중 하나를 빼앗겠다는 말은 엄청난 도발이자 도전이었다.

"감히······."

남궁수는 한참이나 날 노려보더니, 이를 갈며 말했다.

"반대로 내가 이긴다면?"

"글쎄요. 그럴 일이 없어서 생각을 안 해 봤는데······ 바라는 게 있으면 터놓고 말씀해 보시죠."

"내가 이기면······."

잠시 생각하던 남궁수는 좋은 생각이 떠올랐다는 듯 씩 웃으며 말했다.

"백 선생이 매일 아침저녁으로 내 방을 청소하는 건 어떻소?"

"……."

저 자식이…….

남궁수도 나 못지않게 사람을 열받게 할 줄 알았다.

차라리 돈을 걸었거나, 자기가 이기면 청룡학관에서 나가라고 했다면 이렇게까지 기분이 더럽진 않았을 것이다.

뭐? 나보고 자기 방 청소를 하라고? 저런 말을 듣고도 참으면 사내가 아니다.

"좋습니다. 그럼 그렇게 하는 겁니다?"

"지고 나서 두말하지 마시오."

"누가 할 소릴. 증인은……."

우리는 동시에 고개를 돌려 매극렴을 바라봤다.

"여기 계신 학생 주임 선생님께서 해 주시는 거로."

"여기 계신 매극렴 선생님께서 해 주시는 거로."

우리가 동시에 말하자, 매극렴은 이제 분노를 지나 허탈한 표정을 지었다. 그리고 자포자기한 듯 한숨을 푹 내쉬었다.

"허어. 도대체 다 큰 놈들이……. 그래. 어디 마음대로들 해 봐라."

그렇게 내기가 성립된 후, 우리는 몸을 돌려 서로 반대 방향으로 걸어갔다.

한 달 후에 있을 청룡학관 입관 시험.

나는 남궁수의 콧대를 납작하게 눌러 줄 생각으로 열의를 불태웠다.

69화
본 교관은

  나는 퇴근길에 시장에 들러 미리 주문해 놓은 물건들을 챙겼다. 그 후 바로 백룡장으로 돌아가 하숙생들을 한자리에 불러 모았다.
  "백 선생. 그게 다 뭔가?"
  내 양손에 들려 있는 보따리의 정체가 궁금한지, 공손수가 곧장 물었다. 안 그래도 지금 알려 줄 참이었다. 나는 모두의 발 앞에 보따리 하나씩을 툭툭 던졌다.
  "교육생들."
  일부러 표정을 굳히고, 목소리를 낮게 깔았다. 뭔가 분위기가 심상치 않음을 느꼈는지 모두가 긴장한 표정으로 나를 바라봤다.
  나는 평소보다 목소리에 힘을 줘 연무장이 쩌렁쩌렁 울리도록 말했다.
  "지금부터 반각 이내에 내가 지급한 무복으로 환복하고 이 자리로 다시 모인다. 실시."
  "……예?"
  "갑자기요?"
  "이유나 설명해 주고……."

나는 그들의 의문에 대답해 주지 않고, 대신 내 몫의 보따리에서 붉은 영웅건을 꺼내 이마에 둘렀다. 질끈 동여맨 영웅건의 중앙에는 '필사(必死)'라는 자수가 새겨 놓았다.

'이러니 옛날 생각나네.'

혈교에서 악마 교관이라 불리던 시절, 이 붉은 영웅건은 나를 상징하던 신물이었다.

─내가 이기면 백 선생이 매일 아침저녁으로 내 방을 청소하는 건 어떻소?

그 재수 없는 얼굴을 반드시 뭉개 놓겠다는 각오를 다지며, 나는 붉은 영웅건을 새롭게 만들었다.

"분명 반각이라고 했는데. 다들 시간에 여유가 있나 보군."

피식. 나는 한쪽 입꼬리를 올리며, 여전히 멀뚱멀뚱 나를 쳐다보는 어린양들을 바라봤다.

"아니면 본 교관의 말이 우습게 들리나?"

"시, 실시!"

셋 중에 가장 눈치가 빠른 공손수가 보따리를 들고 방으로 달려갔다. 헌원강과 위지천도 뒤늦게 자기 방으로 향했다.

나는 여전히 행동이 굼뜬 세 사람을 향해 외쳤다.

"정해진 시간보다 늦는 교육생에게 오늘 저녁밥은 없다고 생각하도록."

"헉!"

"그런 치사한!"

"안 돼!"

셋은 그제야 꼬리에 불붙은 망아지처럼 방으로 달려가기 시작했다. 나는 팔짱을 끼고 그 모습을 느긋하게 구경했다.

"한 달이라······."

지금부터 딱 한 달만, 나는 악마 교관 시절로 돌아갈 생각이었다.

◆ ◈ ◆

"헌원강 교육생. 겨우 이것밖에 못 하나?"

"더 할 수······ 있습니다."

내 엉덩이 밑에 깔려 있던 헌원강이 거친 숨을 몰아쉬며 대답했다.

헌원강은 지금 네 발로 연무장을 기어다니고 있었는데, 나는 그 위에 앉아서 녀석의 움직임을 지적하고 있었다.

"무인들은 아주 오래전부터 동물의 움직임에 영감을 받아 무공을 만들었다. 호랑이, 원숭이, 늑대, 뱀, 개, 그리고 하늘을 나는 새들도 그 대상이었지."

"끄으윽······."

밑에 있던 헌원강이 죽겠다는 소리를 냈다. 단순히 올라타기만 한 게 아니라, 내공으로 더 무겁게 누르며 동작을 교정하고 있었기 때문이다.

"교육생. 똑바로 안 해?"

"하고 있잖······! 끄어억!"

검집으로 여기저기를 꾹꾹 누르고 때릴 때마다 헌원강이 비명을 질렀다. 녀석의 사지가 뒤틀리고, 경련하고, 온몸에서 땀이 줄줄 흘렀다.

"몇 번을 말해야 알아듣겠나. 스스로를 호랑이라 생각하고 움직이라고. 원숭이, 뱀, 독수리, 물속을 헤엄치는 물고기라고 생각하라니까."

"선생님만 등 위에 없었어도 충분히······!"

"그럼 날 떨쳐내 보든가."

"으아아악!"

헌원강이 갑자기 악을 쓰며 온몸을 마구 흔들어 댔다. 그러나 나는 균형감을 발휘해 떨어지지 않고 버텼다. 벌써 반 시진 가까이, 나는 이 망아지 같은 놈의 등에 앉아서 버티고 있었다. 헌원강도 단련시키고 내게도 수련이 되는 일석이조의 수련법이었다.

"젠자아앙!"

"교육생. 방금 교관한테 욕했나? 너 인성에 문제 있어?"

"아닙니다아아!"

자기 마음대로 안 되자 화가 나는지, 헌원강이 괴성을 질렀다. 그래서 내공을 좀 더 실어 여기저기를 꾹꾹 눌러 주었다.

잠시 후, 결국 완전히 퍼진 헌원강이 바닥에 철퍼덕 쓰러졌다.

"허억……. 더 이상…… 진짜…… 못 하겠습니다…….."

"그래 보이는군."

나는 그제야 헌원강의 등에서 내려왔다. 그리고 검집으로 헌원강의 뭉친 근육 곳곳을 꾹꾹 눌러 풀어 주었다.

'세상에 이렇게 좋은 선생이 어딨어?'

원망 가득한 눈빛을 보니, 헌원강은 내 생각에 별로 동의하지 않는 모양이다. 나는 녀석 앞에 쪼그려 앉아서 아까 못다 한 설명을 마저 했다.

"아까 말했지. 오래전부터 무인들은 동물의 움직임을 본떠 무공을 만들었다고. 그렇게 창안된 무공은 사람의 몸에 맞게 개량된다."

"허억……. 헉……. 질문 있습니다."

"해 봐."

"그럼 네발로 기는 동작, 동물을 따라 하는 동작을 하는 이유는 뭡니까? 그냥 사람에 맞춰 개량된 동작을 배우면 되는 거 아닙니까?"

헌원강은 손가락 하나 꼼짝할 수 없어 보였다. 하지만 그 와중에도 눈빛은 여전히 살아 있었다. 내가 시킨 수련이 싫어서가 아니라, 진심으로 궁금해하는 것이 눈에 보였다.

"동물의 동작을 보고 만든 무공을, 인체에 맞게 변형하는 것 자체는 문제가 아니다. 당연한 일이지."

나는 녀석의 뭉친 근육을 꾹꾹 눌러 풀어주며 대답했다.

"하지만 후대로 전승되면서 불편한 동작은 생략되고 편하고 쉬운 동작만 남게 된다는 것이 문제다."

"음……."

헌원강은 이해가 될 듯 말 듯하다는 표정이었다. 당장은 그 정도면 충분했다.

"그걸 무공의 발전이라고 말하는 놈들도 있지만, 내 생각은 다르다. 편하고 쉽게 익히는 것은 나쁘지 않아. 하지만 그 과정에서 그 무공에 담긴 오의(奧義)가 실종된다는 것이 문제다."

"아……!"

"이해하지도 못했으면서 아는 척하지 마라."

따악! 헌원강의 뒤통수를 후려친 나는 가장 중요한 부분을 설명했다.

"결국 네발로 기는 훈련의 목적은, 평소 쓰지 않는 근육을 쓸 수 있도록 만드는 거다. 그렇게 하면 전신의 근육이 더 탄력 있게 변하고, 무공을 사용할 때도 더 폭발적인 힘을 쓸 수 있게 된다. 앞으로 네가 익힐 무공에도 분명 도움이 될 거다."

"……."

나는 헌원강에게 앞으로 두 가지 무공을 가르칠 생각이었다. 녹림십팔식과 수라혈천도. 그중 녹림십팔식은 일부만 전수할 예정이었다.

녹림투왕이 창안한 절세외공인 녹림십팔식은, 앞서 내가 말한 여러 동물의 움직임에서 영감을 받아 만든 무공이었다. 지금 헌원강이 동물을 따라 하는 것 같은 동작들이 바로, 녹림십팔식의 일부를 개량해 가르친 것이었다.

"그러니까 잔말 말고 배워. 수라혈천도를 익힐 때도 다 도움이 되는 거니까."

"……예."

헌원강이 굳은 표정으로 고개를 끄덕였다. 위지천만큼은 아니지만 오성도 뛰어난 녀석이니, 내 말을 충분히 알아들었을 것이다.

'이 녀석은 입관 시험과 상관없지만…….'

그렇다고 헌원강만 대충 가르칠 생각은 없었다. 남궁수와 내기를 하게 된 이유가 바로 이 녀석 때문이니까.

—헌원강은 실패작이오. 천성이 게으른 녀석이오. 나태하고 연약하지.
—그런 녀석을 데리고 천무제 우승이라고? 며칠이나 갈지 두고 보지.

그 재수 없는 면상을 떠올리자 다시 열불이 뻗쳤다.

빠악!

"아악! 갑자기 왜 때려요!"

"갑자기 열 받는 일이 떠올랐다."

"내가 무슨 동네북인가……."

"헌원강!"

나는 억울한 표정으로 나를 바라보는 헌원강과 얼굴을 맞대며 소리쳤다. 녀석이 움찔 놀라 나를 바라봤다.

"남궁수는 네가 실패작이라고 했다. 천성이 게으르고 나태하고, 재능도 별 볼 일 없어서 평생 노력해 봤자 팽사혁의 발끝도 못 따라갈 거라고 하더라."

"뭐라고요? 그 자식이……!"

뒤의 말은 내가 갖다 붙인 거지만, 헌원강이 남궁수를 찾아가서 진위 여부를 확인하지 않는 한 알 수 없을 것이다.

"넌 그런 말을 듣고도 가만히 있을 거냐?"

"가만히 안 있을 겁니다!"

목에 핏대가 선 헌원강이 이를 부득부득 갈았다.

나는 헌원강의 어깨에 팔을 올리며 그의 귀에 나직이 속삭였다.

"좋아. 그럼 첫 중간고사에서 놈에게 제대로 본때를 보여 주는 거다. 알겠지?"

"알겠습니다!"

"지금부터 모든 대답은 악으로 한다."

"악!"

제대로 악에 받친 헌원강의 외침. 나는 씩 웃으며 녀석의 뺨을 툭 친 후에 몸을 일으켰다.

"나머지 수련은 혼자서 하도록."

"악!"

끙끙대며 부들거리는 몸을 일으키는 헌원강을 뒤로하고, 나는 각자 훈련 중인 다른 교육생들을 찾아갔다.

"위지천 교육생. 회복은 잘돼 가나?"

가부좌를 틀고 있던 위지천은 내 부름에 천천히 눈을 떴다. 녀석의 소심하게 고개를 숙이며 대답했다.

"그게…… 잘 모르겠어요."

"본 교관이 훈련 중에는 다나까로만 대답하라고 말했을 텐데."

"죄, 죄송합니다!"

내가 쏘아보는 눈빛에 위지천은 이마에서 식은땀을 흘리며 대답했다. 하지만 그 식은땀은 긴장해서 흘린 것만은 아니었다.

"내가 한번 보지."

나는 손을 뻗어 위지천의 맥을 짚었다. 기를 흘려 넣어 몸 상태를 꼼꼼히 살폈다.

'큰 문제는 없는 것 같은데……. 생각보다 주화입마의 후유증이 오래

가는군.'

위지천은 겉으로 보기에는 아무 문제도 없었다.

문제는 몸 내부에 있었다. 주화입마의 후유증이 생각보다 커서, 내공을 끌어올리는 데 어려움을 겪고 있었다.

'단전이나 혈도의 상처는 다 아물었다. 그런데 아직 내공을 끌어올리는 것이 힘들다면…… 심리적인 문제일 확률도 있겠군.'

주화입마에 빠졌을 당시, 위지천은 피에 굶주린 검귀가 되어 많은 사람을 죽였다. 본인은 그 당시의 기억이 거의 없다고 했지만, 무의식에는 여전히 남아 있을 것이다.

"내공을 끌어올리면 증상이 어떻지?"

"……식은땀이 나고, 몸이 덜덜 떨리고, 심장이 막 빨리 뛰어서 어지럽고……."

심리적인 문제가 맞다. 무공을 펼치며 사람을 죽이던 기억이 무의식에 강하게 남아 있어, 그 공포가 내공을 끌어올리려 하면 떠오르는 것이다. 주화입마를 겪은 무인들이 간혹 겪는 정신 질환 중 하나였다.

"죄송합니다……."

고개를 푹 숙인 위지천이 모기만 한 목소리로 중얼거렸다. 나는 손을 뻗어 위지천의 머리를 쓰다듬어 주었다.

"네가 최선을 다해 노력했다면 죄송할 것 없다."

"교관님……."

이 녀석은 고삐 풀린 망아지 같은 헌원강과는 다르다. 천재적인 자질을 지녔지만 심성이 여리고, 섬세하며, 마음속에 큰 공포를 품고 있다.

'윽박지르고 강제로 시킨다고 될 일이 아니야. 자칫하면 또다시 주화입마에 빠질 수도 있다.'

내공만 회복되면 위지천의 합격은 아무 걱정도 할 필요가 없다. 아니, 내공을 쓰지 않고 지금 실력만으로도 합격은 충분했다. 하지만 내가 바라는 건 그냥 합격이 아니었다.

'남궁석이라고 했지.'

작은 남궁수처럼 생긴 되바라진 꼬맹이. 그래도 남궁세가의 핏줄답게 자질은 제법 뛰어나 보였다. 남궁수가 자신 있게 '올해 수석'이라고 생각할 만큼.

맞는 말이다. 위지천이 없다면 말이지.

"위지천 교육생. 본 교관은 자네의 재능과 성실함을 믿는다. 한 달은 길다. 그때까지 함께 문제를 극복할 방법을 찾아보지."

"교관님……!"

내가 굳센 믿음을 보여 주자, 위지천은 눈물이라도 쏟을 듯 감격한 표정으로 날 바라봤다. 악마 교관이라고 해서 매번 애들을 굴리지만은 않는다. 나는 부처처럼 자비롭게 웃으며 위지천의 머리를 쓰다듬었다.

"그러니 부담스러워하지 않아도 된다."

"네!"

"위지천 교육생이 내공을 되찾지 못한다고 해 봤자, 기껏해야 본 교관이 남궁수에게 개망신을 당하고 청룡학관에서 잘리는 것으로 끝난다."

"네에……?"

"일자리를 잃은 본 교관은 빚더미에 앉고, 백룡장은 헐값에 팔아치워야겠지. 결국 본 교관은 빚쟁이들에게 쫓기는 신세가 되어……."

"교, 교관님?"

내 비관적인 이야기가 계속될수록 위지천의 안색이 창백해졌다. 나는 위지천에게 강제로 훈련을 시킬 생각은 없었다. 다만 '스스로' 최선을 다하겠다는 마음가짐을 확실하게 새겨 넣을 생각이었다. 알다시피 이 녀석은 여리거든.

"그러니 부담 없이, 최선을 다해서 노력하면 된다."

내가 쓸쓸하게 웃으며 머리를 쓰다듬자, 위지천이 이를 악물며 외쳤다.

"최선을 다하겠습니다!"

"그래그래."

그렇게 위지천의 마음에도 단단히 각오를 새겨 넣은 후, 나는 마지막으로 가장 많은 시간을 할애해야 하는 교육생이 앞에 섰다.

이 앞에선 나도 좀 막막하다. 일단 심호흡 좀 하고.

"……공손수 교육생. 어디 아픈 곳은 없나?"

70화
고맙네

"허억, 헉, 허어, 허허……. 교, 교관님. 저, 저는 아주, 아주 멀쩡합니다……."

홀로 목검을 휘두르던 공손수가 비지땀을 흘리며 나를 돌아봤다. 그 얼굴은 곧 삼도천을 건널 사람처럼 창백했는데, 흑영이 옆에서 조마조마한 표정으로 그를 지켜보고 있었다.

"……정말 괜찮은 것 맞나?"

"후우, 후우……. 예. 정말 괜찮습니다. 다른 교육생들과 차별 없이 훈련시켜 주십시오!"

거, 노인네, 의욕은 좋은데…….

다리는 당장이라도 쓰러질 듯 후들거리고, 목검을 지팡이 대용으로 바닥에 짚으며 그런 말을 해 봤자 설득력이 하나도 없었다.

슬쩍 옆에 있는 흑영을 보자, 그녀가 고개를 절레절레 저었다.

[이미 한계입니다.]

흑영의 전음이 아니더라도, 공손수의 상태가 어떤지는 한눈에 알아볼 수 있었다.

나는 작게 한숨을 내쉬며 말했다.

"공손수 교육생은 잠시 훈련에서 열외해서 쉬도록."

"예? 아직 더 할 수 있습니다. 저는 지금 아주…… 멀쩡합니다."

"가서 거울이나 보고 와. 교육생 안색부터가 안 멀쩡해."

내 지시에도 공손수는 쉽게 검을 내려놓지 못했다. 그는 억울하다는 표정으로 나를 바라봤다.

"정말로 괜찮습니다. 이 정도는 의지로 충분히 극복할 수 있……."

여기도 좋게 말로 해서는 안 통하겠군. 작게 한숨을 쉰 나는 그에게 성큼 다가서며 얼굴을 가까이 들이밀었다. 그리고 살기를 내뿜으며 으르렁거렸다.

"공손수 교육생. 본 교관의 말이 말 같지 않나?"

내 살기에 공손수가 움찔했고, 흑영이 놀라서 눈을 동그랗게 떴다. 각각 훈련에 집중하던 헌원강과 위지천도 무슨 일인가 하고 이쪽을 힐끗거렸다.

공손수가 당황한 표정으로 말했다.

"그게 아니라……."

"이 이상은 훈련이 아니라 몸을 학대할 뿐이다. 내 눈에는 자네가 빨리 죽고 싶어 하는 것으로밖에 안 보이는데."

주름진 뺨이 모멸감으로 파르르 떨렸다. 그 위로 흘러내리는 굵은 땀방울. 부릅뜬 눈은 붉게 충혈돼 있다. 단련되지 않는 늙은 몸뚱이는 진작부터 한계에 도달했다. 그 사실이 너무 분할 것이다. 나는 아까부터 공손수의 부러움 가득한 시선이 헌원강과 위지천을 향하고 있음을 알고 있었다.

"공손수 교육생."

"……예."

그의 어깨에 손을 올린 나는 한결 부드러운 목소리로 말했다.

"몸이 마음대로 안 따라 줘서 분하겠지. 하지만 이게 자네의 현실이다. 그 나이에 기체조만 해 온 몸으로 하루아침에 다른 교육생들과 동등한 훈련을 소화할 수는 없다."

"……저도 압니다."

공손수는 십 대의 회복력을 지닌 헌원강, 위지천과는 다르다.

'게다가 저 둘은 천재지.'

두 소년은 자신의 몸을 아슬아슬한 한계까지 몰아붙일 줄 알았고, 본능적으로 거기서 멈출 줄 알았다.

반면 공손수는 아무리 좋게 봐줘도 범재다. 비슷한 나이였어도 따라가는 것이 어림도 없는데, 예순다섯의 나이에 저 둘의 훈련을 따라간다는 것은 어불성설. 뱁새가 황새를 따라가려다간 가랑이가 찢어질 뿐이다.

"조급해하지 말고 날 믿도록. 자네에게 맞는 맞춤형 교육으로 반드시 청룡학관에 입관시켜 줄 테니까."

남궁수 그 자식의 콧대를 꽉 눌러 주기 위해서라도 말이지.

"……예. 제가 과욕을 부린 것 같습니다."

다행히 공손수는 말이 안 통하는 사람은 아니었다. 그가 천천히 목검을 내려놓았다. 나는 공손수를 장원 한편에 있는 정자로 데려갔다.

"현재 본인의 몸 상태를 가감 없이 솔직하게 보고하도록."

"허리, 어깨, 무릎, 손목, 발목이 아픕니다."

"……"

이건 좀 너무 가감이 없는데.

"검을 오래 쥐었더니 손가락도 아프고, 목도 결리고…… 눈도 좀 침침해진 것 같고……. 허허허허……."

"……."

내 굳어가는 표정을 본 공손수가 뒤늦게 변명을 하기 시작했다.

"그, 그래도 견딜 만합니다. 고약 좀 붙이고 침 좀 맞으면 금방 낫겠지요. 마침 좋은 약도 가지고 있고……."

"공손수 교육생. 바닥에 엎드리도록."

"예?"

얼차려라도 받는 줄 알았는지 공손수의 얼굴이 하얗게 질렸다. 흑영도 당황해서 입을 열려고 했다.

"뭉친 근육을 풀어줄 테니 엎드리란 뜻이다."

"……허허허."

안도의 한숨을 내쉰 공손수가 엎드렸다. 나는 그의 몸 이곳저곳을 손으로 꾹꾹 누르기 시작했다.

헌원강에게 해 준 것과 달리 손으로 안마를 하자, 공손수의 입에서 가느다란 신음이 새어 나오기 시작했다.

"오, 오오. 오오오……."

처음에는 잔뜩 긴장해 있던 그는 어느새 눈을 감고 안마를 즐기기 시작했다.

"오오, 좋구나. 그래 거기, 조금만 더 아래……. 흐흐흐. 흐어어어! 이거 극락이 따로 없구나."

얼마나 좋은지 눈가에 눈물까지 찔끔 고였다.

'……내가 교관인지 안마사인지 모르겠군.'

짙은 자괴감을 뒤로하고, 몸 뒤쪽 안마를 끝낸 나는 공손수의 등을 툭툭 두드렸다.

"뒤집어."

"허허……."

몸을 뒤집은 공손수가 감탄한, 그리고 전보다 한결 개운해진 표정으로 나를 올려봤다.

"교관님. 제가 황궁에서도 안마를 많이 받아 봤습니다만…… 거기서도 교관님만큼 안마를 잘하는 사람은 본 적이 없는 것 같습니다."

저 진심 가득한 표정……. 거짓 하나 없는 칭찬 같아서 기분이 아주 복잡미묘하다.

"혹시 나중에라도 다른 일을 알아보신다면, 제가 황궁에 안마사로 소개해 드릴까요?"

"……필요 없어."

내가 혈교에선 악마 교관이었지만, 그때도 예순다섯 먹은 훈련생을 가르쳐 본 적은 없었다.

'그리고 뭐? 황궁? 보통 노인네가 아닌 줄은 알았지만…….'

무공을 익히지 않았는데도 말 몇 마디로 사람을 압도하던 존재감. 만냥이라는 거금을 아무렇지도 않게 내겠다고 말하고, 흑영 정도의 고수를 개인 호위로 부릴 수 있는 권력자.

'이만한 부와 권력을 가지고 왜 무공을 배우려는 건지 모르겠지만……. 뭐, 굳이 알아야 할 필요는 없지.'

문득 궁금증이 들었지만, 굳이 캐묻고 싶은 생각은 들지 않았다. 중요한 것은 정해진 기간 내에 공손수를 청룡학관에 입관할 수 있도록 만드는 것이다.

나는 공손수의 뭉친 허벅지를 꾹꾹 눌러 주며 물었다.

"훈련은 많이 힘든가?"

"힘듭니다. 그래도 퍽 즐겁습니다."

공손수가 빙그레 웃으며 대답했다. 비록 몸은 늙었지만, 그의 눈빛은 어린아이처럼 초롱초롱하게 빛나고 있었다.

"교관님. 저는 말입니다. 어릴 때 남들보다 몸이 작고 약했습니다. 사나흘에 한 번씩 고뿔을 달고 살았지요."

확실히 공손수는 약한 체질을 타고났다. 몸에 남들보다 탁기가 많이 쌓인 것도 그런 이유였다.

"다행히도 머리가 썩 총명한 편이라 공부는 잘했지요. 없는 살림에 홀어머니가 저를 학관에 보냈습니다. 매일 코피를 쏟으며 공부를 했고…… 결국 입신양명하여 부와 권력을 누릴 만큼 누렸습니다. 홀어머니는 이미 돌아가신 후였습니다만……. 허허. 몇 년만 더 사시지."

노인의 쓸쓸한 눈이 과거를 더듬고 있었다.

"그런데 제가 어렸던 시절에 말이지요. 항상 부러웠습니다."

"……부럽다니?"

"책보에 무거운 책을 가득 넣고 학관으로 가는 길에 보았던 아이들. 허리춤에 검을 차고, 하얀 무복에 이마에 영웅건을 매고 무관으로 들어가던 제 또래 소년들 말입니다."

또래보다 작고 약하던 소년은, 키가 크고 건강한 무림의 소년들을 항상 동경했다.

"……부러워서 힐끔거리다 눈이라도 마주치면 저도 모르게 어깨를 움츠렸습니다. 허허. 한 번은 재수가 없었는지 심하게 얻어맞은 적도 있지요. 기분 나쁘게 쳐다봤다는 이유로 말입니다."

흑영이 입술을 질끈 깨물었다. 공손수는 그것도 다 옛 추억이라며 껄껄 웃었다.

"제 커다란 책보에는 항상 무협지가 한 권씩 들어 있었습니다. 시간이 날 때마다 읽었지요. 한 자루 검을 들고 천하를 유랑하는 검객. 사파의 수많은 마두를 베고, 홀로 혈교로 쳐들어가 끝내 혈마의 심장에 칼을 꽂아 넣었지만…… 아무도 그 사실을 몰라주고 쓸쓸하게 서서 죽어가는, 이름 모를 협객의 이야기 같은 것 말입니다."

"완전 삼류 소설이네."

나도 모르게 나온 퉁명스러운 혼잣말에, 공손수가 멋쩍은 듯이 웃었다.

"허허. 어린 시절엔 누구나 그런 이야기를 좋아하기 마련 아닙니까. 실제로 혈교가 갑자기 약해진 이유에 대해서 말이 많기도 했지요. 그때가 제가 어렸던 시절이라, 그 이유를 상상해서 써낸 소설이 많았습니다."

"……그건 또 처음 듣는 얘기군."

"허허. 옛날이야기니까요."

옛날이야기라……. 본인이 혈교의 마두들을 키우던 교관에게 무공을 배우고 있다는 사실을 알면, 공손수는 무슨 표정을 지을까. 그리고 혈교가 망하게 된 진짜 이유를 알게 된다면…….

나는 잠시 그런 생각을 하다가 고개를 절레절레 저었다. 아무 의미도 없는 가정이니까.

"다 늙어서 고향에 돌아와 보니 종종 그 시절이 떠오르더군요. 허허. 주책이지요. 예순이 넘어서 무관에 다니겠다니……. 다들 절 보고 노망이 났다고 할 겁니다."

"……."

나는 아무 말 않고 공손수의 말을 들어주었다. 몸을 일으킨 그가 빙그레 웃으며 나를 보았다.

"그래도 어쩌겠습니까. 이렇게 무공을 배우는 것이 즐거운데요."

"……."

"비록 몸뚱이는 예순다섯이지만, 마치 열다섯으로 돌아온 것 같은 기분입니다."

공손수가 맑은 눈동자로 나를 바라봤다. 조금 짓궂으면서 어린아이처럼 순수한 미소가 그의 입가에 번졌다.

"고맙네."

"음?"

계속 내게 존대를 하던 그의 말투가 갑자기 바뀌었다.

"이런 기분을 느끼게 해 줘서 고맙네. 죽을 날만 기다리고 있던 늙은이의 삶에 의미를 만들어 주어서 고마우이."

"무슨……."

"내 미리 약속하지. 입관 시험에서 떨어지더라도 나는 자네를 원망하지 않을 게야. 돈도 모두 지불할 것이네. 나는 이미 자네에게 큰 은혜를 입었으니."

"……."

예상치 못한 공손수의 호의에 나는 잠시 말문이 막혔다. 그러나 곧 억지로 표정을 구기며 말했다.

"……본 교관에겐 존댓말을 하라고 했을 텐데."

"허허. 알겠습니다. 앞으로는 조심하겠습니다, 교관님!"

능구렁이 같은 노인네 같으니. 그 앞에서 당황한 속마음이 들킨 것 같아 괜히 민망했다.

그런데…….

"니들은 또 뭔데?"

나는 어느새 우리 곁으로 모여든 헌원강과 위지천을 바라봤다. 공손수의 이야기를 다 들었는지, 둘 다 표정이 가관이었다. 위지천이 울먹울먹하는 표정으로 공손수의 손을 꼭 잡았다.

"할아버지……. 반드시 합격하실 수 있게 제가 옆에서 도와드릴게요!"

"허허. 고맙구나. 꼭 함께 합격하자꾸나."

그 옆에서 헌원강이 자신의 가슴을 탕탕 두드리며 말했다.

"할아범. 앞으로 궁금한 거 있으면 나한테 물어봐. 청룡학관 선배로서 조언 정도는 해 줄 테니까."

"허허. 고맙소, 선배."

한숨을 푹 내쉰 나는 두 녀석의 머리를 쥐어박았다.

"가서 훈련이나 해, 이것들아. 지들 앞가림도 못 하는 것들이."

"너무해요……."
"냉혈한 같으니! 이런 얘길 듣고 어떻게 가만히 있어!"
"허허. 애들에게 너무 나무라지 마시게."
"본 교관에겐 존댓말 하라니까!"
"허허허허!"

한참 교육생들과 투닥투닥하다가, 어느새 피식피식 웃고 있는 나를 발견하곤 어색함에 입가를 매만졌다. 하지만 그 어색함이 싫지 않았다.

'혈교의 악마 교관은 무슨…….'

아무래도, 그 시절로 완전히 돌아가는 것은 이제 불가능할 것 같았다.

71화
오늘은 휴가다

 한 달. 누군가에겐 눈 깜빡할 사이에 지나가 버렸다고 느낄 만큼 짧고, 누군가에겐 끔찍하게 길었을 시간. 시간은 모두에게 공평했지만, 그 시간 동안 얻은 결과는 결코 공평하지 않았다.
 "이곳이 청룡학관이구나……!"
 공손수는 감격스러운 표정으로 커다란 현판을 올려다봤다.

 청룡학관(青龍學館)

 용사비등한 필체가 마치 살아서 꿈틀거리는 것만 같았다. 감격을 주체하지 못한 공손수가 주먹을 꽉 움켜쥐었다.
 "기어이 내가 이곳까지 오다니……."
 "참나. 누가 들으면 벌써 합격한 줄 알겠네. 겨우 입관 신청하러 왔으면서 호들갑은."
 헌원강이 옆에서 투덜거렸지만, 그 정도로는 공손수가 느끼는 벅찬 감동에 초를 칠 수 없었다.

"허허허! 시작이 반이라고 하지 않나!"

정말로 열심히 했다. 질긴 무명으로 만든 무복 곳곳이 해지고 색은 잿빛으로 바랠 정도로, 손에 굳은살이 생기고 그 굳은살이 찢어져 그 위에 다시 굳은살이 생길 정도로 열심히 했다. 그리고 이 앞에 섰으니 감회가 새로울 수밖에 없었다.

"그나저나 줄이 정말 기네요."

위지천이 앞에 길게 늘어선 줄을 바라보며 말했다. 소년은 한 달 전과 비교하면 몸에 근육이 꽤 붙은 모습이었다.

"작년 재작년은 이 정도까진 아니었는데……. 올해는 좀 많네."

반대로 헌원강은 한 달 동안 살이 조금 빠지고 턱선이 날렵해졌다. 그러나 몸은 더 단단해진 느낌이었다. 새벽 훈련을 끝내자마자 바로 출발했는데도 불구하고, 그들 앞에는 대기 줄이 이미 길게 늘어서 있었다.

"허허허! 과연 무림 오대학관이란 명성에 걸맞구나! 헌앙한 청년들이 아주 많아!"

'이 할아범은 오대학관 중에서 청룡학관이 제일 처진다는 건 모르나? 아니면 상관없는 건가…….'

헌원강은 문득 궁금했지만, 그걸 이 자리에서 물어볼 정도로 눈치가 없지는 않았다.

"허허허허!"

공손수는 굉장히 들떠 있었다. 수시로 주위를 두리번거리고, 별것 아닌 것에도 감탄했다. 마치 부모 손을 잡고 축제에 놀러 나온 어린아이처럼 보였다. 주변에서 사람들이 힐긋거렸으나 공손수는 신경조차 쓰지 않았다.

"자네들, 나이가 들면 좋은 점이 뭔지 아나? 바로 얼굴 가죽이 두꺼워진다는 거야!"

"우린 아직 안 두꺼우니까 그만해요, 좀……."

"할아버지……."

쏟아지는 시선에 얼굴이 붉어진 두 사람의 부탁에, 공손수는 그들의 등을 두드리고 껄껄 웃었다. 굳은살이 가득한 손을 내려다본 공손수는 빙그레 웃으며 중얼거렸다.

"……그나저나 시간이 참 빠르구나. 입관 시험까지 이제 사흘밖에 남지 않았다니."

사흘 후, 드디어 청룡학관 입관 시험이 시작된다.

서류를 통한 입관 신청은 한 달 전부터 받았지만, 본인이 직접 와서 등록하는 것은 오늘부터였다. 사흘 안에 등록까지 완료해야, 사흘 후 시작될 입관 시험의 참가 자격을 얻는다. 오늘 세 사람이 이곳에 온 이유도 입관 신청 등록을 하기 위해서였다.

웅성웅성. 며칠 전부터 도시 전체가 전국에서 몰려든 입관 시험 지원자들로 붐볐다.

"입관 시험 지원자들은 신분을 증명할 호패와 추천서를 미리미리 준비해 두시오!"

위사가 정문 앞에서 외쳤다.

청룡학관 입관 시험을 치르려면 신분에 이상이 없음을 증명해야 했고, 무관이나 문파, 세가, 혹은 믿을 만한 보증인으로부터 추천서도 받아야 했다.

"흥. 말은 사파의 간자를 솎아내기 위해서라고 하지만…… 요즘 제대로 된 사파가 어디 있다고. 그냥 처음부터 적당히 거르겠다 이거지."

냉소적인 헌원강의 말에 위지천은 속으로 뜨끔했다. 사파의 간자는 아니었지만, 과거 혈교의 기둥 중 하나였던 팔대가문 출신이었으니까.

'혈교는 내가 태어나기도 전에 망했지만…….'

정체가 탄로 날 수도 있다는데, 걱정이 조금도 안 된다면 거짓말이다. 예전에는 평생 조용히 신분을 숨기고 살아야 하는 건 아닐까 하는 생각도 했었다. 하지만 위지천을 이 도시로 데려와 새 신분을 준 백수룡, 그리고 할아버지인 위지열은 손자가 청룡학관에 입관하는 것에 적극적으로 찬성했다.

―천아. 앞으로 혈교는 잊어라. 너는 이제 정파의 무인으로 살아가거라.

지난밤, 위지 가문의 마지막 가주 위지열은 손자와 마주 앉아 그렇게 말했다.

―평생 숨어다니는 건 불가능해. 차라리 섞여 들어. 청룡학관에 수석으로 입학하고 수석으로 졸업해. 그렇게 누구도 널 의심하지 못하게 만들어.

백수룡도 비슷한 조언을 했다. 그는 현역 청룡학관 강사라는 신분을 이용해 위지천에게 추천서까지 써 주었다.
'선생님에겐 평생을 갚아도 다 못 갚을 은혜를 입었어.'
위지천은 품 안에 넣어둔 추천서를 손바닥으로 꾹 눌렀다. 자신을 믿어 준 두 사람을 위해서라도 최선을 다해야겠다고 마음먹었다.
'내 실력으로 수석을 할 수 있을지는 모르겠지만……'
솔직히 수석은 꿈도 꾸지 않았다. 위지천은 그저 합격만 할 수 있기를 바라면서, 초조한 표정으로 조금씩 줄어드는 줄을 바라봤다.
"선생님은 안에 계시겠죠? 아까 먼저 출근하셨으니……"
"아마 들어가도 만나긴 힘들걸. 생활지도부 선생들은 꽤 바쁘거든. 요즘엔 입관 시험 준비하느라 더 그럴 거고."
옆에 있던 헌원강이 조금 우쭐한 표정으로 대답했다. 여전히 대련만

하면 얻어맞는 것이 일상인지라, 오늘처럼 위지천에게 형이자 선배로서 위신을 세울 기회는 좀처럼 없었다.

"긴장들 풀어. 별것 아니니까."

헌원강이 오늘따라 거만하게 어깨에 힘이 들어간 이유였다. 사실 재학생은 기다리지 않고 바로 청룡학관 안으로 바로 들어갈 수 있었지만, 굳이 함께 줄을 서서 이런저런 설명을 해 주었다.

"궁금한 거 있으면 편하게 나한테 다 물어보라고."

"네, 선배님!"

"허허. 선배가 있어 든든하구먼."

조금씩 대기 줄이 줄어들면서 위지천 일행의 차례도 점점 가까워졌다.

그때 청룡학관 안쪽이 조금 소란스러워지더니, 안에서 강사로 보이는 한 사내가 걸어 나왔다.

사내는 내공을 담아 모두가 들을 수 있도록 외쳤다.

"현재 입관 신청자들이 많이 몰려 청룡학관 내부가 매우 혼잡합니다! 지금부터는 입관 신청 당사자 외에 가족이나 지인의 청룡학관 출입을 금지하겠습니다!"

곧 여기저기서 불만이 터져 나왔다.

"갑자기 이러는 법이 어디 있소!"

"기껏 멀리서 왔는데!"

자식과 함께 온 부모들, 친구를 응원하기 위해(겸사겸사 청룡학관을 구경하기 위해) 온 사람들이 그런 법이 어디 있냐며 투덜댔다.

그러나 청룡학관의 방침은 바뀌지 않았다. 정문에서 입관 지원 신청서와 추천서를 확인한 후 지원자들만 안으로 들여보냈다. 난감하기는 위지천 일행도 마찬가지였다.

"허허. 이러면 흑영 자네는 밖에서 기다려야겠군."

"······어르신. 그럴 수는 없습니다."

그동안 말 한마디 없이 조용히 서 있던 흑영이 고개를 저었다. 공손수가 어디를 가더라도 함께하며, 목숨을 바쳐서라도 그의 신변을 지키는 것이 그녀의 임무였다.

"제가 어르신 곁에 없으면, 돌발 상황이 발생했을 경우에 대처할 수 없습니다."

"청룡학관 규정이 그렇다지 않나. 그리고 저 안에서 대체 무슨 일이 생긴다고."

"혹시라도 모를……."

암살 시도. 흑영은 차마 그 말을 꺼내지 못했다. 물론 공손수는 충분히 알아들었다.

그가 빙긋 웃으며 말했다.

"걱정도 팔자로군. 그럴 일이 있으려면 진즉에 있었겠지. 그리고 내 옆에 이토록 든든한 동기들이 있지 않나."

공손수가 양옆으로 손을 뻗어 위지천과 헌원강에게 어깨동무를 했다. 헌원강이 자기는 동기가 아니라 선배라며 툴툴댔다.

'저 둘이 제법 강하긴 하지만…….'

그래도 흑영은 안심할 수 없었다. 그녀는 공손수에게만 전음을 보냈다.

[정 안 된다면 은신술을 쓰고 따라가겠습니다.]

"하지 말게."

공손수가 단호한 표정으로 고개를 저었다. 이어서 그가 전음을 보냈다.

[저 안에는 무림의 고수들이 여럿 있을 게야. 그들의 이목을 모두 속일

자신이 있나?]

　[……해 보겠습니다.]

　흑영이 익힌 무공의 대부분은 잠행, 은신, 암살 등 살수의 무공에 특화돼 있었다. 그리고 흑영을 가르친 교관은 그녀가 자신이 가르친 훈련생 중 최고라고 단언했다.

　[최대한 조심해서 따라가겠습니다. 중심부로만 가지 않는다면…….]
　[불가.]

　공손수가 고개를 저으며 흑영의 말을 중간에 끊었다.

　[만약에라도 들키면 많이 곤란해질 게야.]

　살수의 무공을 익힌 자가 청룡학관에 몰래 숨어든다?
　그 사실이 발각되는 순간, 흑영과 공손수는 해명을 위해서라도 자신들의 신분을 밝혀야 한다.
　그리고 공손수의 신분이 밝혀진다면…… 청룡학관의 입관 시험을 보는 것도 불가능했다. 입관 시험이 문제가 아니라, 청룡학관이 뒤집힐 것이다.

　[나는 아무런 잡음 없이, 순수하게 내 능력으로 시험을 보고 싶네.]

　"……."
　흑영은 잠시 생각에 잠겼다.
　백룡장에서 무공을 배우기 시작한 이후, 공손수의 변화는 보면서도 믿기 어려울 정도였다. 새벽 찬바람만 쐬어도 으슬으슬 떨던 몸은 알통 구보를 할 정도로 건강해졌고, 매일 달여 마시던 탕약도 더는 마시지 않았다. 무엇보다 놀라운 변화는 그의 얼굴에 넘치는 생기였다. 매일 익숙하지 않은 근육통에 힘들어하면서도, 훈련이 끝나고 난 뒤 공손수의 얼굴에는 항상 만족스러운 미소가 맺혀 있었다.

"허허허. 내 평생 이렇게 하루하루가 충만한 적이 없구나."

흑영도 그런 모습이 싫지는 않았다. 하지만 그녀가 받은 임무는 목숨을 바쳐서라도 호위 대상을 지키는 것이었다. 평생 명령에 복종하고 임무에 충실한 삶을 살아온 그녀였기에, 어떻게든 방법을 찾고자 했다. 잠시 생각을 정리한 끝에, 흑영은 방법을 하나 생각해 냈다.

[만약 제가 발각되더라도 어르신에 대해서는 끝까지 함구하겠습니다. 고문에 대한 훈련도 충분히 되어 있으니 걱정하지 않으셔도 됩니다. 필요하다면 혀를 끊어…….]

흑영은 말을 멈췄다. 이곳에 오는 내내 웃고 있던 공손수의 표정이 무시무시하게 일그러진 것이다. 지난 몇 년간 호위를 해왔지만, 저만큼 화가 난 얼굴은 처음이었다.

"날 화나게 할 셈인가."

전음이 아닌 육성. 분노로 파르르 떨리는 그 목소리에, 흑영도 당황해서 육성으로 대답했다.

"죄송합니다. 그런 의미가 아니라……."

공손수가 성큼 흑영에게 걸어와 손을 휙 뻗었다. 흑영은 뺨을 맞을 각오를 하고 고개를 살짝 숙였다. 공손수의 분노가 풀린다면 뺨 정도는 아무것도 아니었다. 그러나 공손수는 흑영의 뺨을 때리지 않았다.

[흑영.]

대신 그녀의 어깨를 붙잡은 그는 그녀와 얼굴을 마주하며 전음을 보냈다.

[네가 날 어찌 생각하는지 모르겠지만, 난 너를 딸처럼 생각한다.]

"……."

[그런 너에게 그런 말을 들으면, 어떤 기분이 들 것 같으냐?]

"죄송……합니다."
흑영은 이 순간 어떤 대답을 해야 할지, 어떤 표정을 지어야 할지 알지 못했다. 그런 훈련은 받지 않았기 때문이다.
나직이 한숨을 내쉰 공손수는 그녀의 어깨를 토닥인 후에 말했다.
"정 네 마음이 불편하다면 명령을 내리마. 오늘 하루는 휴가다."
"예……?"
흑영의 눈동자가 당황으로 물들어 크게 흔들렸다. 공손수는 그런 모습이 재미있다는 듯 껄껄 웃었다.
"가서 먹고 싶은 것도 마음껏 먹고, 옷과 장신구도 사고, 가 보고 싶었던 곳이 있으면 실컷 놀다 오너라."
"어, 어르신?"
"다시 말하지만 명령이다. 이를 어긴다면 너를 내 호위에서 해임할 것이야."
"……."
공손수의 단호한 눈빛에, 흑영은 당혹감을 감출 수가 없었다.

휴가라니. 평소 같았으면 농담으로 넘길 수 있을 텐데, 지금 공손수의 눈빛은 감히 거절해서는 안 되는 종류의 것이었다. 결국, 그녀는 명령에 따를 수밖에 없었다.

"알겠습니다."

"우리는 입관 신청 등록을 하고 저녁까지 돌아갈 테니, 너도 마음껏 휴가를 즐기다 오너라."

"……예."

"지금 바로 가거라."

공손수에게 등을 떠밀린 흑영은, 한동안 어디로 가야 할지 모르겠다는 표정으로 주위를 두리번거리다 시장 쪽으로 천천히 걸어갔다.

· ◈ ·

"……아까 흑영 누이한테 뭐라고 했길래 그래요?"

헌원강은 별로 궁금하지 않다는 투로 물었다. 하지만 아까부터 흑영의 뒷모습을 힐끗거리는 것이, 둘이 전음으로 나눈 대화가 많이 궁금한 모양이었다.

"다 듣지 않았나. 휴가를 줄 테니 놀다 오라고 했지."

"무슨 휴가를 그런 식으로 줘요. 휴가받은 사람은 표정이 꼭 버림받은 강아지 같고……."

"선배. 세상엔 온갖 사연을 가진 사람이 있는 법이라네."

공손수는 그 이상 자세한 이야기는 하지 않았다. 그도 흑영의 인생을 다 알지는 못한다. 잘 모르는 것을 이러쿵저러쿵 이야기한다는 것도 오만이자 무례일 것이다.

"쩝……."

헌원강도 더 자세히 묻지는 않았다. 그냥 습관처럼 투덜거렸을 뿐이다.

"하여튼 저쪽도 특이한 누이야. 남들 같으면 한참 연애도 하고 그럴 나이에 노인네 호위 무사 같은 일이나 하고……."

"……원강 선배. 혹시 흑영에게 관심이 있나?"

"예? 관심은 무슨……."

"다행이군. 내겐 딸 같은 아이라네."

"……잠깐. 그 안도의 한숨 무슨 의미예요?"

"허허허……."

"아니 누가 관심이라도 있대? 이 영감탱이가……."

"허허허허!"

"관심 없다니까! 야, 위지천! 너는 또 왜 음흉하게 웃는데!"

"선배님. 그런 취향이셨군요……."

두 사람의 놀림에 헌원강이 발끈하려는 순간, 앞쪽의 대기 줄이 사라지며 정문의 위사가 소리쳤다.

"다음 지원자들 들어오시오!"

세 사람이 허겁지겁 서류를 꺼내며 그쪽으로 다가갔다.

그리고.

"맞는 것 같지?"

"……."

세 사람의 뒷모습을 조용히 바라보는 시선이 있었다.

72화
실력 좀 볼까?

정문에서 입관 신청 서류와 호패를 확인한 후, 세 사람은 드디어 청룡학관 내부로 들어갔다.

"오오! 내가 청룡학관에 들어오다니……!"

"이 할아범은 도대체 언제까지 감동하고 있을 거야?"

"하하하."

입관 신청 등록은 청룡학관 본관에서 이루어졌다. 정문에서 이미 신분 확인이 끝난 후라, 등록 절차 자체는 금방 끝났다. 공손수의 나이를 확인한 심사관이 당황한 표정으로 물었다.

"정말 본인이 신청하러 오신 것 맞습니까? 자녀나 제자의 지원을 대리로 하러 온 건 아니시고요?"

무례일 수도 있는 질문이었지만, 공손수는 오히려 기분이 좋은 듯 껄껄 웃었다.

"허허허. 내가 신청하러 온 게 맞소이다!"

그러고는 힘주어 팔을 구부린 다음 작은 알통을 만들어 심사관에게 보여 주었다.

"배움에 나이가 무엇이 중요하겠소. 한번 만져 보시오. 내 이날을 위해 지옥 훈련을 견뎠소이다!"

"아, 예……."

"혹시나 해서 묻는 건데, 지금까지 본인보다 나이가 많은 지원자가 있었소?"

"……제가 여기서 일한 십 년 동안은 어르신이 최고령입니다."

"허허허허! 내 그럴 줄 알았지! 자네는 나이가 몇인가?"

"마흔넷입니다만……."

"젊구먼. 하고자 마음만 먹으면 언제든지 할 수 있는 거요!"

"아, 예……."

"할아범. 주책 좀 그만 떨어요……."

우여곡절 끝에 입관 신청 등록을 끝낸 후, 세 사람은 본관을 나왔다.

"그럼 둘은 좀 더 둘러보다가 가."

헌원강은 도살장에 끌려가는 소 같은 표정이었다. 그는 단순히 두 사람의 안내역으로 청룡학관에 함께 온 것이 아니라, 끝나고 다른 용무가 있었기 때문이었다.

"젠장. 학주와 면담이라니……."

기숙사에서 나가는 조건으로, 헌원강은 주기적으로 매극렴을 만나서 어떻게 지내는지 보고를 해야 했다. 물론 지난 한 달은 매극렴 앞에서도 당당할 수 있을 만큼 열심히 노력했지만, 그래도 싫은 건 싫은 거였다.

"……하여튼 이따가들 보자고."

"선배님. 저녁에 백룡장에서 볼게요."

"무탈하게 다녀오시게."

헌원강은 싫은 티를 팍팍 내며 기숙사로 향했다. 둘만 남게 된 위지천과 공손수는 청룡학관을 둘러보다가 갈 계획이었다.

"연무장부터 가 볼까요?"

"서고는 학생이 아니면 못 들어가겠지?"

설레는 마음으로 둘의 걸음이 빨라질 때였다.

"위지천?"

등 뒤에서 들려온 낯선 목소리에 위지천이 뒤를 돌아봤다. 위지천을 부른 목소리의 주인이 씩 웃었다.

"맞나 보네."

키가 크고 마른 소년이었다. 눈이 가늘고 말아 올린 입술이 얇아 야비한 인상을 주었다. 소년을 본 위지천이 고개를 갸웃했다. 처음 보는 얼굴이었던 것이다.

"누구신지……."

"너 백수룡, 아니 백수룡 선생님 제자 맞지?"

"……."

"반갑다. 난 조막생이야. 남궁수 선생님께 무공 과외를 받고 있지."

조막생이 활짝 웃으며 손을 내밀었다. 위지천은 얼떨결에 그 손을 잡아 악수를 했다.

악수를 나눈 순간, 조막생의 눈이 차갑게 빛났다.

'이거 봐라? 완전 애송이잖아?'

순식간에 상대에 대한 파악을 끝낸 조막생은 다시 아무렇지 않다는 듯 실실 웃었다. 그가 턱으로 뒤쪽을 가리키며 말했다.

"저기 있는 애들은 내 과외 동기들이야."

무뚝뚝한 표정의 소년과 새침한 표정의 소녀가 이쪽을 바라보며 서 있었다.

"아, 네……. 위지천입니다. 반가워요."

위지천은 그들에게서 묘하게 불쾌한 느낌을 받았지만, 어쨌든 상대가 웃으며 먼저 자신을 소개했으니 무시할 수도 없었다.

"아까 지나가다가 우연히 네 이름을 들었거든. 전에 백수룡 선생님한테서 들은 적이 있어서."

"저를요? 왜……."

"뭐야. 너 설마, 아예 모르는 거야?"

"뭘……."

갑자기 조막생이 낄낄 웃더니, 고개를 돌려 뒤쪽에 있는 남궁석과 진진에게 말했다.

"내기한 거, 말 안 했나 본데?"

"흥. 보나 마나 질 게 뻔하니까 말도 못 꺼냈겠지. 도망이나 안 치면 다행이야."

"……."

진진은 상대하기도 싫다는 듯 고개를 돌리며 코웃음을 쳤다. 반면 남궁석은 말없이 위지천을 가만히 지켜보고만 있었다.

"예? 내기라니 무슨……."

아무것도 모르는 순진한 표정을 짓는 위지천을 본 순간, 조막생은 그를 괴롭히고 싶다는 생각이 끓어올랐다.

그런 성격이었다. 행복한 얼굴을 보면 고통에 울부짖게 만들고 싶어지고, 순진한 척하는 것들은 보면 더럽혀 주고 싶어서 못 견뎠다.

"네가 좀 한다며? 백수룡 선생님이 그렇게 자랑을 하더라고. 올해 수석은 너라고."

"네, 네? 아니에요. 선생님은 왜 부담스럽게 그런 말씀을……."

위지천은 진심으로 당황해서 손을 저었다. 조막생의 눈이 더 가늘어지고 입가의 웃음이 짙어졌다.

"에이 겸손은. 그렇게 말씀하신 데는 이유가 다 있겠지."

"하하……. 감사합니다."

이 작고 약한 동물을 어떻게 괴롭혀 줄까. 사람들이 지켜보는 앞에서 오줌을 지리게 할까? 적당히 도발해 덤비도록 한 다음 주제 파악을 하게 해 줄까?

'시험이 사흘 남았으니 대놓고 사고를 치는 건 안 되겠지만……. 뭐, 방법이야 찾으면 많지.'

조막생의 입가에 맺힌 가학적인 미소가 짙어질 때였다.

"흐음. 남궁수 선생이라면 청룡학관의 일타강사가 아닌가."

둘의 모습을 가만히 지켜보고 있던 공손수가 빙긋 웃으며 대화에 끼어들었다. 낯선 노인을 본 조막생이 조금 경계하는 눈빛으로 물었다.

"노야께선 누구십니까?"

"허허허. 어렵게 대할 것 없네. 나도 자네들과 같은 이번 입관 시험 동기이니."

"……예?"

순간 잘못 들은 게 아닌가 싶어 다시 물었다. 조막생의 얇은 눈이 잠시 커졌다. 공손수가 너털웃음을 터트리며 조막생에게 악수를 청했다.

"곧 동기가 될 수도 있으니 미리 인사를 나누지. 공손수일세."

"아……."

조막생은 위지천이 그랬던 것처럼 얼떨결에 악수를 나눴다. 그가 여전히 의심스러운 표정으로 물었다.

"정말 우리랑 같은 지원자라고요?"

껄껄 웃은 공손수가 위지천에게 어깨동무를 하며 말했다.

"이 친구와 함께 백수룡 선생님 댁에서 함께 무공을 배우고 있다네."

"죄송한데 연세가……."

"올해로 예순다섯. 한창 피 끓는 청춘이지!"

한쪽 눈을 찡긋한 공손수가 팔을 구부려 작은 알통을 만들자, 방심하고 있던 조막생이 "푸핫." 하고 웃음을 터트렸다.

"아, 죄송합니다. 웃으려고 한 게 아니라……."

"괜찮네. 떨어지는 낙엽만 봐도 웃을 나이가 아닌가."

공손수가 인자하게 웃었다. 조막생도 그를 마주 보며 어색하게 웃었다. 그러나 속은 뒤틀리고 있었다.

'뭐? 이런 늙은이가 나랑 입관 시험 동기라고?'

오면서 듣기는 했지만, 청룡학관이 정말 떨어질 데까지 떨어졌구나 하는 생각이 들었다. 언제 죽어도 이상하지 않을 늙은이까지 받아 줄 정도로 수준이 낮아졌다는 말 아닌가.

'어차피 사흘 후 시험에서 떨어지겠지만……'

이런 늙은이가 해볼 만하다고 생각한다는 것 자체가 불쾌했다. 조막생은 여전히 웃고 있었지만, 속은 분노로 부글부글 끓어올랐다. 공손수는 그 앞에서 여전히 허허 웃고 있을 뿐이었다.

'이쪽이 더 괴롭히는 맛이 있겠어.'

차갑게 눈을 빛낸 조막생이 목표를 바꿨다. 늙어서 부끄러운 줄도 모르고 무공을 배우겠다고 덤벼드는 늙은이. 물 흐리는 꼴을 가만히 두고 볼 수 없었다.

"어르신. 저희가 이렇게 만난 것도 인연인데."

히죽. 조막생이 친근한 미소를 지으며 말을 이었다.

"미리 친목도 다질 겸, 가볍게 대련이나 하러 갈래요?"

입은 웃고 있었지만 눈은 뱀처럼 빛났다. 조막생은 상대가 거절하지 않을 거라고 생각했다.

'다 늙어빠진 주책바가지. 젊은 애들이 같이 놀자고 하면 좋다고 덥석 물겠지.'

아니나 다를까. 조막생이 예상한 대로, 공손수는 '대련'이란 말에 눈을 빛냈다.

"호오. 대련이라?"

그동안 대련은 항상 위지천, 헌원강, 흑영 하고만 해 왔기 때문에 새로운 상대와의 대련이 기대될 수밖에 없었다. 물론 그 이유 때문만은 아니었다.

"그런데 대련을 할 만한 장소가 이곳에 있나?"

"제가 알아요. 전에도 몇 번 와 봤거든요. 위지천. 너도 갈 거지?"

"음……."

망설이는 위지천의 소매를 공손수가 자신 쪽으로 슥 잡아당기며 말했다.

"재미있을 것 같으니 같이 가는 게 어떤가."

그 순간 위지천은 보았다. 자신을 향해 몸을 돌린 공손수의 미소. 지금까지 본 인자하고 푸근한 미소와 달리, 목에 들이민 예리한 칼날과도 같은 미소를.

꿀꺽. 자신도 모르게 긴장한 위지천이 마른침을 삼켰다. 한 가지는 분명히 알 수 있었다. 공손수가 괜히 대련을 승낙한 것은 아니란 것을.

"네……. 좋아요."

"허허허허! 그럼 대련장으로 안내해 주게나!"

"너희들도 갈래?"

슬쩍 뒤를 돌아본 조막생이 남궁수와 진진에게 물었다.

"미쳤니? 내가 거길 왜 가?"

진진은 퉁명스럽게 대답했다. 그럴 줄 알았다는 듯, 조막생은 어깨를 으쓱한 후 두 사람만 데리고 떠났다.

진진은 그들의 뒷모습을 보며 짜증을 부렸다.

"갑자기 뭐 하는 거야. 실력도 제일 떨어지는 게……. 저기요, 석 오라버니. 오늘은 그냥 저희끼리 갈까요?"

"……."

남궁석은 옆에서 아양을 떠는 진진에게 눈길조차 주지 않았다. 그는 잠시 뭔가를 생각하는 것 같더니, 앞서가는 이들을 따라가며 말했다.

"가고 싶으면 너 혼자 가."

남궁석의 시선은 처음부터 끝까지 위지천에게 못 박혀 있었다.
"네? 저, 저도 같이 가요!"
진진이 황급히 그 뒤를 따라갔다.

· ❖ ·

"이름 모를 아름다운 소저. 무슨 사연이 있기에 이런 곳에서 홀로 술을 마시고 있는 거요?"
"……."
이번이 다섯 번째인가. 흑영은 자신에게 말을 걸어오는 사내를 바라보며 한숨을 쉬었다. 이번에 온 녀석은 유독 느끼하게 생겼다.
"실연이라도 당한 얼굴이군. 도대체 어떤 멍청한 놈이 이런 미녀를 울렸지?"
"……."
사내는 허락도 구하지 않고 멋대로 흑영의 옆자리에 앉았다. 그러면서 창문 바깥으로 보이는 사람들을 보며 분위기를 잡더니 개소리를 지껄였다.
"……해서 나는 그 악적 다섯을 무찌르고 아이들을 구했다오. 여기 팔뚝의 흉터가 바로 그때 생긴……."
청룡학관 입관 시험이 가까워 오자 도시에 뜨내기들이 많이 들어왔다. 그중에는 입관 시험을 보러 온 자들도 있고, 사람이 몰리니 사기를 치거나, 이렇게 여자나 꼬시러 온 놈들도 있었다.
"피곤하니 가세요."
짧게 말한 흑영은 홀로 술을 자작했다. 그러나 사내는 끈질겼다. 흑영의 술병을 멋대로 빼앗더니, 나름 진지한 목소리로 말했다.
"술로 슬픔을 달래는 것은 독을 마시는 것과 마찬가지요. 이야기를 해 보시오. 내가 다 들어줄 터이니…….”

그러면서 은근슬쩍 흑영의 어깨를 감싸 안았다. 흑영이 바로 저항을 하지 않자, 어깨를 안은 손은 슬금슬금 아래로 내려가 엉덩이를 더듬으려 했다.

"하아.”

한숨을 내쉰 흑영은 전광석화와 같은 속도로 사내의 손목을 꺾고, 사내의 뒤통수를 잡아 탁자에 찍어 버렸다.

우지지직! 그대로, 사내가 비명을 지르는 입이 시끄러워 술병으로 뒤통수를 찍어 기절시켰다.

"꼬르륵…….”

거품을 물며 쓰러지는 남자를 버려두고, 흑영은 자리에서 일어났다. 그녀는 주루를 나서며 생각했다.

'조용히 생각 좀 하려는데 왜 이렇게 날파리가 꼬이는 거야.'

시장에서 돈을 주고 옷을 사 입은 것이 잘못일까. 몸에 딱 붙는 붉은 경장은 불편하기만 했다. 주인이 잘 어울릴 것 같다고 추천해 주기에 그냥 샀는데…… 역시 너무 화려한가.

'역시 흑의무복이 편해.'

흑영은 살수의 기술을 배웠다. 평범한 아낙의 옷도, 기녀의 옷도 입어 봤다. 마음만 먹으면 얼마든지 화장도 할 수 있었다. 하지만 공손수의 호위가 된 이후로, 지난 몇 년 동안은 쭉 흑의무복만 입었다. 그것이 자신에게 딱 맞는 옷처럼 편했다. 호위 일 역시 그랬다.

―오늘 하루는 휴가다.

평생 처음 받아 본 휴가였다. 그래서 뭘 해야 할지 알 수가 없었다.

―가서 먹고 싶은 것도 마음껏 먹고, 옷과 장신구도 사고, 가 보고 싶었던 곳이 있으면 실컷 놀다 오너라.

시키는 대로 했다. 옷도 사서 갈아입고, 예쁜 당혜도 신고, 몇 년간 입도 대지 않았던 술도 마셨다. 하지만 조금도 취하지 않았다.

휴가를 받은 게 아니라 버려진 듯한 느낌이었다. 어르신이 자신을 더 이상 필요로 하지 않는 것 같았다.

'백룡장에서 무공을 배운 이후부터…….'

아니, 이런 생각을 하는 것은 불경이다.

'역시 안 되겠어. 지금이라도 어르신을 따라가 호위해야겠어.'

따라오면 호위에서 해임하겠다고 했지만, 그래도 상관없었다.

만약 도중에 청룡학관의 고수에게 들키게 된다면…… 어르신에게 폐를 끼치지 않게 자결할 것이다.

결정을 내린 그녀가 골목을 돌았다. 그 순간, 하필이면 지금 가장 만나고 싶지 않은 사람과 마주쳤다.

"흑영?"

양손과 어깨에 짐 보따리를 잔뜩 짊어진 백수룡이 흑영을 보고 눈을 동그랗게 떴다.

"어르신은 어디 있고 너만……. 그 옷은 또 뭐야?"

"……."

이유는 모르겠지만, 당장 어디로든 숨어 버리고 싶다는 생각이 든 흑영이었다.

73화
고민 상담 시간

"……그러니까 호위 일에서 잘려 거리를 방황하고 있었다?"

"잘리기는 누가 잘렸단 겁니까! 휴가입니다, 휴가!"

흑영은 옆에서 걷는 백수룡을 째려봤다. 그의 손에는 이런저런 짐 보따리가 잔뜩 들려 있었는데, 처음 만났을 때보다는 반으로 줄어든 숫자였다. 왜냐하면 흑영이 짐의 절반을 나눠 들고 있었기 때문이었다.

'내가 왜 이런 일을…….'

백수룡은 조금 전 거리에서 마주친 그녀에게 여기서 뭘 하냐고 물었고, 그녀는 딱히 아무것도 안 하고 있었기에 어물거릴 수밖에 없었다. 그러자 백수룡이 대뜸 들고 있던 짐을 내밀었다.

"할 일 없으면 나 좀 도와줘. 요즘 신입생 입관 시험 준비하느라 이것저것 할 일이 많거든."

"예?"

"나중에 밥이라도 살게. 일단 이것 좀 같이 들자고."

"갑자기 무슨……."

"이거 다 청룡학관으로 가져갈 건데. 많이 바빠?"

"이리 주세요."

……그렇게 되어, 흑영은 백수룡이 들고 있던 짐의 절반을 나눠 든 채 그를 따라다니는 중이었다.

'이러면 당당히 청룡학관으로 들어갈 수 있어.'

두 사람은 보부상처럼 봇짐과 등짐을 지고 도시 곳곳을 누볐다.

"입관 시험이 시작되면 필요한 비품이 엄청나게 많거든. 학생 주임 선생님이 직접 보면서 사라고 해서 말이야."

"그렇군요."

"문제는 이걸 왜 내가 사러 다녀야 하느냐는 거야. 내가 무공 가르치러 왔지, 애들 뒤치다꺼리하러 왔어?"

"음……."

"월봉은 쥐꼬리만큼 주면서 부려 먹는 건 뭐 이렇게 많은지……. 어휴. 학기가 시작되면 좀 달라지려나 모르겠다. 무슨 일이든 먹고살기 힘들어. 그렇지?"

"……."

백수룡은 쉼 없이 투덜거렸고, 흑영은 어쩔 수 없이 조금씩 맞장구를 쳤다. 하지만 대화라는 것이 계속 일방적으로만 흐르기는 어려운 법.

"그런데 넌 왜 거기 있었던 거야? 무슨 일 있어?"

"그게……."

결국 그런 식으로, 흑영은 자신이 혼자 덩그러니 있던 이유를 말하게 되었다. 물론 지금은 후회하고 있었다.

"……아무튼 잘린 건 아닙니다."

"잘린 것도 아니면서 왜 잘린 것 같은 표정을 하고 있었던 거야? 휴가를 받았으면 제대로 즐겨야지."

"휴가 같은 건 필요 없습니다."

흑영은 표정을 굳히고 단호하게 말했다. 그리고 곧 후회했다.

'내가 왜 이 남자에게 이런 말을 하고 있는 거지?'

어차피 자신에 대해서 아무것도 알지 못하는, 설명해도 이해하지 못할 사람인데.

한 달 동안 같은 공간에서 매일 얼굴을 마주 봤기 때문에? 공손수 어르신의 건강을 회복시켜 준 은인이기 때문에?

아니면…… 유들유들하면서도 가끔은 깊이를 알 수 없을 특유의 저 눈빛 때문일까?

그 순간 백수룡이 고개를 돌려 흑영을 빤히 바라봤다. 속내가 들킨 것 같아 흑영은 잠시 숨을 멈췄다.

"오래 걸었는데 다리 아프지 않아? 잠깐 근처 찻집에서 쉬었다 갈까?"

"……괜찮습니다. 그리고 아까 바쁘다고 하지 않았나요? 청룡학관으로 바로 가는 편이……."

"빨리 끝내고 가 봤자 또 다른 일만 시킬 게 뻔해. 아, 저기로 가자."

"……마음대로 하시죠."

흑영은 자포자기한 심정으로 고개를 끄덕였다. 어쨌든 문제없이 청룡학관에 들어가려면 이 남자를 따라가야 한다.

잠시 후, 두 사람은 찻집에 들어가 무거운 짐을 내려놓았다. 차를 시키고 창밖을 구경하는데, 주위에서 수군대는 소리가 들렸다. 흑영의 예민한 청각은 주변의 목소리를 하나도 놓치지 않았다.

"어머머. 저기 좀 봐……."

"허. 선남선녀가 따로 없군."

"옆에 남자만 없었으면 말이라도 걸어보는 건데……."

"아서라. 네 얼굴로 가당키나 하겠냐."

"……근데 솔직히 얼굴은 남자가 더 낫지 않냐?"

"너, 너 이 자식. 그런 취향이었어?"

백수룡과 함께 다니면서 좋은 점 하나는, 더 이상 귀찮은 날파리가 꼬이지 않게 되었다는 것이었다.

'외모로 비교되는 건 좀 불쾌하지만.'

창밖을 보던 흑영은 눈동자만 돌려 차를 마시는 백수룡을 힐끗 보았다. 무공을 익혔다고는 믿기 어려울 정도로 하얀 피부와 날카로운 턱선, 가만히 보고 있으면 빠져들 듯한 깊은 눈.

찻잔을 부드럽게 쥔 손가락은 웬만한 여자보다 섬세하고 길었다.

'잘생기긴 했어.'

남자의 외모에 크게 관심을 가져 본 적은 없지만, 객관적인 미적 기준으로 보아도 백수룡은 대단한 미남이었다.

'……본인은 그다지 자각하고 있는 것 같진 않지만.'

실제로 지난 한 달간, 백룡장을 몰래 기웃대던 자들 대다수가 여자였다. 백수룡은 아마 모를 것이다. 흑영이 지금까지 얼마나 많은 여자들을 조용히 쫓아냈는지 말이다.

"왜? 내 얼굴에 뭐라도 묻었어?"

"……아닙니다."

사실 흑영은 백수룡의 뒷조사를 한 적이 있었다. 모시고 있는 공손수의 안전을 위해서 당연한 조치였다.

'과거는 확실히 깨끗했지.'

백수룡은 청룡학관에 입사하기 전까지 쭉 시골에서 살았다. 무림에서 이름을 날린 적 없는 부친은 시골에서 무관을 운영 중이었고, 모친은 백수룡을 낳고 얼마 되지 않아 죽었다. 백수룡도 어머니를 닮아 어릴 때부터 몸이 약했지만, 죽을 고비를 크게 한번 겪고는 다른 사람이 되었다고 했다.

'그리고 청룡학관에 와서는…… 말도 안 되는 짓을 여럿 저질렀고.'

천무제에서 청룡학관을 우승시키겠다고 선언한 것. 일타강사인 남궁수와 누가 가르친 제자가 더 좋은 성적으로 입관하느냐를 두고 내기한 것. 흑영은 모두 알고 있었다. 물론 공손수에게도 다 보고했다.

-푸헐헐! 그렇단 말이지? 백 선생을 위해서라도 내가 더 열심히 해야겠구나!

공손수는 내기 내용을 듣고도 그냥 웃어넘겼다. 흑영은 그것도 잘 이해할 수 없었지만, 어르신이 괜찮다고 하시니 자신이 이해할 필요는 없었다.

"처음으로 받은 휴가인데 좀 더 즐기지 그래? 그렇게 표정 팍팍 구기지 말고."

백수룡이 느긋한 표정으로 차를 마시며 말했다. 그의 입가에 맺힌 부드러운 미소에, 찻집 안의 여자들 여럿이 꺄악꺄악 자지러졌다.

하지만 흑영은 평소보다 더 무뚝뚝하게 대답했다.

"제 몸은 쉴 필요를 느끼지 못하고 있습니다."

"……음. 역시 상담이 필요해 보이네."

"상담?"

작게 한숨을 내쉰 백수룡은 굳어 있는 흑영의 얼굴을 가만히 보더니 말했다.

"평소에 널 보면 말이야. 네 이름 그대로 어르신의 그림자 같다는 생각이 들어."

"그게 바로 제 역할입니다."

흑영은 자부심 가득한 표정으로 대답했다. 그러나 백수룡이 하고 싶은 말은 그녀가 생각하는 것과는 달랐다.

백수룡이 찻잔을 바닥에 내려놓으며 말했다.

"그래서 아까는 주인에게 버림받은 그림자처럼 멍하니 있었던 거야?"

찻잔을 거칠게 내려놓은 흑영이 백수룡을 지그시 노려봤다.

"주제넘은 발언은 삼가시죠."

"정곡을 찔렸나 보네."

흑영이 사납게 백수룡을 노려봤지만, 그의 유들유들한 미소는 변하지 않았다.

"만약에 말이야. 넌 어르신이 죽으라고 하면 죽을 거야?"

"물론입니다."

"어르신이 날 죽이라고 명령하면?"

"조금도 망설이지 않을 겁니다."

일부러 싸늘하게 웃으며 대답했지만, 백수룡은 표정 하나 바뀌지 않았다. 오히려 그럴 줄 알았다는 듯 웃었다.

"마지막 질문. 어르신이 어느 날 갑자기 돌아가시면 어떨 것 같아?"

"……."

흑영은 말문이 막혔다. 그런 가정은 해 본 적도 없었기 때문이었다. 물론 언젠가는 돌아가실 거라고, 각오는 하고 있었지만……. 그 만약을 가정하자 머릿속이 멍해졌다.

백수룡이 목소리를 낮춰 진지하게 물었다.

"이래도 모르겠어? 어르신이 왜 너한테 휴가를 줬는지?"

"그건…… 청룡학관이 지원자 외에 출입을 금지해서…… 어쩔 수 없이……."

더듬더듬 대답하는 흑영에게, 백수룡은 조목조목 반박했다.

"그럼 입구에서 기다리라고 하면 되지. 굳이 휴가라는 명목으로 억지로 놀러 다니게 한 이유가 뭔데?"

흑영은 대답할 수 없었다. 공손수의 명령이 이상하다는 생각을 전혀 하지 않았기 때문이다. 백수룡은 그 모습을 보며 혀를 찼다.

'역시나.'

한 달간 지켜보며, 백수룡은 두 사람의 관계가 일반적인 호위 대상과 호위 무사 간의 관계와는 다르다는 것을 알게 되었다. 그렇다고 무슨 부적절한 관계라는 말은 아니고.

"넌 네가 어르신을 지킨다고 생각하고 있겠지만, 내가 보기에 상대에게 더 의존하고 있는 사람은 너야."

"무슨……!"

인정하지 못하겠다는 듯 흑영이 발끈했다. 그러나 이어진 백수룡의 말에 그녀는 침묵할 수밖에 없었다.

"어르신은 널 딸처럼 생각해."

"!"

─네가 나를 어찌 생각하는지 모르겠지만, 나는 너를 딸이라고 생각한다.

기억하지 못할 리가 없었다. 불과 몇 시진 전에 들었던 말이니까.

하지만 자신도 몇 년 만에 처음 알게 된 사실을, 이 남자는 어떻게 알았던 걸까?

"물론 너도 어르신을 아버지처럼 생각하고 있지."

"그, 그걸 어떻게……."

당황한 흑영이 말을 더듬었다. 백수룡이 찻잔을 들며 피식 웃었다.

"내가 눈치가 많이 빠르거든. 그리고 넌 눈치가 많이 없고. 오죽하면 자립심을 길러 주려고 휴가를 줬더니 자길 버렸다고 생각하면서 침울해하고 있을까."

"그런……."

아버지가 있다면 이런 분이면 좋겠다. 고아로 자란 흑영은 공손수를 모시며 종종 그런 생각을 하곤 했다. 백수룡은 찻잔을 쥔 흑영의 손가락이 파르르 떨리는 것을 보았다.

73화 고민 상담 시간 247

'이걸 살수 무공을 익힌 부작용이라고 해야 하나.'

흑영이 살수의 무공을 익혔다는 것은 진작부터 알고 있었다. 그것도 상당히 높은 수준의 무공을.

"낯설 거야. 타인에게 그런 감정을 느낀다는 게."

"……."

살수들은 아주 어려서부터 감정을 죽이는 훈련을 받는다. 흑영도 분명 그런 훈련을 받았다. 하지만 훈련은 결국 훈련이고, 시간이 지나면 인간의 본능은 돌아오기 마련이다.

'흑영이 공손수의 호위를 전담한 게 벌써 몇 년 전이라고 했으니.'

그 몇 년 동안, 살수로서 죽여 놓았던 인간의 감정이 서서히 살아났다. 조금씩, 아주 조금씩.

최근에 들어서야 흑영은 자신이 예전과는 달라졌다는 것을 느꼈다. 하지만 이런 감정적인 부분에서 흑영은 어린아이나 마찬가지였다. 몸은 어른이지만, 정신은 맹목적으로 아빠에게 의존하는 어린아이.

"나는…… 나는……."

흑영은 혼란스러운 표정이었다. 그녀는 백수룡을 봤다가, 찻잔 속에 비친 자신의 얼굴을 보고, 다시 고개를 들어 백수룡을 바라봤다.

"혹시 제가 뭔가 잘못하고 있는……."

"잘못한 게 아냐."

백수룡은 단호하게 말했다. 살수가 인간적인 감정을 갖는 것. 옛날이었다면 살수로서 실격이라고 말했겠지만, 지금은 그렇게 말하고 싶지 않았다. 일단 이 녀석은 살수가 아니니까.

"어르신도 네가 예전처럼 돌아가기를 바라진 않을 거야. 그랬으면 널 진작 해임했겠지."

"……."

"어르신이 왜 너한테 휴가라는 자유 시간을 줬는지, 자신의 그림자가 아니라 혼자서 다니도록 했는지 잘 생각해 봐."

남은 차를 후루룩 마셔 버린 백수룡이 자리에서 일어났다. 고민 상담은 충분히 해 줬다. 이 이상은 본인이 더 생각하고 결정할 문제다.

"일어나자. 너무 늦게 돌아가면 학생 주임 선생님한테 혼나거든."

"……예."

찻집을 나선 두 사람은 함께 걸었다. 백수룡이 조금 앞에서 걷고, 흑영은 한 걸음 정도 뒤에서 따라왔다. 대화는 없었다.

'어색해 죽겠네.'

괜한 오지랖을 부린 건 아닌가, 그런 생각도 들었다. 하지만 혼자 있는 흑영과 마주쳤을 때, 도저히 뭘 해야 할지 모르겠다는 표정을 봐 버려서 어쩔 수가 없었다.

–앞으로 종종, 길을 잃고 헤매는 학생들을 보게 될 때가 올 게다. 선생이라면 결코 그 아이들을 외면해선 안 된다.

얼마 전에 매극렴에게 들은 말이 떠오르기도 했고…….

'생각해 보면 얘는 학생도 아닌데 말이야.'

공손수에게 많은 돈을 받았으니, 덤으로 해 준 셈 치기로 했다.

"당신은."

한 걸음 뒤에서 따라오며 침묵하던 흑영이 갑자기 입을 열었다.

"어르신과 제 정체를 알고 있나요?"

"……대충 추측은 해. 내가 바보도 아니고."

한 달 동안 '천자'며 '황궁'이며, 그런 단어를 심심치 않게 들었다. 눈치를 못 채면 그게 더 이상했다. 공손수는 아마 자신이 상상하기 어려운 황궁의 권력자 중 한 명일 것이다.

"어르신에 대해선 말씀드릴 수 없지만…… 저는 금의위 출신입니다."

"……."

금의위는 황제 직속의 친위대이자 비밀경찰이었다. 웬만한 권력자들도 금의위를 두려워하며, 그들이 가진 힘과 권력은 막강했다. 또한 현재 금의위의 수장은 무공으로 천하 십대고수 중 한 명으로 꼽히기도 했다.

"어릴 때 전쟁고아로 금의위에 거둬져, 무공을 배운 후에 여러 임무를 수행했습니다."

흑영은 덤덤한 목소리로 자신에 관한 이야기를 했다. 원래는 누구에게도 하지 않을 이야기였지만, 지금은 그냥 말하고 싶었다.

"그동안 잠입, 암살, 공작. 수많은 임무를 수행했습니다. 그러다 몇 년 전, 천자께서 저를 어르신에게 내리셨습니다."

"내리셨다는 건?"

백수룡이 옆으로 고개를 돌려 묻자, 눈이 마주친 흑영이 고개를 끄덕였다.

"그때부터 저는 금의위 소속이 아니라 어르신의 개인 호위입니다. 만약 어르신이 돌아가시면…… 전 자유의 몸이 됩니다. 어르신께서 금의위에 있는 제 기록을 다 소각하고 새로운 신분을 주셨거든요."

"……엄청난 얘기를 아무렇지도 않게 하네."

"당신도 생각보다 아무렇지도 않게 듣고 있네요. 놀라 자빠질 줄 알았는데."

"너 농담 되게 못한다."

백수룡은 피식 웃으며 어깨를 으쓱였다. 어느새 저 멀리 청룡학관의 현판이 보이고 있었다. 두 사람은 짐을 잔뜩 짊어지고 청룡학관 내부로 들어섰다.

우와아아아! 무슨 일이라도 있는지, 대련장이 있는 방향에서 함성이 터져 나오고 있었다.

흑영이 불쑥 물었다.

"그런데 괜찮을까요?"

"뭐가?"

"어르신께서 청룡학관에 입관한 후에 말이에요. 나이가 많다고 다른 학생들이 시비라도 걸면……."

"시비? 무슨 상관이야."

백수룡은 자신만만하게 웃었다. 그의 시선은 함성이 들려오는 방향을 향했다.

"내가 충분히 강하게 가르쳤거든."

저곳에 자신의 제자들이 있을 것만 같다는 강한 예감이 들었다.

퍼엉! 일장에 복부를 얻어맞은 조막생이 허리를 새우처럼 꺾었다. 한순간 숨이 턱 막히고 하늘이 노래졌다.

"헉……!"

고개를 치켜든 조막생은 믿을 수 없다는 눈으로 자신을 이렇게 만든 상대를 바라보았다.

"이런. 미안하네. 설마 그것도 못 막을 줄은 모르고……."

전혀 미안하지 않다는 표정을 하고, 공손수가 조막생을 내려다보고 있었다.

74화
내가 이긴 것 같구나

'이건 뭔가 잘못됐어.'

조막생의 머릿속에 가장 먼저 든 생각이었다. 복부의 통증은 아무것도 아니었다. 온몸에서 식은땀이 줄줄 흘렀다.

'이런 시발…….'

처음에는 모든 것이 계획대로 되었다. 주제도 모르는 늙은이와 위지천이라는 애송이를 대련장으로 데려온 후, 수많은 사람이 보이는 곳에서 오줌을 지리게 만들 생각이었다. 구경꾼을 모으는 것은 어렵지 않았고, 어린애들 사이에 끼고 싶어 하는 늙은이를 비무대 위로 올라오도록 유도하는 건 더 쉬웠다.

"어르신. 대련은 안전하게 목검으로 하죠. 입관 시험 전에 다치기라도 하면 안 되니까요."

"허허. 좋네. 역시 안전이 제일이지."

이 냄새 나는 늙은이에게 목검으로도 뼈를 부러뜨릴 수 있다는 사실을 직접 알려 줄 생각에, 조막생의 입꼬리가 올라갔다.

두 사람이 비무대 위에 마주 섰다.

조막생은 더 압도적인 상황을 연출하기 위해 제안했다.
"괜찮으시면 삼 초식을 양보해 드릴까요?"
"허허. 그럼 내 사양하지 않고 가겠네."
공손수는 하품이 나올 정도로 느린 보법으로 다가왔다.
방심을 안 하고 싶어도 안 할 수가 없었다. 저 힘없는 공격을 어떻게 막을지 머릿속에 방법을 다섯 개쯤 떠올렸을 때, 검이 가까이 다가왔다.
'이딴 건 눈 감고도 막겠다.'
조막생은 여유 있게 검을 들어 올렸다. 그런데 그 순간, 상대의 검이 갑자기 빨라졌다.
"흡!"
평소 같았으면 그 정도 속도에 당황하지 않았을 것이다. 하지만 느리게 움직이던 검이 갑자기 빨라지면, 상대적으로 두 배는 더 빠르게 느껴지기 마련이다.
퍽! 허겁지겁 검을 들어 올린 탓에 제대로 방어가 되지 못했다.
삼 초는 무슨. 조막생은 간신히 상대의 공격을 쳐낸 후, 습관적으로 곧바로 반격을 시도했다.
휘익! 몸을 뒤로 젖혀 공격을 피한 공손수가 뒤로 몇 걸음 물러나며 웃었다.
"허어. 삼 초를 양보한다더니……. 좋은 공부가 되었네. 거짓말을 능숙하게 하는 것도 무공이로군."
"아니……."
뒤늦게 자신의 추태를 깨달은 조막생의 얼굴이 붉어졌다.
'빌어먹을!'
사방에서 많은 눈이 지켜보고 있었다. 동기들은 물론이고 선배, 간혹 강사들까지 보였다. 이런 상황에서 거짓말쟁이로 몰릴 수는 없었다.
"……방금은 실수였습니다. 이 초, 아니 다시 삼 초를 양보하겠습니다."

"허어. 이번엔 믿어도 될지……."

'빌어먹을 늙은이가!'

공손수는 영 못 믿겠다는 표정이었고, 조막생은 부글부글 끓는 속을 가라앉히며 삼 초를 양보하겠다는 약속을 몇 번이나 거듭했다.

"알겠네. 속는 셈 치고 믿어 보지."

조막생의 속을 뒤집어 놓은 공손수가 다시 조심스럽게 다가갔다. 삼 초를 양보한다는 것은 세 번의 공격을 반격하지 않고 막기만 한다는 뜻. 하지만 공손수는 조막생이 생각했던 것보다 훨씬 강했다. 삼 초를 막는 동안 조막생의 손발이 꼬였고, 그 틈에 안으로 파고든 공손수가 복부에 일장을 날렸다.

퍼엉!

"커헉!"

복부에 일장을 얻어맞은 조막생이 뒤로 주르륵 밀려나 허리를 꺾었다.

"이런. 미안하네. 설마 그것도 못 막을 줄은 모르고……."

여기까지가 두 사람이 비무대 위로 올라와 벌어진 일련의 사건이었다.

"일어날 수 있겠나?"

"큭……. 물론입니다."

조막생은 이어질 공격에 대비해 곧바로 상체를 세웠지만, 공손수는 더 이상 공격할 마음이 없다는 듯 가만히 서 있었다.

"자네가 원한다면 무승부로 해 주겠네."

한순간에 사람을 바보로 만드는 말. 그의 표정, 말투, 행동 하나하나가 조막생의 복장을 뒤집어놓았다.

"무승부?"

비무대 주위의 구경꾼만 수십, 아니 점점 늘어 이젠 백이 넘었다. 놀란 표정, 흥미롭다는 표정, 그리고 비웃음이 담긴 표정들이 보인다.

그중에서 조막생이 가장 견딜 수 없는 것은, 자신을 벌레 보듯 바라보는 진진과 기대조차 하지 않았다는 듯 감정이 없는 남궁석의 얼굴이었다.

"빌어먹을······!"

조막생의 눈에 살기가 감돌기 시작했다.

그가 퉤, 하고 바닥에 침을 뱉으며 말했다.

"벌써 이긴 것처럼 말하지 마시지. 난 아직 시작도 안 했으니까."

"허허. 내 자네를 걱정해서 한 말이었는데······."

"입 닥치고 덤비기나 해!"

버럭 소리친 조막생이 전력으로 덤벼들었다. 더 이상의 방심은 없다. 지금까지 당한 것을 몇 배로 갚아 줄 것이다.

'늙은이! 뼈마디를 모조리 부숴 주마!'

목검에 실린 힘이 공기를 찢었다. 살초에 가까운 공격에 구경꾼 중 일부가 눈살을 찌푸렸다.

"저건 좀······."

"말려야 하는 것 아닌가?"

하지만 아직 나서는 사람은 없었다. 상대의 공격에 맞서는 공손수의 표정이 놀랍도록 차분했기 때문이다.

"허허. 백 선생의 말이 맞구나."

"으아아아!"

멧돼지처럼 달려드는 조막생을 보며, 공손수는 백수룡이 해 준 조언을 머릿속으로 떠올리고 있었다.

─공손수 교육생. 스스로의 장점이 뭐라고 생각하나?

─나이에 비해 뛰어난 근골? 혹은 가공할 오성?

실없는 농담에 어처구니없다는 표정을 짓던 얼굴이 떠올랐다.

―우선 침착함. 산전수전을 다 겪어서 그런지, 교육생은 어지간한 위협에도 눈 하나 깜빡하지 않더군.

휘익! 백수룡은 기습적으로 검을 휘둘러 공손수의 목에 가져다 댔다. 공손수는 놀라기는커녕, 한참 늦었지만 막으려고 반응했다.

―조금 전에도 안 놀라고 대응했지?
―……그럼 뭘 하나. 반응이 늦어서 공격을 다 허용해 버렸는데.
―그건 상대가 너무 압도적이라 그런 거다.
―잘난 척은…….
―두 번째 장점은 심리전이다. 교육생은 다른 지원자들에 비해 늦었고, 무공 입문도 늦어서, 딱 봐도 몸이 별 볼 일 없어 보인다.
―……흑영아, 지금 이 녀석이 나를 모욕하는 게지?
―벨까요, 어르신?
―……둘 다 끝까지 듣도록. 상대는 자연스럽게 교육생을 무시하는 마음을 갖게 된다. 이때 말로 살살 긁어 주면 얼마든지 쉽게 요리할 수 있다, 이거야. 교육생이 그런 건 잘하잖아?
―허…….

사악하게 웃으며 말하던 그 얼굴이 잊혀지지 않는다. 덕분에 지금 이렇게 잘 써먹고 있지만 말이다.
"하아압!"
조막생이 크게 기합을 지르며 휘두른 검을 전부 피하고, 공손수는 느물거리며 웃었다.

"허허. 내 늙었어도 귀는 먹지 않았으니 그렇게 소리 지르지 않아도 된단다."

놀리는 것이 다분한 공손수의 말에 얼굴이 새빨개진 조막생이 소리쳤다.

"시끄러워!"

"음? 시끄럽긴 네가 더 시끄럽지 않느냐?"

"빌어먹을 늙은이가!"

"허허허."

평생을 그 복마전 같은 황궁에서 혀에 칼을 감춘 자들과도 싸웠다. 저런 핏덩이가 무슨 생각을 하는가쯤은, 눈빛만 봐도 알 수 있었다.

'싹수가 아주 노란 녀석이로다.'

전형적인 강자에게 약하고 약자에게 강한 성격. 처음 만난 이들의 수준을 가늠해 보고, 자신보다 약하다고 판단되면 숨겼던 이빨을 드러내는 교활함. 공손수가 가장 싫어하는 종류의 인간이었다.

─백 선생. 혹시 세 번째 장점도 있나?

─이건 두 번째와 이어지는 건데……. 심리전에서 상대에 앞서면 자연스럽게 수 싸움에서 유리해진다.

─요컨대 설전으로 상대를 흥분시켜서 실수를 유발하게 하라는 게지?

─찰떡같이 알아듣는군. 훌륭하다, 교육생. 왜 전음을 익혀야 하는지 알겠지?

백수룡. 그 젊은 무공 과외 선생은 가끔 보면 한 오십 먹은 능구렁이처럼 보일 때가 있다.

─육성으로 하든, 전음을 보내든. 상대를 도발해서 실수하게 만들어.

그리고 그 빈틈을 놓치지 말고 끝장내는 거다.
ㅡ허……. 내 소싯적에 무협지를 많이 봐서 아는데. 보통 사파 놈들이 그런 짓을 많이 하던데 말이야.
ㅡ본 교관은 그런 면에서는 생각의 틀이 매우 자유로운 편이거든. 흐흐흐.

잘생긴 얼굴만 아니었다면, 분명 사파의 마두라고 생각할 법한 미소를 지으며 백수룡이 말했다.

ㅡ잊지 말도록. 차분함. 심리전. 수 싸움. 이것들만 있으면 청룡학관의 핏덩이들은 얼마든지 가지고 놀 수 있다는 걸.

그 얼굴을 떠올린 공손수는 그만 헛웃음을 터트렸다.
"솔직히 반신반의했건만…… 선생 말이 틀린 게 하나도 없군."
"젠장! 아까부터 중얼중얼 뭐라고 떠드는 거야!!"
"아이야. 네게 한 말이 아니란다."
공손수는 부드럽게 움직여 조막생의 공격을 피했다. 상대의 공격은 빠르고 거칠었으나, 그만큼 동작이 크고 빈틈이 많았다.
'뻔히 보이는구나.'
흥분한 조막생이 어디를 노리는지, 어떤 생각으로 보법을 밟는지, 초식을 어떻게 이어 나갈 것인지 너무나도 선명하게 읽혔다.
'허허. 개안을 한 기분이야.'
공손수의 검이 부드럽게 호를 그렸다.
그 모습을 본 구경꾼들이 서로 의견을 주고받으며 떠들었다.
"무당의 무공?"
"아니, 무당은 아니야."

"도가의 무공 같긴 한데……."

"……유능제강의 묘리가 제대로 담겨 있어."

공손수가 펼치는 무공은 그들이 추측한 것 중 그 어느 것도 아니었다. 다만 한 달 내내 백수룡이 강조한 무공의 묘리가 담겨 있을 뿐.

유능제강(柔能制剛). 부드러움으로 강함을 제압한다.

말은 쉽지만, 실제로 행하기 위해선 큰 용기가 필요하다. 자신보다 강한 힘을 거스르지 않고 받아들일 용기.

'이, 이게 뭐야?'

검끼리 부딪친 순간, 조막생은 자신의 검이 깊은 늪에 빠진 것 같은 기분이 들었다. 공손수의 검은 빠르지도, 강하지도 않았다. 그 대신 한없이 부드러웠고, 자신의 공격을 옭아매며 조금씩 전진해 왔다.

"크윽……!"

조막생은 자신이 뒷걸음질 치고 있다는 것도 몰랐다. 분명 강하지 않은데. 얼마든지 이길 수 있는 상대인데! 마음대로 되지 않는다는 사실에 화가 솟구쳤다.

"젠장! 별것도 아닌 늙은이가!"

흥분한 조막생이 검에 내공을 잔뜩 불어넣었다. 우우웅! 하고 목검이 부르르 떨었다. 힘으로 단숨에 상대를 떨쳐 낸 후, 최강의 초식으로 끝장을 내 버릴 생각이었다.

"끝났군."

남궁석과 진진은 옆에서 들려온 싸늘한 목소리에 몸을 움찔 떨었다. 대체 언제 왔는지, 남궁수가 그들 곁에서 비무를 관전하고 있었다.

"스승님……."

"인사는 됐다. 놓치지 말고 끝까지 봐라. 자기 주제도 모르고, 상대의 능력도 파악하지 못한 자가 어떻게 되는지 보고 반면교사로 삼거라."

"……예."

본인이 가르친 제자에 대한 평가라고는 믿을 수 없을 정도로 신랄한 평가였다.

"하아아압!"

기합을 터트린 조막생의 공격은 또래 중 손에 꼽을 정도로 빠르고 강맹했다. 하지만 공손수는 이미 그 궤적을 읽고 있었다.

휘익! 회심의 일격이 허무하게 허공을 갈랐다. 그 빈틈으로 부드럽게 파고든 공손수의 검이 조막생의 손목과 허벅지를 때렸다.

따악! 딱! 두 번의 타격음. 그리 강하지 않은 힘이었지만, 조막생의 검을 바닥에 떨어뜨리고 무릎을 꿇게 하기엔 충분했다.

"내가 이긴 것 같구나."

"크윽……."

목검이 바닥에 무릎을 꿇은 조막생의 턱 끝에 닿아 있었다.

공손수가 빙그레 웃으며 말했다.

"아이야. 네가 사람들 앞에서 내게 망신을 주려고 했다는 것을 안다."

"나, 나는……."

"허나 세상은 그리 만만하지 않단다. 계략을 꾸미려면 얼마든지 반대로 당할 수 있음도 알아야 한다."

"큭……."

조막생의 얼굴이 시뻘게졌다. 비무에서 졌을 뿐만 아니라, 상대에게 자신의 계획까지 읽혔다는 사실이 수치스러웠다.

"앞으로 그런 못된 버릇은 고치도록 해라."

말 몇 마디로 사람이 쉽게 바뀌지 않을 것을 알기에, 공손수는 짧게 훈계를 내린 후 몸을 돌렸다.

'후우. 피곤하구나.'

온몸의 긴장이 풀리며 급격하게 피로가 몰려왔다. 그래도 기분은 더할 나위 없이 상쾌했다. 백룡장으로 돌아가면 흑영에게 이겼다면서 실컷 자랑하겠다고 다짐할 때였다.
"우와아아아아!"
사방에서 쏟아지는 함성과 박수에 공손수는 눈을 휘둥그레 떴다.
"으응?"
그는 비로소 비무대 주변을 꽉 채운 관중들을 보았다.
"대단해요, 어르신!"
"정말로 멋졌습니다!"
"아까 들었어. 저분이 역대 최고령 지원자라던데?"
"놀랍군. 저 나이에 그런 도전을 할 수 있다니……."
어린 시절, 그가 동경했던 소년과 소녀들이 자신에게 진심 어린 환호와 박수를 보내고 있었다.
"허허, 허허허허……."
공손수는 비무대 위에 한동안 가만히 서 있었다. 형용할 수 없는 쾌감이 등줄기를 타고 흘렀다. 주책맞게 눈물도 조금 흘러나오려고 했다.
"어르신!"
저쪽에서 손을 흔드는 위지천의 모습도 보였다. 착한 녀석. 자기가 이긴 것보다 더 기쁜지 눈시울이 붉어져 있었다.
"허허허……. 고맙소이다. 모두 고맙소이다!"
공손수가 사람들을 향해 포권을 취하며 인사를 했다.
아무도 예상치 못한 사고가 벌어진 것은 그때였다.
"으아아아아아!"
흰자위가 시뻘겋게 물든 조막생이, 괴성을 지르며 등을 보인 공손수에게 덤벼들었다.

75화
경악할 재능

 비무가 끝났다는 생각에 공손수는 완전히 마음을 놓았다. 지켜보던 관객들 역시 마찬가지였다. 설마 조막생이 패배를 인정하지 못하고 등 뒤에서 덤벼들 거라곤, 그곳에 있는 누구도 예상하지 못했다.
 "으아아아아!"
 "헉!"
 공손수가 황급히 돌아서며 목검을 휘둘렀다. 그러나 전력을 다한 조막생의 쌍장을 완전히 막아 내기엔 역부족이었다.
 콰지직!
 목검이 부서지고 공손수가 입에서 피를 뿜으며 튕겨 날아갔다.
 조막생은 거기서 멈추지 않았다.
 "비열한 늙은이! 죽여 버리겠어!"
 눈에 시뻘겋게 핏발이 선 조막생이 품에서 단도를 꺼내더니, 피를 토하고 있는 공손수를 향해 몸을 날렸다. 완전히 이성을 잃은 모습이었다.
 "죽어!"
 비무대 주변의 사람들이 동시에 비명을 질렀다.

"저런 미친!"

"누가 좀 막아!"

그 순간, 두 사람이 동시에 비무대 위로 몸을 날렸다. 둘 중 먼저 도착한 사람이 조막생의 단도를 쳐 냈다.

까앙! 뒤로 밀려난 조막생은 자신을 막아선 상대를 바라봤다.

위지천이 이를 악물고 조막생을 노려보고 있었다.

"이게 무슨 짓이야!"

"하. 네까짓 게 감히 날 막아?"

조막생의 입가에 비웃음이 맺혔다. 검을 든 위지천의 손이 파르르 떨리는 것이 보였다. 겁을 집어먹은 것이 틀림없었다.

"당장 안 비키면 너도 죽여 주마!"

사납게 소리친 조막생이 우리에서 풀려난 맹수처럼 달려들었다.

"용서 못 해……."

이를 꽉 악문 위지천이 검을 중단으로 들어 올렸다. 덜덜 떨리던 그의 손이 순식간에 안정을 되찾았다. 위지천은 조막생에게 겁먹어서 떨고 있었던 것이 아니다. 단지, 머리끝까지 나서 화가 났을 뿐이다.

스윽. 위지천이 가볍게 검을 휘둘렀다. 그러나 그 결과는 결코 가볍지 않았다.

촤촤촤촤촤촤! 위지천이 일으킨 검풍이 조막생의 몸을 뒤덮었다.

"끄아아악!"

몸에 수십 개가 넘는 검흔이 새겨지며, 조막생은 순식간에 피투성이가 되었다.

단 일검(一劍)이었다.

조막생의 옷이 갈가리 찢어지고, 온몸의 상처에서 피가 뚝뚝 흘렀다. 하지만 상처를 입은 조막생은 더욱 분노했다.

"크아악! 이런 개자식이……!"

어려서부터 무공에 대한 재능은 출중했지만, 조막생의 성격은 불과 같아서 자기 마음대로 일이 풀리지 않으면 주변에 행패를 부리곤 했다. 진진과 남궁석은 눈이 돌아간 동기를 보며 눈살을 찌푸렸다.

"미친놈. 한동안 얌전하다 했더니……."

"결국 사고를 치는군."

남궁수 밑에서 무공을 배우며 그런 성격이 많이 고쳐진 것처럼 보였으나, 사실은 남궁수가 무서워서 억누르고 있었을 뿐이었다.

"크아악! 저 늙은이도, 너도! 전부 죽여 주마!"

조막생의 두 눈에 붉은 혈기가 감돌기 시작했다. 몸에 새겨진 기억에 따라 내공을 움직이고, 본능이 이끄는 대로 몸을 움직였다.

츠츠츳……!

그러자 조막생이 들고 있는 단도에서 잿빛 기운이 흐르기 시작했다.

상황을 주시하고 있던 관객들 사이에서 감탄이 터져 나왔다.

"거, 검기?"

"어설프긴 하지만……."

"허어. 저 어린 나이에……."

모두가 놀랐지만, 조막생이 발현한 검기에 누구보다 놀란 사람은 남궁수였다.

'저 녀석이 검기를? 게다가 저런 초식은 가르친 적이 없는데…….'

아까 조막생이 공손수를 뒤에서 기습했을 때, 남궁수는 비무대 위로 뛰어올라 그를 막으려고 했다. 하지만 위지천이 한 발 더 빨리 움직였기에 그는 도중에 걸음을 멈췄다.

"위지천이라……."

방금 보여 준 일검만 보아도, 위지천의 무공은 놀라운 수준이었다.

"……조금만 더 지켜봐야겠군."

남궁수는 언제라도 끼어들 수 있도록 대비했다. 하지만 바로 움직이지는 않았다. 무인으로서 두 소년의 무공을 보고 싶은 마음이 더 컸기 때문이었다.

"죽어, 이 새끼야!"

조막생은 검기를 두른 단도를 쥐고 굶주린 맹수처럼 달려들었다.

반면 위지천의 모습은 차분해 보였다.

"……죽인다고?"

평소 시골 소년처럼 순진하고 약간은 주눅이 들어 있던 얼굴에, 일순간 차가운 조소가 어렸다.

"정말로 누굴 죽여 본 적은 있어?"

"이 새끼가!"

그 순간, 위지천의 모습이 조막생의 시야에서 사라졌다.

"무슨!"

갑자기 사라진 상대를 찾아 조막생은 주위를 두리번거렸다. 바로 등 뒤에서 싸늘한 목소리가 들려왔다.

"누군가를 죽일 마음을 먹었으면, 자신이 죽을 각오도 된 거지?"

"으아아아!"

깜짝 놀란 조막생이 단도를 마구잡이로 휘둘렀다.

휙휙휙휙! 검기가 허공을 베며 수십 개의 잔상을 만들었다. 그러나 위지천은 이미 그곳에 없었다.

타닷! 위지천은 모든 공격을 피한 후 자리를 박차고 뛰어올랐다. 허공에서 몸을 비틀어 공중제비를 돌아, 머리를 아래로 향하게 했다. 허공에서 두 소년의 눈빛이 마주쳤다.

둘 중 위지천의 눈만 웃고 있었다.

"이제 내 차례지?"

위지천의 투명한 눈동자 속에, 공포에 질린 조막생의 얼굴이 비쳤다.

"비, 빌어먹을……."

조막생이 말을 다 끝내기도 전에, 위지천이 휘두른 검의 궤적이 그의 왼팔을 지나갔다.

서걱! 핏물이 허공을 붉게 물들이고, 비명이 그 뒤를 따랐다.

"끄아아아악! 내 팔! 내 파아알!"

왼쪽 팔이 잘린 조막생이 비명을 질렀다. 위지천이 그를 향해 천천히 걸어가며 킥킥 웃었다.

"오른팔은 아직 남겨놨어. 그러면 계속 싸울 수 있잖아?"

"히, 히끅! 히끅!"

갑자기 시작된 딸꾹질이 멈추지 않았다. 조막생의 눈앞에 있는 위지천은, 만만해 보인다고 얕보던 그 소년이 아니었다.

"사, 살려, 살려……."

털썩. 뒷걸음질 치던 조막생은 결국 바닥에 엉덩방아를 찧고 넘어졌다. 얼굴은 눈물과 콧물로 범벅이 되었다. 바지가 축축하게 젖어 들었다.

그런 꼴사나운 모습을 수많은 사람이 보고 있었지만, 지금은 신경조차 쓸 수 없었다.

'주, 죽을 거야.'

조막생은 직감했다. 지금 자신을 향해 걸어오는 사신에게 죽을 거라고. 자신은 공포에 질려 아무런 저항도 하지 못할 거라고. 오직 할 수 있는 것은, 고개를 조아리고 용서를 비는 것뿐이라고.

"살려 줘……."

"싫어."

위지천은 파들파들 떨며 비는 조막생의 말을 무시하며 다가갔다.

'죽여라.'

마음속에 있는 검이 소년에게 속삭였다. 자신의 소중한 사람에게 해를 끼쳤으니 죽여야 할 이유는 충분하다고.

'죽여라.'

살인에 대한 거부감은 없었다. 생명을 죽이는 것이라면, 익숙할 정도로 많이 해 봤으니까.

'죽여라!'

위지천은 검의 목소리가 시키는 대로 따랐다.

"죽어."

다른 것은 아무것도 생각하지 않았다.

필살(必殺)의 일념을 담아 검을 휘둘렀다.

그 순간.

"그만!"

까아아앙!

위지천은 검에서 느껴지는 강한 반발력에 몇 걸음 뒤로 물러났다.

"아……."

동시에 집중력이 흐트러지며 검의 목소리가 사라지고, 잠시 몽롱했던 정신이 깨어났다.

"그만하라고 했을 텐데. 내 말이 안 들렸나."

검을 뽑아 든 남궁수가 굳은 표정으로 위지천을 막아섰다. 조금 전, 위지천의 검을 쳐 낸 검을 쥔 손바닥이 저릿했다.

'대체 어디서 이런 괴물이…….'

물론 전력을 다해 쳐 낸 것은 아니었다. 그랬다간 방어가 아니라 반격이 되었을 테니까. 그래도 검을 손에서 놓치게 할 만한 힘은 실었다고 생각했는데…….

'물러나게 하는 것이 고작이라니.'

위지천이 지닌 압도적인 재능에 남궁수는 소름이 돋았다. 하지만 재능은 어디까지나 재능일 뿐이다. 제대로 된 스승 밑에서 갈고 닦지 않으면 썩는다. 남궁수는 두 눈에 욕심을 숨기지 않으며 위지천을 바라봤다.

"무인이 팔 하나를 잃었다. 이 정도면 충분하지 않겠나."

"내가 왜……."

"검은 누구에게 배웠지? 내게 제대로 배워 볼 생각……."

"아! 어르신!"

"……."

남궁수의 말을 무시한 위지천은 곧바로 공손수에게 달려갔다. 겨우 정신을 차린 공손수는 창백한 얼굴로 앉아 있었다. 위지천은 당장이라도 울 것 같은 표정으로 다가와 그를 부축했다.

"괜찮으세요? 많이 아프세요?"

"허허……. 그럭저럭 견딜 만하다. 덕분에 좋은 구경도 했고. 천이 너…… 정말 강하구나."

공손수는 고통을 참으며 애써 웃었다. 그의 입가에 핏물이 흘러내리고 있었다.

"저한테 기대세요. 바로 의원으로 모셔 갈게요."

피에 굶주린 검귀처럼 날뛰던 위지천은 다시 평소 모습으로 돌아왔다. 그는 공손수를 조심스럽게 부축해 비무대를 내려갔다.

"잠시만요! 지나갈게요!"

방금까지 소년이 검을 휘두르던 모습을 본 관객들은 허겁지겁 옆으로 비켜 주며 길을 열었다.

웅성웅성.

"위지천……."

"분명 위지천이라고 했지?"

"저 녀석이 우리랑 같이 입관 시험을 본다고?"

"완전히 괴물이잖아……."

경악한 얼굴로 수군대는 사람들. 오늘 하루만 지나면, 위지천이란 소년에 대한 소문이 청룡학관을 들썩이게 할 터였다.

"위지천이라……."

남궁수는 비무대에 서서 위지천의 모습이 사라질 때까지 지켜보았다.

"스, 스승님……."

고개를 돌리자, 조막생이 팔이 잘린 곳을 지혈하며 다가왔다. 창백한 얼굴은 잔뜩 겁에 질려 있었다.

"죄, 죄송합니다. 비무 중에 너무 흥분해서 스승님의 명성에 흠을……."

짜아악! 뺨을 얻어맞은 조막생이 바닥을 굴렀다. 그 소리에 다들 놀라서 바라봤지만, 남궁수는 다른 사람들의 시선 따위 신경 쓰지 않았다.

"한심한 놈."

"으윽……."

고개를 푹 숙인 조막생이 몸을 부르르 떨었다. 한쪽 팔이 잘린 채로 스승에게 얻어맞는 모습이 불쌍하다고 생각하는 사람도 몇 명 있었지만, 대부분의 사람들은 남궁수보다 더 싸늘한 시선으로 조막생을 바라봤다.

"너는 비무 결과에 승복하지 못하고 상대를 뒤에서 기습해 죽이려 했다. 한 문파 내에서 일어난 일이었으면 사지의 근맥을 자르고 단전을 폐해 파문시켜도 할 말이 없을 죄다."

"죄, 죄, 죄송합니다!"

얼굴이 창백해진 조막생이 납작 엎드려 빌었다. 이제야 자신이 무슨 짓을 저질렀는지 깨달은 것이다.

남궁수는 덜덜 떠는 뒤통수를 내려다보며 차갑게 내뱉었다.

"네가 아직 어리고 미숙하다는 것에 감사해라. 팔 하나로 끝난 것조차 다행인 줄 알아야 할 것이다."

"예……."

이를 악물며 겨우 대답했으나, 고개를 숙인 조막생의 눈은 분노로 활활 타오르고 있었다. 그가 무슨 생각을 하는지 너무 뻔히 보이기에, 남궁수의 미간에 깊은 골이 파였다.

'재능이 있어 한번 키워 보려 했더니…….'

이 녀석도 실패작이다. 조막생을 향한 남궁수의 눈에서 흥미가 완전히 사라졌다. 그는 조막생 뒤쪽에 서 있는 남궁석과 진진에게 명했다.

"의원에 데려가도록. 처벌은 추후에 하겠다."

"네."

고개를 꾸벅 숙인 두 사람은 조막생을 질질 끌고 가다시피 데려갔다.

"쯧……."

제자들의 뒷모습을 바라보는 남궁수의 표정은 영 만족스럽지 못했다. 모두가 뛰어난 재능이지만, 남궁수의 기준을 충족시키기엔 부족했다.

'처음으로 백수룡 그자가 부러워지는군.'

단 일검으로 자신을 놀라게 한 위지천의 모습이 자꾸 아른거렸다.

아울러 재수 없게 웃으며 말하던 백수룡의 얼굴도 아른거렸다.

─남궁 선생님. 만약에 제가 이기면 말이죠. 이번 학기에 남궁 선생님의 수업 중 하나를 제가 대신하는 건 어떻습니까?

"빌어먹을."

남궁수는 자기도 모르게 욕설을 내뱉으며 돌아섰다.

76화
피차 시간 낭비 하지 말자

"어르신!"

흑영은 들고 온 짐을 내팽개치고, 침상에 누워 있는 공손수에게 달려갔다.

"허허. 왔느냐?"

"괘, 괜찮으신 건가요?"

표정이 창백해진 흑영이 급히 공손수의 손목을 잡아 진맥을 했다. 동시에 품에서 영약과 금침을 줄줄이 꺼냈다.

"일단 이것부터 드시고 옷 벗으세요. 당장 침을 놓겠습니다!"

"뭐, 뭐 하는 게냐!"

입안에 영약을 욱여넣고 동시에 옷을 벗기려 드는 손길을 밀어내며 공손수가 질색을 했다.

"거참, 민망하니 호들갑 떨지 말거라. 가벼운 내상일 뿐이야."

"기습을 당하셨다면서요! 대체 어떤 놈이 어르신을!"

"흠흠. 나는 이 정도지만 그 녀석은 팔이 잘렸다. 내가 자른 건 아니지만……. 비무는 내가 이겼고……."

침상에 누워서 이겼다고 말하는 것이 민망한지, 공손수는 연신 헛기침을 했다.

그 모습을 보는 흑영의 눈에서는 불이 뿜어질 기세였다.

"어르신을 다치게 했는데 고작 팔 하나만 자르고 끝났다고요? 제가 지금 당장 가서 놈을 능지처참하겠어요……."

스르릉……. 흑영의 스산한 얼굴은 사람 하나쯤은 당장이라도 회를 뜰 기세였다. 공손수가 칼을 뽑으려는 흑영의 팔을 붙잡으며 내게 외쳤다.

"백 선생! 보고만 있지 말고 같이 좀 말려 주게. 이러다 진짜 무슨 일이라도 나겠어."

"진정해, 흑영! 어르신이 괜찮다잖아!"

"놔! 이거 안 놔?!"

나는 조막생인가 조진생인가를 당장 죽이러 가겠다는 흑영을 겨우 뜯어말린 후, 한숨을 내쉬며 위지천에게 말했다.

"오는 길에 대충은 들었다. 그래도 천이 네가 자세히 설명 좀 해 봐. 정확히 무슨 일이 있었던 거야?"

"그게……."

위지천은 비무대에서 있었던 일을 우리에게 하나하나 설명해 주었다. 그런데 이야기 중에, 내 신경에 거슬리는 것이 하나 있었다.

"…… 조막생이 괴성을 지르며 갑자기 달려들었어요. 눈이 새빨갛게 변하더니, 단도에서 잿빛 검기가……."

"잠깐만. 무슨 검기?"

내 표정이 갑자기 심각하게 굳었는지, 위지천이 말을 멈추고 눈을 동그랗게 떴다.

"네? 단도에서 잿빛 검기가……."

잿빛이라고? 검기의 색은 익힌 내공심법에 따라 결정되기에 천차만별이다. 따라서 잿빛 검기 자체가 이상한 것은 아니다. 하지만 그 앞뒤 상황과 어우러지며, 나는 알 수 없는 위화감을 느꼈다.

나는 고개를 돌려 공손수에게 물었다.

"어르신. 그 자식이 어르신을 죽일 작정으로 덤볐다고 했는데, 그 정도로 심하게 도발한 겁니까?"

공손수는 생각해 볼 것도 없다는 듯 고개를 저었다.

"그 정도는 아니었네. 내 황궁에서야 여럿 뒷목 잡고 쓰러지게 한 적은 있지만…… 설마 그런 어린아이에게까지 그러겠나."

그렇다면 조막생의 돌발 행동은 본인의 폭급한 성격에서 나온 것이라고 봐야 한다.

'그것도 너무 이상해.'

비무에서 한 번 패했다고, 이성을 잃고 상대를 죽이려 들다니.

'그것도 수많은 사람들이 보는 앞에서? 그 정도로 앞뒤를 못 가리는 성격이라고? 어지간한 마공을 익힌 놈들도 그 정도는…….'

거기까지 생각을 이어 간 순간, 나는 머릿속에 떠오른 위화감의 실체를 붙잡았다.

"설마……."

"선생님. 왜 그러세요?"

"자네. 왜 그러나?"

내 표정이 심각했는지, 공손수가 덩달아 심각한 표정으로 나를 보고 있었다.

나는 억지로 미소를 지으며 말했다.

"……아무것도 아니야."

내 눈으로 직접 보지 않았으니 아직 확신할 수는 없다. 정황 증거는 충분하지만…….

'조만간 직접 만나러 가야겠군.'

내가 조막생을 만나러 가야겠다고 다짐할 때였다.

콰아앙! 문이 부서질 듯 열리고, 머리가 산발한 헌원강이 안으로 냅다 뛰어 들어왔다.

"할아범! 할아범 어디 있어!"

녀석은 고개를 홱홱 돌리더니, 우리를 발견하고는 안도의 한숨을 내쉬며 걸어왔다.

"괜찮아? 비무하다가 다쳤다며! 대체 어떤 자식이야! 늙고 병든 노인네를 이렇게 만들어? 기다려 봐. 내가 당장 가서 반 죽여 놓을……."

따악! 내게 뒤통수를 얻어맞은 헌원강이 머리를 감싸 쥐었다.

"악! 왜 때려요!"

"아까 다 한 얘기니까 뒷북치지 말라고."

"쳇. 걱정돼서 바로 달려온 건데……. 아무튼 괜찮은 거 맞죠?"

공손수를 둘러싸고 아웅다웅하는 우리의 목소리가 너무 컸는지, 지나가던 의원이 표정을 굳히며 주의를 주었다.

"거기 네 분. 다른 환자분들도 있으니 조용히 해 주십시오."

"아, 예."

"죄송합니다."

"크흠……."

"……."

우리가 동시에 합죽이가 되는 가운데, 정작 환자인 공손수만 즐겁다는 듯 껄껄 웃었다.

"허허허. 나 하나 다쳤다고 이리 걱정해 주는 사람이 많은 걸 보니, 내가 말년 운이 좋은가 보구나."

다음 날 밤, 남궁수의 저택.

"스, 스승님. 제발 절 버리지 마세요. 한 번만 용서를……."

잘린 왼쪽 팔 부근에 붕대를 칭칭 감은 조막생이 남궁수의 앞에 납작 엎드려 빌었다.

"말했을 텐데."

조막생을 내려다보는 남궁수의 표정은 얼음처럼 싸늘하기만 했다.

"너는 더 이상 내 제자가 될 자격이 없다고."

조막생이 고개를 홱 치켜들었다.

"그건 정말 실수였어요! 딱 한 번만 더 기회를 주세요. 그럼 반드시 그 인간들에게 복수를……."

"복수? 아직도 정신을 못 차렸군."

"흡!"

남궁수의 찌푸려진 미간에 은은한 노기가 내비쳤다. 자신이 말실수를 했다는 것을 깨달은 조막생이 입을 다물었지만, 이미 늦은 뒤였다. 남궁수는 매몰차게 몸을 돌렸다.

"내쫓아라."

"예."

뒤에서 대기하고 있던 남궁석과 진진이 조막생의 양어깨를 붙잡고 질 질 끌어냈다.

"스승님, 스승니이임!"

조막생은 어떻게든 버텨 보려 안간힘을 썼지만, 팔이 멀쩡할 때도 둘 에겐 상대가 되지 못했다. 지금은 어림도 없었다. 결국 질질 끌려나가 저택 밖으로 내팽개쳐져 나동그라졌다.

"은혜도 모르는 고아 새끼."

더러운 걸 만졌다는 듯, 진진이 손수건을 꺼내 손을 닦으며 말했다.

"이 정도로 끝난 걸 감사한 줄 알아. 스승님이 네 단전을 폐하고 근맥 을 잘랐어도 할 말이 없었으니까."

몸을 홱 돌린 진진은 그대로 저택 안으로 들어갔다.
"서, 석아!"
조막생은 바닥을 기어서 자신을 내려다보는 남궁석의 바짓가랑이에 매달렸다.
"네가 스승님한테 잘 말씀드려 주면 안 될까? 넌 같은 남궁세가 출신이니까……. 내가 앞으로 너 시키는 대로 다 할게. 응?"
"경고 하나 할게."
남궁석은 조막생 앞에 쪼그려 앉았다.
콰악! 그는 한때 과외 동기였던 소년의 머리채를 거칠게 잡아 올렸다. 마주친 눈에서 서늘한 살기가 흘러나왔다.
"앞으로 어디 가서 내 숙부, 아니 남궁수 스승님의 이름을 팔거나 그분을 모욕하고 다니지 마. 그런 소문이 조금이라도 들려온다면, 내가 직접 너를 찾아서 죽일 거야."
"으, 으으……."
머리채를 놓아 준 남궁석이 빙긋 웃었다. 그리고 전낭에서 은자 몇 개를 꺼내 조막생의 품 안에 찔러 넣었다.
"그런 일은 없었으면 좋겠어. 그래도 한때는 같이 무공을 배운 사이였으니까."
잔뜩 얼어붙은 조막생이 필사적으로 고개를 끄덕였다.
"아, 아, 알겠어."
"그럼 이제 꺼져 줘. 난 네가 사라지는 걸 보고 난 후에 들어갈 거야."
몸을 일으킨 조막생은 비틀거리며 남궁수의 저택에서 벗어났다. 남궁석이 보고 있을까 두려워서 뒤를 돌아보지도 못했다.
'빌어먹을. 빌어먹을. 빌어먹을……!'
억울하고 분했다. 비참하고 한심했다. 세상이 증오스럽고 전부 다 죽이고 싶었다. 조막생의 눈에 혈기가 일렁였다.

'이게 다 내가 고아라서, 고아라서 그런 거야.'

조막생은 고아 출신이었다. 부모의 얼굴은 기억나지 않는다. 다섯 살쯤 버려져 고아원에서 쭉 자랐다. 운이 좋았던 건, 그가 버려진 고아원이 남궁세가에서 후원하는 고아원 중 한 곳이라는 점이었다. 고아원에서 기본적인 무공을 익혔다. 자질이 있으면 훗날 남궁세가의 무사가 될 수 있다고 했다. 그래서 필사적으로 익혔고, 천운이 따랐다.

─제법 자질이 있구나.

남궁수가 보는 앞에서 조막생은 실력을 증명했고, 결국 그의 눈에 들었다.

─올해 청룡학관 입관 시험을 봐라. 내가 도와주지.

남들은 수백 냥을 내고 받는 무공 과외를 공짜로 받게 되었다. 추천서도 남궁수가 직접 써 주었다.

─이쪽은 남궁석. 이쪽은 진진이다. 둘 다 너보다 훨씬 뛰어나니 많이 보고 배우도록 해라.
─남궁석이다. 잘해 보자.
─너 고아라며? 운도 좋네.

동기 둘은 다른 의미로 재수가 없었지만 상관없었다. 이대로 청룡학관에 입관만 하면, 그때부터 자신의 앞날에는 탄탄대로가 펼쳐질 테니까.
그래야 했는데…….
"냄새나는 노인네, 그리고 애새끼 하나 때문에 망치다니……!"

조막생은 이 모든 게 자신의 탓이라곤 생각하지 않았다. 팔이 잘리고 남궁수에게 버려져 저택에서도 쫓겨난 것. 전부 세상 탓이고, 자신이 고아인 탓이다.

'내가 아니라 남궁석이 팔이 잘렸어도 가만히 있었을까?'

조막생은 상상도 할 수 없었다. 만약 남궁석이 똑같은 행동을 했다면, 남궁세가로 돌아가 더욱 끔찍한 형벌을 받았으리라는 것을.

"이건 내 잘못이 아니야. 그 노인네, 그 애새끼가, 남궁석, 진진, 남궁수 탓이야……!"

피해의식은 세상을 향한 걷잡을 수 없는 분노로 변했다. 몸 안에 불덩어리가 들어 있는 것처럼 뜨거웠다. 해소하지 않으면 타 죽을 것 같았다.

"흐흐……."

광인처럼 웃는 외팔이를 보고 사람들이 슬금슬금 자리를 피했다. 정처 없이 거리를 헤매던 조막생은 어두운 골목을 발견하고 그 안으로 들어갔다.

그는 골목길 벽에 등을 기대며 중얼거렸다.

"흐흐. 전부 죽여 버리겠어. 위지천 그 새끼도, 그 늙은이도, 진진, 남궁석, 남궁수도 언젠가 모두 죽여 버릴 거야."

그 전에 우선, 아무나 한 명을 죽일 것이다. 조막생은 이유 없이 골목길로 들어온 것이 아니었다.

오줌을 누러 온 취객, 지름길로 서둘러 가려는 상인, 몸을 누일 곳을 찾는 거지, 길을 잘못 든 어린아이.

"흐흐. 아무나 상관없어. 갈가리 찢어 죽일 거야……."

"그거참 다행이네. 나도 양심의 가책을 안 느껴도 되겠어."

"!"

갑자기 들려온 목소리에 조막생은 흠칫 놀랐다. 골목의 어둠 속에서 한 사람이 천천히 모습을 드러냈다.

"누, 누구……."

다행히도 방금까지 죽이겠다고 욕한 남궁석이나 남궁수는 아니었다. 조막생이 전혀 예상치 못한, 하지만 아는 얼굴이었다.

"……백수룡?"

"선생님을 붙여야지."

피식 웃으며 말한 백수룡이 조막생을 향해 다가왔다.

"흐음. 생각해 보니 아니구나. 넌 입관을 못 할 테니까. 그냥 편한 대로 불러라."

"여, 여긴 왜……."

"피차 시간 낭비하지 말자."

휘익! 순식간에 거리를 좁힌 백수룡이 조막생의 목을 틀어쥐었다. 조막생도 기습에 대비는 했지만 제대로 보지도 못했다.

"컥, 커헉!"

백수룡의 팔에 대롱대롱 매달린 조막생이 눈을 부릅떴다. 억센 손아귀가 당장이라도 목을 부러뜨릴 것 같았다.

'어째서?'

그 늙은이를 죽이겠다고 한 것 때문에? 위지천 그 새끼 때문에? 남궁수에게 사주라도 받았나? 아니면…… 자신이 고아이기 때문에?

뭔지 몰라도 조막생은 이곳에서 죽고 싶지 않았다.

"사, 살려 주세요……."

"대답하는 거 들어 보고."

청룡학관에서 오가며 몇 번 본 백수룡의 얼굴이 아니었다. 표정은 살수보다 차가웠고, 눈빛은 살인귀처럼 광기로 일렁였다.

위지천에게 느낀 살기는 장난처럼 느껴질 정도로 무시무시한 살기가 전신을 옭아맸다.

"너, 혈교의 첩자냐?"

혈교라는 단어가 나온 순간, 조막생의 눈이 완전히 핏빛으로 물들었다.

77화
탈혼대법(奪魂大法)

 혈교라는 말에 조막생의 눈깔이 홱 뒤집히더니 갑자기 괴성을 지르며 덤벼들었다.
 "크아아악!"
 나는 손을 놓아주고 뒤로 훌쩍 물러났다. 허튼짓을 못 하도록 목을 단단히 움켜쥐고 있었는데, 녀석이 부러져도 상관없다는 듯이 발작을 해댔기 때문이었다.
 '아직은 죽으면 안 되지.'
 내가 뒤로 물러나자, 조막생이 짐승처럼 자세를 낮추며 으르렁거렸다.
 "크르르……"
 두 눈은 핏물에 잠긴 듯 완전히 혈안이 되었다. 조막생의 얼굴 전체에 검붉은 핏줄이 흉측하게 도드라졌는데, 벌린 입에서 침이 뚝뚝 떨어졌다.
 츠츠츳……. 날카롭게 세운 손톱에서 잿빛 검기가 한 치가량 솟아났다. 나는 놈의 무공을 확인하고 미간을 가늘게 좁혔다.
 "너, 그 무공…… 뭔지는 알고 쓰는 거냐?"

"크르르……. 크아아악!"

그 순간 훌쩍 도약한 조막생이 내게 덤벼들었다. 잿빛 선이 밤하늘을 획획 갈랐다. 골목길 벽 한쪽이 검기에 쭉쭉 갈라지더니 우르르 무너져 내렸다. 나는 뛰어올라 무너진 돌담의 잔해 위로 사뿐히 올라서서 녀석을 내려다봤다.

"흑혈마공(黑血魔功). 네가 익힌 마공의 이름이다. 왜 마공인 줄 알아?"

"크아아악! 닥쳐어!"

조막생은 내 말을 끝까지 듣지 않고, 손톱에서 잿빛 검기를 죽죽 뽑아내며 나를 찢어발기려고 했다.

나는 모든 공격을 요리조리 피하며 말을 이었다.

"가장 큰 부작용은 성격이 다혈질로 변한다는 점. 그러다 결국에는 이성을 상실하고 광인이 되지."

"닥쳐! 죽여 버리겠다!"

조막생은 이성을 거의 잃은 모습이었지만, 나는 녀석에게 말 걸기를 멈추지 않았다. 말이라도 걸지 않으면 완전히 미쳐 버릴 테니까.

"더 큰 문제는 흑혈마공이 내공 대신 선천지기를 뽑아서 쓰는 무공이라는 거다. 네 수준으로 검기 비슷한 걸 사용할 수 있는 것도 그 덕분이지. 엄밀히 말하면 검기도 아니지만……."

휘익! 나는 고개를 옆으로 젖혀 내 목을 노리는 손톱을 피했다. 그리고 보법을 밟아 조막생의 왼쪽으로 돌아가 귀에 대고 속삭였다.

"쓰면 쓸수록 선천지기가 고갈돼 목내이(木乃伊)처럼 말라간다. 결국엔 몸의 모든 구멍에서 검은 피를 쏟으면서 죽지. 그래서 흑혈(黑血)마공이다. 너한테 무공을 가르쳐 준 놈이 이것도 알려 줬나?"

조막생이 잠시 흠칫했으나, 이내 고개를 세차게 저으며 내게 버럭 소리쳤다.

"닥쳐! 날 현혹하지 마라!"

"거울이라도 보여 주고 싶군."

"으아아아아!"

눈이 시뻘겋게 물든 조막생이 사방에 팔을 휘저으며 발악했다. 얼굴의 핏줄이 당장이라도 터질 듯 불거졌다.

내가 괜히 놈을 도발하는 것이 아니다. 상대의 반응을 보면서 정보를 캐내는 중이었다.

"이렇게 멍청하게 구는 꼬라지를 보아하니 제대로 교육받은 첩자는 아닌 것 같고……."

"끄아아악! 닥쳐! 내 머릿속에서 나가!"

……머릿속에서 나가라고?

갑자기 그게 무슨 말인지 의문이 들었지만, 녀석이 지금은 제정신이 아니었기에 나중에 다시 생각하기로 했다.

'일단 제압해야겠군.'

기막을 펼쳐 최대한 소리가 새어나가지 않도록 하긴 했지만, 시간이 너무 길어지면 누군가 올 가능성도 있었다.

나는 왼손 검지와 중지를 모아 검결지를 만들어 녀석의 혈도를 몇 군데 빠르게 짚었다.

푹! 푹푹푹푹! 마혈이 짚인 조막생이 몸을 부르르 떨더니, 이내 나무토막처럼 몸이 뻣뻣해서 바닥에 털썩 쓰러졌다.

나는 그 앞에 서서 말했다.

"길게 말 안 하마. 너한테 흑혈마공을 가르친 놈에 대해서 아는 대로 말해."

우득, 우드득! 그때 갑자기 뼈가 뒤틀리는 소리가 들리더니, 녀석이 벌떡 몸을 일으켰다. 그 기괴한 모습에 나는 놀라서 입을 떡 벌렸다.

"이런 미친……. 강제로 혈도를 풀었다고?"

"크흐흐흐……."

조막생의 얼굴 전체에 불거진 검붉은 핏줄이 점점 터질 듯이 솟아올랐다. 일부는 이미 터져서, 녀석의 얼굴 전체가 시뻘건 혈인이 되었다.

 주르륵…….

 주르륵…….

 두 눈에서 피눈물을 줄줄 흘리며, 조막생이 기괴하게 몸을 틀어 나를 바라봤다. 어딘가 관절이 어긋난 인형 같았다.

 "흐흐흐흐……."

 광인처럼 괴소를 흘리는 녀석을 보며 나는 표정을 굳혔다.

 "너 그러다 진짜 죽는다."

 "크흐흐…… 크하하하! 힘이, 힘이 넘친다! 이 힘으로 다 죽여 주마! 날 고아라고 무시한 놈들! 갈가리 찢어 개밥으로 뿌려 주겠다!"

 손톱의 잿빛 검기가 더욱 길게 자라나고, 산발이 된 녀석의 머리가 하얗게 탈색되었다. 안 그래도 마른 몸은 점점 피골이 상접하게 변하고 있었다. 남은 선천지기를 모조리 쏟아붓고 있다는 의미. 놈이 스스로 생명을 갉아먹으며 변한 모습은, 완전한 마인(魔人) 그 자체였다.

 '이게 흑혈마공이라고?'

 이건 내가 아는 것과 달랐다. 흑혈마공은 저런 식으로 변하지도 않을뿐더러, 이토록 짙은 마기를 흘리지 않는다.

 "크하하하! 심장을 꺼내서 씹어먹어 주마!"

 마인이 된 조막생이 내 심장을 노리고 손을 뻗었다. 전광석화와 같은 속도. 놈의 손이 순식간에 내 가슴에 닿아 있었다.

 찌이익!

 급하게 피했으나 앞섶이 찢겨나갔다. 나는 월영을 뽑아 놈의 팔을 베었다.

 터엉! 검기를 주입한 월영이 튕겨 나왔다. 조막생의 팔에 긴 혈흔이 남았으나 완전히 베어내지는 못했다. 손아귀가 찢어질 것 같았다.

"크하하하하!"

놈이 팔에서 검은 피를 흘리며 내게 쇄도했다. 온몸에서 마기가 줄기줄기 쏟아졌다.

"죽어라!"

광기에 물든 눈에는 두려움 따위는 없었다. 나는 혀를 찬 후 땅을 박차며 공중으로 몸을 띄웠다. 녀석이 나를 따라 땅을 박찼다.

우리는 달빛 아래에서 잠시 어우러졌다. 조막생의 하나 남은 팔이 내 심장과 목을 노렸고, 나는 녀석을 무력화시키기 위해 하반신을 노렸다.

푹! 푹! 허벅지가 꿰뚫린 녀석이 비틀거리는 척하다가 궁신탄영의 수법으로 허리를 튕겨 나와의 거리를 단숨에 좁혔다.

'비무대 위에서도 이 정도 실력이었으면 천이도 곤란했겠군.'

마인이 된 놈의 실력은 웬만한 절정고수 이상이었다. 검기를 자유자재로 다루고, 신체는 검기를 버텨 낼 정도로 단단하며, 정신은 공포를 몰랐다.

"크히히히!"

하지만 이런 편법은 오래가지 못한다. 선천지기는 무한하지 않다. 예상대로 녀석의 기세가 확연히 줄어들었다.

나는 그 틈을 놓치지 않았다.

촤아아아악! 일수에 뽑아 낸 검이 조막생의 오른팔을 잘랐다. 놈은 개의치 않고 달려들었다. 팔이 없으니 이로라도 나를 물어뜯을 생각인지 입을 크게 벌렸다.

콰드득! 놈의 입안에 검집을 물려 주었다. 그리고 좌장으로 가슴을 치고 검으로 오금을 걸어 바닥에 넘어뜨렸다.

콰아앙! 바닥에 처박힌 조막생이 꿈틀댔다. 뼈를 몇 군데 더 분질러 준 후에야 잠잠해졌다.

"후우……."

죽이려면 쉬웠겠지만, 일단은 제압해야 해서 제법 진땀이 났다. 아직 이 녀석에게 들어야 할 말이 있었다.

나는 발로 녀석을 목을 밟으며 싸늘한 목소리로 물었다.

"말해라. 흑혈마공을 가르친 놈이 누구냐?"

"크히히히! 죽여, 다 죽일 거야. 날 고아라고 무시한 놈들……!"

"완전히 맛이 갔군."

혀를 찬 나는 녀석의 머리에 손을 얹고 역천신공의 내공을 밀어 넣었다. 마기가 골수까지 스며들어 정신이 나갔으니, 그것부터 해결해 줘야 대화가 통할 것이다.

'이것도 몇 번 해 보니 익숙해지는군.'

나는 조막생의 뇌 속에 가득 찬 마기를 빼냈다. 하지만 흡수하지는 않았다. 인간이 살아오면서 쌓인 탁기와 마공을 연공해 생긴 마기는 비슷하지만 다르다. 후자는 내게 아무런 도움도 되지 않기에, 밖으로 뽑아내서 불태워 버렸다.

치이이익……. 뇌에서 마기가 어느 정도 사라지자 조막생이 정신을 차렸다.

"내가, 왜……. 컥! 아파, 너무 아파……!"

마공의 후유증으로 고통스러워하는 조막생의 모습은 처참했다. 목내이라고 해도 믿을 정도로 피골이 상접한 몸에, 전신의 혈관이 터져서 지금도 피가 흐르고 있었다. 몸 안에 남은 선천지기도 이제 얼마 되지 않아서, 조막생의 생명은 바람 앞의 등불처럼 꺼지기 직전이었다.

'살기는 글렀군.'

이것이 마공을 익힌 자의 일반적인 최후다. 과거에도 수많은 사례를 봐 왔기에 별다른 감정은 들지 않았지만, 씁쓸한 것만은 사실이었다.

"나, 나는…… 이렇게 죽고 싶지 않아……."

조막생도 자신의 몸 상태를 알았는지, 두 눈에서 눈물을 줄줄 흘리며 나를 올려다봤다.

"……네게 흑혈마공을 가르친 놈에 대해서 말해라. 그럼 최소한 편하게 죽을 수 있게 도와주마."

"마공? 모, 몰라, 난 아무것도……."

"그 꼴이 되고도 혈교에 의리를 지키고 싶은 거냐?"

"정말, 몰라, 모른다고! 혈교라니. 애초에 난 고아야……. 끄윽! 무공은, 고아원에서, 그 후에 남궁세가에서 배웠어……."

나는 유언을 들어주는 심정으로, 조막생이 고통 속에 천천히 내뱉는 이야기에 귀를 기울였다. 요약하면 이 녀석은 다섯 살에 버려졌고, 남궁세가가 후원하는 고아원에서 무공의 기초를 배우다가 남궁수의 눈에 들었다는 이야기였다.

흑혈마공은 누구에게도 배운 적 없다고, 자연스럽게 사용할 수 있게 되었다고 했다.

"저절로 쓸 수 있게 됐다고? 그게 말이 된다고 생각하냐?"

"끄, 끄윽. 이게 서, 설마, 마공일 줄이야……."

"남궁수한테는 왜 말을 안 했지?"

"다, 당신처럼, 어디서 익혔냐고, 추궁할 테니까……."

"이상하다는 걸 알긴 알았나 보네."

눈물을 흘리며 낄낄대는 녀석을 보면서 나는 잠시 생각에 잠겼다.

'거짓말을 하는 것 같진 않은데.'

녀석의 성격이나 행동하는 것만 보아도, 연기나 거짓말을 잘하는 편은 아니었다.

'하지만 가르쳐 주는 사람 없이 마공을 익히는 게 가능한 일인가?'

나는 조막생이 혈교, 혹은 망한 혈교에서 파생된 조직이 보낸 첩자라고 생각했다. 하지만 첩자가 이렇게 멍청하게 행동하고 또 아무것도 모를 수가 있나? 심지어 흑혈마공은 저절로 깨달았단다.

태어날 때 무공을 머릿속에 강제로 쑤셔 넣은 것도 아닐 테고…….
'쑤셔 넣어?'
그 순간, 나는 아주 오래된 기억 하나를 떠올렸다.

―클클. 이것 말이냐? 혈세천하를 위한 비밀 무기이니라.

마뇌(魔腦). 지난 생, 내가 세상에서 가장 증오하던 늙은이. 혈마신교의 이장로 마뇌가, 흉물스럽게 웃으며 자랑스레 보여 주던 광경이 떠올랐다.

―보아라. 아름답지 않느냐?

수많은 어린아이들이 돌로 된 침상에 누워 있었다. 아이들의 정수리는 예리하게 갈라져서 뇌가 드러나 보였다. 아이들은 모두 살아 있었다.

―고대로부터 전승된 술법과 기물의 힘으로 이루어 낸 기적이다. 이 아이들의 머릿속엔 본교의 절학을 하나씩 심을 것이야.

나는 손을 뻗어 조막생의 머리채를 잡아당겼다. 그리고 검기로 녀석의 머리숱을 전부 밀어 버렸다.
"뭐, 뭐 하는 짓…….”
"가만히 있어. 확인해야 할……. 빌어먹을."
하얗게 드러난 정수리 주변에, 자세히 보지 않으면 모를 정도로 희미하게 남은 흔적이 있었다. 머리를 갈라 수술을 한 흔적이다.

―대법에 성공한 아이들은 기억을 봉인해 무림에 내보낼 것이다. 당장

은 아무것도 기억하지 못할 것이야. 그래야 죄책감 없이 다른 문파로 들어가서 요직에 앉을 게 아니냐?

희열에 찬 눈으로 하늘을 바라보던 마뇌의 얼굴이 떠오른다.

-이 아이들은 서서히 자신의 뿌리를 떠올리게 될 것이다. 그렇게 정파 무림의 심장에서, 본교의 마인들이 자라나는 것이지. 클클클!

마뇌는 이 사악한 사술에 본인이 직접 이름을 붙였다.

-탈혼대법(奪魂大法)이라 이름 붙였다. 또한 이 대법을 쓴 아이들은 탈혼마인(奪魂魔人)이라 불리게 될 것이다.

최소한의 인의(仁義)마저 저버린 노괴가 사악하게 웃으며 나를 돌아보던 모습이 떠오른다.

-네가 키운 사대악인이 완성되고 탈혼마인(奪魂魔人)들이 깨어나는 날, 본교는 무림을 피로 물들이게 될 것이다.

기쁨을 주체하지 못하고 광소를 터트리던 마뇌. 놈은 내 손에 죽었다.
……아니, 죽었어야 한다.
"분명 단전을 으깨고 사지를 잘랐는데…….."
확실하게 끝장을 내진 못했다. 그 직전에 혈마가 도착해서 싸워야 했으니까. 하지만 그만한 상처를 입고 마뇌가 살아남았을 가능성은 거의 없다.
'만약 살아 있다면? 혹은 누군가가 마뇌의 탈혼대법을 이어받았다면?'

내 표정이 심각해지는 가운데, 갑자기 조막생의 몸이 부들부들 떨리기 시작했다.

"으, 으으, 추워어……!"

목내이처럼 말랐던 몸이 갑자기 부풀어 올랐다. 그게 무엇을 뜻하는지 깨달은 나는 곧장 땅을 박차며 뒤로 물러났다.

"살려, 줘……."

그 순간 조막생의 몸이 쩌저적 갈라지며 빛이 새어 나오더니, 안에 남아있던 선천지기가 최후의 힘을 폭발시켰다.

퍼어어어엉!

78화
만 냥? 어림도 없지

뒤로 물러났던 나는 폭발의 현장으로 돌아가, 한때 조막생이었던 존재의 흔적을 살폈다.

"미친……."

폭발이 일어난 자리엔 형체를 알아볼 수 없는 살점과 뼛조각, 핏물 외엔 아무것도 남아 있지 않았다.

이것이 탈혼대법(奪魂大法)이다. 어린아이의 머릿속에 마공을 주입해, 성장하면서 서서히 마인으로 각성하게 만드는 극악한 사술. 그것으로도 모자라 죽기 직전에 마지막 선천지기를 쥐어짜 폭사하도록 만들었으니, 웬만한 고수도 미리 알지 못하면 당할 수밖에 없을 것이다.

-이장로님. 탈혼마인은 어떻게 통제합니까?
-클클. 알고 싶으냐?

비죽 웃으며 나를 바라보던 마뇌의 얼굴. 그 얼굴을 짓이기고 싶었지만, 당시의 나는 무뚝뚝한 표정 속에 살기를 숨길 수밖에 없었다.

―……통제할 방법이 없으면 너무 위험하지 않겠습니까? 마기가 골수까지 파고든 마인은 적아를 가리지 않습니다.
―걱정할 것 없다. 지존께서 모든 마를 다스리시니, 탈혼마인들 또한 지존 앞에 무릎을 꿇고 경배할 것이다.

마뇌가 말하는 지존이란 혈마신교의 교주인 혈마를 뜻했다. 아마도 혈마에게 탈혼마인을 제압할 방법이 있다는 뜻이었겠지.

―하지만 항상 지존께서 나서실 수는 없는 노릇 아닙니까. 전쟁이 벌어지면 일선 지휘관들에게도 마인들을 통제할 수단이 필요할…….
―오늘따라 혀가 길구나. 그것이 왜 그리 궁금하더냐? 무림맹에 정보를 팔아넘기기라도 하려고?

광기가 일렁이는 마뇌의 눈과 시선이 마주친 나는 고개를 숙였다.

―그럴 리가 있겠습니까.
―클클. 농담이었다. 그래도 괜한 호기심으로 스스로 명을 단축하지 말거라. 너는 사대악인을 완성하는 데만 신경 쓰면 될 일이다.
―예.
―자, 이 안에서 근골이 있는 아이들을 추려내 보거라. 몇몇은 실험 삼아 내가 직접 가르칠 것이야.
―…….

그것은 전생에 마뇌와 관련된 기억 중에서도 가장 끔찍한 기억 중 하나였다.
나는 죽기 전 고통에 울부짖던 조막생의 얼굴을 떠올리며 이를 갈았다.

"마뇌. 정말 네가 살아 있는 거냐? 아니면 혈교의 잔당들이 네가 남긴 유산을 이어받아 이런 짓거리를 벌이는 거냐."

조막생은 죽어 마땅한 악인이었다. 탈혼대법을 각성해 마인으로 변하지 않았더라도, 녀석은 훗날 수많은 양민을 해치는 마두가 되었을 확률이 높았다.

하지만 그게, 녀석의 성정이 타고난 악인이었기 때문일까?

그럴 수도 있지만, 멀쩡한 어린아이를 납치해 뇌를 가르고 마공을 심어 넣어 엉망으로 만들었기 때문은 아니었을까?

―크히히히! 죽여, 다 죽일 거야, 날 고아라고 무시한 놈들……!

고아로 자라지 않았다면, 그 녀석은 아주 평범한 운명을 살았을지도 모른다.

"……이제 와서 가정해 봐야 아무 의미도 없겠지만."

나는 시체의 흔적을 최대한 지웠다. 찢어진 옷가지를 모아 태우고, 신분을 알아볼 수 있을 만한 흔적도 모두 없앴다. 그 모든 작업을 끝내니 어느새 새벽이 밝아오고 있었다. 입고 온 흑의무복에 피 냄새가 진하게 배었다.

"후우……. 돌아가면 옷부터 갈아입어야겠군."

몸보다는 정신이 더 피곤했다. 나는 몸을 돌려 터덜터덜 백룡장을 향해 걸었다. 경공을 펼쳐서 빨리 갈 수도 있었지만, 일부러 천천히 걸었다. 머릿속이 복잡해서 생각을 정리할 시간이 필요했다.

'청천에게 혈우마공을 건넨 놈, 위지천이 가짜 무극검을 익히게 한 놈, 헌원세가에서 벌어진 광마혈사, 그리고 탈혼대법까지…….'

이쯤 되면, 혈교가 다시 무림에 피바람을 몰고 올 준비를 하고 있다는 것을 모르는 것이 바보다. 놈들은 정체를 숨긴 채 수십 년 이상 힘을 모은 것이 틀림없었다. 아마도 이미 상당한 세력을 이루었겠지.

"……미치겠군."

나는 누구보다 혈교에 대해서 잘 안다. 지금도 혈교의 잔당을 찾고 있는 무림맹보다, 혈교의 후예를 자처하는 놈들보다도 잘 알 것이다. 그래서 한눈에 청천이 익힌 마공을 알아보았고, 낭인시장에서 위지열의 정체를 눈치챌 수 있었다. 헌원세가의 혈사에 혈교가 개입한 것도, 탈혼대법도, 오직 나만 알아볼 수 있는 것이다.

'탈혼대법을 펼치려면 엄청난 자금과 많은 고수들이 필요해. 그걸 다 어디서 구했을까?'

자금과 고수. 따로따로 구하기도 힘들지만, 둘을 동시에 구하는 것은 몇 배로 어렵다.

정파 세력으로 치면 최소한 구대문파나 오대세가쯤은 되어야 그만한 여력이…….

그 순간, 나는 조막생이 했던 말 중 하나를 떠올렸다.

—몰라, 모른다고! 혈교라니. 애초에 난 고아야……. 무공은 고아원에서, 그 후에 남궁세가에서 배웠어…….

남궁세가(南宮世家). 오대세가의 수좌이자 천하제일검문을 말할 때 항상 첫 손에 꼽히는 명문세가. 그들이 지닌 무력은 구파일방과도 충분히 자웅을 겨룰 만큼 강하다.

'조막생이 남궁세가 근처의 고아원에서 자란 게 우연일까?'

지나친 억측일지도 모른다. 아무도 모르게 꿀꺽 집어삼키기엔, 남궁세가는 너무 큰 세력이니까. 하지만 만에 하나 내 억측이 일부라도 맞다면…….

'그 고아원이란 곳엔 언젠가 한번 가 봐야겠군.'

지금 당장은 어렵다. 입관 시험도 남아 있고, 내가 갑자기 휴가를 내고 떠난다면 이상하게 생각할 사람들도 있다. 예를 들면, 남궁수라든가.

'혈교의 뒤를 캐기엔 내 무공도 아직 부족하다.'

가장 중요한 것은 내 정체를 놈들에게 드러내지 않는 것이다. 내가 무슨 의협심 가득한 협객도 아니고, 괜한 위험을 자초하고 싶은 생각은 없었다. 다만, 이번 생에서는 혈교라는 악연을 완전히 끊고 싶을 뿐이다.

"마뇌. 만약에 네가 아직 살아 있다면……."

꽈악……. 나도 모르게 검을 쥔 손에 힘이 들어갔다.

"이번에야말로 확실하게 끝장을 내 주지."

다행히도, 새벽의 차가운 공기가 뜨거워진 머리를 식혀 주었다.

"후우……."

운기조식을 끝낸 공손수는 천천히 눈을 떴다. 시간은 꼭두새벽이었다. 아직 백룡장에서 잠에서 깬 사람은 아무도 없었다.

"어르신. 조금 더 주무시는 게 낫지 않겠습니까?"

자신과 흑영만 빼면 말이다.

"허허. 늙어서 그런지 잠이 안 오는구나. 너야말로 나 때문에 이 새벽에 고생이구나."

"괜찮습니다. 하루 이틀 일도 아닌데요."

살짝 투정 부리는 듯한 그녀의 말투에 공손수는 빙그레 웃었다. 불과 며칠 사이에, 흑영은 자신의 감정을 솔직하게 드러내는 일이 많아졌다.

'이것도 백 선생 덕분이로군.'

강제로 휴가를 보낸 날, 백수룡이 흑영을 만나 고민 상담을 해 줬다는 걸 알고 있었다.

'참으로 고마운 사내로다.'

차마 자신의 입으로는 할 수 없었던 얘기를 대신 해 주었으니 말이다.

공손수가 몸을 일으키며 말했다.

"중요한 날이니 오늘은 깨끗하게 목욕재계를 해야겠다."

"그러실 것 같아서 미리 따뜻한 물을 받아 놨습니다."

"허허. 네가 시집가면 내가 참으로 서운할 게야."

"예? 갑자기 시집이라니……."

"설마 안 갈 셈이었더냐."

"……생각도 해 본 적 없는데요."

공손수가 짓궂게 웃으며 그녀를 바라봤다.

"지금부터 미리미리 찾아보거라. 네 인물이 모자란 것도 아니고, 능력이 부족한 것도 아니고. 마음만 먹으면 괜찮은 사내들이 줄을 설 것이다. 뭣하면 내가 중매라도 서 주랴?"

"됐으니 빨리 씻으러 가세요!"

찰싹! 등짝을 얻어맞은 공손수가 욕탕으로 들어갔다. 그가 깨끗이 목욕재계를 하는 동안, 흑영은 밖에서 호위를 섰다. 공손수는 천천히 몸을 씻으며 문밖에 있는 흑영에게 말했다.

"시간이 참으로 빠르구나. 벌써 약속한 한 달이 지나다니."

"……그러게 말이에요."

오늘, 공손수는 청룡학관 입관 시험을 치른다. 처음에는 스스로 생각해도 터무니없는 도전이라고 여겼던 일이지만, 이제는 충분히 해볼 만하다는 자신감이 생겼다. 전부 한 사내의 가르침 덕분이었다.

"백 선생은 안 돌아왔느냐?"

"지난밤에 나가서 아직입니다."

"흐음. 분명 훌륭한 사내인데 은근히 음흉한 데가 있단 말이지. 그 야밤에 나가서 무엇을 하길래 아직도 안 들어올꼬……?"

"……한번 알아볼까요?"

"되었다. 다 큰 사내의 사생활을 침해해서야 되겠느냐. 아니면…… 혹시 네가 궁금한 게냐?"

"……예?"

"오호라?"

황궁에서 수많은 암투와 권모술수를 수십 년 넘게 경험한 공손수였다. 흑영의 말투에서 미묘한 변화를 알아차리지 못할 리 없었다.

"너 설마……."

"아닙니다."

"허허……."

"……아닙니다."

"허허허허!"

"아니라니까요!"

욕탕에 들어와 있어서 다행이었다. 옆에 있었다면 흑영에게 등짝을 몇 번은 더 얻어맞았을 것이다.

"하아……. 마음대로 생각하세요. 어차피 제가 뭐라고 말해도 놀리실 거잖아요."

"푸헐헐헐. 청춘이야. 청춘이로구나."

껄껄 웃으며 몸을 씻던 공손수가, 문득 씁쓸한 미소를 지으며 말했다.

"밀서가 도착했더구나."

"……읽어 보셨습니까?"

"보았다. 다행히 시험은 치르고 떠날 수 있을 것 같구나."

"……채비를 해 두겠습니다."

잠시 후, 목욕을 끝낸 공손수는 깨끗한 옷으로 갈아입었다. 오늘만은 때가 꼬질꼬질하게 낀 훈련용 회색 무복이 아닌 새하얀 무복을 입고, 이마에는 영웅건을 단단히 맸다. 마지막으로 허리춤에 검을 차고 거울을 보니 제법 그럴듯해 보였다.

"흐아암. 할아범. 일찍도 일어났네."

"좋은 아침입니다……."

그즈음 헌원강과 위지천도 일어났다. 둘 다 눈에서 눈곱을 떼지도 않고 바로 씻으러 갔다.

공손수는 홀로 마루에 나와 앉아 대문을 바라봤다. 잠시 후, 밤에 나갔던 백수룡이 대문을 열고 들어왔다.

"백 선생. 이제 오는가?"

"……어르신. 일찍 일어나셨네요."

공손수는 오늘따라 유독 피곤해 보이는 백수룡을 물끄러미 바라봤다. 그의 몸에서 피 냄새가 진동했다. 하지만 굳이 그것을 아는 척하지 않았다.

"표정이 좋지 않군. 무슨 고민이라도 있는 겐가?"

"……티가 많이 납니까?"

"보통 사람은 못 알아볼 것이네."

하지만 공손수는 보통 사람이 아니었다. 무공을 제대로 익히지 못했을 뿐, 그가 가진 직감과 통찰력은 무학의 대종사에 못지 않았다.

"고민이 있거든 말해 보게나."

"누구한테 말할 수 있는 내용이 아닙니다."

백수룡도 그런 사실을 알기에 굳이 숨기지 않았다. 그저 어깨를 으쓱하며 씩 웃을 뿐이었다.

"자네가 말하고 싶지 않다면 굳이 더 묻지는 않겠네. 그 대신……."

공손수는 자리에서 일어나 백수룡에게 걸어갔다. 그는 이 능구렁이 같은 청년도 심각한 고민을 한다는 것이 신기하고, 또한 기꺼웠다. 드디어 이 청년에게 받은 은혜를 갚을 기회가 생겼기 때문이었다.

'고작 만 냥으로는 어림도 없지.'

공손수는 백룡장을 떠나기 전에 이런 기회가 와서 참으로 다행이라고 생각하며 말했다.

"내 자네의 부탁이라면, 어떤 부탁이든 한 번은 무조건 들어주겠네. 이건 내가 죽기 전까지 유효한 약속이네."

"예?"

"어르신!"

백수룡은 놀라서 눈을 깜빡였다. 옆에서 듣고 있던 흑영도 깜짝 놀랐으나, 이내 한숨을 푹 내쉬며 고개를 절레절레 저었다.

"저기, 어르신. 제가 아주 곤란한 부탁이라도 하면 어쩌시려고 그런 약속을 하십니까?"

"자네가 잘 모르나 본데, 나를 곤란하게 할 부탁은 많지 않아."

껄껄 웃은 공손수는 "그럼 그리 알게."라고 말하며 백수룡을 어깨를 툭툭 두드린 후 돌아섰다.

그리고 이제 막 씻고 나오는 헌원강과 위지천에게 웃으며 말했다.

"다 같이 아침 식사나 하자꾸나. 꼭두새벽부터 일어났더니 배가 아주 등가죽에 달라붙겠어. 허허허!"

다섯 사람이 모여 아침 식사를 한 후, 그들은 함께 백룡장을 나섰다.

그것이 그들이 함께한 마지막 아침 식사였다.

79화
저분이 왜 여기에?

입관 시험 날 아침. 청룡학관 주변에는 아침부터 엄청난 인파가 몰렸다.
"떡 사세요! 따끈따끈한 합격떡 사세요!"
"합격 기원 부적입니다! 시험 보러 가기 전에 주머니에 넣고 가세요!"
"시험 보러 가기 전에 아침으로 든든한 국밥 한 그릇 하고 가!"
도시 전체가 평소보다 훨씬 이른 아침을 맞이했다. 청룡학관 입관 시험 지원자들을 상대로 한 장사치들이 좌판을 벌였고, 흔치 않은 구경에 수많은 구경꾼들이 몰려나왔다.
"저길 봐! 소림이다!"
"바보야. 대머리면 다 소림인 줄 알아?"
"칫. 아니면 말고……."
"도사님! 도사님께서는 혹시 무당파에서 오셨나요?"
"크흠. 속가제자입니다만……."
자기들보다 몇 살 더 많은 젊은 무인들을 구경하려고 나선 눈이 초롱초롱한 아이들까지 도시를 누비며 재잘거렸다. 도시 전체가 들썩들썩

축제 분위기였다. 평소라면 무례한 질문에 눈살을 찌푸릴 무인들도 오늘만은 그냥 웃으며 넘어갔다.

상대가 무림에 무지한 아이들이기도 했고, 중요한 시험을 앞두고 청룡학관 앞에서 언성을 높여서 좋을 것은 하나도 없었으니까.

청룡학관의 문은 아직 열리지 않았다. 그 앞에서 시험을 앞둔 무인들과 그들의 가족, 친구, 지인들이 인사를 나누고 있었다. 곳곳에서 비장한, 눈물 어린, 낯 뜨거운 광경이 벌어지고 있었다.

"아들아! 꼭 합격해야 한다!"

"아버님! 소자 합격하여 반드시 청룡패를 가지고 돌아오겠습니다!"

"오냐! 꼭 합격해야 한다! 너 하나 무인으로 키우겠다고 들인 돈을 생각하면……. 컥! 부, 부인!"

"당신은 애 앞에서 못 하는 말이 없어요!"

아들과 뜨거운 포옹을 나누는 부모님부터 시작해서.

"오라버니. 이렇게 청룡학관에 가 버리시면 저는 어찌하나요……."

"연매. 울지 마시오. 우리가 영원히 헤어지는 것도 아니지 않소?"

"소녀는 오라버니가 청룡학관의 여학생과 눈이 맞을까 걱정입니다……."

"무슨 그런 걱정을 한단 말이오. 세상에서 가장 어여쁜 내 여인을 두고 내가 왜……."

"행여 딴 년이랑 바람피우기만 하세요. 제가 손수 찢어 죽이러 가겠습니다."

"크, 크흠. 연매의 그런 화끈한 모습에 내가 반한 것이오."

영원한 사랑을 약속하는 철없는 연인들.

"제자야. 떨지 말고 가서 실력의 반만 보여 주고 오너라. 그럼 떨어지고 싶어도 떨어질 수가 없을 게다."

"예! 다녀오겠습니다, 스승님!"

제자의 어깨를 두드리며 응원해 주는 스승까지. 신입생 지원자들의 가족, 친구, 스승, 지인들이 입관 시험이 시작되기 전에 인사를 나누고 있었다.

"허허. 좋구나."

청룡학관의 건너편. 비싸기로 유명한 객잔의 가장 높은 층에서 청룡학관을 내려다보는 청년이 있었다. 청년의 반대편에 앉은 사내가 물었다.

"무엇이 그리 좋으십니까?"

"꿈을 향해 나아가는 젊은 무인들의 얼굴이 보기 좋구나. 올해는 어떤 재능 있는 아이들이 왔을꼬."

노인네 같은 말투와 달리, 청년은 많아 봤자 이십 대 중반 정도의 나이로 보였다.

객잔에 다른 사람들이 있었다면 그 모습을 이상하게 생각했겠지만, 그들이 한 층을 통째로 전세 낸 터라 시선을 던지는 이는 없었다.

청년의 반대편에 앉은 사내가 말했다.

"저들 중 절반은 오늘 짐을 쌀 것입니다. 남은 절반 중 또 절반은 내일 짐을 싸겠지요. 결국 남는 것은 한 줌뿐입니다."

"너는 예나 지금이나 낭만이라곤 없구나. 그런 현실을 이야기하기엔 너무 이르지 않느냐."

"……올해 청룡학관 신입생 지원자가 역대 최대입니다. 달리 말하면, 아무나 쉽게 보고 지원을 했다는 뜻이지요."

"흐음."

"하지만 올해는 다를 것입니다. 제가 청룡학관을 변화시킬 겁니다."

"그래. 그래야지."

창밖에 시선을 두고 있던 청년은 피식 웃더니, 고개를 돌려 자신의 반대편에 앉은 사내를 보았다.

한순간, 그 눈빛이 소름 돋을 정도로 싸늘했다.

"그래야 할 것이다."

"……예."

남궁수는 감히 청년과 시선을 똑바로 마주치지 못하고 고개를 숙였다. 그 순간 드디어 청룡학관의 문이 열리기 시작했다.

쿠구구궁……!

정문 앞에 수문장처럼 꼿꼿이 서 있던 매극렴이 지원자들에게 정숙해 줄 것과 질서를 지켜 입장해 줄 것을 부탁했다. 지원자들이 청룡학관으로 들어가는 모습을 지켜보던 청년도 몸을 일으켰다.

"곧 시작되겠구나. 늦으면 노군상 그 늙은이가 잔소리를 할 테니, 우리도 슬슬 가자꾸나."

"예. 백부님."

청년은 뒷짐을 진 채로 객잔을 나섰다. 남궁수가 한 걸음 뒤에서 공손히 그를 수행했다.

"그러고 보니, 네가 가르친 아이들도 입관 시험을 본다고 하지 않았더냐. 그중 한 명은 본가의 아이로 기억하고 있다."

"실망하시지 않을 겁니다."

"허허. 그래. 그래야지."

남궁수는 청년의 허리춤에서 흔들리는 한 자루 검을 보며 고개를 숙였다. 그 검의 검집에는 '창천(蒼天)'이라는 두 글자가 선명하게 음각돼 있었다.

무림에서 저 검을 가질 수 있는 무인은 한 명뿐이었다.

"우선 본 학관의 입관 시험에 응시해 주신 여러분께 감사의 인사를 드리겠소."

단상에 올라선 노군상은 대연무장을 가득 채운 지원자들을 둘러보았다. 설렘과 두려움, 강해지겠다는 욕망과 미래에 대한 꿈으로 반짝거리는 눈빛들. 젊은 무림의 동량들을 보는 것만으로도 노고수는 흐뭇함을 감출 수 없었다.

하지만 그는 현실을 외면할 생각은 없었다.

"호사가들은 말하오. 청룡학관이 오대학관 중 가장 처진다고. 실제로 우리는 십 년째 천무제에서 최하위를 벗어나지 못하고 있지."

[관주님! 무슨 말씀을 하시는 겁니까!]

입관 시험 전에 지원자들의 사기를 저하시키는 말에, 부관주가 그만하라며 전음을 보냈다. 실제로 지원자들의 표정도 좋지 않았다.

하지만 노군상은 개의치 않고 하고 싶은 말을 계속했다.

"우리의 현 위치가 그렇소. 여러분 중에도, 백호학관이나 주작학관을 가고 싶었으나 현실적인 문제로 하향 지원을 한 이들도 있겠지."

초절정고수의 예민한 기감은 움찔하는 기척들을 놓치지 않았다.

역대 최대 지원자. 듣기에는 좋지만, 그만큼 청룡학관의 문턱이 낮아졌다는 뜻이기도 했다. 노군상의 기세가 일변했다.

"허나 올해는 다를 것이다."

쿵! 청룡학관주가 발을 구르자, 그를 중심으로 거센 기파가 사방으로 퍼져 나갔다. 그 가공할 기세에 지원자들은 솜털이 쭈뼛 솟는 것을 느꼈다. 긴장한 지원자들이 마른침을 꿀꺽꿀꺽 삼켰다.

"청룡학관은 백호학관이나 주작학관에 지원할 실력이 안 되는 이들의 차선책이 아니다. 너희가 그런 안일한 생각으로 왔다면 후회하게 될 것이다."

노군상은 부리부리한 시선으로 단상 아래의 학생들을 바라봤다. 대부분은 그의 눈을 감히 마주치지 못하고 시선을 피했으나, 그중 극히 일부는 당당히 마주 보고 있었다.

'올해는 기대해 봐도 좋겠구나.'

지원자가 많다는 것에는 장점도 있었다. 비록 한 줌뿐이긴 하나, 가릴 만한 옥석들이 보였다. 노군상은 고개를 들어 멀리 있는 강사들을 보았다. 마침 백수룡도 자신을 보고 있었다.

"올해 청룡학관은 다를 것이다. 우리는 천무제에서 전과 다른 결과를 낼 것이다. 나 천수관음 노군상의 이름을 걸고 약속하겠다!"

노군상의 폭탄선언에 강사들이 입을 쩍 벌렸다.

"예, 예?"

"아니, 갑자기 저러시면……."

관주가 나서서 저런 말을 해 버리면 어쩌란 말인가. 그것도 한때는 백대고수로 손꼽혔던 천수관음이라는 별호까지 걸고! 다들 당황하는 가운데, 백수룡이 노군상을 향해 엄지를 치켜세우며 씩 웃었다.

'잘하셨습니다.'

전음은 아니었지만 그런 말을 들은 것 같았다. 노군상은 백수룡과 눈을 마주치며 큭큭 웃었다.

'차마 우승할 거라는 말을 못 하겠구나. 적당히 해야 통할 것 아니냐.'

그는 천수관음이란 별호에는 별다른 애착이 없었다. 학생들에게, 그리고 강사들에게 의욕을 불어넣을 수 있다면 훗날 망신을 당한다 해도 상관없었다.

노군상은 다시 지원자들을 둘러보며 말했다.

"그러니 죽을힘을 다해 주길 바란다. 청룡학관 입관 시험을 쉽게 보고 온 자들이 있다면, 그들은 금방 짐을 싸야 할 것이다!"

"예!"

"알겠습니다."

"명심하겠습니다!"

다행히 의도가 통한 모양이었다. 입관 시험 지원자들의 표정에 한층 더 불이 붙었다. 노군상이 지원자들을 위해 준비한 이야기는 거기까지였다. 그러나 마지막으로 한 가지 선물이 더 있었다.

"청룡학관 입관 시험을 시작하기에 앞서, 귀빈을 한 분 소개하겠소이다. 오늘 특별 심사관으로 함께해 주실 것이오."

특별심사관? 처음 듣는 말에 지원자들의 표정에 의문이 어렸다.

저벅. 저벅. 노군상이 단상 뒤로 물러나며, 뒤쪽에 앉아 있던 청년이 뒷짐을 진 채로 앞으로 걸어 올라왔다.

"천수관음의 이야기는 잘 들었소. 저 친구가 저리 박력 있게 구는 모습은 참으로 오랜만에 보는군."

저 친구? 청년은 기껏해야 이십 대 중반으로 보였다. 팔순이 넘은 노군상에게 하대를 한다는 것은 있을 수 없는 일이었다. 배분만 해도 최소 몇 대는 차이가 날 테니까.

……아니, 그런 일이 가능한 방법이 한 가지 있었다.

"설마……?"

"저분은……."

눈치가 빠른 이들은 경악한 얼굴로 청년과, 그 뒤에 공손히 시립한 남궁수를 바라봤다. 닮았다. 얼굴은 크게 닮지 않았지만, 분위기나 기도가 닮았다. 같은 계열의 무공을 익힌 이들에게서 나타나는 동질감이 있었다.

그 순간 청년이 부드럽게 웃으며 입을 열었다.

"본인은 창천검왕이라는 분에 겨운 별호로 불리고 있는, 남궁제학이라는 사람이올시다."

청년이 자신의 별호와 이름을 댄 순간, 대연무장은 순식간에 혼란의 도가니가 되었다.

"창천검왕!"

"시, 십존!"

"세상에……."

창천검왕(蒼天劍王) 남궁제학. 현 무림에서 가장 강하다는 열 명의 고수, 십존(十尊)의 일인. 검으로는 천하제일을 다투며, 오십 년 전 무림맹이 혈교를 무너뜨릴 때 혁혁한 공을 세운 영웅이었다.

그 창천검왕이 청룡학관에 오다니!

"허허. 뜨거운 환대에 어쩔 줄을 모르겠군. 허나 내 손님으로 와서 소란을 일으키고 싶지 않으니 조금만 정숙해 주시겠소?"

나직한 목소리에 항거하기 힘든 내공이 담겨 흘러나왔다. 그 압도적인 존재감에 떠들던 지원자들이 거짓말처럼 동시에 입을 다물었다.

"청룡학관주의 초대를 받아 이곳에 오게 되었소. 오늘 하루 특별 심사관을 맡아 여러분과 함께할 것이오."

남궁제학은 천무학관의 명예 강사이기도 했다. 가끔 열리는 그의 수업을 듣기 위해서, 천무학관 학생들 간에 비무까지 할 정도였다. 즉, 일타강사 중의 일타강사인 것이다.

남궁제학이 빙긋 웃으며 말을 마무리 지었다.

"모두에게 무운을 빌겠소. 후회를 남기지 않도록 가진 실력을 다 보여주길 바라오."

지원자들의 열기가 그 어느 때보다 뜨겁게 달아올랐다.

"자네의 인기가 엄청나군. 이럴 줄 알았으면 처음부터 자네가 나서게 할 것을 그랬어."

"아직 어린 학생들이 아닌가. 십존이라는 허명이 통하는 것이지."

노군상의 부러운 듯한 시선에 남궁제학이 껄껄 웃었다. 둘은 같은 시대를 함께한 무인이자 친우였다. 젊었을 적에는 종종 만나 비무도 하고, 술도 함께했었다. 세월이 흘러 전처럼 자주 만나지는 못하지만, 둘은 여전히 친우였다.

"초대는 했지만 정말로 올 줄은 몰랐네. 천무학관 일로 바쁘지 않나?"

"나야 바쁠 게 무어 있나. 세가의 아이들이 다 알아서 하는데."

남궁세가는 천하제일검가이기도 하지만, 대대로 오대학관 전체에 많은 강사를 배출해 왔다. 남궁제학은 그 정점에 있었다.

"청룡학관도 언젠가 한 번은 들러야겠다고 생각하고 있었네. 마침 오랜만에 자네에게 연락이 오기도 했고."

"고맙네. 덕분에 저 아이들의 의욕이 크게 올랐어."

두 사람의 시선이 입관 시험이 시작된 대연무장을 향했다.

"하아압!"

"으랏차차!"

열두 개 조로 나뉜 지원자들이 강사들의 입회하에 외공, 내공, 체력 시험을 치르고 있었다.

곳곳에서 들려오는 우렁찬 기합 소리에 노군상이 흐뭇하게 웃었다.

"올해의 청룡학관은 달라. 자네도 놀라게 될 것이네."

"호오. 부디 그랬으면 좋겠군."

여유롭게 웃는 남궁제학의 모습에, 노군상이 제안했다.

"못 믿겠다는 표정이군. 내기라도 하겠나? 나는 자네가 놀란다는 데 걸지."

"이 친구가 뭘 믿고 이리 자신만만한지 모르겠군. 좋지. 뭘 걸 텐가?"

"이 나이에 술 내기 말고 할 게 더 있나?"

남궁제학은 껄껄 웃으며 고개를 끄덕였다.

천무학관 학생들에게 적응된 남궁제학의 눈은 매우 높았다. 그보다 한

참 떨어지는 청룡학관 지원자들의 실력이 성에 찰 리 없었다.

'이곳에서 수석을 차지할 아이도 천무학관에선 범재에 불과할 것이다.'

노군상의 자존심이 상할까 말은 하지 않았지만, 지원자들의 수준은 아까 대충 파악해 둔 터였다. 청룡학관은 올해도 천무제에서 고전을 면치 못할 것이다. 남궁제학이 편안한 마음으로 대연무장을 둘러볼 때였다.

"12조 85번 지원자!"

"예! 여기 있습니다!"

당당히 앞으로 나서는 한 노인이 눈에 띄었다. 눈처럼 새하얀 무복에 이마에 질끈 동여맨 영웅건. 자신과 비슷한 연배의 노인인 것만으로도 눈에 띄는데, 남궁제학은 그 얼굴이 어쩐지 낯이 익었다.

'어디서 본 것 같은데……?'

그때 노인이 절도 있게 포권을 취하며 외쳤다.

"백룡장 제1기 졸업생 공손수라 하외다. 잘 부탁드리겠소!"

그 순간, 남궁제학은 자기도 모르게 자리를 박차고 일어났다.

"저, 저분이 왜 여기에!"

시작하자마자 내기에서 져 버린 창천검왕이었다.

80화

대체 스승이 누구야?

"저분이라니? 저기 하얀 무복 입은 노인 말하는 건가? 자네가 아는 사람이야?"

다행인지 불행인지, 노군상은 저 노인의 정체를 모르는 듯했다.

"그것이……."

남궁제학은 뒤늦게 아차 싶었다.

'일부러 정체를 숨긴 거라면…….'

함부로 정체를 알려서 노인의 심기를 불편하게 해서는 안 된다. 빠르게 생각을 정리한 남궁제학이 헛기침을 하며 말했다.

"내가 잘못 봤네. 돌아가신 외조부님과 닮아서 깜짝 놀랐지 뭔가."

"외조부?"

남궁제학이 대충 둘러댄 변명에, 노군상이 눈을 가늘게 뜨며 말했다.

"내 자네를 안 지 50년이 넘었는데, 돌아가신 외조부 얘기는 처음 듣는군."

"돌아가신 지 60년쯤 되었네. 허허허! 외조부가 나를 참 예뻐하셨는데……."

"그걸 믿으라고? 쯧. 알았네. 곡절이 있는 듯하니 내 못 들은 셈 치지."

"……고맙네."

더 이상 캐묻지 않는 노군상의 태도에 남궁제학은 고마움을 느꼈다. 그러나 노군상의 말은 거기서 끝이 아니었다. 노군상이 능글맞게 웃으며 남궁제학의 어깨를 툭툭 쳤다.

"아무튼 내기는 내가 이겼으니 말일세. 남창에서 제일 비싼 주루를 예약할 테니 각오해야 할 게야."

"끄응……. 알았네."

남궁제학은 떨떠름한 표정으로 고개를 끄덕였다. 돈은 아깝지 않았으나, 내기에서 졌다는 사실이 영 찝찝했다. 하지만 천하의 창천검왕을 놀라게 할 일들은 이제 시작에 불과했다.

• ❖ •

청룡학관 입관 시험은 크게 오전과 오후로 나뉘어 있었다. 오전에는 지원자의 기초체력, 내공, 외공의 수준이 어느 정도인지 강사들 앞에서 증명하는 시험. 오후에는 필기시험, 학생회 선배들과의 실기 대련이 준비돼 있었다.

"하아아압!"

기합을 넣으며 땅을 박찬 공손수가 공중에서 몸을 회전시켰다.

획획획획!

그는 동서남북 모든 방위에 모두 검을 찔러 넣은 후, 한 마리 학처럼 우아하게 바닥에 내려섰다.

"후우우……."

천천히 심호흡을 한 공손수는 검을 천천히 검집에 넣었다.

준비해 온 마지막 초식의 시연이 모두 끝났다.

자세를 바로 한 공손수가 심사관들을 향해 정중히 포권을 취했다.

"……이상입니다."

"수고하셨습니다."

두 심사관의 표정은 좋은지 나쁜지 도통 알 수가 없었다. 그들은 앞에 놓인 종이에 무언가를 휙휙 휘갈기더니, 자기들끼리 귓속말을 나눴다.

공손수가 조금 초조한 표정으로 그들을 바라보다 말했다.

"저, 심사관님. 아까 초식 하나를 중간에 깜빡 생략했는데, 기회를 주신다면 지금이라도 펼쳐 볼 수……."

"불가합니다. 다음 지원자 올라오시오!"

"……."

자리에서 내려온 공손수는 땀이 줄줄 흐르는 이마를 소매로 닦으며 한숨을 푹 쉬었다.

"후우……. 쉽지 않구나."

체력 시험은 간신히 턱걸이로 합격점을 넘었다. 내공은 오래전부터 영약을 밥 먹듯이 먹어온 터라 자신이 있었다.

백 선생도 이렇게 말했다.

─어르신의 내공은 지원자들 중에서도 상위권입니다.

내공 시험은 물 항아리에 가득 찬 물을 내공으로 넘쳐흐르게 하는 것이었는데, 공손수는 보통의 학생들보다 몇 배는 많이 흘러내리게 했다. 하지만 문제는 방금 치르고 나온 마지막 외공 시험이었다.

'시간이 조금만 더 있었다면…….'

특출한 재능이 있지 않은 한, 여러 초식의 형을 완벽하게 익히기엔 한 달은 짧은 시간이었다.

그리고 공손수는 천재가 아니었다.

'허어. 비무에서 한번 이겼다고 자만했던가.'

얼마 전 유능제강(柔能制剛)의 묘리를 살려 조막생과의 비무에서 승리하긴 했지만, 그것은 선공과 심리전이 어우러진 결과이지 공손수의 무공이 특출해서는 아니었다.

또한 백수룡이 공손수에게 가르친 검은 부드럽고 유연한 검이어서, 다른 학생들의 초식과 비교하면 다소 밋밋했다.

"끄응. 당당하게 합격하고 오겠다고 말했는데 떨어지면 부끄러워서 어쩌누……. 아니. 이런 생각을 하면 안 되지."

공손수는 스스로의 뺨을 찰싹찰싹 때리며 불안한 생각을 털어냈다.

오전 시험은 이제 거의 막바지였다.

백 선생은 바쁘고, 위지천과는 조가 달라서 공손수는 한동안 혼자였다. 잠시 여유가 생긴 그는 잠시 다른 학생들이 시험을 치르는 모습을 구경했다.

"하아아압!"

"타하앗!"

땀방울을 흘리며 검을 휘두르는 젊은이들이 지금처럼 부러웠던 순간이 없었다. 탄력 있는 근육과 튼튼한 관절, 건강한 신체는 하늘이 내린 축복이었다.

"부럽구나. 부러워. 내 삼십 년만 젊었어도……."

잠시 후, 입관 시험을 총괄하는 매극렴이 내공을 담아 외쳤다.

"이것으로 오전 시험을 끝마치겠소! 지원자들은 한 시진 동안 휴식 후 다시 이곳에서 집합하시오!"

한 시진의 휴식이 주어졌다. 오전 시험을 끝낸 지원자들은 학관 밖에서 기다리고 있는 가족이나 친구들을 만나기 위해 일제히 밖으로 나갔다. 공손수도 청룡학관 밖으로 나가기 위해 발걸음을 서둘렀다.

점심은 백룡장 동기들과 모여서 함께하기로 약속돼 있었다. 만나서 시험도 복기하고, 오후에 있을 실기 대련에 관해서 이야기를 나눌 예정이었다.

[승상.]

청룡학관을 나서자마자 들려온 전음만 아니었다면 말이다.
표정이 굳은 공손수가 제자리에 멈춰 섰다.

"누구……?"
전음 자체는 공손수도 사용할 수 있을 정도로 그리 어려운 기예가 아니지만, 그것이 들려오는 방향은 짐작조차 할 수 없었다. 그것은 상대가 기의 흐름을 숨길 수 있을 정도로 대단한 고수라는 의미였다.

[잠시 이야기를 나눌 수 있겠습니까? 왼편에 있는 골목으로 들어오시면 됩니다. 해를 끼칠 마음은 조금도 없습니다.]

공손수는 잠시 고민하다가 목소리가 시키는 대로 했다. 목소리에서 무척 조심하는 기색이 느껴졌기 때문이었다.
"누가 날 부른 게요?"
공손수가 골목으로 들어서며 말을 걸자, 어둠 속에서 스르륵 한 청년이 모습을 드러냈다.
그는 창천검왕 남궁제학이었다.
"저 남궁제학입니다. 전에 한번 뵌 적이 있는데, 기억하시겠습니까?"
무림인들이 보았다면 경악을 금치 못했을 장면. 무림에서의 배분과 명성, 실력. 창천검왕이 이렇게까지 예의를 갖출 상대는 전 무림을 통틀어도 다섯을 넘지 않았다. 하지만.

"남궁 대협이셨구려. 물론 기억하고 있습니다. 아까 대연무장에서도 알아뵈었는데……. 허허. 아는 척할 수 없었던 것은 이해해 주십시오."

공손수는 남궁제학의 태도를 당연하게 받아들였다. 상대가 자신의 정체를 아는 자라면 당연한 일이었으니까.

"허! 정말 승상이셨군요."

오히려 남궁제학의 표정이 귀신이라도 본 것처럼 놀라고 있었다.

"어떻게 이곳에 계신 것입니까. 몸이 편찮으셔서 요양 중이라는 말씀은 들었습니다만……."

관무불가침이라는 말이 있지만, 남궁세가는 황궁에도 연줄을 대고 있었다. 그들은 막강한 무력과 자금력으로 여러 권력자들과 친밀한 관계를 유지했다. 하지만 공손수는 그런 남궁세가에서도 감히 건드리지 못하는 존재였다.

'황제의 스승…….'

현재는 일선에서 물러나 은퇴하였으나, 공손수는 과거 일인지하 만인지상의 지위인 승상을 지낸 인물이었다. 그는 현 황제가 어릴 때부터 이십 년 이상 보필했으며, 학문과 정신의 스승이기도 했다.

─승상은 어릴 적 돌아가신 선왕 폐하를 대신해 과인을 길러 준 마음의 어버이요. 다들 그리 아시오.

황제가 공공연한 장소에서 그리 말할 정도였으니, 공손수에 대한 신임이 얼마나 두터운지는 더 말할 필요도 없었다. 그를 시기한 정적들이 여러 번 암살을 시도했으나, 매번 살아남아 상대를 거꾸러뜨린 철혈의 재상이기도 했다.

'몸이 좋지 않다는 이유로 모처에서 요양 중이라 들었는데…….'

남궁제학의 의문 가득한 표정에 공손수가 허허로운 웃음을 터트렸다.
"어쩌다 보니 그리되었습니다. 사실 이곳이 제 고향이지요."
"어째서 청룡학관 시험을…….."
남궁제학의 질문에 공손수는 민망한 웃음을 지었다.
"어린 시절 꿈이었지요. 죽기 전에 한번 도전해 보고 싶었습니다. 허허. 주책인 건 알지만 너무 나무라진 마십시오."
"제가 어찌 감히 승상을 나무라겠습니까. 헌데, 실례지만 승상께서는 몸이…….."
두뇌는 비상하지만 선천적으로 신체가 허약하고 탁기가 많이 쌓이는 체질이 있다. 공손수는 그런 체질이었고, 황제는 승상의 건강을 위해 직접 생사신의를 불러 침을 놓고 약을 지으라 명령했다.
'그렇게 했음에도 나날이 건강이 나빠져 몇 년 더 살지 못할 것이라고 들었거늘…….'
저 생기로 가득한 얼굴을 보라. 앞으로 이십 년은 너끈히 정정하게 살 것 같지 않은가!
"고향에 내려오니 심신이 평화로워져서 절로 건강해지지 뭡니까. 허허 허!"
"허허…….."
말도 안 되는 소리였지만 남궁제학은 그저 웃을 수밖에 없었다. 캐물을 수 있는 상대가 아니었으니까.
"헌데 무공은 언제부터 배우신 겁니까? 미리 말씀해 주셨으면 남궁세가에서…….."
"허허. 운이 좋아 훌륭한 스승을 만나 배우고 있소이다."
훌륭한 스승이란 말에 남궁제학의 눈썹이 꿈틀거렸다.
"예? 혹시 그 스승의 이름을 알 수 있…….."
그때였다.

"아 맞다니까! 아까 할아범이 저 골목으로 들어갔다고!"

"정말이에요?"

멀리서 들려온 목소리에, 두 사람이 동시에 고개를 돌렸다. 공손수가 곤란한 표정으로 남궁제학에게 말했다.

"남궁 대협. 죄송한데 자리를 좀 비켜 주실 수 있겠습니까? 저 아이들은 내 신분을 모릅니다."

"……저 아이들이 누굽니까?"

"허허. 같은 스승 밑에서 무공을 배운 동기들입니다."

"예?"

"할아범!"

목소리가 한층 가까워졌다. 공손수가 다급한 표정으로 말했다.

"다음에 또 뵙지요. 남궁 대협. 오늘 저를 본 것은 비밀로 해 주실 게지요?"

부드럽지만, 결코 부탁이라고 할 수 없는 눈빛에 남궁제학은 고개를 끄덕였다.

"물론입니다. 그것은 걱정하지 마십시오."

"허허. 그럼 살펴 가십시오."

낯선 기척이 골목으로 들어오기 직전, 남궁제학은 공손수 앞에서 모습을 감췄다.

스르륵. 따로 은신술을 배우지는 않았지만, 남궁제학과 같은 고수에게 존재감을 감추는 것은 간단한 일이었다. 하지만 남궁제학은 바로 자리를 떠나지 않았다. 공손수가 말한 동기들이 누구인지 궁금했기 때문이다. 잠시 후, 한 청년이 골목 안으로 들어섰다.

"할아범! 역시 여기 있었네."

바로 헌원강이었다. 공손수는 벽 앞에서 바지춤을 추켜올리는 척을 하며 능청을 떨었다.

"허허. 소피가 급해서 잠깐 들어왔다. 마침 나가려던 참이었거늘."

"뭐야. 오줌 누러 온 거였어? 난 또 할아범이 골목으로 들어가 안 나와서 놀랐잖아."

"놀랄 건 또 뭐가 있느냐?"

"……조막생 같은 양아치가 또 있을지 어떻게 알아."

괜한 걱정을 했다며 입을 삐죽이는 헌원강의 등을 공손수가 껄껄 웃으며 두드렸다.

"내 원강 선배 덕분에 든든하다니까."

"젠장. 몇 번이나 말했거든. 원강이 아니라 강(强)! 외자라고!"

헌원강의 사나운 표정을 지으며 으르렁거렸다. 그 건방진 말투에, 숨어서 지켜보던 남궁제학이 눈을 부릅떴다.

'미친놈이구나. 삼대가 멸하고 싶지 않고서야 감히 승상에게 저리 오만불손한……. 으음?'

그 순간 남궁제학의 눈이 다른 의미로 커졌다. 가까이에서 본 헌원강의 탄탄한 육체에 절로 감탄이 나올 뻔했다. 아직 완성되려면 멀었으나, 대단한 잠재력이 느껴졌다.

'허어. 자질만 보면 천무학관에서도 찾기 힘든 아이로군.'

창천검왕 남궁제학의 놀라움은 거기서 끝이 아니었다. 헌원강보다 조금 늦게, 위지천이 골목 안으로 들어왔다.

"할아버지. 괜찮으세요?"

그 선한 얼굴의 소년을 본 순간, 남궁제학은 벼락이라도 맞은 듯 몸을 떨었다.

'!'

아니, 실제로 벼락이 눈앞에 떨어졌어도 십존을 이처럼 놀라게 할 수는 없었다.

'어찌 이런……!'

얼마나 놀랐는지, 하마터면 은신이 깨져 망신을 당할 뻔했다. 위지천을 본 순간, 남궁제학은 한 자루 검을 떠올렸다.

'벌써 마음에 검을 품고 있다니.'

당장이라도 저 아이에게 검을 휘둘러 보라고 말하고 싶었다. 그 옆에 공손수만 없었다면, 분명히 그리했을 것이다.

"허허. 천이도 왔구나. 너도 나 때문에 온 게냐?"

"원강 선배님이 갑자기 먼저 뛰어가서……."

"강! 강이라고!"

"허허. 괜히 걱정을 끼쳐 미안하구나. 배가 고플 텐데 얼른 가자꾸나."

"그런데 흑영 누이는 어디 갔어요?"

"누굴 좀 만나고 오라고 보냈다. 오후 시험까진 돌아올 게야. 자자, 가자꾸나."

공손수는 두 소년의 등을 떠밀면서 서둘러 골목길을 빠져나갔다.

그리고 잠시 후…….

스르륵. 세 사람이 떠난 자리에 나타난 남궁제학이 멍한 얼굴로 중얼거렸다.

"저 셋이 동기라고?"

황제의 스승. 보기 힘든 재능을 가진 도객. 마음에 검을 품은 소년. 이 세 명의 스승이 한 명이란다.

"대체…… 저들의 스승이 누구란 말인가."

남궁제학은 그 정체를 반드시 알아내야겠다고 다짐했다.

그 시각, 백수룡은 밥도 못 먹고 과중한 업무에 시달리고 있었다.

81화
우리는 승상을

고만고만해 보이는 나이대의 두 소년이 핏대를 세워 가며 소리를 질러 댔다.
"저쪽에서 먼저 시비를 걸었다니까요!"
"웃기지 마! 네가 먼저 노려봤잖아!"
"너? 몇 살인데 반말이야, 이게!"
"열한 살이다! 넌 몇 살인데!"
우리가 오기 전에 벌써 한바탕했는지 둘 다 옷이 찢어져 있고, 입술이 터지고 얼굴에 멍까지 들었다. 객잔 안은 엉망진창이었다.
"너, 우리 아빠가 누군 줄 알아?"
"몰라! 그리고 우리 아빠가 더 세거든! 기다려, 우리 아빠 금방 올 테니까!"
"아닌데! 우리 아빠가 더 빨리 올 건데! 우리 형 시험 끝나면 바로 여기로 데려올 거거든!"
"우리 누나가 더 세거든!"
두 소년의 유치찬란한 대화는 기어이 아빠 엄마 형 누나까지 소환하기에 이르렀다. 나는 주변에서 느껴지는 민간인들의 시선에 부끄러움을 느끼며 중재에 나섰다.

"두 사람. 일단 진정하고 차분하게 대화를 통해서 문제를……."

난 정말이지 차분하게 대응하려고 했다고.

"아저씨는 빠져요!"

"사나이 대 사나이의 자존심이 걸린 문제라고요! 밖으로 나와! 생사결이다!"

"좋아! 내 검에는 눈이 없으니 조심하도록."

이 핏덩이들은 객잔을 엉망진창으로 만든 것도 모자라서, 감히 민간인들도 지켜보는 앞에서 살벌한 쇠붙이를 꺼내려 하고 있었다.

내가 아무리 성격이 보살이라도 이건 못 참지. 안 그래?

"형님. 참아요. 애들이잖아요……."

내 옆에서 악연호가 내 표정을 보고 말리려 들었지만, 나는 녀석의 팔을 뿌리치고 두 핏덩이를 향해 걸어갔다.

뭐 생사결? 검에는 눈이 없어?

나도 모르게 헛웃음이 새어 나왔다.

"너희 지금 칼 뽑았지? 무림맹법 3조 5항, 시가지에서 병장기를 꺼내든 자는 무림맹에서 허가한 자격을 소지한 자에 의해 무력 진압 후 관아로 이송할 수 있다. 따라서 본 강사는 너희들을 제압해 관아에 넘기겠다. 이해했나?"

"무슨……."

"뭐, 뭐라고?"

이해 못 해도 상관없었다. 두 핏덩이는 내가 무력을 행사할 명분을 줬고, 나는 기꺼이 사랑의 매를 들었다.

빠악! 빠악! 빠바박! 신명 나는 매타작에 두 핏덩이가 "악! 윽! 엑! 억!" 곡소리를 내기 시작했다.

짧고 강렬한 훈육의 시간이 지나고, 무릎을 꿇은 두 핏덩이가 두 손을 귀 옆에 붙이고 울먹거렸다.

"잘못했어요……."

"한 번만 봐주세요……."

그때, 두 핏덩이의 아버지라는 인간들이 뒤늦게 객잔에 도착했다.

"감히 우리 아들을!"

"금쪽같은 내 새끼한테 무슨 짓이야!"

상황을 알아볼 생각도 않고, 무릎 꿇은 아들들만 본 두 중년의 사내가 눈이 뒤집혀서는 내게 달려들었다.

더 이상 상대하기도 귀찮아서 나는 악연호의 등을 떠밀었다.

"연호야. 저 양반들은 네가 상대해라."

목을 좌우로 꺾은 악연호가 앞으로 나서며 혀를 찼다.

"자식 교육을 이따위로 시켜 놓고……. 무림맹법 3조 5항에 의거! 당신들은 무기를 뽑았고……. 뒈졌다!"

기억이 나지 않는지 뒤는 대충 생략해 버리는 것 좀 보게. 악연호는 두 사내를 마구잡이로 패기 시작했다.

빠악! 빠바바박!

아까는 나 보고 참으라더니……. 저 녀석도 그동안 직장에서 쌓인 게 많았나 보다.

잠시 후, 우리는 두 부자를 사이좋게 포박해서 관아에 넘겼다.

청천이 떨떠름한 표정으로 네 명의 현행범을 인수했다. 오늘만 세 번째 보는 얼굴이었다.

"……오늘따라 자주 보는군."

"뜨내기들이 워낙 많이 모이니 사고가 끊이질 않아서 말이야. 수고해. 아마 또 올 거야."

돌아서서 관아를 나오는데, 악연호가 내 옆구리를 찌르며 물었다.

"형님. 그런데 진짜 그런 법이 있어요?"

"무슨 법?"

"무림맹법 3조 5항인가 하는 그거요. 시가지에서 무기를 뽑으면……."

나는 한심하다는 표정으로 악연호를 바라봤다.

"세상에 그딴 법이 어디 있냐. 대충 지어낸 거지."

"……예? 왜 그런 거짓말을 해요?"

"저 핏덩이들이 그게 거짓말인 걸 어떻게 알겠냐. 일부러 겁 좀 준 거야. 그리고 주변에서 듣고 있던 다른 지원자 놈들한테도 경고가 되지 않겠냐."

"와, 하여튼 잔머리는……."

악연호는 감탄한 표정으로 날 바라봤다.

뭘 별것도 아닌 걸 가지고 그래.

아무튼 잠시 후, 우리는 관아 밖으로 나왔다. 하지만 얼마 지나지 않아 또 어디선가 고성이 들려왔다.

"뭘 꼬나봐!"

"지금 시비 거는 거냐? 한판 붙을까?"

"문답무용! 칼을 뽑아라!"

멀지 않은 곳에서 또 무림인들 간에 시비가 붙은 모양. 나는 지끈거리는 관자놀이를 꾹꾹 눌렀다.

"하아……."

"미치겠네 진짜."

아무래도 오늘은 관아에 뻔질나게 드나들 것 같다. 동시에 한숨을 내쉰 우리는 소란의 근원지를 향해 경공을 펼쳤다.

· ◈ ·

 사람이 많이 모이면 사고가 나기 마련이다. 게다가 모여 있는 사람들 대부분이 칼 찬 무림인이라면, 곳곳에서 유혈사태가 심심찮게 벌어져도 이상하지 않다. 덕분에 지금 내가 이 고생 중이다. 입관 시험이 치러지는 동안 도시의 치안을 유지하기 위해 무림맹과 관아의 병력이 다수 동원되었고, 청룡학관 임시 강사들도 이 일에 동원되었다. 내가 악연호와 이인 일조를 이루어 오전 내내 순찰을 다닌 것은 그래서였다.
 "……설마 이 정도일 줄은 몰랐다."
 "지원자들만이 아니라 그들의 부모, 형제, 친구들까지……. 하. 별의별 인간들이 사고를 다 치네요."
 우리도 처음에는 문제가 일어나면 좋게 좋게 말로 해결하려 했으나…… 그게 정답이 아니라는 걸 알게 되기까지는 한 시진도 얼마 걸리지 않았다.
 "야만스러운 무림인들 때려잡는 데는 몽둥이가 제격이라니까!"
 "어떤 새끼든 한 번만 걸려라! 본보기로 작살을 내줄 테니까!"
 둘이서 고리눈을 하고 오전 내내 순찰을 돌다 보니, 어느새 해가 중천에 떴다. 당연히 우리도 지쳤다.
 "……밥이나 먹으러 가자. 밥도 못 먹고 뭐 하는 짓이냐, 이게."
 "맞아요. 다 먹고 살자고 하는 짓인데……."
 도시에 사람이 워낙 많아서, 빈 객잔을 찾는 것도 쉽지 않았다. 우리는 도시 외곽의 허름한 객잔을 찾아 겨우 들어가 앉았다. 허기를 반찬으로 소면에 만두를 와구와구 쑤셔 넣자 조금 살 것 같았다. 우리는 음식을 추가로 주문한 후에야 잠시 한숨을 돌렸다.
 "후우. 이제야 좀 살겠다."
 "그런데 형님. 이번에 가르친 과외생은 어떨 것 같아요? 합격하면 만

냥이나 받기로 했다면서요."

악연호가 눈을 빛내며 물었다. 그러고 보니 이 녀석도 그렇고, 동료 선생들 중 누구도 백룡장에 와 본 적이 없었다.

흑영이 한 달 동안 외부인의 출입을 금지해 달라고 요청했기 때문이었다. 어르신의 신변의 안전을 위해서였다.

"글쎄……."

나는 지금쯤 오전 시험을 마치고 나왔을 공손수를 떠올렸다.

한 달 동안 내가 할 수 있는 것은 다 했다. 의욕만 가득할 뿐, 평생 무공하고는 거리가 멀었던 노인은 이제 무복이 제법 잘 어울렸다.

'어릴 때부터 체계적으로 익혔다면 꽤 고수가 되었을지도.'

공손수는 허약한 신체를 타고났지만 그것을 극복할 오성을 지니고 있었다. 만약 그가 부잣집에서 태어났거나 명문세가에서 태어났다면, 체질을 극복하고 무림에 이름을 떨칠 고수가 되었을 것이다. 내가 한 일은 뒤늦게라도 그의 재능을 깨워 준 것이었다. 다행히 몸 안에 영약의 약기가 가득했고, 몸 안의 탁기도 내가 제거해 줄 수 있었다.

─꼭 합격해서 청룡패를 가지고 돌아오겠네.

오늘 아침, 굳은살이 가득한 손으로 검파를 단단히 쥐며 말하던 공손수를 떠올리며 나는 웃었다.

"내 기준에선 이미 합격이야."

"……그럼 시험에서는 떨어질 수도 있다는 거예요?"

나는 황당하다는 표정으로 악연호를 바라봤다.

"뭔 소리야. 내 기준이 얼마나 높은데."

나는 점소이가 새로 내온 요리에 열심히 젓가락을 뻗었다. 악연호도 질세라 젓가락 신공을 발휘했다.

"다른 한 명은요? 위지천인가. 소문은 벌써 어마어마하던데."

"천이? 걔는 걱정 없지. 실력만 보면……."

틀림없는 수석이다. 아직 정서적으로 조금 불안한 면이 있지만, 그건 시간이 더 필요한 부분이다.

'……조금 불안하긴 하지만.'

심마에 의한 주화입마는 어떤 일을 계기로 다시 도질 수도 있고, 극복해서 깨달음을 얻어 더 높은 경지에 오르는 경우도 있다. 위지천은 지금 심마를 극복하는 과정에 있었다. 녀석의 마음속에 있는 검이 신검(新劍)이 될 수도, 잘못하면 마검(魔劍)이 될 수도 있었다.

"언젠가는 천하제일검이 될 녀석이야."

"네네. 제자 사랑이 아주 남다르십니다."

악연호는 내 말이 허풍이라고 생각했는지 고개를 절레절레 저었다.

두고 봐라, 인마. 나중에 나한테 서명 한 장만 받아 달라고 부탁하게 될 테니까.

잠시 후, 우리는 식사를 마치고 자리에서 일어났다.

"잘하면 대련 시험은 볼 수 있지 않을까요? 오후에 교대시켜 준다고 했으니까."

"그것도 운이 좋아야……. 음?"

그때, 나는 객잔의 창밖으로 익숙한 얼굴을 발견했다.

'흑영?'

주변에 공손수나 위지천, 헌원강의 모습은 보이지 않았다. 그 대신 흑영의 옆에는 처음 보는 사내가 말없이 걷고 있었다. 어디에서나 흔하게 볼 수 있는 인상의 중년 사내였는데, 내 시선은 그의 걸음걸이와 부자연스러운 오른팔에 머물렀다.

'상당한 고수. 흑영과 같은 무공을 익혔고, 오른팔은 의수.'

나는 버릇처럼 상대에 대한 정보를 머릿속에 정리하고 그 주변도 살폈다.

"형님? 어딜 그렇게 봐요? 예쁜 처자라도 발견했어요? 혹시 저기 검은 옷 입은 사람?"

정확히 손가락으로 흑영을 가리키는 악연호의 촉도 놀라울 따름이었다. 이 자식은 진짜…….

"연호야. 너 혼자 순찰 좀 돌고 있어라."

"예?"

"난 잠깐 어디 좀 갔다 와야겠다."

"갑자기 어딜요?"

흑영과 사내의 모습이 인파에 파묻히고 있었다. 나는 악연호의 어깨를 툭 치고 말했다.

"확인만 하고 금방 올게."

"땡땡이치다가 학생 주임 선생님한테 걸리면……. 형님? 형님!"

나는 뒤에서 부르는 악연호에게 손을 흔들어준 후, 흑영과 사내의 뒤에서 거리를 두고 멀리서 따라붙었다.

'뭔가 좋지 않은 예감이 들어.'

불행하게도 이런 식의 내 예감은 틀린 적이 없었다. 잠시 후, 두 사람은 지하로 연결된 건물로 들어갔다. 나는 멀리서 기척을 숨기고 그 건물을 관찰했다.

스르륵. 스르륵. 스르륵. 두 사람이 들어간 건물 주변에, 살수들이 하나둘 모습을 드러냈다.

"……저기서 회동이라도 하는 건가."

하나같이 상당한 경지의 살수들 십여 명이 흑영이 들어간 건물을 포위했다.

'아무리 봐도…….'

내 생각에는 저들이 흑영에게 호의적일 것 같지 않았다.

· ❈ ·

"오랜만이구나."

"예. 스승님."

흑영은 탁자를 두고 마주 앉은 사내에게 공손히 대답했다. 사내는 그녀에게 무공을 가르친 스승이자, 한때 속했던 조직의 직속상관이었다. 사람들은 그를 무영(無影)이라 불렀다.

"승상께서 밀서의 내용에 대해 알려 주셨느냐?"

"어르신께서 황궁으로 가시는 동안 천영이 호위를 담당하기로 했다고 들었습니다."

천영(天影). 하늘의 그림자라는 뜻으로, 금의위에 속한 정보 조직이었다. 그들은 잠입, 암살, 요인 경호, 서류로 남기기 힘든 지저분한 일을 도맡아 했다. 흑영도 불과 몇 년 전까지는 그곳 소속이었다.

"내일 바로 움직일 것이다. 준비는?"

"모두 마쳤습니다."

"네 실력이라면 어련히 알아서 깔끔히 처리했겠지. 따로 확인은 하지 않겠다."

흑영을 물끄러미 바라보던 무영이 피식 웃었다.

"몇 년 만에 얼굴이 좋아졌구나. 표정이 생겼어."

"······어르신 덕분입니다."

흑영은 민망한 듯 고개를 숙였다. 무영은 과거의 제자를 떠올리며 웃었다.

"너는 내가 키운 최고의 살수였다."

그녀는 스승을 뛰어넘는 재능을 가지고 있었고, 그 재능을 활용해 수많은 임무를 성공시켰다. 그래서 이토록 많은 준비를 했거늘.

"지금 네 모습은 살수로서는 실격이다. 하지만 너는 더 이상 천영 소속이 아니니, 네 변화를 탓하고 싶지 않구나."

"감사합니다."

"하지만 이렇게까지 무뎌질 줄이야."

"……예?"

그 순간, 흑영은 무언가 이상한 낌새를 느끼고 표정을 굳혔다.

그의 스승 무영이 환하게 웃고 있었다.

"우리는 승상을 죽이기로 했다."

하지만 그 미소에는 조금의 감정도 담겨 있지 않았다.

82화
눈을 감아도 되고

'독!'

흑영은 방 안에 퍼진 독기를 알아차린 순간 숨을 멈췄다. 하지만 이미 미량의 독기가 체내에 침투한 뒤였다. 웬만한 독에는 내성이 있던 그녀의 이마에서 벌써 식은땀이 흐르기 시작했다. 손끝이 파르르 떨렸다. 무영이 웃으며 그녀를 바라보고 있었다.

"꽤 지독한 독이지. 너라도 해약 없이는 오래 버티지 못할 것이다."

"대체 왜……."

무영의 미소가 더욱 짙어졌다.

"역시 무뎌졌구나. 예전의 너였다면 독이 퍼지기 전에 대처했을 것이다. 내가 그리 반가웠느냐?"

"……."

흑영은 조용히 무영을 노려보았다. 그녀의 얼굴에서 순식간에 표정이 사라졌다. 살수는 그 어떤 순간에도 동요해선 안 된다. 눈앞의 사내가 그녀에게 가장 먼저 내린 가르침이었다.

"역모……입니까?"

자신을 바로 죽이지 않고 독을 풀어 제압했다. 그것은 곧 대화의 의지가 있다는 뜻이었다. 흑영에게도 상황을 좀 더 파악하고 독을 몰아낼 시간이 필요했다. 물론 무영도 흑영의 그런 생각을 모르지 않았다.

"역모라니. 어찌 그런 불경한 말을 하느냐. 승상을 죽이는 것이 어째서 역모가 되는 거지?"

"승상께서는 황제 폐하의 스승이십니다. 폐하께서는 그분을 당신의 어버이나 마찬가지라고 말씀하신……."

"바로 그것이 문제다."

무영은 탁자에 놓인 차를 느긋하게 마셨다. 그 동작은 얼핏 빈틈투성이처럼 보였지만, 흑영은 섣부른 도박을 하지 않았다.

"승상은 폐하께서 어릴 때부터 옆에서 보필하며 눈과 귀를 대신했다. 폐하를 등에 업고 일인지하 만인지상의 권력을 누렸지. 자신의 권력을 위해 수많은 충신을 죽였다."

"……왜 그런 헛소리를 하십니까."

흑영은 무영의 말이 헛소리라고 단언했다. 공손수는 평생을 국가와 황제를 위해 일한 충신이었다. 그가 정말로 자신의 권력만 생각하는 인간이었다면, 오랜 황궁 생활로 심신에 병이 들어 고향으로 요양을 올 일도 없었을 것이다.

"헛소리라고?"

"다른 사람도 아니고 당신이 그런 말을 할 줄이야. 승상에게 죽은 자들 중에 충신이 단 하나라도 있었습니까?"

금의위의 정보 단체인 '천영'은 황궁에서 일어나는 온갖 더러운 일에 대해 알고 있었다. 권력자들의 실체와 그들 간의 알력다툼, 차마 세상에 밝힐 수 없는 지저분한 사건들. 흑영이 아는 것만 해도 진저리가 처질 정도인데, 조직의 수장인 무영이 아는 정보는 훨씬 더 많을 것이다.

―승상은 무서운 권력자다. 하지만 보기 드물게 존경할 만한 권력자이기도 하지.

과거에 그렇게 말했던 무영이, 지금은 승상을 간신이라 말하고 있었다. 흑영은 이 상황을 여전히 이해할 수 없었다.

"그냥 편안하게 말년을 보내다 얌전히 죽었으면, 이런 일도 없었을 것이다."

"무슨 말을……."

무영이 웃었다. 이번에는 진짜 웃음이었다. 진짜라서 더욱 소름끼치는 그런 웃음.

찻잔을 탁자에 내려놓은 그가 확언하듯이 말했다.

"승상의 병이 악화되어 일선에서 물러난 후에 폐하께서 총기를 되찾으셨으나, 승상의 건강이 회복되었다는 소식이 들려오자 폐하께서 그를 다시 불러들이려 하셨지. 이에 많은 충신들이 승상의 복귀를 심각하게 걱정하였다."

"설마……."

무영을 바라보는 흑영의 눈동자가 흔들렸다. 마주 보고 있는 무영의 두 눈에서 강렬한 욕망을 느꼈다. 그것은 황궁의 그림자로 활동하며 수없이 본, 권력을 향한 욕망이었다. 무영의 눈이 가늘어지고 입가에는 비열한 미소가 맺혔다.

"충신들이 내게 부탁하길, 황제 폐하께서 다시 승상의 꼭두각시로 전락할까 염려된다고 하더구나."

"……폐하의 그림자가 간신들과 결탁해 권력을 탐하기로 했습니까. 그게 역모가 아니면 무엇입니까?"

흑영은 질문을 하며 몸 안의 독기를 한곳으로 모았다. 임시방편이었지만 몸을 움직이기가 한결 편해졌다. 하지만 겉으로 보기에 그녀는 여전히 식은땀을 흘리고 손가락을 떨었다.

무영이 비릿하게 웃으며 말했다.

"평생을 권력의 꼭두각시로 살아왔다. 어째서 나는 권력을 누리면 안 된다는 말이냐."

그 말에서 느껴지는 광기에 흑영은 흠칫했다. 그녀는 지금껏 무영은 아무런 감정도 없는, 살수에 가장 어울리는 사내라고 생각해 왔다. 그것이 얼마나 큰 착각이었는지 이제야 알게 되었다.

'만약 이 일에 금의위 전체가 연관돼 있다면······.'

소름끼치는 생각이 든 흑영은 무영을 바라봤다. 그녀는 어떻게 하면 상대에게서 원하는 정보를 얻어낼 수 있을지, 단어 선택에 신중을 기하며 질문했다.

"천검(天劍)께서도 이 일을 허락하셨습니까?"

그 말에 무영의 표정이 다소 굳었다.

"······허락이라? 너도 천검이 내 위에 있다고 생각하느냐?"

예리한 살기가 목덜미를 훑었으나, 흑영은 오히려 안심했다.

'천검은 이 일을 모른다. 즉, 금의위는 저들에게 넘어가지 않았다는 것이야.'

천검은 금의위의 수장이자 최고수였다.

10년 전, 환영마군과 독안마군이라는 두 악인이 있었다. 둘은 의형제로, 관아를 습격해 재물을 훔치고 황제를 모욕하는 글귀를 남기길 여러 차례 반복했다. 관의 요청을 받은 무림맹의 고수들이 두 악인을 척살하려 했지만, 두 악인의 무공이 너무나 고강해 오히려 추살대로 보낸 정파의 고수들이 몰살을 당했다.

그때 두 악인 앞에 나타난 것이 관복 차림의 한 사내였다.

-황명이다. 이 자리에서 너희를 즉참하겠다.

관복의 사내는 자신을 비웃는 환영마군과 독안마군을 십 초 만에 죽이고, 그 목을 잘라 한 달 동안 효시했다. 그 후로 사내는 천검이라 불리게 되었고, 현 무림에서 가장 강하다고 평가받는 십존의 일인이 되었다.

'천검께 이 일을 알려야 한다. 그럼 상황을 역전시킬 수 있어.'

흑영은 속으로 결심하며 은밀히 내공을 끌어올렸다. 두 팔 정도는 이곳에 떼어 놓고 갈 각오를 했다. 최소한 그 정도의 각오 없이는 이곳에서 빠져나갈 수 없을 테니까.

그때 무영이 품에서 무언가를 꺼내 내밀었다.

"흑영. 너에게도 살 기회를 주마."

작은 목함이었다. 뚜껑을 열자 은은한 향이 나는 약재가 담겨 있었다.

"승상의 탕약은 매일 네가 직접 달인다고 들었다. 이것을 달여 승상에게 먹여라."

이 약재가 보약이 아니라는 것쯤은 바보도 알 수 있었다.

흑영이 얼음처럼 싸늘한 목소리로 말했다.

"지금 제게, 어르신께 독을 먹이란 말입니까? 제 손으로 그분을 죽이라고요?"

"이게 가장 깔끔한 방법이다. 어차피 얼마 전까지 앞으로 몇 년 살지 못할 거란 소리를 듣던 노인이다. 내일 아침에 심장이 멎어도 이상하지 않지."

"……"

흑영은 고개를 숙이고 말없이 목함을 바라봤다. 그녀가 고민 중이라고 생각했는지, 무영이 한결 다정해진 목소리로 말했다.

"폐하께서도 승상이 너를 아끼는 것을 안다. 그러니 너는 무사히 풀려날 것이다."

"……"

"이번 일만 끝나면 네게 완전한 자유를 약속하마. 승상이 네게 부귀영화를 약속했겠지. 하지만 네게 그것을 약속할 수 있는 이는 승상뿐만이 아니다."

무영은 또 다른 목함을 꺼내 앞으로 내밀었다. 안에는 시커먼 독단이 들어 있었다.

"삼켜라. 그리고 돌아가서 탕약을 달여 오늘 밤 승상에게 먹여라. 시체를 확인하면 바로 해약을 줄 것이다."

"……."

흑영은 무영이 약속을 지키지 않으리라는 것을 알고 있었다. 이 독단을 삼키는 순간, 그녀는 다시 천영이란 목줄이 매인 개가 될 것이다.

"아니면 이 자리에서 죽음을 택할 것이냐?"

어차피 흑영에게 다른 방법은 없기에 무영의 표정은 여유로웠다. 흑영은 지금 중독된 상태인 데다가, 더 이상 과거에 그가 알던 냉혹한 살수도 아니었다.

'감정을 느끼게 된 살수는 자기 목숨을 아까워하게 되지. 흑영. 너는 내 제안을 거절할 수 없을 것이다.'

하지만 무영은 잘못 알고 있었다. 흑영이 감정을 느끼게 된 이유, 살수로서 무뎌진 이유가 공손수의 개인 호위가 되면서 나태해졌기 때문이라고 생각했다.

"저는……."

하지만 흑영은 부귀영화 따위에는 관심이 전혀 없었다. 그녀는 지난 수년 동안 단 하루도 수련을 게을리하지 않았고, 매 순간 최선을 다해 임무를 수행했다. 그리고 그 시간 동안, 공손수라는 노인에게 깊은 정이 생겼다.

"어르신을 배신하느니 죽음을 택하겠습니다."

이제 공손수는 그녀에게 받들어 모셔야 할 승상이 아닌, 유일한 가족이었다. 목숨을 걸어 지켜도 아깝지 않을 가족 말이다.

"후회하지 않을 자신이 있느냐?"

"물론입니다."

그와 동시에 흑영이 자리를 박차고 일어났다. 그녀의 소매에서 암기가 발출됐다.

파바바박! 암기는 둘 사이에 있던 탁자에 꽂혔다. 무영은 탁자를 세워 암기를 막음과 동시에 뒤로 물러났다. 어차피 기습은 통하지 않으리라는 것을 알고 있었기에, 흑영은 당황하지 않고 다음 공격을 이어 나갔다. 흑영의 서슬 퍼런 기세를 본 무영이 혀를 찼다.

"이게 네 대답이라니. 실망이구나."

그 순간 천장에서 네 명의 살수가 흑영에게 떨어졌고, 바닥에서 둘이 솟구쳤다. 순식간에 여섯의 살수에게 포위된 흑영은 양손에 단도를 꺼내어 쥐고, 천영의 독문무공인 암영류를 끌어올렸다.

스스스슷……. 그녀의 몸이 안개에 휩싸여 사라질 듯 흐릿해졌다. 하지만 그것은 다른 살수들도 마찬가지였다. 그들은 모두 같은 무공을 익혔고, 서로 안면도 있는 사이였다.

'천영의 정예를 모두 데려왔구나.'

놀랄 시간도 없었다. 흑영은 사방에서 쏟아지는 칼날을 피하고 쳐 내기 바빴다.

까가가가강! 공손수의 개인 호위가 되기 전에도, 그녀는 무영을 제외하곤 천영에서 최고수였다. 흑영이라는 이름을 받기 전에는 '일영(一影)'이라 불렸다. 그만큼 압도적인 실력을 지닌 그녀였지만, 그녀를 포위한 살수들 역시 모두가 실력자였다. 게다가 독과 함께 준비된 함정까지.

흑영은 순식간에 상처투성이가 되었다.

멀리 물러나서 지켜보고 있던 무영이 말했다.

"죽이지는 마라. 천천히 한 번 더 설득해 볼 것이다."

물론 두 번째 설득에는 고문과 미약 등이 동원될 것이다.

"쿨럭……."

흑영은 처절하게 싸웠다. 점점 늘어나는 출혈에 머리가 어지러웠다. 독기에 피부가 시커멓게 변했다. 그래도 이를 악물었다. 활로를 찾기 위해 눈을 부릅뜨고 전장을 주시했다.

'아직 아니야.'

천영의 살수들은 지독했다. 여섯의 살수 중 셋을 죽였지만, 죽어가면서 누구 하나 비명조차 지르지 않았다. 하지만 독하기로는 흑영이 한 수 위였다.

"……지독한 것."

무영은 악귀처럼 싸우는 흑영의 모습에 질린 표정이었다. 승상의 개인 호위가 되어 떠난 후 무공 수련을 게을리한 줄 알았는데, 오히려 5년 전보다 더 강해졌다. 만약 그녀가 방심하지 않았다면……. 무영은 섬뜩한 생각에 자신의 목을 매만졌다.

"하지만 여기까지구나."

털썩. 결국 흑영의 무릎이 꺾였다. 죽은 살수의 자리는 다른 살수가 채웠고, 쌓여 가는 상처에 육체가 더 이상 견디지 못했다.

그러나 흑영의 정신은 아직 또렷했다.

'오른팔은 더 이상 못 쓴다. 그렇다면 차라리…….'

흑영은 몸에서 힘을 풀었다. 무영이 이쪽으로 걸어오고 있었다. 사정거리에 들어온 순간, 오른팔을 미끼 삼아 내주고 그의 목을 칠 마지막 일격을 준비했다.

'통할지 안 통할지 모르지만…….'

아니, 통해야만 한다. 최소한 무영이라도 죽여야 놈들의 계획이 일그러질 것이고, 어르신이 살아남을 확률이 높아진다.

"……아직 포기를 못 했구나."

하지만 무영은 흑영이 정해 놓은 사선 밖에서 멈춰 섰다. 살수의 예리한 감각이 발동한 것이다. 무영이 식은땀을 흘리며 말했다.

"혈도를 짚어라."

사방에서 날아온 지풍이 그녀의 마혈을 짚어 옴짝달싹 못 하게 했다. 그리고 살수 한 명이 다가와 그녀를 뒤에서 제압했다. 입도 뻥긋할 수 없게 된 그녀는 무영을 노려보며 이를 악물었다.

'어르신……'

죽음은 두렵지 않았다. 다만 이제야 겨우 삶에 행복을 찾은 어르신을 더 이상 지키지 못한다는 사실이 분했다.

……겨우 감정이라는 것을 알게 되었는데, 더 이상은 알 수 없게 되었다는 것도 분했다.

─허허. 네가 시집가면 내가 참으로 서운할 게야.

어쩌면 그런 날이 정말 올지도 모른다고 생각했는데. 그날이 오면, 아버지 역할을 해 달라고 졸라 볼 생각이었는데.

"……우는 거냐? 흑영 네가?"

무영이 당황한 목소리로 중얼거렸다. 분해서 흘러나온 눈물이 시야를 뿌옇게 가린 탓에, 흑영은 그 얼굴을 제대로 보지 못했다. 그래서, 이어서 들려온 목소리의 주인도 처음에는 알아보지 못했다.

"역시 따라오길 잘했네."

"!"

낯선 목소리가 들려온 순간 살수들의 고개가 동시에 돌아갔다.

그러나 그보다 한발 먼저 검기가 날아왔다.

촤아아아악! 흑영을 뒤에서 제압하고 있던 살수의 몸이 순식간에 반으로 갈라졌다.

갑작스러운 공격에 살수들이 사방으로 흩어지고, 그 빈틈을 틈타 한

줄기 바람이 흑영에게 불어왔다.
"괜찮아?"
흑영은 자신의 앞을 막아선 사내의 등을 멍하니 올려봤다.
"누구냐!"
무영은 처음 보는 사내를 향해 소리쳤다. 푸른 장포가 무척이나 잘 어울리는, 얼굴이 창백한 미남이었다. 그의 검에서 뚝뚝 흘러내리는 붉은 피가 그의 푸른 장포와 강렬한 대비를 이뤘다.
사내가 삐딱하게 웃으며 말했다.
"내가 누군지 말하면 니들이 알아?"
"……밖에 살수들이 경계하고 있었을 텐데. 여긴 어떻게 들어왔지?"
뭘 그런 걸 묻냐는 듯, 백수룡은 검을 들어 무영을 겨눴다.
"당연히 다 죽이고 들어왔지."
흩어졌던 살수들이 그를 포위하며 거리를 좁혀왔지만 백수룡의 표정은 태연했다.
그는 고개만 살짝 돌려 뒤에 있는 흑영에게 말했다.
"지금부터 보는 건 못 본 거로 해. 아예 눈을 감아도 되고."
"……."
흑영은 백수룡이 시키는 대로 눈을 꼭 감았다. 왠지 그래야만 할 것 같았다.
그 순간, 백수룡의 검에 핏빛 검기가 휘몰아쳤다.

83화
차라리 우리가

무영은 지금 자신의 눈앞에서 벌어지는 현실을 믿을 수가 없었다.

"말도 안 돼……."

천영은 그가 10년 이상 키워 온 정보 조직이자 살수 조직이었다. 황궁의 조직이었기에 무림에는 알려지지 않았으나, 무림의 삼대 살수 조직과 비교해서도 그 역량이 부족하지 않다고 자부해 왔다. 그런 천영의 살수들이, 단 한 명의 사내에게 도륙당하고 있었다.

촤아아악-!

살수 한 명의 몸이 반으로 갈라졌다. 왼쪽 어깨에서 오른쪽 허리까지 비스듬히 잘린 몸에서 내장과 피가 쏟아졌다.

퍼억! 백수룡은 그 시체를 걷어차 옆에서 덤벼든 다른 살수에게 밀었다. 시야가 가로막힌 살수의 움직임이 잠시 굳었다. 그 순간 전광석화처럼 달려든 백수룡이 시체와 살수를 함께 꿰어 버렸다.

푸욱! 배가 꿰뚫린 살수가 입술을 살짝 벌리고 독침을 쏘았다. 지독한 훈련을 받은 살수답게, 죽어가는 순간에도 비명조차 지르지 않고 암기를 발출한 것이다. 하지만 백수룡은 고개를 옆으로 젖히는 것으로 간단히 독침을 피했다. 동시에 검을 옆으로 당겨서 살수의 허리를 완전히 끊어내고, 몸을 돌려 천장에서 떨어져 내리는 다른 살수를 향해 좌장을 뻗었다.

퍼어엉! 북이 터지는 소리와 함께, 천장에서 떨어지던 살수가 벽에 처박혔다. 백수룡은 상대가 튕겨 나가면서 손에서 놓친 검을 왼손으로 잡았다.

그가 검의 무게를 가늠하며 중얼거렸다.

"흠. 쌍검은 오랜만인데."

잠시 후, 그를 상대하는 살수들은 속으로 외쳤다.

'거짓말하지 마라!'

오랜만이라면서, 백수룡은 좌우의 구분이 의미가 없을 만큼 능숙하게 쌍검을 휘둘렀다. 핏빛 검기가 너울너울 춤을 췄다. 쌍검을 들고 검무를 추는 백수룡의 모습은 넋을 놓고 볼 만큼 아름다웠다. 그러나 검무가 이어질 때마다 누군가의 팔다리가 잘려 나가고, 코를 마비시키는 피 냄새가 방 안을 가득 채웠다. 살수들이 잠시 공격을 멈추자, 백수룡이 웃으며 그들을 바라봤다.

"살수가 무서운 건 모르고 있다가 기습을 당할 때지, 미리 알고 있으면 별것 아니거든. 자, 이번엔 내가 간다."

그리고 달려드는 백수룡. 놀랍게도 그의 옷에는 아직 단 한 방울의 피도 묻지 않았다.

무영은 그 모습을 보며 침음했다.

'저자……. 무공도 무공이지만, 살인에 익숙하다.'

어지간한 사파의 무인들도 이 정도로 시체가 쌓이고 피 냄새가 진동하면 역겨워하기 마련이다. 하지만 저 사내의 표정에는 아무런 변화가 없었다. 살수들보다도 살인에 무감각하고, 검을 휘두르는 데 조금의 망설임도 없었다. 오히려 즐기는 것인지도 모른다는 생각이 들었다.

'어디서 저런 괴물이…….'

무영은 이를 악물며 암영류를 끌어올렸다. 더 이상 살수들을 소모시켰다가는 천영이란 조직의 존립 자체가 위험했다.

스스슷……. 무영의 몸이 주변에 동화되며 서서히 흐릿해졌다. 동시에 다른 살수들에게 전음을 보냈다.

[빈틈을 만들어라. 내가 끝내겠다.]
[존명!]

동귀어진을 각오한 살수들이 전후좌우, 그리고 천장에서 백수룡을 노리고 동시에 덤벼들었다. 공간이 비좁아 서로가 서로의 공격을 방해했지만 살수들은 신경 쓰지 않았다.

어차피 자신들은 미끼일 뿐, 마무리는 무영이 할 테니까.

푹푹푹푹! 좁은 공간에 억지로 동시에 달려든 살수들의 미간과 심장에 칼이 꽂혔다. 하지만 그들은 끝까지 임무를 완수했다.

꽈악……. 죽어가면서도 두 손으론 검날을 붙잡고, 몸으로 백수룡의 시야를 방해했다.

그렇게 만들어진 빈틈으로, 무영이 유령처럼 파고들었다.

"조심해요! 다른 살수들의 공격은 미끼예요!"

흑영이 눈을 번쩍 뜨며 소리쳤다. 백수룡이 살수들과 싸우는 동안 그녀도 가만히 눈만 감고 기다리지는 않았다. 정신을 집중해 스스로 혈도를 풀었다. 다시 움직일 수 있게 된 그녀가 몸을 일으키며 소리쳤다.

"진짜 공격은 무영이에요!"

"늦었다."

스르륵. 흐려졌던 무영의 모습이 다시 나타난 곳은 백수룡의 등 뒤였다. 그가 백수룡의 등에 검을 꽂으며 싸늘하게 웃었다.

"끝이다."

찢어진 푸른 장포가 허공에 펄럭였다. 하지만 백수룡은 그곳에 없었다.

"끝이라고?"

"!"

눈을 부릅뜬 무영이 급히 몸을 뒤로 돌리며 왼팔을 뻗었다. 장포를 벗어던진 백수룡이 그곳에 서 있었다.

"이게 끝이지."

우드득! 백수룡은 무영의 왼팔을 잡아서 꺾일 수 없는 방향으로 꺾어 버렸다. 그러나 팔이 꺾였음에도 무영은 포기하지 않았다. 오히려 그의 입가에 독기 가득한 미소가 맺혔다.

"흐흐. 걸려들었구나."

왼팔을 먼저 뻗은 것은 무영의 노림수였다. 왼팔이 꺾이는 동안, 한 박자 늦게 뻗은 오른팔이 백수룡의 가슴을 겨냥했다. 흑영이 비명을 지르며 달려왔다.

"조심해요! 무영의 오른팔은……."

그 순간 무영의 오른팔에서 "달칵" 하는 소리가 들렸다. 그리고 손바닥이 열리고 강침 수십 개가 발사됐다.

"어디 이것도 미리 알고 있었다고 나불대 봐라!"

이것이 무영이 가진 마지막 비장의 수! 무영은 자신의 승리를 의심치 않았다. 잠시 후면 백수룡은 강침에 수십 개의 구멍이 난 시체가 되어 쓰러질 것이다. 하지만 다시 들려온 백수룡의 목소리는 무영을 절망에 빠뜨렸다.

"의수? 당연히 알고 있었지. 강침인 것까진 몰랐지만."

조롱 섞인 웃음소리와 함께, 백수룡의 신형이 다시 흐려졌다.

'잔상!'

파바바박! 백수룡의 잔상이 흩어지고, 잔상을 꿰뚫은 강침은 전부 벽에 박혔다.

촤아아악! 무영의 옆으로 돌아선 백수룡은 무영의 의수를 어깨에서부터 베어 버렸다. 중심을 잃은 무영이 비틀거렸다.

툭. 어느새 무영의 목에 차가운 검날이 닿아 있었다.

"더 보여 줄 거 없으면 그만하지? 오후 시험 전에는 돌아가야 하거든."

그 압도적인 실력 차에, 무영은 무릎을 꿇을 수밖에 없었다.

"어르신이 승상이라고?"

흑영에게 자초지종을 듣게 된 백수룡은 입을 떡 벌렸다. 공손수가 대단한 신분일 거라는 건 짐작했지만, 설마 승상이었을 줄이야. 승상이라면 황제를 제외하곤 이 나라 최고의 권력자가 아닌가.

"그…… 내가 한 달 동안 뭐 실수한 건 없지?"

"첫날부터 말씀드릴까요?"

"커, 커흠!"

흑영은 헛기침을 하는 백수룡을 보며 피식 웃었다. 저 모습이 방금까지 무표정하게 살수들을 도륙하던 사내가 정말 맞나 싶었다. 하지만 흑영의 표정은 금세 다시 굳었다.

"어르신이 위험해요."

공손수를 죽이기 위해 황궁의 정보 조직이 동원되었다. 그들은 황제와 공손수가 나눈 밀서를 훔쳐보았고, 승상의 복귀를 두려워하는 간신들과 결탁했다.

'무영은 나를 회유해 어르신을 죽인 후 자연사로 위장하려고 했어. 하지만…….'

황궁의 그 야차 같은 권력자들이 천영만 믿고 이만한 일을 도모했을까? 실패하면 반대로 자신들이 몰살을 당할 수도 있는 도박을?

 흑영의 걱정은 괜한 기우가 아니었다.

 "크크……."

 포박당한 채 무릎 꿇려진 무영이 웃음을 흘렸다. 그가 핏발 선 눈으로 백수룡을 올려다봤다.

 "이제야 누군지 알아보겠군. 백수룡. 승상에게 헛바람을 넣어 무공을 가르친 무공 강사……."

 "누가 헛바람을 넣었단 거야. 어르신이 먼저 찾아와서 가르쳐 달라고 했다고."

 백수룡은 사실을 정정해 주었으나, 무영은 백수룡의 말에 전혀 관심이 없었다.

 "흐흐. 설마 이 정도의 고수였을 줄이야……. 흑영만 경계한 것이 내 판단 착오였군."

 "무영. 어르신을 죽이러 온 살수들은 당신들이 전부냐?"

 흑영의 서슬 퍼런 눈빛에도 무영은 피식 웃었다.

 "그랬으면 좋겠지만…… 그럴 리가 없지 않으냐. 이 나라 권력자들이 바보도 아니고."

 "역시……! 누가 또 동원되었지?"

 다급해진 흑영이 무영의 멱살을 움켜쥐었다. 그러나 무영의 눈빛에는 그 어떤 두려움도 보이지 않았다. 이곳에서 살아남아도, 결국은 죽게 되리라는 것을 알고 있기 때문이었다.

 "무림 삼대 살수 조직이 모두 동원되었다."

 "!"

 무영이 흑영에게 사실을 말해 주는 것은, 자신의 계획을 망친 자들을 더 큰 절망에 빠뜨리기 위해서였다.

"흑영아. 내 제안을 듣는 것이 승상이 가장 편안하게 죽을 수 있는 방법이었다. 무림의 살수들이 나처럼 승상을 배려할 것 같으냐. 놈들은 수단과 방법을 가리지 않을 것이다."

"……."

"내가 실패했다는 것은, 승상이 자신이 노려진다는 사실을 알게 되었다는 뜻이다. 큭큭. 이제 황궁의 권력자들에게도 뒤가 없어. 그들은 어떻게든 황제가 알기 전에 승상을 죽여야 한다. 그러지 못하면 자신들이 죽을 테니까……."

"……."

"이제 상황 파악이 되느냐? 내가 그들에게 붙지 않았어도 승상은 결국 죽을 운명이었다. 멍청한 년. 네년이 순순히 내 말만 들었어도……!"

빠악! 무영의 고개가 옆으로 돌아갔다. 백수룡이 주먹에 묻은 피를 털며 중얼거렸다.

"에이 씨, 피 묻었네."

코피를 줄줄 흘리면서, 무영은 백수룡을 노려보며 저주를 퍼부었다.

"곧 내가 실패한 걸 알게 된 살수 조직들이 움직일 것이다. 승상은 결코 오늘을 넘기지 못해. 그리고 그건 너희도 마찬가지다!"

무영은 미친놈처럼 키득키득 웃었더니, 갑자기 바락바락 소리를 질렀다.

"이곳 지부대인의 목도 날아가고 청룡학관이 불탈 것이다. 승상이 죽었으니 책임을 물어야지. 권력자들이 살수로 누굴 지목할 것 같으냐? 예순이 넘은 노인에게 무공을 가르친 놈, 그걸 받아준 학관, 그걸 방치한 관아……. 엮는 것쯤은 아주 간단한 일이야! 크하하하하!"

무영의 광소가 시체와 피로 가득한 방 안에 울려 퍼졌다. 임무에 실패하고, 살길이 없음을 깨달은 그는 미쳐 버렸다.

"유언 잘 들었다."

서걱. 백수룡이 휘두른 일검에 무영의 목이 잘렸다.

"그래서."

데구루루 바닥을 구르는 목을 일별한 백수룡이 흑영에게 물었다.

"내가 생각했던 것보다 상황이 많이 심각해 보이는데. 어떻게 할 생각이야?"

승상이 죽으면 청룡학관이 불타고 관련된 자들은 전부 잡혀가 죽을 거라니. 최악의 상황이라도 한 몸 빼내는 것은 문제가 아니지만, 그의 모든 기반이 이곳에 있었다.

"……살수들로부터 어르신을 지켜야죠. 동시에 황제 폐하께 연락을 취해야 하고요."

그렇게 말한 흑영은 죽은 무영의 품을 뒤져 해독약을 찾아 삼켰다.

"관군은 믿을 수 있어?"

"이 상황이라면…… 이미 저쪽에 넘어갔을 확률도 있어요."

"어르신이 숨을 만한 은신처는?"

"제가 아는 곳은 천영이 이미 다 파악하고 있어요."

백수룡은 작게 한숨을 쉬었다.

"관도 믿을 수 없고, 숨을 곳도 없다 이거지. 황궁에 은밀히 연락을 취할 방법은?"

"가능해요. 하지만 저쪽에서 상황을 알아차리고 조치를 취하기까지 시간이 걸릴 거예요."

"얼마나?"

"길면 며칠……."

즉, 그때까진 살수들의 위협으로부터 공손수를 지켜야 한다는 이야기였다. 절망스러운 이야기였지만, 백수룡은 의외로 차분하게 고개를 끄덕였다.

"어떻게든 해 보자고. 일단 여기부터 나가면서 얘기하자."

두 사람은 빠르게 건물을 빠져나가며 앞으로의 계획을 세웠다.
"청룡학관 입관 시험은 중지해야겠어요. 우선 저희가 어르신의 신병을 확보하고……."
"잠깐만."
잠시 생각을 정리한 백수룡이 다시 입을 열었다.
"입관 시험은 그대로 가자."
"네? 어르신을 그 많은 사람들 앞에 노출시키자고요?"
흑영이 반대했지만, 백수룡의 생각은 조금 달랐다.
"우리가 어르신을 꽁꽁 싸매며 보호하면 살수들도 쉽게 덤비진 않을 거야. 대신 온갖 지저분한 방법을 쓰겠지."
독, 암기, 폭약, 지인을 볼모로 잡아 협박하는 등. 백수룡의 머릿속에서만 벌써 여러 가지 방법이 떠오르고 있었다.
"차라리 놈들의 선택지를 간단하게 좁혀 주는 게 나아."
그것은 흑영으로선 상상도 할 수 없는, 백수룡이라서 할 수 있는 생각이었다.
"어르신을 미끼 삼아 살수들을 끌어들이고, 우리가 놈들을 사냥하자."
그렇게 말하는 백수룡의 두 눈이 사냥감을 앞에 둔 맹수처럼 빛났다.

84화

자연스럽게, 자연스럽게

"……알겠습니다."

공손수를 미끼로 삼아 살수들을 사냥하자는 말에, 격렬하게 반대할 줄 알았던 흑영이 순순히 고개를 끄덕였다. 백수룡은 의외라는 표정으로 그녀를 바라봤다.

"정말? 설득하기 꽤 힘들 줄 알았는데."

"어르신에겐 죄송하지만…… 살수 교육을 받은 제가 생각해도, 그 방법이 지금으로선 가장 효율적이에요."

오히려 흑영은 신기하다는 표정으로 백수룡을 바라봤다. 그녀가 아는 백수룡은 정파인 아버지와 어머니 밑에서 태어나 정파 무림의 교육을 받은 사람이었다. 그런데 어떻게 이토록 살수들의 심리를 잘 안단 말인가.

'게다가 조금 전의 싸움에선…… 무공 실력을 떠나 사람을 베는 데 일말의 망설임조차 없었어.'

여러 가지 의문이 솟구쳤으나 지금은 자세히 물어볼 시간이 없었다.

그녀의 생각을 읽었는지 백수룡이 씩 웃으며 말했다.

"학생을 가르치려면 뭐든지 잘 알아야 하는 법이거든."

"그렇게 넘어갈 일은 아닌 것 같지만……. 지금 중요한 건 그게 아니니 더 묻진 않을게요."

두 사람은 건물을 빠져나왔다. 백수룡이 안으로 진입하기 전에 주변의 살수들을 미리 처리한 터라, 주위에 느껴지는 인기척은 없었다.

"저는 당장 황궁에 은밀히 연락을 취하고 오겠습니다."

"나는 믿을 만한 사람들을 모아 볼게. 우리 둘이서 모든 살수를 모두 막는 건 아무래도 무리니까. 시간은 얼마나 있지?"

아직은 천영이 실패했다는 사실이 다른 살수 조직에게 알려지지 않았을 것이다. 하지만 그것도 시간문제에 불과했다.

"길어 봤자 한 시진. 그 안에 천영의 살수들이 몰살당했다는 사실이 다른 살수들에게 알려질 겁니다."

즉, 한 시진 안에 공손수를 지키고 살수들을 사냥할 대책을 세워야 한다는 이야기였다. 남은 시간을 가늠해 본 백수룡이 고개를 끄덕였다.

"좋아. 빨리 움직이자고."

"알겠습니다. 그럼……."

곧바로 떠나려던 흑영이 멈춰서서 백수룡을 바라봤다.

"……어르신에겐 이 모든 사실을 바로 알릴까요?"

"넌 어떻게 했으면 좋겠는데?"

옛날 같으면 생각할 것도 없이 모든 사실을 어르신에게 고했겠지만, 지금의 흑영은 그때와 달랐다.

지금의 흑영은 단순히 공손수의 신변을 지키는 호위가 아니라, 아버지의 꿈을 응원하는 딸과 같은 존재였으니까.

"……대련 시험이 끝난 뒤에 말씀드릴까요?"

백수룡이 씩 웃으며 고개를 끄덕였다.

"그러자고. 어르신이 안다고 뭐가 크게 바뀌는 것도 아니잖아. 당장은 시험 말고 다른 것에는 신경 쓰지 않게 하자."

"그리고 어르신이 모르는 쪽이 미끼로서 움직임도 자연스러울 테고 말이야."라고 말하며 백수룡이 장난스럽게 웃었다. 그 웃음에 한결 마음이 편해진 흑영의 표정이 밝아졌다.

무척 심각한 상황이었지만, 백수룡의 미소를 보고 있으면 그 어떤 나쁜 일도 일어나지 않을 것만 같았다.

"……알겠습니다. 황궁에 연락을 취한 후에 바로 청룡학관으로 찾아가겠습니다."

흑영은 경공을 펼쳐 순식간에 멀어졌다. 백수룡은 잠시 그 뒷모습을 바라보다가 돌아섰다.

"일단…… 청룡학관에서 가장 믿을 만한 사람부터 설득해야겠지."

그런데 그렇게 중얼거리는 백수룡의 표정은 썩 좋지만은 않았다.

상대의 반응이 벌써부터 예상됐기 때문이었다.

"그 말을 나더러…… 믿으라는 게냐?"

매극렴은 한쪽 눈썹을 꿈틀거리며 하나뿐인 외손주를 바라봤다. 그의 하얀 수염이 파르르 떨렸다. 이놈이 순찰 임무를 보냈더니 한 시진 가까이 늦게 와놓고는, 변명이랍시고 한다는 말이…….매극렴의 두 눈에서 불길이 치솟았다.

"뭐? 승상? 살수? 청룡학관이 불타고 줄줄이 잡혀가? 네놈이 나를 놀리는 게냐!"

검만 뽑아 들지 않았을 뿐이지, 그는 앞에 있는 백수룡을 당장 찌를 듯한 기세로 성큼성큼 다가갔다.

"늦었으면 죄송하다고 사과부터 할 일이지. 어디서 술을 처먹고 와서 대낮부터 헛소리를 늘어놓는 게야!"

"하, 할아버님. 헛소리가 아닙니다. 믿기 힘드시겠지만 전부 사실이라고요!"

"네놈이 정녕 매운맛을 봐야……!"

당장 검을 뽑으려던 매극렴이 멈칫했다. 가까이 다가가면서 백수룡의 몸에 밴 피 냄새를 맡은 것이다. 이어서 소매 끝자락에 남겨진 희미한 흔적들이 눈에 들어오고, 검집과 검파에 휘두른 흔적들도 보였다.

"설마……."

검객의 예리한 눈은 그 모든 것을 놓치지 않았다. 매극렴의 표정이 심각해졌다.

"……어디까지가 사실이냐?"

"전부 사실입니다. 모자라면 모자랐지, 과장한 건 하나도 없습니다."

백수룡의 표정은 더없이 진지했다. 평소 자신의 눈치를 보면서도 능글맞게 굴던 얄미운 손자의 얼굴이 아니었다. 매극렴은 비로소 상황이 심상치 않음을 인지했다.

"허. 대체 무슨……."

"시간이 없습니다. 곧 살수들이 승상을 노리기 시작할 겁니다. 그 전에 우리도 준비를 해야 합니다."

"……."

"할아버님."

백수룡의 나직한 부름에, 잠시 침묵하던 매극렴이 어렵게 입을 뗐다.

"계획이 있느냐?"

"예. 일단 사람들을 몇 명 불렀습니다."

잠시 후, 두 사람이 있는 곳으로 악연호, 명일오, 제갈소영, 그리고 흑영이 도착했다.

"형님?"

"갑자기 급한 일이라고 부르시면……."

"정말 중요한 일 아니면 저 바로 돌아가야 해요. 남궁 선생님께 말도 안 하고 몰래 빠져나왔다고요."

다들 갑작스러운 호출에 불만스러워하는 가운데, 백수룡이 상황을 전달하자마자 모두 뒤집혔다.

"거짓말!"

"이런 미친……."

"노, 농담하시는 거죠?"

충분히 이해할 수 있는 반응이었으나, 차분하게 설득하고 있을 시간이 없었다.

짝! 손뼉을 쳐서 모두의 이목을 집중시킨 백수룡이 빠르게 말했다.

"입관 시험이 진행되는 동안, 우리는 승상을 살수들로부터 지켜야 합니다. 더 나아가서, 역으로 승상을 노리는 살수들을 사냥할 겁니다."

백수룡은 그들이 한 번도 본 적 없는 진지한 얼굴로 말하고 있었다. 그 기세에 감히 토를 달 수 없을 정도였다.

"이 자리에는 제가 믿을 수 있는 사람들만 모았습니다. 여러분이 도와주셔야 승상을, 청룡학관을 지킬 수 있습니다."

"……."

더 이상 백수룡의 말을 의심하는 사람은 없었다. 평소에는 얄밉고 능글맞은 말과 행동으로 종종 사람을 열받게 하는 그지만, 한 번씩 보여주는 진지한 모습에는 항상 이유가 있었다.

악연호가 자신의 창을 단단히 움켜쥐며 말했다.

"저희가 뭘 하면 돼요?"

"우선은……."

백수룡이 빠르게 계획을 설명했다. 그의 계획을 뼈대로, 종종 흑영이나 매극렴의 목소리가 끼어들어 계획을 보충해 나갔다. 그때 제갈소영이 소심하게 손을 들고 물었다.

"그런데…… 이런 중요한 일이면 관주님께도 말씀드려야 하는 거 아닌가요?"

백수룡이 고개를 저었다.

"저도 고민해 봤는데. 관주님께는 말씀드리지 않는 게 나을 것 같습니다."

"……어째서요?"

"그분은 함부로 움직일 수 없어요. 움직였다간 적들이 바로 눈치를 챌 겁니다."

표면적인 이유는 그것이었지만, 사실 진짜 이유는 따로 있었다.

'노군상은 내가 통제할 수 없는 변수다.'

청룡학관주 노군상은 분명 대단한 고수이고 평소에 백수룡에게 호의도 가지고 있지만, 백수룡은 그를 완전히 믿을 수 없었다.

'교육과 정치는 완전히 다른 문제거든.'

게다가 위치가 위치인 만큼, 황궁의 권력자들과 끈이 닿아 있지 않으리란 보장도 없었다. 이 모든 상황을 알게 되었을 때 노군상이 어떻게 나올지, 백수룡으로서도 쉽사리 예측할 수 없었다.

'그 옆에 있던 남궁제학도 의심스럽고.'

남궁세가는 과연 이 일에 대해서 아무것도 모르고 있을까? 만약 모르고 있다고 해도, 오대세가 중 누구보다 권력과 친한 가문인 그들이 이 사실을 알면 어떤 식으로든 정치적으로 이용하려고 하지 않을까? 지나친 추측일 수도 있지만, 조심해서 나쁠 것은 없었다.

"지금은 조용히 움직일 수 있는 소수 정예가 훨씬 낫습니다."

"저도 같은 생각입니다."

흑영까지 그렇게 말하자 제갈소영도 더 이상 묻지 않았다. 매극렴이 자리에 모인 사람들을 둘러보며 한숨을 쉬었다.

"그럼 여기 있는 여섯 명이, 우리가 동원할 수 있는 전력의 전부로군."

"아뇨. 한 명 더 있습니다."

백수룡의 말에 모두의 얼굴에 의문부호가 떠올랐다. 한 명이 더 있다고? 하지만 딱히 떠오르는 얼굴이 없었다.

"누굴 말하는 게냐?"

"평소에는 좀 못 미더운 녀석이긴 한데……."

백수룡은 지금 공손수의 옆에 있을 얼굴을 떠올리며 피식 웃었다.

"이번 기회에 밥값이나 좀 시키려고요."

· ❈ ·

"끙……."

"원강 선배. 왜 아까부터 똥 마려운 강아지 같은 표정인가?"

"내, 내가 뭐. 내 표정이 어때서. 똥? 똥 마렵냐고? 안 마려운데? 화장실 안 갈 거거든?"

"……헛소리하는 걸 보니 정말 어디 아프기라도 한 겐가."

"아, 아프긴 누가 아파! 할아범 몸 걱정이나 해!"

"내 몸은 왜?"

"선배님. 정말 어디 아프신 거 아니에요?"

"아까 차 마시다가 뿜은 것도 수상쩍고 말이야. 선배. 우리끼리만 있으니 그냥 솔직하게 말해 보게. 조금 전부터 주위를 힐긋힐긋 둘러보는 걸 보니……. 이 안에 마음에 드는 처자라도 있나?"

짓궂게 웃으며 묻는 공손수의 말에 헌원강은 한숨을 길게 쉬었다.

"……아무것도 아냐. 신경 끄고 둘 다 시험 걱정이나 하라고."

아무것도 모르는 두 사람의 말에 헌원강은 평소처럼 툴툴댔다. 하지만 속으로는 미칠 지경이었다.

'갑자기 살수라니! 미쳤냐고!'

셋이서 밥을 먹고 차를 한잔하던 중이었다. 헌원강은 오후에 있을 마지막 대련 시험을 앞둔 두 사람의 긴장을 풀어줄 생각이었다. 그들보다 먼저 청룡학관에 입관한 선배로서, 두 사람에게 도움이 되는 이런저런 조언을 해 줄 생각이었다 이 말이다.
어디선가 백수룡의 전음이 들려오기 전까지는 말이다.

[원강아. 어르신을 노리는 살수가 있다.]

"푸학!"
그 순간 입에서 뿜어져 나온 찻물이 얼마나 힘찼는지, 찻집에 있는 사람들이 모든 사람이 쳐다볼 정도였다.

[자연스럽게 행동해. 지금부터 하는 이야기는 어르신과 천이에게는 말하지 말고, 너만 알고 있어.]

……그리고 이어진 이야기는, 예전에 심심풀이로 본 무협 소설에서도 본 적 없는 황당무계한 이야기였다.
'설마 날 놀리려고?'
잠시 백수룡이라면 충분히 그럴 수도 있겠다는 생각이 들었지만, 또 그렇다고 하기엔 목소리가 너무 진지했다.

[우린 모습을 드러내지 않고 살수들을 사냥할 거다. 그래서 어르신 가까이는 못 가. 살수들이 경계할 테니까. 하지만 너는 자연스럽게 어르신 옆에 있으니 살수들도 덜 경계할 거야. 청룡학관 학생이라고 해 봤자 열일곱짜리 애송이이니까.]

뭔가 불쾌한 평가가 섞여 있었지만, 지금 중요한 건 그게 아니었다.

[대부분 우리가 사전에 차단하겠지만, 만약 우리가 뚫린다면 네가 어르신을 지켜. 할 수 있으리라고 믿는다.]

전음은 그것으로 끝이었다. 뭔가 더 지시가 있지 않을까 생각했지만, 벌써 일다경째 아무런 말도 없었다.
"끄응……."
헌원강이 똥 마려운 강아지처럼 안절부절못하는 이유였다.
"허허. 원강 선배가 꽤나 답답한 모양이군. 밥도 든든하게 먹었고 차도 한잔했으니, 소화도 시킬 겸 주변이나 좀 둘러보다가 시험 보러 가자꾸나."
"아니, 난 별로 안 답답한데……."
공손수는 이미 휘적휘적 걸어 나가고 있었다. 헌원강이 그 옆으로 바짝 붙었다.
"으응? 왜 이리 가까이 붙나?"
"추워서 그래."
"……음?"
스스로 생각해도 말도 안 되는 핑계였으나, 헌원강은 자세히 묻지 말라는 눈빛을 강하게 쏘아 보냈다.
'자연스럽게. 자연스럽게.'
세 사람은 찻집을 나와 거리로 나섰다. 청룡학관 입관 시험의 여파로 어디를 가나 사람이 바글바글했다. 그걸 본 헌원강의 표정이 바로 어두워졌다.
"그, 최대한 사람 적은 데로 다니는 게 낫지 않을까. 괜히 시비에 걸릴 수도 있고……."

"오늘 같은 날에 사람이 적은 곳이 어디 있다고."
"그래도 잘 찾아보면······."
"자, 우리 오늘을 즐기세! 같은 날은 두 번 오지 않는다네!"

공손수는 어린아이처럼 천진난만한 표정으로 거리를 돌아다녔다. 아무것도 모르는 위지천이 그 옆에서 따라 걸었고, 오만상을 찌푸린 헌원강이 두 사람보다 한 걸음 뒤에서 따라갔다.

'자연스럽게. 자연스럽게.'

······본인은 자연스럽다고 생각하는 모양이지만, 헌원강과 눈이 마주친 사람들은 슬금슬금 옆을 비켜서기 바빴다.

85화
어머, 언니!

"천영이 실패했습니다."

흑의무복의 사내가 무릎을 꿇고 보고했다. 감정의 고저가 느껴지지 않는 목소리였다.

"……실패했다고?"

앉아서 보고를 받는 이는 무림의 삼대 살수 조직 중 하나인 흑림(黑林)의 간부였다. 그에겐 이름도 별호도 없었다. 세 번째 실행대의 대주이기에 삼(三)대주라 불릴 뿐.

삼대주가 미간을 찌푸리며 혀를 찼다.

"무영 그자, 우리는 나설 필요도 없을 거라더니……. 황궁 출신답게 입만 산 놈이었군. 흑영이라는 호위가 탈출한 것이냐? 목표물의 위치는?"

삼대주는 자신이 생각한 실패의 범위에서 물었다. 하지만 돌아온 수하의 대답은 그의 예상을 훌쩍 뛰어넘었다.

"천영의 살수들이 몰살당했습니다. 흑영의 위치는 현재 파악되지 않으며, 목표물은 아직까지 특별한 움직임을 보이지 않고 있습니다."

"……뭐?"

삼대주는 부하의 보고에 무슨 오류가 있는 건 아닌지 의심했다. 천영의 살수들이 몰살당하다니. 감히 흑림의 살수들과는 비교할 수조차 없지만, 그들도 제법 쓸 만한 살수들이 있는 조직이었다.

"무영은 지금 어디 있지?"

"다른 살수들과 함께 시체로 발견되었습니다."

"……흑영이라는 호위 혼자서 한 짓인가?"

"정확히는 알 수 없으나, 시체들의 상태를 보면 한 명의 소행으로 보입니다."

"……."

삼대주의 표정이 심각해졌다. 임무 성공을 자신했던 천영이 실패했다. 단순히 실패했을 뿐만 아니라, 아예 몰살을 당했다고 한다.

'흑영이라는 호위가 상상 이상의 고수인가, 아니면 우리가 모르는 다른 호위가 더 있었나…….'

현재로선 알 수 없었다. 중요한 것은 지금 그들의 발등에 불이 떨어졌다는 사실이었다.

'어쩐지 임무를 맡을 때부터 불안하더라니.'

삼대주는 사실 이번 의뢰에 회의적이었다. 한 나라의 승상까지 지냈던 권력자를 죽이는 일. 자칫했다가는 나라가 뒤집힐 수도 있었다.

―림주님. 이 임무는 위험 부담이 지나치게 큽니다.

이곳에 오기 전, 삼대주는 흑림의 주인이자 스승이기도 한 림주에게 읍소했다. 그러나 림주는 기어이 이 의뢰를 받아들였다.

―……살막과 혈방이 수락했다. 우리만 나서지 않을 수는 없다.

살막, 흑림, 혈방. 무림 삼대 살수 조직이라 불리는 살문의 살수들이 모두 이번 일에 동원되었다. 천영이 워낙 자신한 탓에 다들 전력을 보내지는 않았지만…… 그렇다고 만만한 전력을 보내지도 않았다. 당장 흑림만 해도 세 번째 살행대를 이끄는 자신이 직접 오지 않았던가.

─삼대주. 너무 걱정할 것 없다. 일이 쉽게 풀리면 조용히 있다가 보수만 받아서 돌아오면 되는 일이다.

'저도 그렇게 되길 기대했습니다만……. 어렵게 된 것 같습니다.'
천영이 실패했으니, 이제 다른 살수들이 나서지 않을 수 없게 되었다. 삼대주가 한숨을 내쉬며 수하에게 물었다.
"……준비는?"
"열 개 조 사십 명 전원, 투입 준비가 끝났습니다."
"살막과 혈방의 움직임은?"
"저희와 거의 비슷하게 정보가 들어갔을 것입니다. 혈방은 바로 움직였습니다."
혈방이 먼저 움직였단 말에 삼대주는 코웃음을 쳤다.
"혈방은 무시해도 된다. 숫자만 많지, 별 볼 일 없는 놈들이니까."
애초에 혈방은 밑바닥 낭인들이 먹고살기 위해 마구잡이로 살인 청부를 받아들이다가 커진 단체였다. 그들이 삼대 살수 조직으로 꼽히는 것은 그 규모가 커서일 뿐, 흑림은 혈방을 같은 살수로 취급하지 않았다. 삼대주가 신경 쓰는 것은 다른 쪽이었다.
"……살막에선 누가 왔지?"
"알려지기로는 칠살(七殺)입니다."
"칠살이라……. 거물이 왔군."
혈방을 밑바닥 낭인들이라 무시하던 삼대주였지만, 살막에 대해서 이야기할 땐 표정을 굳혔다.

살막(殺幕). 명실상부 무림 최강의 살수 집단. 그 인원은 모두 합쳐도 서른 남짓으로, 그 안에서도 십살(十殺)에 꼽히는 열 명의 살수는 초절정고수조차 암살할 수 있다고 알려져 있었다.

현 흑림의 림주도 과거 살막의 살수 중 한 명이었다.

"살막의 움직임은 수시로 파악해서 보고하도록."

"예."

"후우……."

한숨을 내쉰 삼대주는 의자에서 몸을 일으켰다.

살막(殺幕). 흑림(黑林). 혈방(血放).

무림 삼대 살수 집단이라 묶여서 불리지만, 현실은 위에 언급한 순서대로라는 것이 대부분의 무림인들의 생각이었다.

'어쩌면 이것은 우리에겐 기회다.'

흑림의 목표는 살막을 뛰어넘어 무림 최고의 살수 조직이 되는 것. 삼대주는 림주의 명령을 떠올렸다.

─삼대주. 계획대로 천영이 성공하면 조용히 보수만 받아서 돌아오면 된다. 하지만 그들이 실패한다면…… 승상의 목을 취하는 것은 반드시 흑림이어야 한다.

상황을 보아 신중히 개입하되, 하게 된다면 제대로 하라는 것.

─결코 다른 놈들에게 목표물을 빼앗기지 마라.

의뢰인들이 이번 청부에 약속한 보수는 돈뿐만이 아니었다. 황궁의 권력자들은 흑림의 살수들에게 내려진 수배령을 모두 거둬 주기로 약속했고, 쓸 만한 위조 신분도 여럿 만들어 주기로 했다. 또한 천영이 전멸했으니, 그들의 빈자리를 채울 일거리를 맡길 수도 있었다. 흑림이 승상의 목을 들고 간다면 말이다.

'결국 위험 부담이 클수록 보수도 큰 법이지.'

생각을 정리한 삼대주는 무릎을 꿇고 대기 중인, 칙칙한 눈빛을 내뿜는 살수들에게 명령을 내렸다.

"가서 승상의 목을 가져와라. 최대한 빨리."

고개를 끄덕인 살수들이 동시에 사방으로 흩어졌다.

파앗! 파바밧!

같은 시각, 살막과 혈방의 살수들도 비슷한 생각을 하고 있었다.

[이호. 목표물을 확인.]
[삼호. 목표물을 확인.]
[사호. 목표물을 확인.]

차례대로 세 번의 전음이 들려왔다.

조원들의 위치를 확인한 일호는 한 명씩 모두에게 전음을 보냈다.

[일호. 목표물 확인. 다들 현 위치에서 대기.]

"빙탕후루 사세요! 달고 맛있는 빙탕후루 사세요!"

일호는 남자였지만 지금은 후덕한 인상의 중년 여인으로 변장해 있었다. 남자보다는 여자에게 경계심이 덜한 법이고, 펑퍼짐한 옷을 입기에도 좋기 때문이었다. 그의 치마 속에 숨겨진 암기만 수십 개가 넘었다.

[목표물 이동. 거리를 유지하도록.]

"빙탕후루 사세요!"

일호는 작은 수레를 끌며 목표물과의 위치를 조금씩 좁혔다. 그의 지시에 4인 1조로 이루어진 살수들이 한 몸처럼 움직였다. 살수는 극도의 인내심을 필요로 하는 직업이다. 목표물은 항상 주위를 경계하기 마련이고, 그 주변에는 강한 호위들이 물샐틈없이 경계하고 있기 마련이다. 하물며 목표물이 한때 승상까지 지낸 권력자라면…….

"허허허! 밖에 나오니 좋구나!"

……비록 저렇게 조심성이 부족해 보이는 모습을 보이더라도, 곧바로 접근하는 것은 하수나 하는 짓이다. 평소의 일호였다면 조금 더 신중하게 접근했을 것이다.

하지만.

−승상의 목을 가져와라. 최대한 빨리.

삼대주의 명령을 떠올린 일호는 평소보다 빠르게 조원들을 움직였다. 하지만 시장통이나 다름없는 곳에서 수많은 인파에 섞여 있었기에, 누군가에게 들킬 확률은 평소보다 훨씬 적다고 판단했다.

[이호. 반각 이내에 사정거리 이내에 목표물과 접촉할 가능성 큼.]
[삼호. 저격 가능 장소에 도착.]
[사호. 예상치 못한 진상 손님과 조우. 반각 이내에 처리 후 움직이겠음.]

조원들의 전음을 모두 확인한 후, 일호는 지시를 내렸다.

[반각 후 사냥을 시작한다. 현 시각부터는 휘파람 소리로 지시하겠다.]

전음은 한 명씩 일일이 전달하고 대답을 들어야 하는 것에 반해, 단순한 명령을 전달하는 것은 휘파람이 훨씬 편했다.
휘익! 일호가 휘파람을 불자 세 명에게서 '알겠다.'라는 대답이 돌아왔다.
휘익! 휘익! 휘익! 특수한 청각 훈련을 거치지 않은 민간인에게는 들리지 않는 소리. 기감이 예민한 무인이라면 들을 수도 있겠지만, 그 의미를 알지 못하면 그냥 거슬리는 소리일 뿐이었다.
'이렇게 시끄러운 곳에서 잘 들리지도 않는 휘파람을 신경 쓸 무인은 없을 터.'
약속된 반각이 금세 지났다. 목표물을 시야에 포착한 일호는 다시 휘파람을 불었다.
휘~익!
일호는 '대기하라.'라는 의미의 휘파람을 분 후, 목표물을 향해 수레를 밀고 나아갔다.
"빙탕후루 사세요! 달고 맛있는 빙탕후루 있어요!"
목표물이 이쪽을 향해 고개를 돌리는 것이 보였다.
동시에 거리에서 차력을 보여 주고 있던 이호가 입에서 칼을 꺼냈고, 건너편 건물의 창가에 서 있는 삼호가 소맷자락에서 특수 제작된 소형 쇠뇌를 꺼내 은밀히 겨눴다.
그런데 진상 손님과 실랑이 중이라던 사호의 모습은 보이지 않았다.
'진상을 못 떨쳐낸 모양이군.'
일호는 당황하지 않았다. 살행이란 원래 계획대로 다 되는 경우가 더 드물다. 그는 사람 좋게 웃으며 자연스럽게 목표물과 눈을 마주쳤다.

"어르신! 빙탕후루 하나 드셔 보세요. 아주 달고 맛있어요. 옆에 손자들도 사 주면 정말 좋아할걸요?"

"허허. 빙탕후루라. 어릴 때 참 맛있게 먹었었지."

공손수가 전낭을 꺼내며 이쪽으로 걸어왔다. 일호는 입술을 살짝 모으고 휘파람을 길게 불었다.

휘이익-

'살행 준비.'

그 신호에 이호와 삼호가 언제라도 출수할 수 있도록 몸을 긴장시켰다.

일호는 수레에서 빙탕후루를 꺼내며 헤실헤실 웃었다.

"산사나무 열매랑 명자나무 열매가 있는데. 어떤 것으로 드릴까요?"

"당연히 둘 다 맛봐야지. 두 개씩 주시구려."

"아이구, 감사해라."

빙탕후루는 나무 열매를 대나무 꼬치에 꿰어 물엿을 바른 뒤 굳혀서 만든 간식이다. 하지만 얇은 대나무 꼬치도 살수의 손에 들리면 무시무시한 암기가 되는 법.

"여기……."

양손에 빙탕후루를 나눠 든 일호가 눈웃음을 치며 공손수에게 다가갔다. 동시에 은밀하게 내공을 일으키고, 입술을 모아 휘파람을 불 준비를 했다. 휘……. 그가 휘파람을 불면 이호가 몸을 날려 덩치가 큰 소년의 시선을 끌 것이고, 삼호가 쇠뇌를 쏘아 작은 소년을 노릴 것이다. 그렇게 두 호위의 신경이 분산된 순간, 이 얇은 대나무 꼬치가 공손수의 목을 단숨에 뚫을 것이다.

휘……이……. 입술을 모은 일호가 마지막 휘파람을 불려는 순간이었다.

"어머! 복순이 언니!"

갑자기 끼어든 웬 여자가 공손수와 일호 사이를 가로막았다.

"누구……?"

맹세코 처음 보는 여자였다. 복순이라니! 일호는 그런 촌스러운 가명을 사용한 적이 없었다. 여자가 호들갑을 떨며 일호를 덥석 안았다. 피부가 하얗고 큰 키에 호리호리한 미인이었다.

"언니! 저 옥이에요! 기억 안 나? 십 년 전에 돈 번다고 고향 떠나더니, 이런 데서……."

파바밧! 순식간에 등의 혈도를 제압당한 일호의 눈이 놀라서 부릅떠졌다. 빙탕후루가 바닥에 떨어져 흙투성이가 되었다. 다가오던 공손수가 뒤로 물러났다. 그는 두 여인(?)의 해후를 흐뭇한 표정으로 바라봤다.

"허허. 옛 인연을 만난 모양이구만. 나는 신경 쓰지 말고 이야기들 나누시게."

"어머. 감사해요, 어르신. 십 년 만에 만난 고향 언니라서요. 언니! 우리 저기 찻집으로 가자!"

"……."

일호는 갑자기 일어난 현실을 믿을 수가 없어서 눈만 끔뻑거렸다. 아혈이 짚인 탓에 말도 할 수 없었다.

'이호는? 삼호는?'

눈동자를 굴려 찾아보았지만 보이지 않았다. 대신 다정하게 팔짱을 낀, 자칭 고향 동생이라는 여자가 그의 귓가에 나직이 속삭였다.

"흑림? 혈방? 살막일 리는 없고."

"!"

그건 소름이 돋을 정도로 낮은 남자의 목소리였다.

86화
반격

잠시 후, 일호는 으슥한 골목길로 끌려들어 갔다. 골목길 안에 사라진 이호, 삼호, 사호가 기절한 채로 널브러져 있었다. 그 앞에는 복면을 쓴 세 명의 무인이 서 있었다.

'기척을 전혀 느끼지 못했는데…….'

흑림의 살행조가 저항도 못 해 보고 무력화되었다. 일호는 이 믿을 수 없는 현실에, 자신을 끌고 온 여자를 노려봤다. 아니, 상대는 더 이상 여자가 아니었다.

우드득. 여장을 하며 굽혔던 허리를 펴자 키가 훌쩍 커졌다.

찌이익! 인피면구를 떼어내자, 감탄이 나올 정도로 잘생긴 사내의 얼굴이 드러났다. 그는 백수룡이었다. 바닥에 널브러진 살수들을 본 백수룡이 복면을 쓰고 있는 동료들에게 말했다.

"다들 수고했어. 나머진 내가 알아서 할 테니까, 다시 어르신에게 가 봐."

"……."

복면인들은 악연호, 명일오, 제갈소영이었다. 세 사람은 과묵하게 고개를 끄덕이더니, 동시에 경공을 펼쳐 벽을 박차고 사라졌다.

"……쟤들 왠지 살수 놀이에 맛 들인 것 같은데."

가볍게 혀를 찬 백수룡은 다시 일호를 돌아봤다. 그가 손을 뻗어 일호의 아혈을 풀어주었다.

"아혈 풀었으니까 이제 말해도 돼. 그렇다고 갑자기 소리 지르거나 하진 말고. 피차 선수끼리 쉽게 가자. 응?"

"……."

"살수답게 입이 무거운 친구네."

일호의 무덤덤한 반응에도 백수룡은 피식 웃었다.

"이러면 입이 좀 가벼워지려나."

우지직! 백수룡은 일호의 한쪽 어깨를 단숨에 뽑아 버렸다.

"큽!"

무릎을 꿇은 일호의 이마에 식은땀이 송골송골 맺혔다. 고통에 익숙하고 인내심이 강한 살수였기에 망정이지, 보통 사람은 고래고래 비명을 지를 만한 고통이었다.

"고문이…… 통할 것 같나."

일호가 처음 입을 열었다. 그는 백수룡을 똑바로 노려보며 말했다.

"죽여라. 날 고문해 봐야 아무것도 얻지 못할 것이다."

그의 비장한 태도에 백수룡은 피식 웃었다.

"죽고 싶으면 직접 혀를 깨물지, 왜 나한테 죽여 달라고 그래?"

"……."

"사실은 살고 싶지?"

일호를 빤히 바라보는 백수룡의 눈은 유리알처럼 투명했다.

스스슷……. 그의 눈동자에 희미하게 붉은 기운이 맺혔다.

"난 너 같은 살수 놈들을 잘 알아. 사람을 죽이는 게 일이니까, 자신이 죽음을 잘 안다고 생각하지. 하지만 정말 그럴까?"

"……."

일호는 대답하지 않았다. 피식 웃은 백수룡은 그의 옷을 뒤져서 수많은 암기를 찾아냈다. 그중 표창 하나를 꺼내 허공으로 던졌다 받았다 장난감처럼 가지고 놀더니, 갑자기 옆으로 던졌다.

푸욱! 기절한 채로 쓰러져 있던 사호의 미간에 표창이 틀어박혔다. 즉사였다. 놀란 일호가 몸을 움찔 떨었다. 백수룡이 그를 내려다보며 나른하게 웃었다.

"남의 죽음을 자주 본다고 죽음이 안 무서워질까? 아니. 죽어가는 사람의 공포에 질린 눈을 들여다볼 때마다, 죽음에 대한 공포는 점점 커지지."

"……."

상대의 목소리가 귓가를 파고들어 뇌까지 박히는 기분. 일호는 애써 무표정을 유지하며 백수룡을 똑바로 노려봤다.

"그런 협박이……."

백수룡이 이번에는 단검을 옆으로 던졌다.

푹! 삼호의 심장에 단검이 틀어박혔다. 푸들푸들 떨리던 삼호의 몸이 서서히 움직임을 멈췄다.

뚝……. 뚝…….

가슴에 박힌 단검의 손잡이를 따라 피가 뚝뚝 흘러내렸다. 일호는 자기도 모르게 이를 꽉 악물었다.

"살수들은 훈련을 통해 감정을 죽이고, 고통에 무뎌지지. 누군가를 죽이는 일에도 무감각해진다. 그걸 죽음에 대한 공포를 극복했다고 착각해. 하지만 잘 봐."

"그만……!"

백수룡은 바늘처럼 얇은 금침을 이호에게 던졌다.

푹! 이번에는 한 번에 목숨을 빼앗지 않았다. 이호가 번쩍 눈을 뜨더니, 고통에 몸부림치며 두 손으로 목에 박힌 금침을 빼내려고 했다.

"컥, 커헉……!"

이호는 천천히 죽어갔다. 일호는 그 모습을 보며 덜덜덜 떨었다. 일호 앞에 쪼그려 앉은 백수룡이 그의 귀에 대고 속삭였다.

"인간은 고통에 익숙해질 수 있을진 몰라도 죽음에는 익숙해질 수 없어. 누구든 죽음은 처음이거든."

"나, 나, 나는……."

백수룡은 검집으로 일호의 가슴을 툭 쳤다. 그러자 깜짝 놀란 일호가 비명을 지르며 뒤로 넘어졌다.

"으허어억!"

백수룡은 창백하게 질린 일호를 바라보며 물었다.

"다시 묻지. 살고 싶어?"

"사, 살고 싶습니다. 살고 싶습니다!"

일호는 일말의 망설임도 없이 고개를 끄덕였다. 눈앞에서 사호, 삼호, 이호가 죽는 것을 보았다. 평생 살수로 살아오며 동료들이 죽는 것을 본 것이 처음은 아니다. 하지만 백수룡이 그에게 보여 준 공포는 차원이 달랐다.

'살고 싶어. 죽고 싶지 않아. 만약 이 남자에게 죽으면…… 영혼조차 구제받지 못할 거야.'

평생을 통틀어 이토록 두려움을 느끼고, 절실하게 살고 싶다는 생각을 한 것은 처음이었다. 일호의 눈에서 눈물이 줄줄 흘러내렸다.

"살려…… 주십시오. 제발……."

백수룡은 납작 엎드려 비는 일호의 어깨에서 검을 치웠다. 어느새 그의 눈에서 일렁이던 혈기도 사그라들었다.

"살고 싶으면 내 질문에 잘 대답해야 할 거야. 어디 소속이지?"

"흐, 흑림. 흑림입니다."

일호는 흑림에 대해 아는 것을 전부 이야기했다. 이곳에 몇 명이나 왔고, 어떤 식으로 살행에 나서며, 책임자는 누구인지. 일개 조의 조장인 일호가 아는 것은 그리 많지 않았지만, 살기 위해서 최선을 다해서 대답했다.

"아까 휘파람으로 신호를 주고받던데. 그거 어떻게 하는 거야?"

"그건……."

백수룡은 흑림의 살수들끼리만 아는 통신 수단에 대해서도 알아냈다.

'이건 요긴하게 써먹을 수 있겠어.'

잠시 후, 아는 정보를 모두 쏟아낸 일호는 결국 탈진해서 쓰러졌다.

"……지독하군."

골목의 어둠 속에서 한 사내가 걸어 나왔다. 그는 청천이었다. 청천은 질린다는 표정으로 시체들과 일호, 백수룡을 번갈아 바라봤다.

"원래…… 살수였나?"

방금 백수룡이 보여 준 잔인한 손속과 행동을 보면, 청천이 그런 추측을 하는 것도 무리가 아니었다.

그러나 백수룡은 어깨를 으쓱하며 대수롭지 않게 대답했다.

"예전에 살수들도 가르쳐 봤거든."

"하……."

청천은 묻고 싶은 게 많은 얼굴이었지만, 결국 아무것도 묻지 않았다. 대신 그는 백수룡을 부탁한 대로 일호를 어깨에 둘러맸다.

"이 녀석은 감옥에 가둬 두면 되겠나?"

"부탁 좀 할게. 일이 마무리되면 증인이 필요할 수도 있거든."

"알겠다. 시체는 포졸들을 불러 치우게 하지."

청천은 시체들을 둘러보며 대답했다. 그는 백수룡이 살인을 저지른 것에 대해서는 큰 감흥이 없었다. 죽은 자들은 전부 살수였다. 사람을 죽이고 대가를 받는 것을 업으로 삼는 쓰레기들.

'동정할 가치도 없는 놈들이지.'

청천은 고개를 돌려, 일호에게서 벗겨낸 인피면구를 뒤집어쓰고 옷을 갈아입는 백수룡을 바라봤다.

"살수 사냥을 계속할 건가?"

"그래야지. 이놈들은 말로 해선 안 듣거든."

"……조금 전에 말로 한 놈 설득한 것 같았는데."

순식간에 변장을 마친 백수룡이 청천을 돌아봤다. 어느새 그는 중년 여인으로 변해 있었다.

"시간이 오래 걸리잖아. 아까 같은 분위기를 조성하는 게 쉬운 것도 아니고. 게다가 아까 그 방법이 모두한테 통하는 것도 아니거든."

중년의 여인이 소매에 암기를 숨기며 인심 좋게 웃었다.

"그리고 더 쉽고 빠른 방법이 있으니까."

"……."

"그럼 또 보자고."

몸을 돌린 백수룡이 골목을 빠져나가며 손을 흔들었다. 청천은 작아지는 그의 뒷모습을 바라보며 작게 중얼거렸다.

"어쩌면 이곳에서 가장 뛰어난 살수는 저 녀석일지도 모르겠군."

청천은 새삼 저 남자를 적으로 돌리지 않아서 정말로 다행이라고 생각했다.

백수룡의 모습은 더 이상 보이지 않았다.

흑림의 살수들은 갑자기 혼란에 빠졌다.

휘익! 휙! 휘이익! 사방에서 들려오는 휘파람 소리.

본래 흑림의 살수들 사이에서만 사용하는 신호였으나, 언제부턴가 정체를 알 수 없는 적들에 의해서 사용되고 있었다. 정체를 알 수 없는 적은 휘파람으로 흑림의 살수들을 교란했다. 흑림의 살수들이 무언가 잘못되었음을 깨달았을 땐, 이미 절반에 가까운 숫자가 당한 후였다.

[현 위치에서 대기!]
[적들의 위치부터 파악해라!]
[당황하지 마라. 지금부터 휘파람 신호는 무시한다.]
[간격 유지. 일단 인파에 몸을 숨겨라.]

몸을 숨긴 살수들은 등줄기에 식은땀이 흐르는 것을 느꼈다.
'도대체 누가?'
'목표물에 가까이 접근한 조는 모두 당했다.'
'이 수법……. 상대도 살수다.'
'최소한 셋 이상이야. 여러 명이 동시에 전음이 끊겼다.'
'혈방 놈들인가? 아니면 혹시 살막이…….'
살수들은 어떠한 상황에서도 당황하지 않도록 평정심을 유지하는 훈련을 받는다. 하지만 아무리 그런 훈련을 받는다고 해도, 알 수 없는 적에 의해 동료들이 하나씩 죽어 나가면 공포에 질릴 수밖에 없었다.
휘잉. 그저 가벼운 바람이 불어왔을 뿐인데도 몸이 움찔거렸다. 아니, 불행하게도 이번엔 가벼운 바람이 아니었다.
"잘난 척하던 흑림도 별것 아니군."
"!"
귓가에 비웃는 목소리가 들려왔을 땐, 비수가 폐를 찌르고 지나간 뒤였다.
푹.
그림자는 살수의 옆을 스쳐 자연스럽게 걸어갔다.

"조만간 본 방(放)이 너희를 쓸어버릴 것이다. 지옥에서 구경하도록."

다리에 힘이 풀린 살수는 흐릿해지는 상대의 뒷모습을 바라봤다.

'방……. 혈방(血放) 놈들이었구나!'

흑림의 살수는 쓰러지는 척하며 군중 속으로 몸을 숨겼다. 놈은 자신을 끝장낸 줄 알겠지만, 다행히도 아슬아슬하게 폐에서 반 치 정도 옆을 찔렸다. 살수는 그것이 천운이라고 생각했다.

'어서 삼대주께 보고를…….'

적의 정체를 알아냈다고 생각한 흑림의 살수는 비틀거리며 삼대주를 찾아갔다.

그는 상상도 할 수 없었다. 방금 자신의 옆구리를 찌른 살수가, 잠시 후 혈방의 살수에게도 말만 살짝 바꿔서 똑같은 말을 하리라는 것을.

콰앙! 일격에 탁자를 부숴 버린 삼대주가 자리에서 벌떡 일어났다. 그의 두 눈에서 불길이 활활 타오르는 듯했다.

"혈방 이놈들이 감히!"

그는 방금 수하로부터 보고를 받았다. 공손수를 암살하기 위해 보낸 살수들이 당했는데, 그 흉수가 혈방이라는 보고였다.

"이렇게 나오겠다 이거지?"

공손수의 목을 먼저 취하기 위해, 삼대 살수 조직이 서로 경쟁하리라는 것은 예상했다. 하지만 이렇게 노골적으로 공격해 올 줄이야. 이것은 흑림에 전쟁을 선포한 것이나 다름이 없었다. 평소 혈방을 몇 수 아래로 보던 흑림의 간부로서 용납할 수 없는 일이었다.

"네놈들이 먼저 시작한 일이다. 후회하게 해 주지."

이를 부드득 간 삼대주는 대기 중인 모든 살수들을 집결시키라고 명령했다. 혈방들이 먼저 싸움을 걸어온 이상, 놈들을 모두 죽인 후 공손수의 목까지 취할 것이다.

삼대주가 짙은 살기를 뿌리며 말했다.

"내가 곧 갈 테니 모두에게 대기하라 일러라."

"존명!"

같은 시각, 혈방에서도 비슷한 일이 벌어지고 있었다.

"흑림 이 새끼들이 미쳤구나! 우리 애들을 건드려!"

혈방 남창 지부. 평소에는 지하 도박장으로 쓰이는 이곳에서 보고를 받은 혈방의 지부장이 고래고래 소리를 질렀다.

"남아 있는 애들 싹 불러! 전부 죽여 버릴라니까!"

지부장은 벽에 걸린 커다란 도끼를 꺼냈다. 그의 우락부락한 몸에는 흉터와 문신이 가득했다.

"잘난 척하던 면상을 당장 쪼개러……."

그 순간, 우당탕 소리가 나며 지상과 연결된 도박장의 문이 부서지고 무언가가 굴러떨어졌다. 도박장 바깥을 지키고 서 있어야 할 문지기가 피투성이가 된 모습으로 기절해 있었다.

"스, 습격이다!"

"적이다!"

도박장 안의 낭인들이 일제히 무기를 뽑아 들었다. 그 숫자가 족히 오십 명은 되었기에, 혈방의 지부장은 의기양양하게 계단을 향해 소리쳤다.

"이것들이 여기가 어디라고! 들어와, 들어와 이 새끼들아!"

잠시 후, 계단 위에서 누군가가 천천히 내려왔다.

저벅. 저벅. 한 치의 오차도 없는 규칙적인 발걸음.

"너희가……."

눈처럼 새하얀 머리카락과 수염, 그와 어울리는 짙은 옥색 도포. 허리를 검처럼 꼿꼿하게 편 노인이 뒷짐을 진 채로 도박장 내부를 둘러봤다.

"혈방이라는 인간 백정의 무리더냐?"

"미친……. 저건 뭐 하는 노인네야!"

혈방의 지부장이 도끼를 들어 올리며 소리쳤다. 하지만 그의 이마에는 식은땀이 삐질삐질 흐르고 있었다.

'고수다. 엄청난 고수.'

그 모습을 본 노인이 가볍게 혀를 찼다.

"다들 눈에 살기가 가득한 걸 보니, 맞나 보구나."

"이런 빌어먹을……. 쳐라!"

수십 명의 낭인이 고함을 지르며 달려드는 가운데, 검치 매극렴이 천천히 검을 뽑았다.

87화
기다리고 있었다

휘익! 지붕 위에 가볍게 내려선 흑영이 백수룡의 뒷모습을 보며 보고했다.

"학생 주임 매극렴이 혈방 지부로 들어갔습니다."

"탈출로는?"

백수룡은 뒤도 돌아보지 않고 사무적인 어조로 물었다. 평소와는 전혀 다른 그의 모습에 흑영은 속으로 놀라고 있었지만, 티를 내지 않으며 간결하게 대답했다.

"제가 막았습니다. 주변 청소도 끝냈으니, 도박장 안쪽에 있는 자들만 처리하면 혈방에서 정보가 새어나갈 일은 없습니다."

"수고했어."

짧게 대답한 백수룡은 지상을 살폈다. 주변에서 가장 높은 건물의 지붕 위. 백수룡은 공손수를 중심으로 모여드는 수많은 인파를 관찰하고 있었다. 때문에 흑영을 돌아볼 여유가 없었다.

"동쪽에서 셋. 서쪽에서 둘. 남쪽에 둘…… 아니 셋이군."

그의 예리한 관찰력과 분석 능력이 어느 때보다 빛을 발하고 있었다.

저 수많은 인파 속에서, 백수룡은 살수들만을 정확히 찾아내 지상의 동료들에게 전음으로 위치를 알렸다.

[연호. 동쪽의 과일 가판대에 있는 노인을 잡아.]
[일오. 뒤쪽에 있는 붉은 옷의 기녀에게 접근해라.]
[소영. 십여 장 뒤쪽 어린 남매 보이지? 말 걸면서 잠시 시간을 끌어.]

마치 거대한 장기판 같았다. 백수룡의 지시에 따라 세 사람이 살수들의 움직임을 제한하고, 시간을 지연시키고, 경로를 꼬이게 만들어 공손수에게 닿지 못하도록 하고 있었다.

잠시 전음을 멈춘 백수룡은 눈을 가늘게 뜨더니, 이내 손가락을 뻗어 한 방향을 가리켰다.

그리고 흑영을 돌아보며 말했다.

"저기 봇짐장수 보이지? 제법 실력이 있어 보이는데, 할 수 있겠어? 힘들 것 같으면 내가……."

"제가 가죠."

자존심이 상한 듯 흑영이 콧방귀를 뀌었다. 즉시 지붕에서 뛰어내린 흑영이 인파 속으로 스며들었다. 전직 천영 최고의 살수였던 이름값을 증명하듯, 흑영은 은밀하고 신속하게 상대를 처리했다. 백수룡은 그 모습을 보며 피식 웃었다.

"제법이네."

아직 부상이 다 낫지 않았을 텐데도 흑영은 충분히 제 몫을 해 주고 있었다. 잘해 주고 있는 것은 악연호, 명일오, 제갈소영도 마찬가지였다. 덕분에 백수룡은 흑림과 혈방 간에 이간질을 한 이후로는 직접 움직이는 것을 최소화하고, 상황을 살피고 조율하는 데 주력하고 있었다.

'혈방엔 매극렴이 갔으니 더 이상 신경 쓰지 않아도 되겠고.'

혈방은 살수보다는 낭인에 가까운 사파의 무인들이 모여서 만든 단체로, 삼대 살수 조직 중 가장 숫자가 많고 여러 도시에 지부가 설립돼 있었다. 당연히 지부의 위치는 비밀이었으나, 흑영은 예전부터 그들의 위치를 파악하고 있었다.

그래서 매극렴을 보냈다. 손에 쥔 패 중에서 가장 강력한 패.

전형적인 정파 무인인 매극렴이 가장 혐오하는 종류의 인간 백정들과 만난 이상, 그의 검은 조금의 자비도 베풀지 않을 것이다.

'밖에 나와 있는 혈방의 살수들은 흑림에서 처리해 줄 거고.'

흑림도 움직이기 시작했다. 혈방이 자신들을 공격했다는 이야기가 드디어 삼대주의 귀에 들어갔는지, 잠시 뒤로 물러났던 흑림의 살수들이 혈방의 살수들을 찾아 죽이기 시작했다.

푹.

살수들은 대놓고 싸우지 않는다. 그들은 어두운 골목에서, 그늘진 담벼락 아래에서, 또는 오랜만에 만난 친구처럼 대화를 나누다가 조용히 서로를 찌른다.

푹.

싸움이 끝나면 한쪽은 깊은 잠에 빠지듯 조용히 눈을 감는다. 살수에게 고통은 익숙하기에 비명은 거의 없다. 승자는 그 시체를 업거나 부축해 인적이 드문 곳으로 데려가 처리한다.

'백주에 살인 사건이 벌어지면 관아가 개입하게 된다. 일이 커지는 것은 누구도 원하지 않아.'

그렇기에 이곳에서 벌어지는 살수들의 싸움은 소리 없는 전쟁이 될 수밖에 없다.

"그게 너희들의 약점이지."

도시 곳곳에서 살수들끼리 죽고 죽이며 숫자가 줄어드는 모습을, 백수룡은 감정 없는 눈으로 지켜보았다. 흑림의 살수들로 혈방의 살수들을 사냥하고, 그런 흑림의 살수들을 흑영과 청룡학관의 임시 강사들이 사냥한다. 혈방의 지부에는 매극렴을 보내어 추가 병력을 보내지 못하도록 틀어막는다. 과격한 낭인이 주축인 놈들이라, 어떤 과격한 행동을 할지 모르기 때문이다. 그렇게 혹시 모를 변수마저 최소화했다.

"일단 여기까지는……."

모든 것이 계획대로 진행되었다. 하지만 백수룡은 방심하지 않았다.

'아직 살막이 나서지 않았어.'

살막(殺幕). 명실상부 무림 최강의 살수 집단. 어느 날 무림의 이름난 고수가 갑자기 죽었다고 알려지면, 가장 먼저 살막이 의심을 받는다. 하지만 백수룡이 살막을 경계하는 것은 그 이유만은 아니었다.

"혈교는 사라졌는데, 살막은 남아 있단 말이지……."

무림에는 알려지지 않은 비밀 하나. 살막은 혈교에서 만든 조직이었다. 살막의 수장인 일살(一殺)은 대대로 혈교의 장로 중 한 명이었고, 오십 년 전에도 마찬가지였다. 당시에 혈교의 구(九)장로가 바로 일살이었다.

'무림맹은 두 조직의 연관성을 알아내지 못했다. 그럼 살막은 독립적인 세력이 된 건가? 아니면…….'

혈교의 유산이 살막에 남아 있는 것일까.

"……정확한 건 잡으면 알 수 있겠지."

지상을 바라보는 백수룡의 눈빛이 착 가라앉았다. 이번 일은 공손수를 지키기 위해서이기도 하지만, 혈교에 대한 정보를 조금 더 알아내기 위해서도 필요했다.

"어디 누가 이기나 해 보자고."

긴 인내심 싸움이 될 것이다.

살막은 가장 치명적인 순간까지 기다릴 테니까. 물론 백수룡은 그 순간을 놓치지 않을 생각이었다.

• ❖ •

"허허허허!"

공손수는 오늘따라 유독 기분이 좋아 보였다. 대련 시험까지 반 시진도 남지 않았는데도 불구하고, 그의 얼굴에 긴장한 기색이라곤 보이지 않았다. 잔뜩 긴장한 헌원강은 그 모습이 얄미워서 퉁명스레 물었다.

"할아범은 뭐가 그렇게 기분이 좋은 거야? 대련 시험이 코앞인데 긴장도 안 돼?"

"오전 시험 때는 조금 긴장을 했다만, 지금은 괜찮구나."

공손수는 활기로 가득한 고향의 거리를 흐뭇하게 둘러봤다.

"……시간이 참으로 빠르지."

한 달 전까지만 해도 창밖으로만 바라보던 풍경이었다. 약해진 몸으로는 가벼운 산책 정도가 한계였다. 솔직히 말하면 그리 나가서 돌아다니고 싶은 마음도 없었다.

고향이지만 낯선 곳. 어릴 적 동무들은 모두 죽었고, 알던 거리나 가게도 대부분 사라지고 없었다. 남은 것은 한 줌도 안 되는 추억뿐. 그마저도 빛바랜 것들이라, 죽기 전까지 천천히 곱씹으며 여생을 정리할 생각이었다.

'그런데 전혀 생각지도 못한 기연을 얻었구나.'

잠깐의 유흥으로 시작한 무공 과외가 공손수의 남은 인생을 바꿔 놓았다. 무공을 배우면서 탁했던 몸이 깨끗해졌고, 생사신의조차 몇 년 더 살지 못하리라 말했던 육신이 몰라볼 정도로 건강해졌다. 덕분에 다시 황제 폐하의 부름을 받을 수 있었다.

공손수는 그 사실이 기뻤지만, 또한 아쉬웠다.

"허허. 저기도 한번 구경하러 가 보자꾸나!"

"……저길 꼭 지금 가야 해?"

어째서인지 아까부터 울상인 헌원강을 보고 공손수가 쯧쯧 혀를 차며 말했다.

"선배. 오늘이 아니면 언제 또 이런 날이 온단 말인가. 계속 구시렁거릴 거면 먼저 들어가든가, 아니면 군말 없이 따라오게."

"선배님. 진짜 어디 안 좋으신 거 아니에요? 혹시 힘들면 먼저 들어가세요."

"……야, 위지천. 네가 더 나빠."

"예?"

헌원강의 원망 어린 시선에 위지천은 어리둥절할 따름이었다.

"거 어서들 오래두!"

공손수의 두 사람을 이끌고 열심히 거리를 돌아다녔다. 아이처럼 거리에서 당과를 사 먹고, 한창때의 청년처럼 예쁘게 꾸미고 나온 처자들을 힐끔거렸다. 장년의 사내처럼 목에 힘을 뻣뻣하게 주고 걸어 다녔다. 고향에서 경험하지 못한 세월. 뒤늦게나마 그것을 흉내 내는 공손수의 얼굴에는 함박웃음이 피었다.

"허허! 즐겁구나. 즐거워. 내 평생 오늘만큼 즐거운 나들이를 해 보진 못한 것 같구나."

"늙어서 주책은……."

헌원강은 툴툴대면서도 주위를 경계하는 것을 잊지 않았다. 잠시도 긴장을 풀지 않고 기감을 확장하고 있었기에, 헌원강은 주변에서 뭔가 일어나고 있다는 것을 느끼고 있었다.

'다가오던 사람이 한 명씩 사라지고 있어.'

빙탕후루를 팔던 아줌마가 갑자기 고향 친구를 만나 끌려가고, 멀리서 눈웃음을 치며 다가오던 기녀가 갑자기 집적대는 남자 때문에 뒤로 물러났다. 길에서 울고 있던 아이가 눈물을 뚝 그치더니 차가운 표정으로 뒷골목으로 사라지는 모습도 보았다.

'대체…… 우리 주변에서 무슨 일이 일어나고 있는 거야?'

헌원강은 피부에 오싹 소름이 돋는 것을 느꼈다. 공손수와 위지천은 아무것도 모른다. 둘 다 살수의 존재 자체를 의식하지 않아 경계심이 없는 탓이었다. 오직 헌원강만 그 사실을 알기에 홀로 내적 고통을 받고 있었다.

"허허. 저기도 가 보자꾸나."

"와! 이것도 맛있겠어요!"

"차라리 날 죽여……."

물가에 어린애 내놓은 조마조마한 심정으로, 헌원강은 두 사람을 따라다녔다. 그렇게 반 시진이 지나자 진이 다 빠졌다. 공손수가 아쉬워하는 표정으로 그를 돌아보며 말했다.

"슬슬 청룡학관으로 돌아가야겠구나. 더 놀고 싶지만 오후 시험에 늦으면 큰일이니 말이야."

"드디어…… 청룡학관으로……!"

"선배. 그런데 아까부터 왜 그리 피곤해 보이나?"

"앓느니 죽어야지……."

세 사람은 청룡학관으로 걸음을 옮겼다. 공손수는 뭔가 아쉬운 듯 계속 주위를 두리번거렸다. 이번에 황궁으로 올라가면 다시는 이곳에 돌아오지 못할지도 모른다는 생각에, 그의 발걸음이 자꾸만 느려졌다.

"할아범. 시험 보러 안 갈 거야?"

헌원강이 공손수의 등을 손가락으로 꾹꾹 누르며 재촉했다.

"허허. 가야지. 가야지……."

공손수는 억지로 떨어지지 않는 발걸음을 뗐다. 잠시 후, 멀리 청룡학관의 거대한 현관이 보였다.

공손수가 지나가듯 말했다.

"……너희에게만 하는 얘기다만, 나는 입관 시험에 붙어도 학관에 다니지는 못할 것 같구나."

"예?"

"그게 무슨 소리야?"

당황한 표정을 짓는 두 소년에게, 공손수는 씁쓸하게 웃었다.

"입관 시험이 끝나는 즉시 다시 황궁으로 가게 되었다."

"이렇게 갑자기요?"

"아니 뭔……."

"어쩌다 보니 그리되었구나. 걱정하실 것 같아 몸이 건강해졌다는 소식을 전했을 뿐인데…… 다시 올라오라는 부름을 받았단다."

황제에게 불만이 있지는 않았다. 오히려 다 늙어 퇴물이 된 늙은이를 다시 불러주시니 영광이었다. 하지만 조금 아쉬운 마음이 드는 것 또한, 어쩔 수 없는 일. 공손수는 아쉬움을 삼키며 웃었다.

"잠시나마 즐거운 꿈을 꾸었으니 나는 그것으로 만족한단다."

"……."

"……."

공손수가 한 달 동안 얼마나 열심히 노력했는지, 두 사람은 매일 옆에서 지켜보았다. 그런데 시험에 합격해도 청룡학관에 다닐 수 없다니. 그렇다고 궁으로 말라고 할 수도 없는 노릇이라, 그들은 침묵할 수밖에 없었다.

"크흠. 괜히 나 때문에 분위기가 어색해졌구나. 어서 들어가자꾸나."

청룡학관이 점점 가까워지고 있었다. 오후 대련 시험은 지원자들뿐만 아니라 일반인들에게도 관전이 허락된 터라, 수많은 인파가 청룡학관으로 몰려 무척 혼잡한 상태였다.

"젠장……."

중얼거린 헌원강이 갑자기 일행의 선두로 나서더니, 공손수를 돌아보며 말했다.

"할아범은 내가 꼭 지켜 줄게."

"음? 지키다니 무슨 말인가?"

"……모르면 됐어. 아니, 몰라도 돼. 할아범은 아무것도 신경 쓰지 말고 시험이나 잘 보면 되는 거야."

성큼 앞으로 나선 헌원강이 내공을 끌어올려 버럭 소리쳤다.

"저리 꺼지지 못하겠냐, 이 애송이들아! 청룡학관 삼 학년 선배님이 지나가시는데 감히 길을 막아? 이것들이 다 뒈지고 싶나!"

청룡학관의 망나니가 오랜만에 사나운 기세를 드러내며 사방을 휙휙 노려보자, 막혔던 길이 삽시간에 뻥 뚫렸다. 공손수는 그 모습이 황당해서 웃음을 터트렸다.

"푸하하! 천군만마를 얻은 기분이구나. 그런데 선배, 이러면 나중에 백 선생에게 혼나는 것 아닌가?"

"그건…… 아 몰라! 그때 가서 생각하지 뭐. 빨리 가서 시험 준비나 하사고."

그러나 세 사람이 청룡학관 내부로 들어가기 직전, 누군가가 스윽 그 앞을 가로막았다.

"기다리고 있었다."

88화
칠(七)입니다

"기다리고 있었다."

낯선 이가 갑자기 길을 막아선 순간, 헌원강은 즉시 도파에 손을 얹으며 맹수 같은 살기를 뿜어냈다. 그 모습에 다가오던 남궁석이 흠칫 놀라서 걸음을 멈췄다.

"……뭡니까?"

"너야말로 뭐 하는 새끼야?"

헌원강의 지나칠 정도로 예민한 반응에 남궁석의 이마에 식은땀이 맺혔다.

'유명한 망나니라고는 들었지만 이 정도일 줄이야. 게다가…….'

꿀꺽. 마른 침을 삼킨 남궁석은 어느새 자기도 모르게 몇 걸음 물러나 있었다. 헌원강에 대한 소문은 많이 들었지만, 실제로 보니 생각했던 것과 느낌이 전혀 달랐다. 숙부에게 듣기로는 재능은 있지만 태생이 게으른 놈이라고 했는데…….

'게으른 무인이 이런 기도를 뿜어낼 수 있다고?'

"어이. 뭐냐니까? 귓구멍이 막혔어?"

놀란 것도 잠시, 시비를 거는 듯한 헌원강의 말투에 남궁석의 표정이 굳었다. 상대의 기세가 강하다 한들, 소년은 자존심으론 누구에게도 굽히지 않는 대남궁세가의 핏줄이었다.

"당신한텐 일 없습니다. 볼일이 있는 사람은 당신 뒤쪽입니다."

"……뭐?"

그 순간, 어째선지 헌원강의 표정이 더욱 야차처럼 변했다. 공손수의 앞을 가로막은 헌원강이 도를 반쯤 뽑으며 으르렁댔다.

"네가 할아범한테 무슨 볼일인데?"

"……말고 그 옆 말이요."

"위지천?"

비로소 헌원강의 표정이 조금 풀렸지만, 여전히 경계를 풀지는 않았다. 다소 험악해진 분위기 속에서 위지천이 얼떨떨한 표정으로 앞으로 나섰다.

"예? 왜 저를……."

헌원강 때문에 분위기가 다소 우습게 되었지만, 남궁석은 개의치 않고 준비해 온 선전포고를 했다.

"올해 수석은 나다."

"네?"

"조막생 따위를 이겨 놓고 벌써 수석이라도 한 것처럼 기고만장하지 말란 말이다."

"제가 언제……."

위지천의 당혹스러운 표정에, 남궁석은 코웃음을 치며 말했다.

"가식을 떠는 건가, 아니면 나중에 망신당할 것에 대비해 밑밥을 깔아 두는 건가. 너도 주변에서 하는 말을 못 들진 않았을 텐데."

"……."

남궁석의 기분은 최근 며칠 동안 최악이었다. 사방에서 들려오는 '위지천'이라는 이름 때문이었다. 지난 십 년 이내 최고의 기재라느니, 청룡학관에 잠룡이 들어왔다느니, 수석은 따놓은 것이나 다름이 없다느니. 심지어 남궁석이 존경하는 십존의 일원 남궁제학마저, 오늘 함께 점심을 먹는 중에 그 이름을 꺼냈다.

─위지천이라는 아이에 대해서 아느냐?

'빌어먹을…….'
모두의 기대와 관심을 받는 사람은 자신이어야 했다. 대남궁세가의 핏줄. 그에 따라오는 어마어마한 기대와 어깨를 짓누르는 부담감을 자신은 항상 충족시켜 왔다. 비록 형들에게 순서가 밀려 청룡학관에 입관하게 되었지만, 남궁석은 오히려 이것이 기회라고 여겼었다.

─네 시대부터 청룡학관은 바뀔 것이다.

숙부인 남궁수가 그렇게 장담했고, 남궁석 본인도 동의했다. 재능으로도 노력으로도 동년배 중 누구에게도 지지 않는다고 자부했다. 오대학관 중 가장 떨어진다는 청룡학관 따위에 자신의 적수가 있을 리 없다고 생각했다. 위지천이라는 눈엣가시가 나타나기 전까지는 말이다.
"……전 기고만장한 적 없어요. 제가 당연하게 수석을 할 거라고 생각한 적도 없고요."
"흥."
조심스러운 위지천의 말에, 남궁석은 코웃음을 치며 오만한 표정을 지었다. 위지천이 자신의 선전포고에 겁을 먹었다고 생각한 것이다.
"다행히 주제 파악은 하고 있었군. 벌써 꼬리를 마는 건 좀 한심하긴 하지만……."

"하지만 그쪽은 이길 수 있을 것 같아요."

"……뭐?"

갑작스러운 반전 화법에 남궁석의 표정이 일그러졌다. 옆에서 못마땅한 표정으로 지켜보던 헌원강이 "이것 봐라?" 하며 킥킥 웃었고, 공손수는 초롱초롱한 눈으로 대치 중인 두 소년을 바라보며 "청춘이구나……." 하고 중얼거렸다.

위지천이 남궁석의 시선을 피하지 않으며 덤덤히 말을 이었다.

"절 먼저 도발한 건 그쪽이에요. 저희 선생님이, 누가 선빵을 날리면 두 배로 갚아 주라고 하셨거든요."

"그……쪽?"

남궁석은 위지천이 하는 말의 내용보다 호칭이 더 신경이 쓰였다.

설마.

"너……. 내 이름을 모르나?"

"그리고 수석을 해서 하고 싶은 일도 생겼고요."

"너……!"

위지천은 자연스럽게 대화 주제를 돌렸지만, '그쪽'을 열 받게 하기에는 그 정도로 충분했다.

공손수가 옆에서 궁금하다는 표정으로 물었다.

"천아. 수석을 해서 하고 싶은 일이 뭔지 물어봐도 되느냐?"

"……신입생 대표 연설이요."

"호오?"

수석을 하면 입학식 때 신입생 대표로 연설을 하게 된다. 강사들, 같은 신입생들, 재학생들, 그리고 무림의 수많은 선배들 앞에서 자신의 포부를 밝히는 자리. 청룡학관에 입학한 신입생 중, 단 한 명만이 설 수 있는 영광스러운 자리다.

"……그 자리에서 올라가서 하고 싶은 말이 있어요."

평소 얌전한 성격의 위지천이기에, 많은 사람 앞에 나서는 자리에 서고 싶다고 말하는 모습이 공손수와 헌원강에겐 무척 의외였다. 물론 남궁석에겐 자신을 도발하는 것으로 느껴질 뿐이었다.

"아니. 넌 아무 말도 할 수 없을 거다. 왜냐면 신입생 연설도, 졸업생 연설도 전부 내 차지가 될 테니까."

"……졸업생 연설에는 관심 없는데요?"

"건방진 자식이……!"

두 소년은 절대 양보할 수 없다는 표정으로 서로를 노려봤다. 허공에서 눈빛이 부딪쳐 불꽃이 튀는 듯했다. 헌원강이 지끈거리는 관자놀이를 꾹꾹 누르며 남궁석에게 말했다.

"이봐. 볼일 끝났으면 길 좀 비키지? 내가 지금 좀 예민하거든?"

"당신은 빠져."

"하?"

빠지란다고 빠지면 청룡학관의 망나니라고 불리지도 않았을 것이다. 헌원강의 입에서 걸쭉한 육두문자가 쏟아져 나왔다.

"이런 쥐좆만 한 새끼가 하늘같은 선배님께서 말씀하시면 네, 하고 비킬 것이지 말끝마다 따박따박 말대답을 해? 네가 오늘 아주 숨지고 싶어서 작정했구나?"

웬만한 파락호 저리 가라 할 정도로 건들거리는 자세하며, 고개를 삐딱하게 들고 눈깔에 힘을 팍 주고 사람을 내려 보는 모양새까지. 그야말로 자릿세 받으러 온 건달이었다.

"허. 뭐 이런 파락호 같은 자가……!"

어려서부터 명문가에서 교육받고 자라온 남궁석이었다. 평생 그런 말을 처음 들어본 터라 당황해서 입이 떡 벌어졌다.

헌원강이 고개를 삐뚜름하게 꺾으며 말을 늘렸다.

"파락호? 파락호오오오오?"

"다, 다가오지 마라!"

진심으로 당황한 남궁석이 검 손잡이에 손을 올렸다. 헌원강은 어디 한번 해 보라는 듯 히죽히죽 웃으며 다가갔다.

"오구오구. 어디 수석을 노리는 후배님 실력 한번 볼까? 마침 아무한테도 말 못 하는 이 내적 고통을 분출할 곳이 필요했거든? 한 놈만 걸리면 사지육신을 분리시켜 놓으려고 했단 말이지. 한 놈만……. 흐흐흐."

"미, 미친 자였나."

살짝 맛이 간 눈으로 다가오는 헌원강의 모습에 놀란 사람은 남궁석뿐만이 아니었다.

"……천아. 원강 선배가 그동안 쌓인 게 많은 모양이다."

"그러게요……."

"흐흐흐. 너 일루 와, 이 새끼야아!"

헌원강이 성큼성큼 걸어가 남궁석의 멱살을 잡으려는 순간이었다.

"그만!"

내공이 담긴 사자후와 함께, 둘 사이에 한 사람이 뚝 떨어져 내렸다.

두 사람의 대치를 흥미진진하게 지켜보고 있던 군중들이, 새로 등장한 인물을 보고 놀라 소리쳤다.

"학생회장!"

"독고준이다!"

"청룡학관 학생회다!"

독고준을 필두로, 당소소, 청룡쌍걸 등의 학생회 간부들이 인파를 헤치고 나타났다.

"갑자기 웬 소란인가 해서 와 봤더니……."

독고준은 지긋지긋하다는 표정으로 헌원강을 바라봤다. 입학 동기인 이 망나니와는 삼 년간 여러 번 이런 식으로 만났다.

"헌원강. 한동안 얌전해진 것 같더니 그새 또 사고를 치는군."

"이봐. 이번엔 저쪽에서 먼저 시비를 걸었거든?"

"……곧 오후 시험이 시작된다. 그만하고 물러서도록. 남궁석. 너도 마찬가지다."

독고준은 그렇게 말하면서 조용히 내공을 끌어올렸다. 지금까지의 경험상, 저 망나니가 얌전히 돌아갈 리가 없었다. 어느 정도의 충돌은 감수해야 할 것이다.

'최대한 빠르게 제압하고 상황을…….'

그러나 독고준이 예상한 충돌은 벌어지지 않았다. 기다렸다는 듯 헌원강이 휙 돌아선 것이다.

"알았다. 할아범! 위지천! 시간 없으니까 빨리 들어가자고!"

"음?"

"예?"

"가서 준비하자고. 시험 안 볼 거야?"

방금까지만 해도 남궁석을 잡아먹을 듯했던 모습은 온데간데없었다. 헌원강은 공손수와 위지천의 등을 떠밀었다.

"무슨……."

황당해하는 남궁석에게, 헌원강이 씩 웃으며 한마디를 남겼다.

"꼭 합격해라. 앞으로 자주 봐야지."

"헌원강!"

"알았어. 알았다고."

어깨를 으쓱한 헌원강은 자신을 노려보는 독고준을 스쳐 지나가며 피식 웃었다.

"그럼 이만 실례."

청룡학관 안으로 사라지는 헌원강의 뒷모습을 보며, 독고준은 미간을 찌푸렸다. 그러다 문득 어떤 의심이 들었다.

"설마…… 우릴 불러내려고 일부러 이 소란을 일으킨 건가."

옛날 같으면 상상도 할 수 없는 일이지만, 저 능글맞은 표정을 보면 그럴 수도 있겠다는 생각이 들었다. 학생회가 오면서 소란스러웠던 상황이 깔끔하게 정리되었으니까. 만약 이 모든 것이 헌원강이 의도한 거라면?

'헌원강……. 확실히 변했군.'

게다가 독고준을 놀라게 한 사람은 헌원강뿐만이 아니었다. 잠깐 본 것뿐이지만, 남궁석과 위지천도 독고준을 감탄하게 하기에 충분했다.

'둘 다 신입생 수준은 이미 넘었다.'

또한 위지천과 남궁석만큼 널리 입에 오르내리지는 않지만, 올해 입관 시험에 지원한 학생들 중에는 옥석이 제법 여럿이었다.

"올해는…… 확실히 달라."

독고준은 주먹을 꽉 움켜쥐며, 청룡학관의 거대한 현판을 올려보았다.

웅성웅성.

"잠시 후 대련 시험이 곧 시작될 예정이오니, 관객석에 계신 귀빈 여러분께서는 착석해 주시기 바랍니다!"

청룡학관 부관주 곽철우의 목소리가 청룡학관 전체에 쩌렁쩌렁하게 울려 퍼졌다.

청룡학관 입관 시험은 그 자체로 지역 무림의 커다란 축제였다. 특히 잠시 후 시작될 대련 시험은 그중에서도 백미라 할 수 있었다. 현 청룡학관 학생회 선배들과 신입생 지원자들이 맞붙는 대련 시험. 청룡학관의 현재와 미래를 모두 볼 수 있는 기회였기에, 이 시험을 관전하기 위해 무림의 저명한 인사들까지 찾아올 정도였다.

대연무장에 마련된 총 열 개의 비무대. 그 주변의 대기석에서 지원자들이 각자의 방법으로 긴장을 풀었다.

"후우……."

"긴장돼서 미치겠다……."

"난 할 수 있다. 할 수 있다. 할 수 있다!"

아직은 앳된 무림의 아이들. 관객석에서 그들을 지켜보는 입장에서도 여러 가지 감정이 교차할 수밖에 없었다.

"이보시오. 그쪽은 입관 시험 관전이 처음이오?"

"그렇습니다."

"내 그럴 줄 알았소. 나는 삼십 년 넘게 여길 왔거든. 딱 보면 알아."

"하하. 그렇습니까?"

옆자리의 수다스러운 노인이 말을 걸어왔음에도, 사내는 귀찮은 기색도 없이 웃으며 고개를 끄덕였다.

지나가면 알아보지 못할 정도로 흔한 얼굴의 사내였다. 흥이 난 노인이 계속 떠들었다.

"내가 무공 고수는 아니지만 눈이 엄청 좋아. 딱 보면 안다니까? 저 녀석이 합격할지 떨어질지, 미래에 고수가 될지 안 될지 말이야."

"그렇군요."

돌아온 대답이 시원찮았지만, 노인은 신경 쓰지 않았다. 그냥 하고 싶은 말을 쏟아낼 상대가 필요했을 뿐이니까.

"다들 청룡학관이 오대학관 중에서 가장 처진다느니 어쩌느니 하는데, 올해부터는 다를 거요."

"어째서 그렇습니까?"

"흐름이라는 것이 그렇소. 청룡이 십 년을 웅크리고 있었던 건 승천하기 위해서라 이 말이지. 내가 풍수지리도 좀 볼 줄 아는데……."

"……."

"그러니 두고 보시구랴. 올해는 청룡학관이 전 무림에 파란을 일으킬

게요."

"……흥미롭군요."

사내는 딱히 긍정도 부정도 하지 않고 고개를 끄덕였다. 수다쟁이 노인은 그 태도가 썩 마음에 들지 않았으나, 그래도 질색하며 자리를 떠나는 다른 놈들보다는 나았다.

"헌데 이름이 뭐요? 통성명이나 합시다."

계속 귀찮게 구는 노인의 질문에도, 사내는 빙긋 웃으며 말했다.

"이름은 잊었고, 동료들은 칠(七)이라고 부릅니다."

스스로를 칠(七)이라 소개한 사내는, 수많은 지원자들 중 단 한 명을 유심히 지켜보고 있었다.

그곳에는 공손수가 몸을 풀고 있었다.

89화
공손수 지원자!

 오후 시험을 총괄하는 사람은 청룡학관 부관주인 화염도 곽철우였다.
 "비무표를 받은 지원자들은 지정받은 비무대 뒤편 대기석으로 이동하시오!"
 "학부모나 지인들은 관객석으로 가 주시길 바라오!"
 "대련 상대는 제비뽑기를 통해 무작위로 선별되오! 물어봐도 나도 모른다고!"
 "정숙! 정숙! 제발 정숙!"
 엄청난 인파가 청룡학관으로 밀려들었다. 한참이나 통제를 하던 곽철우는 진이 다 빠져서 의자에 주저앉았다.
 "대체 이럴 때 학생 주임은 어딜 간 거야!"
 분통이 터지는지 곽철우가 의자 팔걸이를 내리쳤다. 출입 인원 통제는 원래 학생 주임이 해야 할 일이었다. 그런데 그 학생 주임은 아까 자신을 찾아와 한마디를 툭 남겨 놓고 가 버렸다.

 ―부관주, 내 볼일이 있어 좀 다녀올 테니, 대신 인원 통제 좀 해 주시게.

―……예?

학생 주임이 부관주에게 반말이라니! 게다가 아랫사람 부리듯이 일을 떠맡기다니!
'대체 오대학관 중 어느 곳에서 이런 하극상이 벌어진단 말인가!'
바로 청룡학관. 학관에서 직위만 높을 뿐 짬밥으로도, 무공으로도, 무림의 배분으로도 매극렴에겐 안 되는 곽철우였다. 때문에 한마디도 따지지 못하고, 지금까지 쉴 틈 없이 일하는 중이었다. 곽철우가 조용히 이를 갈며 중얼거렸다.
"두고 봐라. 내 언젠가 그 고약한 늙은이를 학관에서 쫓아내……."
"그거 혹시 내 얘기인가?"
"헉!"
등 뒤에서 불쑥 말을 걸어 온 노군상 때문에 곽철우가 놀라서 펄쩍 뛰어올랐다.
"과, 관주님! 심장 떨어지는 줄 알았잖습니까!"
"고생이 많구먼. 좀 도와줄까 해서 왔지."
"도와주긴 무슨……. 차, 창천검왕 선배님도 오셨군요."
"오랜만이네. 혹시 이 늙은이의 도움도 필요한가?"
노군상 한 명만이라면 모를까, 감히 십존의 일원인 남궁제학에게 도와달라고 할 만큼 곽철우의 간이 크진 않았다.
'늙긴 개뿔. 제일 젊게 생겨서는…….'
"내 얼굴에 뭐라도 묻었나?"
피부에 주름 하나 없는 남궁제학의 얼굴을 잠시 부러운 시선으로 보던 곽철우는 급히 고개를 숙이며 말했다.
"……아닙니다. 여긴 제가 알아서 할 테니, 두 분은 편하게 관람하십시오."

"허허. 그럼 수고하시게."
"고생하시게나."
귀빈석으로 돌아온 노군상과 남궁제학은 뒷짐을 진 채로 청룡학관을 둘러봤다.
시험을 위해 마련된 열 개의 비무대. 그 주변 관중석은 이미 가득 들어차 있었다. 지원자들이 느끼는 두려움과 설렘, 그들의 가족들과 지인들이 보내는 응원의 열기가 멀리까지 전해지는 듯했다.
노군상이 웃으며 말했다.
"자네는 이 시기만 되면 어린 시절로 돌아간 기분이 들지 않나? 솜털이 보송보송하던 애송이 무인 시절 말이야."
"글쎄. 나는 그런 건 잘 모르겠군."
남궁제학의 대답에, 노군상은 혀를 차며 친우의 젊은 얼굴을 보았다.
"자네는 아직도 솜털이 보송보송해서 그래. 환골탈태하면서 감성이 사라졌어. 하루하루 늙어가면서 옛 추억을 곱씹는 것이 노인의 덕목이란 말일세."
"그래서 자네는 환골탈태하기 싫어?"
"제발 비결 좀 알려 주게."
두 노인은 시답잖은 농담을 주고받으며 클클 웃었다. 남궁제학이 인파로 가득한 청룡학관을 둘러보더니 말했다.
"생각보다 사람이 많군. 원래 이 정도인가?"
"아니, 올해는 유독 많은 편이네."
지난 십 년간 천무제에서 최악의 성적을 보여 준 청룡학관이었다. 때문에 입관 시험에 찾아오는 관객의 숫자도 점점 줄어드는 형편이었다. 하지만 어째선지 올해는 작년보다 찾아온 사람이 훨씬 많았다. 노군상은 몇 가지 이유를 추측해 볼 수 있었다.
"가장 큰 이유는 자네 때문이고."

창천검왕 남궁제학. 무림에서 가장 강하다는 십존의 얼굴을 보기 위해, 수많은 무림인과 일반인들까지 찾아왔다. 실제로 두 사람을 향해 엄청난 시선이 쏟아지고 있었다.

"두 번째 이유는 뭔가?"

"우리가 천무제 우승 후보이기 때문 아니겠나?"

노군상은 농담을 하며 한 사람의 얼굴을 떠올렸다.

ㅡ올해 천무제. 제가 책임지고 청룡학관을 우승시키겠습니다.

그날 백수룡의 선전포고는 청룡학관을 넘어 도시 전체, 그리고 무림 전체로 퍼져 나갔다. 물론 아직까진 어이없다는 반응이 대부분이었다.

'하지만 확실히 좋은 영향을 미치고 있다.'

올해 청룡학관 입관 시험을 본 지원자들 중에 유독 재능 있는 아이들이 많은 것도, 백수룡의 선전포고의 영향이 조금은 있지 않을까. 노군상은 그런 생각을 하며 남궁제학을 돌아보았다.

"두고 보시게. 올해 천무제에서 청룡학관이 일을 낼 테니까."

예전 같았으면 어림도 없다고 놀려 주었겠지만, 남궁제학은 그러지 않았다.

"정말 그럴지도 모르겠더군."

"호오?"

마침 공손수 일행이 청룡학관 안으로 들어오고 있었다. 남궁제학의 시선이 차례대로 공손수, 헌원강, 위지천을 향했다. 옆에 있는 노군상의 시선도 자연스럽게 같은 방향을 향했다.

"저 셋을 가르친 사람이 한 명이라던데."

"허어. 벌써 자네 귀에까지 그 녀석 이름이 들어갔나?"

"자세히는 모르니 좀 알려 주게."

"백수룡이라고, 올해 신입 강사로 들어온 친구라네. 아, 저기 있군."

노군상의 손가락이 한 방향을 가리켰다. 백수룡은 악연호 등 다른 임시 강사들과 함께 관객석을 돌아다니며 순찰하고 있었다. 남궁제학이 한동안 뚫어질 듯 그를 바라봤다.

"흐음. 별로 대단해 보이지는 않는데. 얼굴 하나는 잘생기긴 했네만……. 한번……."

"하지 말게."

"……뭘?"

옆을 돌아보니, 표정을 굳힌 노군상이 목소리를 낮게 깔며 말했다.

"시험해 보려 하지 말게. 우리 학관 선생이야."

"흠흠. 내가 뭘 어쨌다고."

괜히 찔린 듯 남궁제학이 헛기침을 했다. 백수룡을 한번 찾아가 보려고 했던 것이 사실이었기 때문이다.

"난 그저 무인으로서 어느 정도 수준인지 조금 궁금할 뿐이야."

"부탁이니 하지 말게."

"끙. 자네가 부탁까지 한다면야……."

남궁제학이 알겠다며 고개를 끄덕이자, 노군상의 표정이 그제야 풀렸다. 다시금 그의 입가에 웃음이 맺혔다.

"잘 생각했네. 괜히 시험해 보겠다고 나섰다가 망신당하면 자네도 이만저만 곤란하지 않겠나."

"……그거 농담인가?"

"허허허허!"

워낙에 농담과 진담을 섞어서 하는 노군상이라, 남궁제학은 그의 묘한 말이 농담인지 진담인지 알 수 없었다.

'저렇게 말하니 더 궁금하군.'

남궁제학의 시선은 한동안 백수룡에게서 떠나지 않았다.

• ◈ •

"……얼굴 뚫어지겠네."

"또 어떤 여자인데요? 하여튼 이놈의 인기는……."

악연호가 주변을 둘러보며 묻자, 백수룡은 작게 한숨을 쉬었다.

"여자 아니다."

차라리 여자였으면 이렇게 등줄기에 식은땀이 흐르는 일도 없었을 것이다.

'창천검왕.'

현 무림에서 최강자를 논할 때 빼놓지 않고 등장하는 데는 다 이유가 있었다. 저렇게 멀리서 쳐다보는데도 피부가 따끔따끔할 지경이었다.

'나한테서 관심 좀 꺼 줬으면 좋겠는데.'

남궁제학이 지켜본다는 사실을 안 순간부터 백수룡은 최대한 행동을 조심했다. 십존쯤 되는 고수는 그 자체로 자연재해나 마찬가지. 기분을 거스르거나 반대로 흥미를 끈다면, 지금 백수룡의 실력으로는 저항할 수 없었다.

'혹시라도 내가 역천신공을 익힌 걸 눈치챘다면…….'

상상하기도 싫었다. 남궁제학은 오십 년 전 혈교와의 전쟁에도 나섰던 만큼, 혈교 무공에 대해서 잘 알고 있을 가능성도 있었다. 결론은 최대한 눈에 띄지 않아야 한다는 것.

"여자가 아니면…… 설마? 하긴 형님 정도 얼굴이면 성별을 가리지 않긴 하지."

"이 자식이 진짜."

혼자 납득하며 고개를 끄덕이는 악연호의 뒤통수를 후려친 후, 백수룡은 고개를 돌려 주위를 둘러봤다. 다행히도 시험이 본격적으로 시작되면서 남궁제학의 시선은 금방 거둬졌다.

[살수들의 위치는?]
[아직 파악 중이에요.]

악연호가 뒤통수를 만지며 전음으로 대답했다. 곳곳에 흩어져 있는 다른 동료들에게도 물어보자, 모두 비슷한 대답이 돌아왔다. 살수들도 적을 경계하기 시작하면서 전처럼 찾기가 쉽지 않았다.

[그런데 형님. 설마하니, 이렇게 무림인이 많은 곳에서 살수들이 날뛰겠어요?]

악연호의 희망이 담긴 질문에, 백수룡은 피식 웃으며 대답했다.

[비무를 치르러 모인 혈기 넘치는 젊은 무인들과 객석을 꽉 채운 관객들. 이곳만큼 '사고'가 나기 쉬운 곳이 또 있어?]
[끄응…….]

백수룡은 표정이 썩어가는 악연호의 어깨를 툭툭 두드렸다.
"긴장 풀지 마. 놈들도 이제부터는 필사적으로 나올 테니까."
"……."
이미 흑영이 황궁에 연락을 취했다. 살수들도 그 사실을 충분히 예상하고 있을 터. 놈들은 아마 오늘 안에 공손수를 죽이려 할 것이다.
"신중하게 지켜보자고."
백수룡은 기감을 최대한 활짝 열어 놓으며, 관객석의 아주 미세한 변화까지 놓치지 않았다.
열 개나 되는 비무대 위에서 대련 시험이 펼쳐지고 있었다.
우와아아아아!

우렁찬 함성과 박수가 터져 나왔다. 비무대 중 한 곳에서 승부가 난 것이다.

"나, 남궁석 지원자 승!"

심판도 당황한 듯 승자의 이름을 말할 때 말을 더듬거렸다. 그럴 만한 것이, 신입생 지원자가 학생회 선배를 대련에서 이기는 경우는 매우 드물기 때문이었다. 그것도 학생회 간부를 상대로 말이다.

"선배님. 봐주셔서 감사합니다."

남궁석이 정중하게 포권을 취하며 말했지만, 관객들도 그 상대도 그것이 겸손이라는 것을 알고 있었다.

"……졌다."

허망한 표정으로 자신의 무기를 내려 보는 소년은 청룡쌍걸이라 불리는 학생회의 쌍둥이 중 형이었다. 백수룡은 눈을 가늘게 뜨고 남궁석을 바라봤다.

'철저하게 준비했군.'

남궁석의 무기는 검, 그중에서도 빠르고 날카로운 쾌검을 구사했다. 반면 쌍둥이 형의 무기는 포승줄이었다. 무림인의 무기치고는 흔치 않은 무기로, 그만큼 상대하기도 무척 까다로운 무기였다.

'평소에 상대해 볼 일이 거의 없는 무기인데…….'

남궁석은 여러 번 포승줄을 상대해 본 것처럼 능숙하게 대처했고, 포승줄을 조금씩 잘라내더니 결국 상대에게 접근해 검으로 어깨를 가볍게 찔렀다.

백수룡은 고개를 돌려 멀리 있는 남궁수를 찾았다. 그는 평소처럼 무표정한 얼굴이었다.

"예습을 철저히 시켰나 보네."

잠시 후, 다른 비무대에서 남궁수가 가르친 다른 제자인 진진도 학생회 선배를 상대로 승리했다.

"진진 승!"

"아싸아아아!"

남궁석과 달리 정말 어렵게 승리한 진진은 제자리에서 폴짝폴짝 뛰었다. 남궁수가 가르친 제자 두 명 모두, 학생회 선배를 이기는 이변을 일으켰다.

관객석 곳곳에서 "역시 남궁수 선생이 가르친 아이들이야.", "괜히 일타강사가 아니라니까." 등의 이야기가 들려왔다.

하지만 백수룡은 그 둘에겐 관심조차 없었다. 그가 관심을 보이는 학생은 다른 쪽이었다.

"으아아아아!"

힘찬 함성과 함께, 커다란 덩치의 소년이 온몸으로 학생회 선배를 밀어붙였다. 소년은 앳된 얼굴을 하고 있었지만, 덩치는 이미 웬만한 어른보다 머리 하나 이상은 컸다. 검게 그을린 피부에, 거대한 몸은 두꺼운 근육으로 단단하게 채워져 있었다.

"크아아악! 덤벼! 피하지 말고 덤비라고!"

온몸이 멍투성이에 눈가가 찢어진 상태에서도 소년은 싸움을 포기하지 않았다. 거대한 야수처럼 움직이며 주먹을 휘둘러 상대를 짓뭉개려고 들었다. 보다 못한 심판이 비무를 멈췄다.

"야수혁 지원자! 그만! 그만!"

"으아아아아!"

심판이 뜯어말린 후에도 흥분을 가라앉히지 못한 야수혁은 한참을 씩씩댔다. 백수룡은 눈을 동그랗게 뜨고 그 모습을 바라봤다.

"저 덩치에 성격…… 딱 누가 생각나는데?"

타고난 신력을 주체하지 못하는 육체. 반면 내공은 거의 느껴지지 않았다. 어쩌면 내공심법 자체를 익히지 않았는지도 모른다. 공손수를 노리는 살수들 때문에 신경이 온통 주변에 쏠려 있는데도 불구하고 눈에

확 들어올 만큼, 야수혁이 백수룡에게 심어 준 인상은 강렬했다.

"저 녀석……."

하지만 백수룡은 더 이상 야수혁을 바라보고 있을 수 없었다.

"공손수 지원자는 올라오시오!"

심판의 부름에 공손수가 비무대 중 한 곳으로 올라가고 있었다.

동시에 수많은 시선이 그에게 집중되었다.

90화
좋은 비무였습니다

"후우……."

공손수는 차분하게 심호흡을 하며 비무대로 향하는 계단을 올랐다. 백룡장 동기들 앞에서는 의연한 척했지만, 역시나 이 순간엔 떨리지 않을 수 없었다.

'허허. 많이도 왔구나.'

관객석을 가득 채운 사람들이 보였다. 저 중에 자신을 유심히 지켜볼 사람은 거의 없을 것이다. 하지만 그저 스치듯 바라보는 시선들 하나하나도 부담이 되었다. 무표정하게 바라보는 심사관들은 두렵기까지 했다. 공손수는 뻣뻣해지려는 다리에 힘을 줘서 계단을 하나씩 올라갔다.

그때였다.

"어? 저 어르신, 며칠 전에 여기서……."

"조막생이라는 녀석하고 싸웠던 어르신 아니야?"

"맞네. 그때 저 노인장이 이겼는데, 진 놈이 비겁하게 기습을 해 가지고……."

생각보다 많은 사람들이 공손수를 알아봤다. 일부는 반갑게 알은체를 해 왔다.

"어르신! 힘내십시오!"

"나이도 많으신데 대단하시지. 우리 아버지랑 비슷하신 것 같은데……."

"노인장 힘내시게! 젊은 놈들 사이에서 보란 듯이 합격해 버려!"

관객석의 중장년들, 노인들이 두 손을 모아 힘내라고 소리를 질렀다. 젊은 지원자들 사이에 유일한 노인인 공손수의 모습에 자신들을 투영한 것이다.

"할아부지! 힘내세요!"

어른들의 손을 잡고 온 아이들이 고사리 같은 손을 흔들었다.

"허허……."

생각지도 못한 많은 사람의 응원에, 긴장했던 공손수의 얼굴에도 웃음이 피어났다. 주위를 쭉 둘러보던 공손수는 마지막으로 백수룡과 눈이 마주쳤다. 아무 걱정하지 말라는 듯, 백수룡이 한쪽 눈을 찡긋했다.

"고맙네."

작게 중얼거린 공손수는 한결 가벼워진 발걸음으로 비무대 위에 올라갔다. 마침 반대편에서도 상대가 올라오고 있었다. 그 순간 곳곳에서 감탄과 탄식이 터져 나왔다.

"……영광이로군. 학생회장이 내 상대라니 말일세."

학생회장 독고준. 명실상부 현 청룡학관 제일의 후기지수. 가정 교육을 무척 잘 받은 것이 분명한, 반듯한 자세의 청년이 공손수 앞에 서 있었다.

"제가 상대라서 운이 없다고 생각하십니까?"

"오히려 반대라네."

공손수가 활짝 웃으며 검을 들어 올렸다. 그가 기수식을 취하며 독고준에게 말했다.

"아주 운이 좋다고 생각하네. 기왕이면 자네와 대련할 수 있게 해 달라고 천지신명께 빌었다네."

그것은 진심이었다. 이왕이면 최고의 상대와 후회 없는 대련을 펼칠 수 있기를 바랐다. 그런 공손수를 잠시 바라보던 독고준이 입을 열었다.

"죄송하지만, 저는 어르신이 청룡학관에 입관해선 안 된다고 생각합니다."

"……음?"

오만하거나 예의 없는 발언이 아니었다. 독고준의 눈빛에는 진심이 어려 있었고, 말투는 공손했다. 그래서 공손수는 저 아이의 의중이 궁금했다.

"혹 사적인 감정인가?"

"아닙니다."

"허면 어째서?"

"……냉정하게 말해서, 어르신에겐 무인으로서 더 이상 성장할 가능성이 없습니다."

그 말을 들은 사람은 공손수 혼자만이 아니었다. 가까이 있던 심사관들은 놀란 표정을 지었고, 남궁제학과 노군상 등의 표정도 굳었다. 하지만 정작 당사자인 공손수의 표정에는 딱히 변화가 없었다.

"그런가?"

"재능 있고 가능성 있는 친구들이 많습니다. 저는 그들이 청룡학관의 신입생이 되어야 한다고 생각합니다."

"나이가 많은 나는 자격이 없단 말인가? 늙었다는 이유만으로 젊은이들에게 자리를 양보해 주어야 하나?"

"……어르신께서는 백수룡 선생님에게 고액 과외를 받았다고 들었습니다."

갑자기 백 선생의 이름이 나오는 것이 의아했지만, 사실이었기에 공손수는 순순히 고개를 끄덕였다.

"맞네."

"아마도 어르신은 부자이고, 이룰 것을 다 이룬 삶을 사셨겠지요. 그 후에 눈을 돌린 것이 무공 아닙니까?"

"……."

독고준의 눈빛은 더없이 진지했다. 자신의 말이 공손수에게 무례가 될 수 있다는 것 또한 알고 있었다. 하지만 그렇다고 자신의 생각을 바꾸고 싶은 마음은 없었다.

"어르신에게 청룡학관 입관 시험은 유희이자 취미에 불과합니다. 하지만 다른 누군가에겐 간절한 목표입니다."

"……자네는 나에 대해 잘 아는 것처럼 이야기하는군."

"모릅니다. 하지만 누가 더 간절한지는 알고 있습니다."

검을 중단으로 들어 올린 독고준의 몸에서 강렬한 기세가 피어올랐다.

"계속 무공을 배우고 싶으시다면 집에 고수를 초빙해서 배우십시오. 청룡학관은 취미로 무공을 배우기 위해 다니는 곳이 아닙니다."

"……."

"이 대련이 끝난 후에 입관을 포기하십시오."

"포기하라고?"

사실, 공손수는 입관 시험에 합격하더라도 청룡학관에 입관하지 않을 생각이었다. 황궁의 부름이 있어서 하고 싶어도 할 수가 없었다. 하지만, 공손수에게는 이 시험 자체가 인생의 큰 도전이었다.

"……대체 누가, 늙었다고 해서 간절하지 않다고 하더냐."

꽈악. 검 손잡이를 움켜쥔 공손수가 앞으로 반보 내디뎠다.

"네 제안은 거절하마. 나는 입관 시험에 합격해 당당히 청룡패를 얻을 것이다."

"……."

두 사람의 대화가 길어지자 관객석에서 야유가 터져 나왔다.
"우우우우우우!"
"대체 언제 싸우는 거야!"
"빨리 좀 시작해라!"
두 사람도 더 이상 대화를 주고받을 마음은 없었다.
독고준이 검을 아래로 내리며 말했다.
"삼 초를 양보하지요. 제가 해 드릴 수 있는 유일한 배려입니다."
며칠 전의 조막생과 같은 말이었으나, 그 무게감은 전혀 달랐다. 빈틈이라고는 조금도 찾을 수 없는 자세. 하지만 공손수는 굳이 빈틈을 찾으려 하지 않고 일단 거리를 좁혔다.
휘익! 순식간에 거리를 좁힌 공손수의 검이 정직하게 위에서 아래로 그어졌다. 독고준은 간단하게 검을 들어 올리는 것만으로 일격을 받아쳤다.
채앵!
'단단하다.'
독고준의 검과 부딪치며 가장 먼저 든 생각이었다. 단단하다. 마치 벽처럼. 그 어떤 공격으로도 흔들 수 없을 것처럼 보였다.
"이 초 남았습니다."
독고준은 평온한 얼굴로 검을 들어 올렸다. 그 눈빛에 방심은 없었다. 스스로 이룬 검에 대한 자부심만이 있을 뿐.
"후우······."
숨을 고른 공손수는 뒤로 몇 걸음 물러났다가 다시 달려들었다.
'내공이라면 내가 우위일 터.'
첫 번째 공격은 상대의 성향을 탐색하기 위한 것. 진짜는 두 번째부터였다.
우우우웅! 내공이 가득 담긴 검이 부르르 떨었다. 공손수가 할 수 있는 최선을 다한 찌르기가 빛살처럼 공간을 갈랐다.

'그리 자신만만했으니 피하지 않을 테지.'

공손수의 예상대로 독고준은 피하지 않았다. 검을 들어 공손수의 검을 옆으로 쳐 냈다.

까앙! 검과 검이 부딪치며 두 사람은 서로 반대 방향으로 회전했다. 공격에 담긴 경력을 해소하기 위해서였다.

휘리릭! 바람에 무복이 휘날리고, 바닥의 먼지가 돌풍에 휘말려 떠올랐다.

그 와중에 독고준이 말했다.

"일 초 남았습니다."

"어디 이것도 받아 보거라!"

공손수는 몸의 회전을 가속시키며 연속해서 독고준을 베었다. 회심의 공격이었다.

까가가앙! 검과 검이 연달아 부딪치며 불꽃이 튀었다. 두 사람의 몸이 회오리바람 속에서 한동안 팽이처럼 회전했다.

그리고.

"삼 초. 끝났습니다."

나직한 목소리와 함께, 독고준이 바닥을 박차고 허공으로 날아올랐다.

타닷! 하늘을 올려본 공손수는 볼 수 있었다. 독고준의 이마에 땀 한 방울 흐르지 않고 있는 것을.

"조심하시길."

친절하게 경고까지 해 준 후, 독고준은 정직하게 검을 아래로 내려 벴다. 공손수는 황급히 두 손으로 검을 들어 공격을 막았다.

"크윽!"

무겁다. 검이 아니라 망치를 휘두른 것이 아닐까 싶을 정도로 무거운 공격. 공손수는 위에서 내리찍는 검을 전력으로 밀어내며 뒤로 몸을 뺐

다. 고작 일격을 막았을 뿐인데 다리가 후들거렸다.

"……의외로군요."

독고준은 조금 놀란 눈치였다. 일격에 상대를 주저앉힐 수 있다고 생각했는데, 공손수가 그걸 버텨 낸 것이다. 창백해진 얼굴로 공손수가 웃었다.

"죽어라 단련했다네. 취미치고는 과할 정도로 말이지."

"……."

두 번째 공격은 경고 없이 시작됐다. 독고준은 보법을 밟아 거리를 좁히며 무겁게 검을 찔렀다.

그 모습을 보며 공손수는 생각했다.

'생긴 것처럼 검도 정직한 청년이구나.'

허초도 변초도 없는 단순한 찌르기. 하지만 그 찌르기에 담긴 거력은 상상을 초월할 정도였다.

까아앙! 바닥에 발을 끌며 뒤로 몇 장이나 밀려난 공손수는 아슬아슬하게 비무대 끝에 발을 걸치고 버텼다. 몇 치만 더 물러났어도 장외로 끝났을 것이다.

"……또?"

독고준의 두꺼운 눈썹이 꿈틀거렸다. 두 번째 공격에는 크게 사정을 두지 않았다. 충분히 장외로 밀어낼 수 있다고 여겼는데……. 비록 손바닥이 다 찢어져 피를 흘리고 있기는 해도, 공손수는 멀쩡히 버티고 섰다.

"허……. 대단하구나."

공손수는 찢어진 손바닥에서 흐르는 피를 바닥에 털어낸 후 다시 검을 꽉 쥐었다. 손바닥이 쓰라렸지만 이 정도는 아무렇지도 않았다. 그는 정말로 즐겁다는 듯이 웃으며 독고준을 바라봤다.

"이제야 좀 재미있어지려고 하는군."

"……."
"이번에는 내가 먼저 가겠네."
하지만 이어진 싸움의 흐름도 비슷했다.
공손수가 덤벼들고, 독고준이 쳐 내고, 밀려난 공손수는 간신히 버텼다. 몇 번이나 검을 놓칠 뻔하고 무릎을 꿇을 뻔했지만, 공손수는 기어이 몸을 일으켜 다시 덤벼들었다.
"어째서……."
독고준의 얼굴에 의문이 떠올랐다. 공손수의 꼴은 이미 엉망진창이었다. 조금이라도 실수하면 뼈가 부러지고 근육이 찢어질 만한 공격을 몇 번이나 받아 냈으니, 당연했다.
"포기하지 않는 겁니까?"
관객 일부가 독고준의 검법을 알아보았다.
"독고구검!"
독고세가를 있게 한 검법. 무림의 호사가들이 중검(重劍)을 말할 때 늘 한 손에 꼽히는 검법으로, 경지에 이르면 상대를 무기와 함께 파괴해 버리는 강력한 무공이었다. 하지만 공손수는 그 앞에서 조금도 두려워하지 않았다.
"나 역시 누구보다 간절하기 때문이네."
"……."
독고준은 말문이 막혔다. 단순한 유희라고 생각했다. 저런 나이에 무공에 입문한 노인이, 무공에 진지하면 얼마나 진지하게 생각하겠나. 하지만 공손수의 필사적인 모습을 보자니, 자신의 생각이 짧았음을 인정할 수밖에 없었다.
"아까 했던 제 발언은…… 모두 취소하겠습니다."
"으음?"
독고준은 평소 고집이 세고 벽창호 같다는 말을 자주 듣지만, 자신의 실수를 인정하지 못할 정도로 속이 좁은 사람은 아니었다.

"괜찮네. 별로 신경 쓸 필요는……."

"사과의 의미로, 최선을 다한 일검을 보여 드리겠습니다."

"……어째 나한테 좋은 건 하나도 없는 것 같은데."

공손수는 식은땀을 빼질 흘렸으나, 이내 피식 웃고는 흔들리는 검 끝을 들어 독고준을 겨눴다.

어차피 더 이상 검을 휘두를 힘도 없었다.

공손수가 환히 웃으며 말했다.

"오시게. 나 또한 성심성의껏 상대해 드리겠네."

고개를 끄덕인 독고준이 검을 휘둘렀다.

화아아악! 공손수는 일순간 거대한 검이 전면을 가득 채운 것만 같은 느낌을 받았다.

'대단하구나.'

감탄을 하며 검을 휘둘렀다. 전력을 다한 검이 독고준의 검에 잡아먹히고, 조금씩 실금이 가 있던 검이 결국 두 동강 나는 모습은 비현실적으로 느리게 보였다.

쩌저적! 까앙!

부러진 검이 바닥에 떨어졌다. 공손수는 반 토막만 남은 자신의 검을 씁쓸한 표정으로 바라봤다.

"허허. 내가…… 졌네."

관객석에서 어마어마한 박수와 환호성이 쏟아지고 있었지만, 공손수의 귀에는 들려오지 않았다.

그 대신, 어린 시절 그가 동경하던 청년이 자신에게 포권을 취하는 모습만은 또렷하게 보였다.

"좋은 비무였습니다."

"나 역시 좋은 비무였네. 오늘을…… 평생 잊지 못할 게야."

공손수는 고개를 들어 하늘을 올려다봤다. 비가 오려는지, 세상이 뿌옇게 물들어 있었다.

그렇게 예순다섯 노인의 짧은 일탈이 끝났다.

[준비해라.]

살수들이 일제히 움직이기 시작했다.

91화
어르신을 지켜!

 대련이 끝난 후, 비무대에서 내려온 공손수와 독고준은 가벼운 덕담을 나눴다.
 "잘 모르고 무례하게 굴었던 것을 용서해 주십시오."
 "허허. 괜찮네."
 "……."
 공손수를 바라보는 독고준의 눈빛에는 존경심마저 엿보였다. 처음에는 그저 부유한 노인의 취미 활동이라고 생각했다. 하지만 직접 부딪쳐 보면서, 공손수가 얼마나 열심히 노력했는지 느낄 수 있었다. 저 손의 굳은살은 결코 가벼운 마음으로 만들 수 있는 것이 아니었다.
 독고준은 평소에 잘 짓지 않는 어색한 미소를 지으며 말했다.
 "……합격하시면, 제가 선배이니 다음부터는 말을 높이셔야 합니다."
 독고준 딴에는 농담이었다. 학생회장의 농담은 썰렁하기로 유명했지만, 다행히 공손수에게는 먹힌 모양이었다. 그가 너털웃음을 터트렸다.
 "하하! 알겠네. 내 합격하여 청룡학관에 다니게 되면 꼬박꼬박 선배라 부르겠네."

그렇게 말하는 공손수의 표정은 어쩐지 조금 씁쓸해 보였지만, 독고준은 피곤해서 그런가 보다 하고 짐작했다.

"의원에게 가서 상처를 보이십시오. 큰 부상은 아니지만 빨리 치료하는 것이 좋겠습니다."

"자네는?"

"괜찮습니다. 다음 대련들이 남아 있기도 하고요."

손바닥이 찢어지고 의복이 엉망이 된 공손수와 비교하면 독고준은 아주 멀쩡했다. 비무 도중에 옷깃 하나 베이지 않았고, 숨도 거의 거칠어지지 않았다. 공손수가 민망하다는 듯 웃었다.

"내가 괜한 걱정을 했군."

"의원은 저쪽으로 가시면 됩니다. 저는 곧 다음 대련을 준비해야 해서……. 그럼 다음에 뵙겠습니다."

"잠깐."

공손수는 인사한 후에 몸을 돌리려는 독고준을 불렀다.

"……늙은이의 오지랖일 수도 있네만, 내 자네에게 충고 하나만 해도 되겠나?"

"물론입니다."

다시 돌아선 독고준은 경청하겠다는 듯 자세를 바로 했다. 참으로 가정 교육을 잘 받았구나, 라고 생각하며 공손수는 웃었다.

"내 무공은 잘 모르지만, 자네가 뛰어난 재능을 가지고 있다는 것은 알고 있네."

"……."

"뛰어난 재능에, 훌륭한 가정 교육에, 그렇다고 노력을 게을리하는 사람도 아니야. 그러니 어린 나이에 이만한 경지에 오른 것이겠지."

"과찬이십니다."

갑자기 왜 이런 말을 하는지는 모르겠지만, 과분한 칭찬에 독고준은 고개를 숙였다. 독고준은 독고세가 내에서 백 년 이래 최고의 천재라고 불렸다. 어릴 때부터 큰 기대를 받으며 성장했고, 가문의 역량이 집중된 교육을 받았다. 게다가 성실하기까지 해서, 가문의 형들보다도 독고구검의 성취가 훨씬 빨랐다.

"……아마 자네는 많은 사람들에게 천재라고 불렸을 게야."

분야는 다르지만, 공손수는 천재라 불리는 청년들을 수없이 봐 왔다. 그 자신 또한 어린 나이에 장원급제한 천재였다. 그렇기에 해 주는 조언이었다.

"절망하지 말게나."

"……예?"

"살아가면서 자네보다 빛나는 재능이 나타날 것이야. 그 앞에서 절망하지 말게. 작아질 것도 없지. 인생은 길거든."

독고준은 공손수가 왜 저런 말을 하는지 잘 이해할 수 없었다.

"……저보다 뛰어난 재능은 이미 여럿 보았습니다."

다소 떨떠름한 표정으로 하는 대답에, 공손수는 빙긋 미소를 지었다.

"그래, 내가 괜한 소리를 했군. 노파심에 한 말이었으니 너무 신경 쓰지 말게."

"아닙니다. 더욱 수련에 정진하라는 말씀으로 알고 가슴 깊이 새기겠습니다."

"허허. 바쁜 사람 시간을 너무 빼앗았군. 이만 의원에게 가 보겠네."

두 사람은 그렇게 헤어졌다.

그리고 얼마 지나지 않아, 독고준은 공손수가 한 말의 진정한 의미를 알게 되었다.

◆ ◆ ◆

"위지천 지원자! 올라오시오!"

공교롭게도 위지천의 대련 상대도 독고준이었다. 잔뜩 긴장한 표정의 위지천이 고개를 꾸벅 숙이며 말했다.

"자, 잘 부탁드립니다."

"마음껏 실력을 펼쳐 보도록."

"네!"

밝게 대답한 위지천이 검을 뽑아 독고준을 겨눴다. 그 검과 마주한 순간, 독고준은 지금까지 자신이 한 노력이 모조리 배신당하는 느낌을 받았다.

"……."

정신이 아득해지는 기분. 강하다는 것은 이미 알고 있었다. 하지만 직접 검을 마주하지 않으면 알 수 없는 부분도 있다. 직접 보니 이건…… 해도 너무하지 않은가.

'어떻게 저 나이에…….'

빈틈이 보이지 않는다. 아니, 자신의 수준으로 찾을 수 없다는 것이 더 정확한 표현일 것이다. 독고준은 지금껏 천재라고 불리는 동년배들을 여럿 만나 보았다. 그중 가장 뛰어난 이들은 대부분 천무학관 출신이었다. 위지천은…… 그들을 떠올리게 했다.

"저, 선배님? 시작해도 될까요?"

"……아."

위지천의 말에 독고준은 겨우 정신을 차렸다.

으득. 자기도 모르게 이를 악물었다. 입안에 피 맛이 돌자 정신이 차츰 맑아졌다.

"……봐주지 마라."

"예?"

"전력으로 덤비란 뜻이다."

"……정말 그래도 되나요?"

"……."

독고준은 검을 단단히 쥐었다.

이 대련에서 자신이 질 수도 있을까?

'어쩌면.'

하지만 독고준은 질 수 없었다. 그는 청룡학관 학생회의 학생회장이자 학관 제일의 후기지수였다. 누구에게도 그 수식어는 양보할 수 없었다. 설령 자신보다 훨씬 뛰어난 재능을 가진 천재라 할지라도.

스윽. 기수식을 취한 독고준이 말했다.

"와라. 아니, 내가 먼저 가지."

독고준은 땅을 박차며 순식간에 거리를 좁혔다. 처음으로 힘을 아끼지 않았다. 상대가 죽을까 봐 걱정할 필요는 없었다. 정신을 집중해 단숨에 베겠다는 작정으로 휘둘렀다.

후우웅! 거력이 담긴 독고구검이 위지천을 일도양단할 기세로 휘둘러졌다. 위지천도 그 검을 경시하지 못하고 마주 휘둘렀다.

까아앙-!!!

두 검이 충돌한 순간, 그들을 중심으로 기파가 터져 나오며 주변의 모든 잡음이 사라졌다.

"세상에……."

악연호는 입을 멍하니 벌린 채 두 소년의 싸움을 바라보았다. 악연호뿐만이 아니었다. 관중석에 있는 모두가 두 소년을 경이롭게 바라보고 있었다.

"와……."

"무슨……."

다른 비무대에서 싸우고 있던 지원생과 학생들조차 싸움을 멈추고 두 사람에게 시선을 빼앗겼다. 심판들조차 그걸 뭐라고 하지 못했다. 그들의 시선도 독고준과 위지천을 향해 있었으니까.

까가가가각! 쉴 새 없이 검과 검이 부딪치며 불꽃이 튀었다. 비무대 바닥에는 이미 날카로운 검흔이 가득했다.

"후우……."

"하아……."

잠시 뒤로 물러나 호흡을 고른 두 소년은 동시에 기합을 지르며 서로를 향해 달려들었다.

"타핫!"

"하압!"

두 소년은 막상막하의 실력을 보여 주고 있었다. 하지만 고수들은 그들의 검술이 판이하다는 것을 알 수 있었다.

독고준의 검은 단단하고 올곧다. 그는 부단한 노력으로 검술의 형을 완벽하게 몸에 체득했기에, 어느 때라도 원하는 초식을 사용할 수 있다.

'독고구검은 기본적으로 상대를 압도하는 검술이다.'

반면 위지천의 검은 자유롭고 유연하다. 정해진 초식으로 싸우기보다 흐름에 몸을 맡긴다. 상대에 맞춰 대응이 변하며 쉴 새 없이 움직인다.

'위지천의 검은…… 상대와 어우러지며 끊임없이 변화한다.'

악연호는 위지천의 검이 아름답다고 생각했다. 그렇다고 독고준의 검보다 위지천의 검이 더 낫냐고 누가 묻는다면 선뜻 대답할 수 없었다.

단지 추구하는 검도(劍道)가 다를 뿐. 둘 중에 누가 더 나은지 그 우열은 가릴 수 없었다.

"독고준도 제법이네."

"……저게 겨우 제법이라고요?"

악연호는 옆에서 들려온 목소리에 고개를 홱 돌렸다. 아마도 청룡학관 내에서 유일하게 저 대결에 감탄하지 않은 사람. 백수룡이 심드렁한 표정으로 주위를 둘러보고 있었다.

"형님은 저런 천재들의 대결을 보고도 아무런 감흥이 없어요?"

"천재들? 독고준은 그냥 연습 벌레야."

냉정한 평가였다. 독고준의 실력에는 백수룡도 나름 놀라고 있었지만, 그것은 그의 타고난 재능 때문이 아니었다.

"……노력에도 천재가 있다면 저 녀석도 천재겠지만."

지금은 타고난 재능보다 높은 평가를 받고 있지만, 머지않아 벽에 부딪힐 것이다.

'조금만 더 뛰어난 재능을 타고났다면 좋았겠지만.'

모두가 뛰어난 재능을 타고날 수는 없다. 천재라고 불릴 수 있는 재능은 사막의 모래알처럼 많은 무림인들 중에서도 한 줌에 불과하며, 그 재능을 꽃피우는 것은 또 다른 문제였다.

"진짜 천재라는 건 저런 녀석을 두고 하는 말이지."

위지천의 재능은 누구보다 잘 알고 있었다. 검의 사랑을 받는 소년. 평소의 수줍은 표정은 어디로 가고, 독고준과 검을 나누는 얼굴에는 기쁨이 가득했다.

'못 말리겠구만.'

오랜만에 만난 호적수에 위지천은 진심으로 즐거워하고 있었다. 반면 독고준의 표정은 시종일관 굳어 있었다. 대결 자체는 독고준이 미세하게 우세함에도 불구하고, 그는 초조하고 불안해 보였다.

"……형님이 보기엔 누가 이길 것 같아요?"

"오늘은 독고준이 이길지도 모르지."

하지만 그다음에도 독고준이 이길지는, 독고준 본인도 자신하지 못할 것이다.

'그보다…… 왜 살수들이 움직이지 않는 거지?'

백수룡은 위지천의 대결을 보면서도 살수들의 움직임을 계속 신경 쓰고 있었다.

'어르신이 시험을 치르는 중에, 아니면 대결이 끝난 직후에 움직일 거라고 생각했는데.'

살수들에게선 아직 별다른 움직임이 없었다. 공손수는 아무것도 모른 채 연신 감탄하며 위지천의 싸움을 구경하고 있었다. 그 곁에는 흑영이 은신술을 펼치고 숨어서 호위하고 있었다.

'조만간 움직임이 있을 거야.'

백수룡은 그렇게 확신했다.

"연호야. 긴장 놓지 마라."

"네? 아, 네."

백수룡은 다른 동료들에게도 전음을 보내 경계를 늦추지 말라고 경고했다. 그러는 동안 위지천과 독고준의 대결도 서서히 막바지를 향해 달려가고 있었다.

"후우……. 후…….''

"하악……. 학…….''

마주 선 두 사람은 거친 숨을 몰아쉬었다. 단정했던 무복은 엉망이 되었고, 몸 곳곳에 얕은 자상이 새겨졌다.

"지쳤나?"

"아직…… 괜찮습니다!"

독고준은 초롱초롱한 눈으로 자신을 바라보는 위지천을 향해 가는 한숨을 쉬었다.

"더 늦기 전에 승부를 보는 게 좋을 것 같은데. 각자 가진 최고의 절기로 승부를 내는 건 어떤가?"

"……좋아요!"

두 사람이 동시에 내공을 끌어올리기 시작했다.

우우우우웅! 우우우우웅!

잠시 후, 두 개의 검에서 검기가 피어오르기 시작했다.

"거, 검기다!"

"세상에. 둘 다 저 어린 나이에……."

"청룡학관이 올해는 정말 사고를 칠 모양이야!"

검기까지 목격한 관객석은 거의 아수라장이 되었다. 점잖은 정파의 고수들도 놀라서 연신 헛기침을 할 정도였다. 하지만 조금은 다른 이유로 안절부절못하고 있는 사람도 있었다.

"마, 말려야 하는 것 아닙니까? 저러다가 사고라도 나면……."

부관주의 말에 노군상과 남궁제학은 동시에 고개를 저었다. 두 사람 다, 두 소년의 검을 조금이라도 더 보고 싶었던 것이다.

"조금만 더 두고 보세나."

"위험해 보이면 내가 나서지."

"……예."

까라면 까야지 별 수 있나. 곽철우는 한숨을 푹 내쉬며 고개를 끄덕였다. 그러는 동안, 충분히 검기를 끌어올린 두 소년이 서로를 향해 검을 겨누었다.

꿀꺽. 관객들의 긴장감이 최고조에 이르고, 백수룡의 긴장감도 최고조에 이르렀다.

'살수들이 움직인다면 지금이다.'

모두의 시선이 위지천과 독고준에게 빼앗긴 이 순간이, 살수들이 움직이기에는 최적의 순간이었다.

[살수들의 움직임을 놓치지 마.]

그의 전음에 다들 알겠다는 대답이 돌아왔다. 백수룡의 예상은 대부분 맞았다. 다만, 적들은 그가 상상한 것보다 더 대담했을 뿐이다.

푸화아아악! 관중석 한가운데서 비명과 함께 피가 솟구쳤다.

"살인이다!"

"으아악!"

한두 곳에서 벌어진 일이 아니었다. 동시에 대여섯 곳에서 피가 솟구쳤고 비명이 잇따랐다. 순식간에 벌어진 참극에 관중들이 혼비백산하여 질렸다.

"으아아아아!"

"도, 도망쳐!"

"사파의 자객이다!"

수많은 사람들이 동시에 몸을 일으켰다. 서로 밀고 넘어지며 일대에 혼란이 벌어졌다.

"이게 무슨!"

"여러분 진정하십시오!"

강사들이 상황을 진정시켜 보려 했지만 아무 소용도 없었다. 지나치게 많은 사람이 모여 있었고, 그들 절반 이상이 무림인이 아닌 민간인이었다. 순식간에 통제가 불가능한 상황이 되었다.

"자, 잠깐만!"

"여러분! 제발 진정하시고……."

살수들을 경계하고 있던 임시 강사들도 그 혼란 속에서 신경이 분산될 수밖에 없었다. 게다가 밀려드는 사람들 탓에 운신의 폭이 좁아졌다.

"어르신을 지켜!"

백수룡이 고함을 질렀을 땐, 이미 수십의 살수가 공손수를 향해 쇄도하고 있었다.

92화
약간의 시간

"으아아악!"

"도, 도망쳐!"

누구도 예상치 못한 상황이었다. 사방에서 솟구치는 핏물과 날카로운 비명. 공포에 질린 관중들이 도망치기 위해 서로 밀치고 넘어지고 짓밟았다.

"진정하십시오!"

"섣불리 움직이시면 안 됩니다!"

강사들과 무인들이 나서서 그 혼란을 수습해 보려 했지만, 다른 한편에서는 혼란을 더욱 부추기는 자들이 있었다.

"독이다! 누가 독을 풀었어!"

"관중석에 폭약이 설치돼 있다!"

음성을 변조한 살수들이 사방에서 소리를 질러대며 혼란을 더욱 부추겼다. 자신이 만들어 낸 극도의 혼란 속에서, 흑림의 삼대주는 수하들에게 지시를 내렸다.

[일조는 선동과 교란을 계속하라.]

[존명!]

[이조는 방해꾼들을 막아라.]

[존명!]

[삼조는 목표물을 제거하라.]

[존명!]

모든 살수들에게 명령을 내린 후, 삼대주는 홀로 움직였다. 그는 관중들 사이에 몸을 숨기고 있었다.

'우릴 공격한 놈들. 혈방이 아니었다.'

처음에는 혈방인 줄 알았다. 하지만 곰곰이 생각해 볼수록 혈방의 수법이 아니었다. 아니나 다를까, 알아보니 혈방도 정체 모를 자들에게 사냥당하고 있었다.

'살막인가?'

잠시 그런 의심도 했으나 곧 가능성을 지워 버렸다. 자부심이 강한 살막은 이런 식으로 이간계를 쓰지 않는다. 살막이 자신들을 죽이기로 했다면, 지금쯤 흑림의 살수들이 모두 죽었거나 살막의 살수가 죽었을 것이다. 그렇다면 결론은 하나.

'흑영이라는 호위의 짓이군. 협력자들도 제법 있고.'

여기까지 알아내는데 너무 많은 피해를 입었다. 데려온 흑림의 살수는 반으로 줄었고, 목표물은 멀쩡히 시험을 치렀다. 평소 같았으면 일단 포기하고 물러났을 것이다.

하지만.

−결코 다른 놈들에게 목표물을 빼앗겨선 안 된다.

빈손으로 돌아가면 흑림주가 자신을 용서하지 않을 터. 게다가 이번 청부는 피해가 크다고 순순히 물러날 수 있는 종류의 것이 아니었다.

'데려온 살수들을 전부 소모해서라도 목표물을 죽여야 한다.'

그래서 아주 대범한 계획을 꾸몄다. 공손수만 죽일 수 있다면, 이곳에 있는 인간이 몇이 죽든 황궁의 권력자들이 덮어 줄 테니까.

"으아아아! 살려 줘어어!!"

얼굴이 하얗게 질린 채 비명을 지르며, 삼대주는 인파에 떠밀리는 듯 공손수가 있는 곳으로 이동했다. 하지만 그의 눈은 어느 때보다 차갑게 가라앉아 있었다.

'내 손으로 끝내주지.'

목표물과의 거리가 점점 가까워지고 있었다.

"어르신을 지켜!"

멀리서 백수룡의 외침이 들린 순간, 아니 이미 그 전에 헌원강은 몸을 날렸다. 공손수 앞을 가로막은 헌원강이 소리쳤다.

"할아범! 내 뒤에 가만히 있어!"

"이게 무슨……."

"어르신."

스르륵. 은신하고 있던 흑영도 공손수 옆에 모습을 드러냈다. 숨어서 지키는 것보다 모습을 드러내는 쪽이 호위에 유리하다고 판단한 것이다. 둘의 표정을 본 공손수가 빠르게 상황을 파악했다.

"……날 노리는 놈들이로구나."

"걱정하실 것 없습니다."

"이미 알고 있었느냐?"

"……."

"어째서 내게 말하지 않은 게야?"

흑영은 쇄도해 오는 살수들을 보며 입술을 깨물었다.

"차후에 어떤 벌이든 달게 받겠습니다. 지금은 절 믿어 주세요."

달려오던 살수들이 일제히 암기를 뿌렸다. 흑영과 헌원강이 동시에 앞으로 나서며 암기를 쳐 냈다.

까가가강!

암기를 쳐 내기 무섭게 첫 번째 살수가 들이닥쳤다. 가늘고 기다란 창이 공손수의 심장을 노리고 찔러 왔다.

"어딜!"

헌원강이 창을 위로 쳐 내고, 흑영이 빈틈이 생긴 살수의 목을 베었다.

촤아악! 눈앞에서 피가 쏟아지자 헌원강이 움찔 몸을 떨었다. 하지만 놀라고 있을 시간이 없었다. 살수들은 연이어 들이닥쳤고, 막지 않으면 공손수가 죽을 것이다.

"하아아압!"

헌원강은 기합을 넣으며 맹렬하게 도를 휘둘렀다. 쏟아지는 암기들을 쳐 내고, 정 안 되는 것들은 몸으로 막았다.

푹! 푹푹푹! 헌원강의 팔다리에 몇 개의 비도와 표창이 박혔다. 그가 비틀거리는 순간, 살수 셋이 동시에 달려들었다.

"할아버지!"

비무대 위에 있던 위지천이 날듯이 그들에게로 달려왔다. 위지천은 검기를 뿌려 살수들을 뒤로 물러나게 했다.

"괜찮으세요? 갑자기 이게 무슨 일이에요?"

"설명할 시간 없어. 일단 덤벼드는 놈들을 막아!"

흑영, 헌원강, 위지천이 세 방위에서 공손수를 보호했다. 순식간에 숫자가 불어난 살수들이 그들을 덮쳤다. 살수들은 몸을 아끼지 않았다. 불꽃을 향해 날아드는 불나방처럼 몸을 던졌다. 헌원강은 이를 악물고 살수들과 맞섰다.

푸화아악! 피 보라가 무복을 흠뻑 적셨다. 얼굴에 튄 피를 닦을 시간도 없었다. 순식간에 숨이 가쁘게 차올랐다. 칼날이 상대의 살을 파고드는 감각은 끔찍하기만 했다.

"허억…… 헉……."

헌원강의 안색이 하얗게 질렸다. 어지럽고 속이 메스꺼웠다. 청룡학관 제일의 망나니라 불려왔지만, 실제로 사람을 죽여 본 것은 이번이 처음이었다. 그것도 이렇게나 한 번에 많은 목숨을 빼앗게 될 줄은 상상도 못 했다. 어지간한 강심장을 가진 어른도 쉽게 감당할 수 없는 상황. 그저 이를 악물고 버틸 뿐이었다.

"……선배님. 뒤로 빠지세요."

오히려 위지천은 차분해 보였다. 헌원강을 뒤로 보내고 대신 정면으로 나서서 가장 많은 살수를 상대했다. 위지천의 검에는 자비가 없었다. 달려오는 살수의 목을 깔끔하게 베고, 망설임 없이 심장을 찔렀다. 살수 훈련을 받은 흑영조차 소년의 냉정함에 놀랄 정도였다.

"미친……."

뒤로 물러난 헌원강은 그저 경악스러운 눈으로 위지천을 바라볼 뿐이었다. 그에 비하면 무공도, 경험도 부족한 자신이 부끄러워 견딜 수가 없었다.

"……선배. 괜찮은가?"

공손수가 다친 헌원강을 부축했다. 아직 살수들의 검이 그에게까지 닿지 않았지만, 공손수도 검을 빼 들고 주위를 경계했다. 헌원강이 숨을 헐떡이며 말했다.

"젠장. 잘난 척 나서서 도움도 안 되는 게 무슨 선배야……."

"자네가 아니었다면 자네 몸에 박힌 비수가 내 몸에 박혔겠지. 그리고 많이 말하지 말게. 아무래도 독에 중독된 것 같으니."

"독……이었구나……. 어쩐지……."

"일단 이걸 좀 먹게."

어쩐지 어지럽고 메스껍더라니.

헌원강은 공손수가 입안에 넣어 주는 이름 모를 환약을 삼켰다. 그러자 조금 덜 어지러워졌다.

도로 바닥에 짚으며 헌원강이 허리를 세웠다.

"후우. 좀 나아졌어."

"……체력 하나만은 정말 괴물이로군."

두 사람은 등을 맞댄 채 주위를 경계했다.

"으아아아악!"

"내 팔, 내 파아알!"

사방이 혼란스러웠다. 비명과 고함이 끊이지 않았다. 쇠붙이가 부딪치는 소리가 곳곳에서 들려왔다. 살수들은 교활하게도 공손수 한 명만을 노리지 않았다. 동시에 여러 곳에서 사람을 해쳐 혼란을 키우고 시선을 분산시켰다.

"백 선생은?"

"이곳까지 오려면 시간이 좀 걸릴 거야."

백수룡과 다른 강사들도 다른 살수들과 싸우느라 발이 묶여 있었다.

"죄 없는 백성들을 해치다니……!"

공손수가 두 눈에 분노가 끓어올랐다. 허리를 꼿꼿이 세운 그가 살수들을 향해 일갈했다.

"너희는 오늘 반드시 나를 죽여야 할 것이다! 내가 살아나간다면 너희는 물론이고, 너희를 사주한 자들까지 잡아 삼족을 멸할 것이다!"

공손수의 서슬 퍼런 기세에 살수들이 움찔하는 듯했다.

아니, 살수들의 눈빛과 기세가 갑자기 바뀐 것은 그 이유만이 아니었다.

'뭐지?'

헌원강은 알 수 없는 불안감을 느꼈다. 등줄기를 훑는 서늘한 감각. 갑자기 심장이 미친 듯이 뛰었다.

-네가 천이보다 나은 부분? 일단 무식한 체력하고…….

갑자기 백수룡이 해 준 말이 떠올랐다. 어김없이 위지천에게 대련으로 깨지고 바닥에 널브러져 있던 날. 나는 저 녀석보다 나은 게 하나도 없는 것 같다는 푸념에, 백수룡이 혀를 차며 이렇게 말했었다.

-감각이라면 네가 천이보다 낫지. 넌 본능이 짐승처럼 발달한 녀석이니까.
-……그거 나은 점 맞아요?

그리고 이 순간, 헌원강은 제 본능이 말하는 감각을 믿기로 했다.
휘익! 헌원강은 즉시 공손수를 껴안고 옆으로 굴렀다.
푸욱! 어디선가 날아온 단창이 아슬아슬하게 두 사람이 있던 자리에 박혔다. 헌원강은 등 뒤에서 들려온 혀 차는 소리를 들었다.
"쯧."
'어느 틈에!'
상대가 언제 나타났는지도 알 수 없었다. 자리에서 솟아난 듯 나타난 사내가 두 사람을 향해 유령처럼 다가왔다.
"할아버지!"
"어르신!"
깜짝 놀란 위지천과 흑영이 동시에 고함을 지르며 달려왔다. 하지만 그 앞을, 목숨을 도외시한 살수들이 막아섰다.

"저리 비켜!"

"어르시인!"

곧 위지천과 흑영의 모습이 살수들에게 포위돼 가려졌다. 삼대주는 수하들이 벌어 준 시간을 낭비하지 않았다. 그는 곧바로 신법을 펼쳐 공손수에게 쇄도했다.

"할아범! 내 뒤에 얌전히 있어!"

"선배!"

헌원강은 공손수의 앞으로 나서며 도를 꽉 움켜쥐었다. 그의 생존 본능이 맹렬하게 위험 신호를 보내고 있었다.

'고수. 나보다 한참 고수다.'

적은 살수가 아닌 순수한 무인으로서도 자신보다 더 높은 경지에 달한 고수였다. 손에 든 밋밋한 칼에는 묵빛 도기가 선명하게 맺혀 있었다.

"젠장……."

"…….''

상대는 한마디 말조차 없었다. 말없이 접근해선 조용히 칼을 휘둘러 온다. 마치 저승사자처럼 보였다.

'이건…… 죽는다.'

헌원강은 살아오면서 지금처럼 죽음을 가까이 마주한 적이 없었다. 그것은 기이한 경험이었다. 동공이 확장되고 호흡이 느려진다. 느려지다 못해서 멈춰 버린 듯했다.

시간이 천천히 흐른다.

죽음이 목젖까지 닿은 순간, 백수룡이 그의 장점이라고 말했던 본능의 감각이 세포 하나하나 올올이 깨어났다.

"!"

시간이 다시 빨라지고, 헌원강과 삼대주의 칼이 서로를 지나쳤다.

푸화아아악! 헌원강이 가슴에서 피를 쏟으며 바닥에 털썩 쓰러졌다.

"강아! 이노오오옴!"

그 모습을 본 공손수가 비명을 질렀다. 분노한 그가 검을 치켜들고 삼대주에게 달려들었다

"……."

미간을 찌푸린 삼대주는 피가 흐르는 팔을 지혈했다.

공격이 교차하는 마지막 순간, 저 애송이의 움직임이 급변하더니 그의 팔에 얕지 않은 상처를 남겼다.

'그 와중에 내 공격까지 피했나.'

바닥에 쓰러진 헌원강이 꿈틀거리고 있었다. 치명상이지만 죽지는 않았다. 완벽하게 숨통을 끊어 놓고 싶었지만, 지금 급한 쪽은 공손수였다. 삼대주는 고개를 돌려 공손수를 바라봤다.

"이노오오옴!"

흑영과 위지천은 여전히 흑림의 살수들에게 발이 묶여 있었고, 강사들은 혼란을 수습하느라 정신이 없었다. 헌원강이 목숨을 걸고 번 시간은 고작해야 찰나에 불과했다.

"우리의 승리다."

희미하게 웃은 삼대주가 칼을 공손수의 목을 향해 칼을 휘둘렀다. 그리고 그 순간, 헌원강이 번 찰나의 시간이 보답받았다.

"멈춰라."

거짓말처럼 공손수의 목 앞에 닿은 칼날이 멈췄다.

"……!"

삼대주는 멈추라는 명령을 들을 생각이 없었다. 다만, 거역할 수 없었을 뿐이다. 아무리 팔에 힘을 주고 밀어 넣으려고 해도, 그의 칼은 더 이상 꿈쩍도 하지 않았다.

"끅, 끄윽……!"

그 대신 어마어마한 기(氣)의 압력이 그의 전신을 짓눌렀다.

으드득…….

온몸이 그대로 짜부라질 것만 같았다.

"멈추라고 하였다."

"크허억!"

쿵! 결국 삼대주가 피를 토하며 바닥에 무릎을 꿇었다. 뿐만 아니라 주변의 다른 살수들도 피를 쏟으며 무릎을 꿇었다. 단 한 명의 예외도 없었다.

"무슨……."

"갑자기 왜……."

살수들과 싸우고 있던 위지천과 흑영은 당황한 표정으로 무릎을 꿇은 살수들을 바라봤다. 그러다 하늘 위에서 느껴지는 강대한 존재감을 느끼곤 고개를 홱 치켜들었다.

"내 너희에게 들어야 할 이야기가 많을 것 같구나."

하늘 위에 고고히 선 남궁제학이, 눈부신 태양을 등진 채 지상의 살수들을 오시하고 있었다.

"그리고 자네에게도 말이야."

"……."

살수들을 쭉 훑은 남궁제학의 시선은 공손수의 뒤편, 자신보다 조금 늦게 도착한 백수룡에게 향했다.

93화

사람이 실수 좀 할 수 있지!

커다란 혼란이 있었지만, 청룡학관의 고수들이 나서면서 상황은 빠르게 수습되었다.

"살수들의 입안에 독단이 있다! 제압한 후 혈도를 짚도록!"

남궁수는 강사들을 이끌고 직접 살수들을 제압했다. 그의 검이 번뜩일 때마다 살수들의 팔다리가 끊어졌다. 그 와중에도 그의 백의무복에는 피 한 방울 튀지 않았다.

"남궁 선생!"

"부관주님."

"이, 이게 다 무슨 일인가."

허겁지겁 달려온 부관주 곽철우가 창백한 얼굴로 물었다. 그 한심한 모습에 속에서 한숨이 나왔으나, 남궁수는 티 내지 않으며 부관주를 진정시켰다.

"훈련받은 살수들입니다. 목적은…… 아직 모르겠습니다."

짐작되는 바는 있었지만, 남궁수는 그것까지 곽철우에게 말할 생각은 없었다.

"일단 살수들부터 제압해야 합니다."

"그, 그래야지! 이놈드으을!"

잠시 후 혼란이 어느 정도 수습되었다.

애초에 살수들의 수는 그리 많지 않았고, 남궁제학이 흑림의 삼대주를 제압하면서 그마저도 사기를 잃었다. 남궁수는 안도의 한숨을 쉬었다.

'이 정도로 끝난 게 천만다행이군.'

기적적으로 죽은 사람은 거의 없었다. 애초에 살수들의 목적이 혼란을 키우는 것이었기에, 죽이기보다는 상처를 입혀서 비명을 지르게 유도한 탓이었다. 오히려 칼에 찔려서 다친 사람보다 도망치던 중 서로 밀치고 넘어져서 다친 중상자들이 더 많았다.

"부상자들은 즉시 의원으로 옮겨야 합니다."

"다, 당장 그리하겠네."

부관주가 허겁지겁 명령을 내리러 간 사이, 남궁수는 고개를 돌려 누군가를 찾았다.

'백수룡.'

백수룡을 바라보는 그의 눈빛이 심상치 않게 빛났다. 약 반 각 전, 남궁수는 백수룡의 외침을 들었다.

ㅡ어르신을 지켜!

관중석 한가운데서 피와 비명이 시작되자마자 터져 나온 외침.

'이런 일이 터질 걸 알고 있었나?'

만약 백수룡이 이 일을 미리 알면서도 말하지 않고 방치한 거라면……. 사적인 감정과 별개로 결코 용서할 수 없는 일이었다. 그리고 백수룡의 외침을 들은 사람은 남궁수 혼자만이 아니었다.

"어떻게 된 것이냐?"

"백 선생. 이야기 좀 하지."

표정이 굳은 노군상과 서슬 퍼런 표정의 남궁제학이 백수룡에게 다가갔다. 그들 곁에는 공손수도 함께 있었다.

"……."

네 사람은 뭔가 대화를 나누는 것 같았지만, 기막을 펼쳐 소리를 차단했는지 청력을 집중해도 대화 내용은 들리지 않았다.

잠시 후, 노군상의 한숨과 함께 마지막 말만 간신히 들을 수 있었다.

"일단 자리를 옮겨서 이야기하지."

돌아선 노군상은 목소리에 내공을 담아, 침중한 어조로 선언했다.

"입관 시험은 잠시 중지하겠소."

잠시 후 노군상이 전음으로 남궁수를 불렀다.

[남궁 선생. 관주실로 오게.]

관주실로 향하며, 남궁수는 백수룡의 뒤통수를 노려보았다. 자기도 모르게 절로 한숨이 나왔다.

"저자가 오고 나서 학관에 바람 잘 날이 없군."

방 안의 분위기는 무거웠다. 다행히도 죽은 사람은 거의 없었지만, 수십 명이 크게 다쳐 의원에 실려 갔다. 다친 사람들 중에는 가슴에 커다란 자상을 입은 헌원강도 있었다.

"워낙 튼튼한 아이니 금방 털고 일어날 겁니다."

"그래야지……."

흑영의 위로에 공손수가 초췌해진 표정으로 고개를 끄덕였다. 여러 사람이 지켜 준 덕분에 그는 크게 다치지 않았지만, 그렇다고 그의 마음이 편안한 것은 아니었다.

'이 늙은이가 대체 뭐라고…….'

관주실 안에는 여러 사람이 모여 있었다. 노군상, 남궁제학, 곽철우, 남궁수. 청룡학관의 강사들과 십존의 일원이 상석에 나란히 앉았다.

공손수, 흑영, 위지천. 헌원강을 제외한 백룡장의 식구들이 반대편에 일렬로 앉았다.

악연호, 명일오, 제갈소영. 청룡학관 임시 강사들은 죄라도 지은 것처럼 어깨를 움츠리고 한쪽에 앉아 있었다.

그리고 모두가 바라보는 중심에, 백수룡이 자세를 단정하게 하고 앉아 있었다. 분위기는 사뭇 청문회를 연상시켰다.

"……저의 판단 착오였습니다."

백수룡이 천천히 입을 열었다. 그는 공손수의 신분과 그를 향한 암살 시도가 있었음을 설명했다.

그리고 그걸 막기 위해 임시 강사들에게 도움을 청한 사실도 솔직하게 말했다.

'어설프게 거짓말한다고 속을 사람들이 아니지.'

노군상과 남궁제학이 형형한 눈빛으로 백수룡을 쏘아보고 있었다. 그렇다고 전부 다 솔직하게 말하지는 않았다. 예를 들면 노군상에게 미리 모든 사실을 알리지 않은 이유라든가.

"……나를 못 믿었던 게로군."

'말하지 않아도 아는군.'

백수룡은 씁쓸하게 웃으며 고개를 끄덕였다.

"죄송합니다. 적의 연줄이 어디까지 닿아 있는지 알 수 없었습니다. 보안을 유지하기 위해서 최소한의 인원에게만 알려야 했습니다."

"그래서 승상 본인에게도 알리지 않았나?"

대화에 끼어든 남궁제학의 목소리가 날카로웠다. 그의 시선이 백수룡의 몸을 검처럼 꿰뚫을 듯했다.

'……전음을 보내면 곧바로 들키겠지.'

절세고수 앞에서 수작을 부렸다간 이 자리에서 무슨 꼴을 당할지 모른다. 때문에 공손수와 몰래 입을 맞출 수도 없는 상황. 백수룡은 곤란한 상황에 빠졌다는 것을 인정할 수밖에 없었다.

"지금부터 한 치의 거짓도 없이 사실대로만 말하게. 어째서 승상에게도 살수들의 존재를 알리지 않았나?"

남궁제학은 백수룡보다 한발 먼저 공손수를 구했다. 그 후로 쭉 공손수 곁을 지켰고, 공손수가 살수의 존재조차 모르고 있었다는 사실을 알게 되었다.

"나로서는 이해할 수 없네."

호위 대상에게 살수들의 존재를 알리지 않을 이유가 어디 있단 말인가. 저 입에서 납득할 수 없는 대답이 나온다면, 그는 무력을 동원해서라도 대답을 들을 생각이었다.

백수룡이 입을 열었다.

"……어르신을 미끼로 살수들을 유인할 계획이었습니다."

"허?"

"미쳤군."

"제정신인가?"

차례대로 노군상, 남궁제학, 남궁수가 말했다. 산전수전 다 겪은 고수들의 이마에서 식은땀이 흘렀다. 나라의 승상까지 지낸 인물을 미끼로 삼다니. 만약 공손수가 죽기라도 했다면 그 책임은 누가 진단 말인가.

"허허……."

정작 공손수는 흑영에게 사정을 들었는지 덤덤한 표정이었다.

백수룡이 차분하게 말을 이었다.

"그 상황에서 최선의 선택이었습니다. 누가 아군이고 누가 적인지, 적의 숫자도 알 수 없었습니다. 도망치거나 숨는다는 선택지는 오히려 적에게 유리할 것이 뻔했습니다. 차라리 대중 사이에 섞여……."

"도대체 제정신인가!"

자리에서 벌떡 일어난 곽철우가 백수룡에게 삿대질을 했다.

"관무불가침도 모른단 말이냐! 네가 학관을 말아 먹으려고 아주 작정을 했구나!"

"부관주. 진정하고 앉게."

노군상은 앉으라 했으나 성격이 급한 곽철우는 말을 듣지 않았다.

"지금 진정하게 생겼습니까! 황궁과 관련된 일이면 관아에 신고를 할 것이지, 무슨 불똥을 튀게 하려고 문제를 여기까지 끌고……."

"……닥치라고 해야 알아듣겠나?"

곽철우의 발언이 선을 넘은 순간, 노군상이 은은한 살기를 드러냈다.

"앉게. 손님들도 계신 곳이네."

"제, 제가 실언을 했습니다."

얼굴이 파랗게 질린 곽철우가 황급히 입을 다물었다. 더욱 싸늘해진 분위기 속에서 남궁제학이 무겁게 입을 열었다.

"백 선생. 노관주를 믿지 않았다면 나도 믿지 않았겠군."

"……예."

"내 평생 창천검왕이라는 별호가 과분하다고 생각해 왔지만, 그렇다고 해도 한낱 살수들과 한패로 묶일 거라곤 상상도 못 했는데."

남궁제학은 딱히 기세를 드러내지 않았으나, 방 안의 무인들은 벌써 숨이 막히는 기분이 들었다.

조용한 가운데 백수룡이 입을 열었다.

"한패로 묶지 않았습니다. 돌다리도 두들겨 보고 건너라는 격언을 잊지 않았을 뿐입니다."

"자네 눈에는 이 내가, 남궁세가가 고작 돌다리로 보였단 말인가?"

남궁제학은 눈앞의 청년을 매서운 눈으로 바라보았다. 딱히 내공을 끌어올리지 않아도, 어지간한 고수들도 그의 시선을 마주치지 못하고 고개를 돌리곤 했다. 하지만 백수룡은 달랐다.

'내 눈을 피하지 않는군.'

타고나길 대범한 것인지, 아니면 그냥 간이 부은 것인지는 아직 모르겠다. 분명한 것은 그의 기분이 영 좋지만은 않다는 것이다.

"쉽게 넘어갈 일이 아니네. 상관없는 민간인들이 여럿 다쳤어. 입관시험은 엉망이 되었지."

"맞는 말씀입니다."

"누구의 책임이 가장 크다고 생각하나?"

"……."

살수들이 저지른 짓이었지만, 백수룡은 이 일에 일말의 책임감을 느꼈다. 적들이 그런 식으로 나올 거라고 예상했다면…… 더 나은 방법을 찾았을 것이다.

"자네가 나나 노관주에게 진작 도움을 청했다면 일어나지 않았을 피해였지. 인정하나?"

"인정합니다."

백수룡은 변명을 덧붙이지 않고 순순히 고개를 끄덕였다. 이 일과 상관없는 사람들이 다쳤다. 절체절명의 순간 남궁제학이 나서지 않았다면 공손수도 당했을지도 모른다.

'혈교였다면 책임을 지고 목이 잘려도 할 말이 없겠지.'

백수룡은 자신의 책임을 회피할 생각이 없었다.

그가 진지한 얼굴로 말했다.

"문제가 생긴다면 제가 책임을 지겠습니다."

"책임? 어떻게 말인가?"

"이보게 제학. 너무 다그치지 말고……."

"군상 자네는 가만히 있게. 사람이 너무 좋으니 임시 강사가 자네 몰래 이런 짓을 벌이는 것이 아닌가."

"……."

남궁제학은 마치 시험이라도 하듯 백수룡을 몰아붙였다.

"자, 어떻게 책임을 질 생각인가?"

"원하신다면 강사직을 내려놓고……."

하지만 남궁제학이 기대했던 격렬한 반응은 다른 곳에서 나타났다. 그것도 전혀 예상치 못한 방향으로.

"듣자 듣자 하니 너무하는군!"

목소리의 주인은 공손수였다. 이 사건의 핵심 인물이자 피해자가 될 뻔한 그가, 자리에서 벌떡 일어나 눈을 치켜뜨고 남궁제학을 노려봤다.

"스, 승상?"

당황한 남궁제학이 그를 바라보는 가운데, 공손수가 목소리를 높여 말했다.

"내 피해를 입은 청룡학관에 미안한 마음에 가만히 있으려고 했소. 헌데 돌아가는 꼴이 괴이쩍어서 몇 마디 해야겠군. 이 자리가 백 선생을 추궁하기 위해 모인 청문회요?"

"……."

"따질 것이 있으면 내게 따지시오. 살수들은 나를 죽이기 위해서 왔고, 백 선생은 나를 지키려고 했을 뿐이오."

"저희는 사건의 전모를 알기 위해……."

"필요한 이야기는 이미 다 듣지 않았소이까. 그런데도 어째서 백 선생을 핍박하는 게요?"

남궁제학은 잠시 말문이 막혔다가 겨우 대답했다.

"그는 상관에게 보고를 누락했습니다. 그로 인해서 민간인의 피해가…….”

공손수가 코웃음을 치며 말을 이었다.

"백 선생의 말에는 틀린 것이 없소. 황궁에는 내 적이 많지. 그중에 무인들과 끈이 닿은 자가 한둘이겠소? 남궁세가? 나를 죽이려는 자들 중에 남궁세가에 압력을 넣을 수 있는 권력자가 없을 것 같소?"

"……."

남궁세가에 대한 모욕으로도 들릴 수 있는 말이었지만, 남궁제학은 반박하지 못했다. 전부 사실이었으니까.

"내 생명의 은인을 모른 척할 만큼 배은망덕하지 않소. 만약 청룡학관이 백 선생을 해고한다면, 나는 그를 황궁으로 데려가 장군으로 만들 것이오."

"예?"

황당한 소리를 낸 사람은 백수룡이었다. 편을 들어주는 건 좋은데, 갑자기 장군이라니. 남궁제학이 그런 황당무계한 소리를 믿을 리가…….

'믿네?'

남궁제학의 표정에 어린 당혹스러움은 공손수의 말이 결코 허언이 아님을 증명하고 있었다.

"저도 몇 마디만 하겠습니다."

공손수가 잠시 말을 멈춘 틈에 흑영이 대화에 끼어들었다. 그녀가 비장한 표정으로 말했다.

"처음 백 선생님이 계획을 말씀해 주셨을 때 저도 찬성했습니다. 만약 선생님이 책임을 지고 징계를 받아야 한다면, 저 또한 사죄의 의미로 팔하나를 잘라 내놓겠습니다."

"무슨…….”

갑자기 팔을 왜 잘라? 백수룡은 당황스러운 표정으로 흑영을 바라볼 뿐이었다.

"저, 저도 한마디만 해도 될까요?"

갑자기 위지천이 조용히 손을 들었다. 저 입에선 또 무슨 말이 나올지, 백수룡은 두려울 지경이었다.

"만약 백 선생님이 청룡학관을 관두시게 되면…… 저도 입관을 포기할래요."

"……."

"선생님이 안 계신 청룡학관은 다니고 싶지 않아요."

할 말을 끝내고 고개를 푹 숙이는 위지천. 노군상, 남궁수, 곽철우가 동시에 반응했다.

'저런 인재를 놓친다고?!'

노군상은 고개를 홱 돌려 남궁제학을 죽일 듯이 노려봤다.

[당장 백 선생에게 사과하게!]
[무, 무슨 소리인가. 내가 왜 사과를…….]
[사과해 이놈아! 당장 해!]

그 쩌렁쩌렁한 전음에, 남궁제학은 저도 모르게 사과를 하고 말았다.

"미, 미안하네. 방금은 내가 좀 과하게 몰아붙인 것 같군."

"……아닙니다."

기어이 남궁제학에게 사과를 받아낸 공손수가 손뼉을 짝 치더니 자리에 앉았다.

"사람이 실수 좀 할 수 있지. 자, 이제부터 향후 대책에 관한 이야기를 해 봅시다."

94화
입학식

"천검이 직접 모시러 온다는 연락이 왔습니다."

방을 정리하고 있던 공손수는 그 말에 놀라서 뒤를 돌아봤다. 흑영이 그 앞에 한쪽 무릎을 꿇고 있었다.

"천검이 온다니? 폐하의 호위는 어쩌고?"

천검(天劍)은 금의위 최고수이자, 천하에서 가장 강한 열 명의 무인으로 손꼽히는 십존의 일인이었다. 하지만 그는 황제의 곁을 항시 지키는 그림자이기도 했다.

"황제 폐하께서 직접 천검을 보내셨다고 합니다."

"허허. 이 늙은이가 뭐라고……."

황제의 애틋한 마음에 공손수는 잠시 눈을 감았다.

살수들의 공격이 있고 며칠이 지났다. 전 승상이었던 공손수가 습격당했다는 사실이 알려지자마자 황궁은 뒤집혔다. 듣기로는 황제가 대노하여 흉수를 찾으라고 명령했고, 벌써 관련자 몇 명이 잡혀 들어갔다고 들었다. 또한 수많은 관료들이 과거 철혈의 재상이라 불렸던 공손수의 귀환을 두려워하고 있다고 하였다.

"……많은 관료들로부터 접촉이 있었습니다. 어떻게 할까요?"

"모두에게 똑같이 전하거라. 죄를 지은 자는 죗값을 치를 것이요, 피를 흘리게 한 자는 핏값을 치르게 될 것이라고."

"예."

잠시 서늘한 표정을 지었던 공손수가 몸을 돌려 다시 방 안을 정리하기 시작했다. 몇 안 되는 짐이라, 정리하는 데 시간은 얼마 걸리지 않았다. 물건이라고는 갈아입을 무복 몇 벌, 즐겨 읽는 서책 몇 권, 그리고 방 안에서 휘두르던 목검 하나가 전부였다. 공손수는 손때가 묻은 목검을 어루만지며 웃었다.

"허허. 때가 많이도 탔구나."

"……주무실 때도 잘 놓지 않으셨으니까요."

흑영은 공손수가 얼마나 노력했는지 누구보다 잘 알고 있었다. 남들보다 굼뜨고 허약한 몸으로 강해지려면 남들보다 몇 배 이상 노력하는 수밖에 없었다. 공손수는 종일 검을 쥐고, 검을 휘두르고, 검을 생각했다. 궁금한 것은 아무리 작고 사소한 것이라도 스승을 찾아가 묻길 부끄러워하지 않았다.

─청룡학관 애들이 어르신의 반만 노력했으면 천무제 우승을 밥 먹듯이 했을 텐데…….

백수룡이 혀를 내두르며 그렇게 말할 정도였다.

그렇게 한 달이 넘는 시간을 이곳에서 무공을 수련했다. 지난 시간을 되새기는 공손수의 눈빛이 아련했다.

"마치 꿈을 꾼 것만 같구나."

"……꿈을 이룬 시간이었다고 생각해요."

"허허. 말재주가 제법 늘었구나."

"어르신과 백 선생 사이에 있으니 안 늘 수가 있어야죠."

"요 녀석 봐라? 나중에는 나랑 대작도 하자고 하겠는걸."

"지금도 못 할 건 없죠."

"무어라? 푸하하하!"

공손수가 껄껄 웃자 흑영도 따라서 빙긋 웃었다. 그녀도 변했다. 입가에 자연스러운 미소를 짓는 날이 많아졌다. 전부 백룡장에 온 이후로 생긴 변화였다. 그녀는 백수룡에게 따로 무공을 배우지는 않았지만, 그 외에 많은 것을 보고 배웠다.

"우리 둘 다 이곳에서 참 많이 배웠구나."

"……예. 그리울 것 같습니다."

공손수는 손을 뻗어 탁자 위, 이 방 안에 있는 유일한 새것을 손에 쥐었다.

그것은 청룡이 따리를 튼 모양의 손바닥만 한 옥패였다.

청룡패(靑龍牌). 청룡학관에 입학한 학생들에게만 주어지는 학생증.

어제 오후, 청룡학관 신입생 입관 시험 최종 결과가 발표되었다.

"다시 한번 합격을 축하드립니다."

"아슬아슬했지. 맨 아래에 이름이 적혀 있는 줄 알았다면 밑에서부터 찾아볼 것을."

"사실 위에서부터 찾으실 때 조금 황당하긴 했어요."

"요 녀석이……."

공손수가 눈을 샐쭉하게 뜨고 째려보자, 흑영이 공손수의 시선을 슬그머니 피했다.

"어쨌든 합격은 합격이죠."

비록 말석이었지만, 공손수는 청룡학관 입관 시험에 당당히 합격했다.

"허허. 그래. 수석이든 말석이든 합격은 합격이지."

청룡패를 품 안에 넣는 것으로 짐 정리를 끝낸 공손수와 흑영은 방을 나섰다.

"떠나기 전에 백 선생을 만나서 한 번 더 인사를 해야겠구나. 이게 다 최고의 스승을 만난 덕분이니."

"……백 선생이 최고의 스승이라면, 어르신은 최고의 학생이었어요."

"할 거면 하나만 해라. 금칠했다가 놀렸다가……. 이랬다저랬다 하면 엉덩이에 뿔 난다는 말도 못 들어 봤느냐?"

"저도 마지막 날이니까 이 정도 투정은 좀 받아 주세요."

"쯧쯧. 이런 망아지를 누구한테 시집을 보낼꼬……."

두 사람은 시시한 농담을 나누며 방을 나섰다.

"할아버지!"

"할아범. 왜 이렇게 늦어."

정자에 앉아 기다리던 위지천이 손을 흔들었고, 안색이 창백한 헌원강이 툴툴거렸다.

'허허. 저 녀석은 인간이 맞나 싶군.'

큰 상처를 입었던 헌원강은, 놀랍게도 며칠 만에 스스로 걸어 다닐 만큼 회복이 되었다.

공손수가 아끼지 않고 먹인 영약과 백수룡이 가르친 녹림십팔식이 자가 회복력을 끌어올린 덕분이었지만, 그걸 모르는 두 사람의 눈에는 괴물처럼 보일 뿐이었다.

'하여튼 떠나기 전에 괜찮아진 모습을 보게 돼서 다행이야.'

한 달 동안 정든 백룡장을 한번 빙 둘러본 공손수가 모두에게 말했다.

"입학식에 늦기 전에 가자꾸나."

오늘은 청룡학관 신입생 입학식이 있는 날이었다.

그리고 오늘, 공손수는 황궁으로 돌아간다.

· ◈ ·

입학식 행사는 성대하게 차려졌다. 대연무장 한가운데 총 일백의 신입생 합격자들이 도열했다. 그 주변으로 신입생들의 부모와 지인들이 감격 어린 표정으로 그들을 지켜보는 중이었다.

"얼마 전, 우리는 간악한 살수들의 도전에 직면했습니다. 여러분은 대련 시험장에서 있었던 일을 기억할 것입니다."

청룡학관주 노군상에 말에 신입생들이 진지한 표정으로 고개를 끄덕였다.

대련 시험장에서 있었던 살수들의 암살 시도는 '청룡학관 입관 시험을 방해하기 위한 음모'로 바뀌어 공표되었다. 결과적으로 그것은 올해 신입생들 간의 유대감을 형성했다.

"역사 속에서 사파의 도전이 계속 있어 왔지만, 항상 그래왔듯 우리는 또 이겨 낼 것입니다. 청룡학관이 멸마척사의 선두에 설 것입니다!"

노군상의 연설이 끝나자 우레와 같은 박수가 터져 나왔다. 노군상이 단상에서 물러나고, 입학식 행사의 사회를 맡은 매극렴이 말했다.

"이어서 신입생 대표의 연설이 있겠습니다. 수석 입학생 올라오시오."

잠시 후, 단상 위로 한 소년이 올라가기 시작했다. 남들보다 작은 체구에 가녀린 몸. 검을 휘두르기보다는 검에 휘둘리게 생긴 모습이었지만, 그곳의 누구도 그 소년을 무시하지 못했다.

'저 녀석이 위지천……'

'독고준 선배와 호각으로 겨룬 천재.'

'저런 괴물이 나랑 동갑이라니…….'

청룡학관 강사 전원 만장일치. 압도적인 성적의 수석. 신입생 동기들은 부러움과 동경과 질시의 시선으로 위지천을 바라봤다.

"그래. 지금을 실컷 즐겨라. 졸업식 연설은 반드시 내가……."

역시 만장일치로 차석을 차지한 남궁석이 경쟁심을 활활 불태우며 이를 갈았다. 하지만 위지천은 남궁석에겐 관심조차 없었다. 엄청나게 많은 사람의 시선에 눈앞이 새하얘질 지경이었다.

"아, 안녕하세요. 위지천입니다."

어깨를 움츠리는 수줍은 소년의 인사에 누군가는 웃음을, 누군가를 못마땅한 시선을 보냈다. 매극렴이 위지천을 안심시키며 말했다.

"편하게 하고 싶은 말을 하면 된다."

신입생 연설. 졸업생 대표 연설과 함께, 청룡학관 재학 중에 누릴 수 있는 가장 영광된 순간 중 하나였다.

"저는…… 수석이 되어서 이 자리에 서고 싶었습니다."

모두가 자신을 바라보는 그곳에서, 위지천이 부끄러움에 빨개진 얼굴로 말을 이어 나갔다.

"왜냐하면 다른 분께 신입생 연설을 양보하고 싶었기 때문입니다."

"뭐?"

"무슨 소리야?"

그 말에 모두가 놀랐지만, 가장 놀란 사람은 공손수였다. 위지천의 시선이 아까부터 자신을 향하고 있었기 때문이었다.

"천아. 너 설마…….."

"공손수 동기님. 올라와 주세요."

위지천의 지목에 공손수는 고개를 절레절레 저었다. 이것은 잘못된 것이다. 위지천이 노력해서 얻은 보상을, 단지 친하다는 이유만으로도 대신 받을 수는 없었다. 그때였다.

"어르신."

어느새 다가왔는지, 백수룡이 공손수의 등을 부드럽게 밀었다.

"어서 올라가세요. 저러다가 천이 얼굴 빨개지다 못해 터지겠네."

"……자넨 알고 있었나?"

백수룡이 한숨을 내쉬더니 어깨를 으쓱였다.

"제가 애들 마음까지 어떻게 압니까. 몰래 준비한 모양입니다. 아무튼 올라가세요. 행사 길어지면 제 퇴근도 늦는다고요."

그렇게 등을 떠밀려, 공손수는 어느새 단상 위에 올라왔다. 위지천은 그에게 힘내라고 말하고는 빠르게 아래로 내려갔다.

"허허……. 이래도 되는지 모르겠군. 학관주님. 제가 정말 이걸 대신해도 되는 겁니까?"

공손수가 노군상은 돌아보며 묻자, 노군상도 처음엔 당황한 표정이더니 이내 웃으며 말했다.

"위지천 학생에게 돌아간 보상이니, 그걸 어떻게 사용하는지도 학생 마음이겠지요."

결국 공손수에게 신입생 대표 연설을 하라는 소리였다.

"허허……. 그렇군요. 알겠습니다."

당황했던 것도 잠시. 황제 폐하와 수많은 대신들 앞에서도 당당했던 공손수였다. 고작 수백 명 앞에서 긴장할 리가 없었다. 잠시 생각을 정리한 그가 차분한 시선으로 단상 아래의 학생들을 바라보았다.

"공손수라 합니다. 올해 예순다섯입니다. 혹 나보다 나이가 많은 신입생이 있으면 이리 올라오십시오. 요즘은 얼굴만 보고는 나이를 가늠하기가 어려워서 원."

공손수의 농담에 좌중에 웃음이 터졌다. 그가 마지막에 귀빈석에 있는 남궁제학을 힐끔 바라봤던 것이다.

순식간에 이목을 집중시킨 공손수가 말을 이었다.

"저는 수석이 아니라서 대단한 포부 같은 것은 없습니다. 다만 여러분에게 몇 가지 당부의 말을 전할까 합니다. 늙은이가 노파심에서 하는 말이니, 한 귀로 듣고 흘려도 상관없습니다."

어느새 모두가 공손수의 목소리에 집중하고 있었다. 올해 신입생 중 어쩌면 무공은 가장 약할지도 모르지만, 그의 몸에서 흘러나오는 자연스러운 기세가 좌중을 압도했다.

"첫째, 스스로가 다른 이보다 못하다고 해서 좌절하지 마십시오. 그럴 땐 나를 떠올리십시오. 나는 예순다섯이 되어서야 여러분과 같은 자리에 섰습니다."

공손수는 자기 자리로 돌아간 위지천을 바라봤다. 모두가 부러워할 만한 재능을 가진 소년.

"……세상은 불공평한 곳입니다. 부모가 누구냐에 따라서, 재능의 크기에 따라서, 가진 것에 따라서 인생은 거의 결정됩니다. 그걸 바꾸는 것은 정말 쉽지 않지요."

하지만. 공손수에겐 위지천 뒤에서 입술을 짓씹는 남궁석도, 그 뒤의 아이도, 또 그 뒤의 아이들도 모두 부러운 재능이었다. 청룡학관에 입학한 아이들 모두, 무림에서 손에 꼽히는 재능들이 아니겠는가.

"열심히 하지 말라는 말이 아닙니다. 하루하루 최선을 다하십시오. 오늘은 다시 오지 않는다는 것을 명심하십시오."

공손수는 고개를 돌려 헌원강을 바라봤다. 거친 외모와 달리 정이 많은 녀석. 여전히 위지천에게 매일 대련에서 지면서도, 언젠가는 이길 거라며 아득바득 노력하는 모습은 대견하기 그지없었다.

"여러분이 최선을 다하고 있다면, 그것만으로도 충분히 잘하고 있다는 뜻입니다."

헌원강은 입술을 삐죽 내밀며 투덜거렸다. 아마도 "망할 할아범."하고 중얼거렸을 것이다. 피식 웃은 공손수는 고개를 돌려 흑영을 보았다.

"둘째, 좋은 친구를 만나십시오. 위만 바라보고 인생을 살다 보면, 주변에 친구는 없고 적만 가득하게 됩니다."

흑영은…… 울음을 참고 있었다. 호위 대상과 호위 무사로 시작된 관계였지만, 두 사람은 이제 친구를 넘어 가족이었다.

'이리 좋은 날에 어찌 우느냐.'

흑영에게 웃어준 공손수는 고개를 돌려 백수룡을 바라봤다. 두 사람의 시선이 마주쳤다.

"마지막으로, 좋은 스승을 만나십시오."

"……."

공손수의 눈매가 부드럽게 휘자, 백수룡도 기분 좋게 웃어 주었다.

"여러분의 가능성을 믿어 주는 스승을 만난다면, 여러분은 스스로 생각했던 것보다 훨씬 더 뛰어난 사람이라는 것을 알게 될 것입니다."

공손수도 처음에는 스스로 할 수 있을 거라고 믿지 않았다. 독고준의 말대로 가벼운 유희, 장난에 불과했는지도 모른다.

'자네가 그것을 진지하게 만들었지.'

학생 스스로도 믿지 않았던 가능성을 일깨우고, 할 수 있다고 믿게 만들었다. 그리고 현실로 만들었다. 백수룡이 아닌 어떤 선생이 이런 일을 할 수 있을까.

'자네는 최고의 스승이었네.'

'어르신은 최고의 학생이었습니다.'

말을 하거나 전음을 주고받지 않아도, 두 사람은 서로의 눈을 보며 마음을 알 수 있었다.

"내가 하고 싶은 말은 여기까지입니다. 앞으로 어디에 있더라도, 청룡학관 동기 여러분의 건승과 무운을 빌겠습니다."

한 걸음 뒤로 물러난 공손수는 포권을 취하며 고개를 살짝 숙였다.

짝, 짝짝. 백수룡이 박수를 치기 시작했다. 의례적이거나 형식적인 것이 아닌, 진심이 담긴 박수였다. 그를 따라 흑영도, 헌원강도, 위지천도 박수를 치기 시작했다. 몇 사람에게서 시작된 박수는 전염되듯 주변으로 퍼져, 공손수가 단상에서 내려간 이후에도 꽤 오래도록 이어졌다.

그렇게 입학식이 끝난 후, 공손수는 청룡학관에 자퇴서를 제출했다.

95화
어떻게 아셨습니까?

노군상은 공손수가 내민 자퇴서를 물끄러미 보았다.
"입학하자마자 자퇴라니……. 이런 경우는 또 처음입니다."
"허허. 제가 청룡학관에서 신기록을 여러 번 갱신하는군요."
마주 앉은 공손수가 허허로운 웃음을 지었다. 노군상은 그 웃음에 숨겨진 씁쓸함을 느끼고는 조용히 물었다.
"아쉽지 않으십니까?"
"……아쉽지요. 많이 아쉽습니다."
공손수는 자퇴서와 함께 탁자 위에 놓인 청룡패를 바라봤다. 자퇴서를 제출했으니, 청룡패도 반납해야 했다.
"허나 나라가 간신들로 인해 곪아가는 꼴을 보면서까지 무공을 수련할 정도로 뻔뻔하지는 못합니다."
공손수가 부재해 있는 동안, 황궁의 권력자들이 황제를 견제하고 게걸스럽게 권력을 탐했다. 황제는 어질고 총명하나, 닳고 닳은 권력자들을 상대하기에는 아직 경험이 부족했다. 그것이 공손수가 황궁으로 가야만 하는 이유였다.

"비록 저는 자퇴를 하지만, 멀리서나마 청룡학관의 발전에 보탬이 되고 싶습니다."

"보탬이라면……."

공손수가 본 청룡학관은 여러 잠룡이 꿈틀대고 있는 인재의 화수분이었다. 하지만 지난 십 년간 천무제에서 성과를 내지 못하다 보니, 학생들의 자신감이 줄어들고 재정적인 지원도 점점 줄어드는 형편이었다. 공손수는 이 악순환을 끊을 생각이었다.

"관주님, 올해부터 재정적인 문제는 걱정하지 마십시오."

"허허……."

앞으로 청룡학관에 대한 재정적 지원은 다른 오대학관 이상으로 풍족해질 것이다. 공손수의 말 몇 마디면 가능한 일. 갑자기 찾아온 이 기연에 노군상은 얼떨떨한 표정을 지었다.

"허허……. 어떻게 감사를 드려야 할지 모르겠습니다."

"제가 할 수 있는 일이 이런 것뿐입니다. 함께 합격한 동기들이 앞으로도 청룡학관을 자랑스럽게 여기길 바랍니다."

"……."

잠시 공손수를 바라보던 노군상은 갑자기 공손수의 자퇴서를 그 자리에서 찢어 버렸다.

찌이익.

"왜……?"

"공손수 신입생."

공손수를 대하는 노군상의 말투가 갑자기 바뀌었다.

"자네는 퇴학이 아닌 휴학으로 처리하겠네."

"예?"

노군상은 탁자 위에 놓인 청룡패를 다시 공손수에게 밀었다. 반납을 거절한 것이다.

"황궁에서의 일이 끝나면 복학하도록 하게."

"……."

"간단한 재시험 정도는 치러야 할 것이야. 몸 관리를 게을리했다간 받아 주지 않을 테니 알고 있도록."

"허허허……."

복학이라니. 지금 공손수의 나이만 해도 예순다섯이다. 오 년만 지나도 일흔, 십 년이 지나면 일흔다섯이다.

'오 년 안에 황궁의 일을 정리할 수 있을까?'

아무런 기약도 할 수 없었다.

하지만……. 오 년이 지나건 십 년이 지나건, 그게 무엇이 중요하단 말인가. 공손수는 어느새 웃고 있었다.

"알겠습니다. 수련을 게을리하지 않겠습니다."

다시 청룡패를 받아든 공손수는 그것을 품 안에 소중히 넣고 자리에서 일어났다.

"……이만 가 보겠습니다."

"자네가 돌아왔을 때의 청룡학관은 지금과는 많이 달라져 있을걸세."

"허허. 기대하고 있겠습니다."

공손수는 꾸벅 고개를 숙인 후 몸을 돌려 관주실을 나갔다.

이날로부터 몇 년 후, 청룡학관에 전설의 복학생이 귀환하게 된다.

"이젠 정말 이별이로군."

도시 외곽. 공손수는 멀리까지 마중을 나온 백수룡과 마지막 작별인사를 나누고 있었다.

"나 때문에 곤란한 것 아닌가? 입학식 날이라서 모두가 바쁠 텐데."

입학식만 참가하고 바로 자퇴서를 제출한 공손수와 달리, 다른 신입생들은 반을 배정받는 등 일정이 꽉 차 있었다.

임시 강사인 백수룡도 본래는 정신없이 뛰어다녀야 하겠지만, 그는 태평하게 공손수를 배웅하고 있었다.

백수룡이 씨익 웃으며 말했다.

"관주님한테 다 허락받고 나왔습니다. 다들 바쁠 때 땡땡이치고 좋은데요?"

"쯧쯧. 그러다 다른 강사들에게 미움받으면 어쩌려고."

"미움이라면 이미 잔뜩 받고 있고요."

백수룡은 오늘 아침부터 내내 저기압이던 남궁수의 얼굴을 떠올리며 킥킥 웃었다.

'녀석한테서 어떤 수업을 빼앗아 올까나.'

위지천이 수석 입학을 했으니, 두 사람의 내기의 승자는 백수룡이었다. 승리의 보상은 이번 학기 남궁수의 수업 중 하나를 백수룡이 대신하는 것. 청룡학관 일타강사인 남궁수의 수업은 하나같이 인기가 많은 것들뿐이니, 무엇을 골라도 손해 볼 것은 없었다.

'무기 수업? 외공? 내공? 이왕이면 학년 공통 수업이 좋을 것 같은데……..'

아직은 결정하지 못했지만, 어쨌거나 행복한 고민이었다.

"……표정을 보아하니 또 학생들을 괴롭힐 못된 계획을 짜고 있나 보구먼."

"아쉽네요. 그 계획에 어르신도 계셨으면 좋았을 텐데."

백수룡의 말에 공손수는 빙그레 웃었다. 몇 시진 전이었다면 저 말이 씁쓸하게 들렸겠지만, 지금은 그렇지 않았다. 그에겐 새로운 목표가 생겼으니까.

"나중에 복학해서 듣겠네. 그러니 밉보여서 잘리지 말고, 오래오래 청룡학관에서 해 먹게나."

"노력은 해 보겠습니다."

그 주변에는 두 사람뿐이었다. 위지천은 이후 일정 때문에 학관에 남아야 했고, 헌원강은 멀리까지 마중을 나올 몸 상태는 아니었다. 그래서 입학식만 본 후에 다시 의원으로 보냈다. 흑영에겐 천검을 마중 나가라고 보냈다. 지금부터 늦어도 반 시진 이내에, 천검과 금의위의 병력이 이곳에 도착할 것이다.

"그래서, 흑영까지 보내고 둘이서 할 이야기라는 것이 뭔가?"

공손수의 질문에 백수룡이 빙긋 웃었다. 흑영을 보낸 것은 공손수였지만, 백수룡이 몰래 부탁했던 것이다.

"그냥 가시기 전에 이런저런 얘기나 좀 할까 해서요. 잠깐 저기 좀 앉을까요?"

관도를 빠져나가는 산길이 시작되는 곳. 두 사람은 그 앞에 마련된 작은 정자에 마주 보고 앉았다.

"한 달이 좀 넘는 시간 동안 고생 많으셨습니다."

백수룡은 준비해 온 술과 술잔을 꺼냈다. 전날 미리 사 둔 비싼 백주였다. 공손수가 놀라서 눈을 동그랗게 떴다.

"허어. 자네가 주는 술을 다 마셔 보는군. 그동안에는 입에도 못 대게 하더니."

"그래서 특별히 준비했습니다. 가기 전에 한 잔 정도는 괜찮으시죠?"

한 달 만에 마셔 보는 술. 공손수가 눈을 초롱초롱 빛내며 말했다.

"아무렴. 마침 잔소리할 사람도 없군. 이래서 흑영을 먼저 보내라고 한 겐가?"

"겸사겸사해서요."

못된 장난을 꾸미는 두 악동처럼, 마주 보며 씩 웃은 두 사내가 주거니 받거니 술잔을 기울이기 시작했다.

"크흐! 좋구만."

"비싼 술이라니까요."

둘 사이에 많은 말은 필요하지 않았다. 추억이 곧 안줏거리요, 정자로 불어오는 바람과 그에 흔들리는 수풀이 가무(歌舞)였다.

잠시 풍경을 감상하던 공손수가 입을 열었다.

"선생."

"예."

"천이는 마음이 여리니 잘 지켜보게. 그 재능을 시기하는 자들이 그 아이를 깎아내리고 못살게 굴 게야."

"알겠습니다."

"강이는 의리가 깊고 마음이 강직하나 그 성정이 불같아 걱정일세. 채찍질도 좋지만 때로는 부드럽게 다독여 주게."

"명심하겠습니다."

백수룡은 공손수의 말을 경청하며 고개를 끄덕였다. 공손수는 현 황제의 스승이었다. 무공을 가르치는 면에서는 백수룡에게 비할 바가 못 되지만, 식견이 뛰어나고 덕과 예를 가르치는 선생으로는 나라에 비교할 인물이 없었다.

"……강이에게 행여나 후유증이 남지 않아야 할 텐데."

"튼튼한 녀석이니 금방 나을 겁니다."

씁쓸한 얼굴로 고개를 끄덕인 공손수가 백수룡의 잔에 술을 따라 주었다.

"그런데 자네. 혹시 장가가고 싶은 생각은 없나?"

"콜록!"

생각지도 못했던 화제에 백수룡이 술을 뿜었다. 갑자기 장가라니. 백수룡의 머리가 빠르게 돌아갔다. 길게 생각할 것도 없이, 공손수가 누구를 염두에 두고 하는 말인지 알 수 있었다.

"생각 없습니다."

"쓸데없이 눈치만 빠르긴. 우리 흑영이가 어디가 어때서."

"저쪽 의견은 물어보시긴 한 겁니까?"

거절의 의미로 한 말이었는데, 공손수는 건수를 잡았다는 듯 눈을 빛냈다.

"관심이 아예 없는 건 아닌 모양이지? 우리 애가 좋다고 하면 자네도 진지하게 한번 만나 볼 텐가?"

"아니……."

"농담으로 하는 말이 아니니 한번 생각해 보게."

"……."

백수룡은 잠시 생각에 잠겼다. 여자를 만나고, 혼례를 올린다. 전생에서는 한 번도 그려 보지 않은 미래였다. 그때는 하루하루 살아남는 것조차 버거웠으니까.

'지금은?'

오십 년 전과 비교하면 무척이나 평화로운 세상. 무림일통을 꿈꾸던 혈교가 멸망하고, 사파 세력 자체가 크게 위축된 태평천하. 하지만 백수룡은 이 평화가 오래가지 않으리라는 것을 알고 있었다.

'혈교는 사라지지 않았어.'

벌써 여러 징후를 발견했다. 어쩌면 상상 이상으로 더 큰 세력을 이루었을 수도 있고, 놈들의 발호가 머지않았을지도 모른다. 만약 혈교가 다시 발호한다면…….

백수룡이 진지한 표정으로 대답했다.

"죄송하지만 아직은 혼인하고 싶은 마음이 없습니다."

"……뭔가 사연이 있나 보군."

백수룡의 표정을 살핀 공손수는 더 이상 권하지도, 자세히 캐묻지도 않았다.

두런두런 대화를 나누다 보니 어느새 술병이 비었다.

"이런. 술이 다 떨어졌군. 누구 코에 붙이라고 한 병만 사 온 겐가?"

"이 정도가 딱 좋습니다. 마침 손님도 왔고요."

"손님? 천검이 벌써 온 겐가?"

백수룡은 웃으며 공손수의 어깨 너머를 보았다. 공손수도 그 시선을 따라 고개를 돌렸다. 두 사람에게 익숙한 얼굴이 터덜터덜 걸어오고 있었다.

"원강 선배?"

그는 헌원강이었다. 창백한 얼굴의 헌원강이 두 사람을 발견하고는 손을 흔들었다. 공손수가 자리에서 일어나 헌원강을 맞이했다.

"선배가 여긴 웬일인가? 몸도 성치 않으면서……."

헌원강이 멋쩍은 듯 머리를 긁적였다.

"의원에만 있으려니까 답답해서. 그리고 할아범한테 줄 선물도 있고."

"선물?"

품에 손을 넣은 헌원강이 무언가를 꺼냈다. 공손수는 그 마음이 고마워서 울컥 눈물이 나올 것 같았다.

'정이 많은 녀석 같으니…….'

자신을 대신해 칼을 맞아 저리 창백한 모습이 되었는데도, 원망하기는커녕 이렇게 챙겨 준단 말인가.

"선물은 무슨 선물이란 말인가."

"지금 아니면 못 줄 것 같아서 그래."

헌원강이 품 안에서 꺼낸 물건은 검게 칠한 단도(短刀)였다. 아무런 무늬도 없는 밋밋한 무늬에, 어둠 속에서는 형체조차 식별할 수 없을 만큼 짙은 흑색 단도. 헌원강은 해맑게 웃으며, 그것으로 공손수의 목을 노리고 찔렀다.

"호오……?"

그 순간에도 공손수는 전혀 위협을 느끼지 못했다. 자연스럽게 내미는 단도에는 기척도, 살기도 없었다. 그저 저것이 내게 주는 선물이구나, 하고 생각할 뿐이었다.

까앙! 눈앞에서 칼날이 옆으로 튕겨 나가고, 방금까지 걷는 것조차 힘들어 보였던 헌원강이 순식간에 신형을 뒤로 물렸다.

털썩. 공손수는 바닥에 주저앉았다. 비로소 조금 전에 있었던 죽음의 공포와 충격이 몰려왔다.

"왜, 왜……."

공손수는 무표정한 얼굴의 헌원강을 바라보며 소리쳤다.

"네가 왜 나를 죽이려 한단 말이냐!"

"어르신. 진정하세요."

그 순간 백수룡이 공손수 앞을 가로막았다. 방금 헌원강의 공격을 막은 것도 바로 그였다.

"저 녀석은 헌원강이 아니에요."

"뭐라고……?"

공손수가 놀라는 가운데, 헌원강의 표정이 묘하게 변했다.

"어떻게 아셨습니까? 헌원강의 말투, 걸음걸이, 체취까지 전부 훔쳤는데요."

헌원강으로 위장한 살막의 살수, 칠살(七殺)이 물었다.

"그야 기다리고 있었으니까."

그 질문에 백수룡이 하얗게 웃으며 대답했다.

96화
자기소개

칠살이 흥미롭다는 표정으로 물었다.

"제가 올 걸 알고 있었단 말입니까?"

대부분의 살수는 첫 공격에 암살을 실패하면 죽는다. 은신술, 암기술, 숨통을 끊기 위한 필살의 일격, 그리고 도망치기 위한 경공 정도가 살수가 익히는 무공의 대부분이기 때문이다.

살수가 무서운 것은 언제 목숨을 노릴지 모르기 때문이지, 정체가 드러나 있는 살수는 그리 두려운 존재가 아니다.

강호의 오래된 격언. 하지만 눈앞에 있는 상대는 살막의 살수였다.

백수룡은 상대에게서 잠시도 눈을 떼지 않으며 대답했다.

"너희가 쉽게 포기할 리가 없잖아? 그래서 한번 자리를 마련해 봤지."

"저런. 제가 미끼를 덥석 물어 버렸군요."

첫 공격에 실패하고 정체가 드러났음에도 불구하고, 칠살의 말투나 행동은 전혀 조급해 보이지 않았다.

"사실 그럴지도 모른다고 생각은 했습니다만……."

칠살이 자신의 얼굴을 매만지며 혼잣말처럼 중얼거렸다.

"난 또 얼굴 때문에 들킨 줄 알았습니다. 피부를 베어낼 때 반항이 심해서 미묘한 차이가 생긴 것인가 하고……."

헌원강의 얼굴을 하고 있는 칠살의 중얼거림. 섬뜩한 상상을 해 버린 공손수가 버럭 소리쳤다.

"네 이놈! 강이를 어찌한 게냐! 설마 그 얼굴이……!"

"어르신."

당장이라도 검을 들고 뛰쳐나가려는 공손수를 백수룡은 진정시켰다.

"저놈은 헌원강에게 아무 짓도 안 했을 겁니다."

"어째서 그렇게 확신하시는지?"

칠살이 고개를 갸웃하며 물었다. 되지도 않는 상대의 심리전에 백수룡이 코웃음을 쳤다.

"뛰어난 살수일수록 얼굴 가죽을 벗겨내 만드는 조잡한 인피면구 따위는 쓰지 않아. 차라리 역골공을 익히는 편이 훨씬 효율적이거든."

"그렇다고 해서, 그것이 제가 헌원강을 살려 둘 이유는 되지 않을 텐데요?"

칠살이 빙긋 웃으며 묻자, 백수룡도 똑같은 미소를 지어 주었다.

"살려 둘 수밖에 없지. 헌원강이 멀쩡히 살아 있어야, 어르신을 죽이고 나서 그 녀석한테 죄를 뒤집어씌울 것 아니야?"

"호오……."

살행 이후의 계획까지 추리해 낸 백수룡에게 칠살은 작게 감탄했다.

"혹시 과거에 살수였습니까?"

"이 정도는 조금만 생각하면 알 수 있는 정도지."

"머리가 좋은 분이로군요."

"그런 말 자주 들어."

한마디도 지지 않는 백수룡의 대답에 칠살은 조용히 웃었다. 그것은 감탄이 아닌 조롱이 담긴 웃음이었다.

"그렇게 똑똑하신 분이 한 가지는 예상을 못 하신 것 같습니다."

칠살의 첫 공격에 실패하고도 이토록 여유로운 이유는 하나였다.

"살수의 본분에 충실했을 뿐, 굳이 기습이 아니더라도 저는 당신들을 이 자리에서 죽일 수 있습니다."

츠츠츠츳. 칠살의 몸에서 검은 안개 같은 기운이 흘러나오더니 순식간에 전신을 뒤덮었다.

"허억……!"

공손수는 칠살에게서 느껴지는 가공할 기운에 경악했다.

"살막의 살수가 왜 살수지왕(殺手之王)이라고 불리는지 아십니까?"

완전히 어둠에 뒤덮인 칠살의 몸 가운데 유일하게 드러난 두 눈에서, 짙은 녹색 안광이 뿜어져 나왔다.

"우리는 암습이 아니더라도 그 누구라도 죽일 수 있는 무공을 가지고 있기 때문입니다."

"……."

칠살의 존재감이 주변 공간을 무겁게 짓눌렀다. 그의 몸에서 흘러나온 어둠이, 어느새 두 사람을 안개처럼 포위했다.

"암살은 상대를 죽이기 위한 방식 중 하나일 뿐이지요."

저벅, 저벅. 어둠에 휩싸인 칠살이 안개 속에서 한 걸음 한 걸음 걸어올 때마다 안개가 이리저리 흩어졌다.

백수룡이 코웃음을 치며 말했다.

"잘난 척은. 남궁제학이 무서워서 이제야 나선 주제에."

"하하. 그건 인정하겠습니다."

흑림의 살수들이 공손수를 죽이기 위해 청룡학관에서 날뛴 그날, 칠살은 끝까지 움직이지 않았다. 그 이유는 창천검왕 남궁제학의 존재 때문이었다.

"그 사실이 부끄럽지는 않습니다. 십존은 살막의 살수 전원이 덤벼도 죽일 수 있다고 확신할 수 없는 괴물이니까요. 하지만 백수룡 당신은 아닙니다."

칠살이 웃으며 말을 이었다. 그의 몸에서 흘러나오는 기세가 점점 강해지고 있었다.

"지난 며칠간 당신을 지켜봤습니다. 제자를 가르치는 것에는 놀라운 능력을 지녔지만, 본신의 무공은 그에 미치지 못하더군요."

"……날 관찰했나."

"흑림의 살수들이 날뛴 날, 살수들과 싸우는 모습을 봤습니다. 절정고수 초입 수준이더군요. 실력을 숨겼다면 그보다 조금 나을 수도 있겠지만……."

"……."

백수룡의 표정이 딱딱하게 굳었다. 그가 긴장하고 있음을 느낀 칠살의 입가에 미소가 맺혔다.

"그래도 당신과 나 차이엔 하늘과 땅 수준의 격차가 있다는 걸, 당신도 지금쯤은 느끼고 있을 겁니다."

츠츠츠츳……!

칠살은 감싼 어둠이 점점 짙어지고 무거워졌다. 살막의 칠살(七殺). 그 말은 곧, 무림에서 일곱 번째로 뛰어난 살수라는 의미였다.

"헉, 허억……!"

숨이 막히는지 공손수의 얼굴이 새하얗게 질렸다. 호흡이 거칠어지고 무릎이 풀렸다. 그는 제대로 서 있는 것조차 힘들어 보였다.

칠살은 그 모습을 즐겁게 바라보며 말했다.

"천검이 이곳에 올 때까지 일각은 걸릴 겁니다. 저는 그 전에 공손수를 죽이고, 백수룡 당신을 흉수로 꾸민 후에 당신의 시체를 흔적도 없이 없애 버릴 계획입니다."

"이 자식이……."

이를 악문 채 일그러지는 백수룡의 표정을 바라보며, 칠살은 등줄기를 타고 흐르는 짜릿한 쾌감을 느꼈다. 평소처럼 조용한 살행에서는 결코 맛볼 수 없는 별미(別味).

살막의 수장인 일살은 싫어하겠지만, 가끔은 몰래 이런 식으로 청부를 처리하는 것도 좋겠다는 생각이 들 정도였다.

"백 선생……. 자네만이라도…… 도망……치게……."

풀썩. 결국 압력을 견디지 못한 공손수가 혼절해 쓰러졌다.

기세만으로 무공을 익힌 사람을 기절시킬 수 있는 고수. 그 사실만 놓고 보아도 칠살은 절정고수, 그중에서도 거의 초절정의 벽에 다다른 고수였다.

"자, 능력이 된다면 막아 보시길."

칠살이 녹색 안광을 터트리며 공손수를 향해 단도를 휘둘렀다.

휘이익! 흑색 검기가 길쭉하게 늘어나 공손수의 목을 노렸다. 그리고 그 순간, 잔뜩 굳어 있던 백수룡의 표정이 한순간에 변했다. 한쪽 입꼬리를 말아 올린 그가 빈정대듯 칠살에게 말했다.

"흑살마공이라. 오랜만에 보네."

"……뭐?!"

칠살이 깜짝 놀란 표정을 지은 순간, 백수룡의 몸에서 시뻘건 기운이 폭발하듯 터져 나왔다.

푸화아아아악! 그의 머리카락이 하늘로 치솟고, 청의무복이 찢어질 듯 세차게 펄럭거렸다. 백수룡의 몸에서 흘러나오는 붉은 기가, 일대를 장악한 어둠을 밀어내기 시작했다.

칠살이 휘두른 검기는 어느새 흔적도 없이 소멸했다.

"무슨……!"

저도 모르게 뒷걸음질 치는 칠살에게, 백수룡이 한 걸음 다가가며 씩 웃었다.

"남궁제학 때문에 실력 발휘를 못한 사람이 너 하나인 줄 알았어?"

"설마……."

그날, 백수룡은 자신의 실력의 반의반도 드러내지 않았다.

"네 말대로 십존은 괴물이지. 그래서 아직 그 앞에선 이런 모습을 보여 줄 수가 없거든."

스스스슷……. 허공에 흩날리는 백수룡의 흑발이 끝에서부터 붉게 물들며, 피처럼 선명한 적발로 변하기 시작했다. 동시에 그의 동공이 붉게 물들며 시뻘건 혈기(血氣)를 뿜어내기 시작했다.

그 붉은 눈과 마주친 순간, 칠살은 맹수 앞에 선 작은 짐승이 된 기분이었다.

꿀꺽.

'도대체 무슨 무공이…….'

칠살은 무림에 존재하는 수많은 무공을 알고 있었지만, 머리카락과 눈동자 색이 붉게 변하는 무공은 듣도 보도 못했다.

백수룡이 혀를 차며 말했다.

"이걸 못 알아보는 걸 보면, 넌 혈교인은 아닌 모양이네."

"혈……!"

말을 멈춘 칠살이 급히 표정을 관리하려 했으나, 이미 당황한 표정을 보인 이후였다.

씨익. 백수룡의 입가에 맺힌 미소가 진해졌다.

"그렇다고 아주 모르는 건 또 아니라 이거지? 아무래도 심도 있는 대화가 필요하겠어."

"너…… 누구냐."

칠살의 태도가 완전히 바뀌었다. 지금 백수룡이 드러낸 기세만 보아도 결코 자신의 아래가 아니었다. 이를 악무는 칠살의 이마에 식은땀이 맺혔다. 무언가 이상했다.

'어째서…….'

저 붉은 기운이 자신의 흑살마공이 일으킨 어둠에 닿을 때마다, 어째서 어둠이 놀라 움츠러든단 말인가. 수십 년의 훈련으로 강철이 되었다고 생각한 심장이, 어째서 천적을 만난 동물처럼 미친 듯이 뛴단 말인가. 싸워 보지도 않았는데 이미 패배한 것 같은 두려운 기분은…… 대체 뭐란 말인가.

"재미있는 이야기 하나 해 줄까?"

피식 웃은 백수룡이 검을 들어 칠살을 겨눴다. 단지 그 동작만으로도 칠살은 움찔 놀라 뒤로 물러났다. 그 순간, 백수룡의 두 눈에 감도는 혈기가 더욱 강렬해졌다.

번쩍! 혈마안(血魔眼). 역천신공의 성취가 최소 5성에 이르러야 발현되는 특성이자, 그 자체로 환술로 분류되는 무공. 혈마안은 마주 보는 것만으로도 상대를 공포에 빠지게 만들며, 그 성취가 높아지면 암시, 환각, 세뇌까지 할 수 있는 가공할 무공이었다. 며칠 전 흑림의 살수의 정신을 무너뜨린 것도 바로 혈마안의 효능이었다.

"지난 한 달 동안, 백룡장에서 무공이 가장 강해진 사람은 누구였을 것 같아?"

"설마……."

지난 한 달 동안, 백수룡은 공손수의 몸에 쌓여 있던 어마어마한 양의 탁기와 약기를 자신의 몸으로 흡수했다. 그 결과, 역천신공의 성취를 중성(中成)의 경지까지 끌어올리는 데 성공했다. 바람에 흩날리는 적발과 혈마안이 바로 그 증거였다.

덜덜덜……. 칠살은 심해지는 몸의 떨림을 주체할 수가 없었다. 혈마안에 정면으로 노출된 탓도 있었지만, 뭔가 더 근본적인 문제가 있었다.

"그 무공은…… 혈교의 것인가?"

"들어 본 적 없어?"

그 순간 무언가 번뜩 생각이 난 듯, 칠살이 부르르 몸을 떨었다.

"설마, 설마……!"

칠살은 믿을 수 없다는 표정으로 백수룡을 바라봤다. 피처럼 붉은 적발과 적안. 그리고 만인을 발아래에 두고 오시하는 듯한 저 광오한 존재감. 이제는 전설 속에서나 회자되는 한 존재의 이름이 떠올랐다.

"혈마의…… 무공?"

멍청하게 중얼거리는 칠살을 향해, 백수룡은 검 끝을 까닥거렸다.

"언제까지 멍청하게 있을 거야? 시간이 일각밖에 없다며. 이쪽도 마찬가지라고."

일각 후엔 또 다른 십존이 이곳에 도착한다. 백수룡은 그 전에 칠살에게서 최대한의 정보를 캐낼 작정이었다.

"서로 자기소개 끝났으면 시작하자고."

"잠깐……!"

벼락처럼 신형을 날린 백수룡이 검을 휘둘렀다. 그의 검에서 쏟아진 핏빛 검기가 흑살마공의 어둠을 갈가리 찢어발겼다.

"곧 도착하겠군."

천검은 무척 과묵한 사내였다. 황궁에서 이곳까지 오는 내내, 방금 한 말을 포함해 지금까지 말을 한 건 두 번에 불과했다. 첫 번째는 "출발한다."였다. 다들 천검이 과묵한 것을 알기에, 공손수를 모시러 가는 행렬 자체도 조용한 편이었다.

"음?"

선두에서 말을 몰던 천검이 갑자기 멈춰서더니 미간을 좁혔다.

"무슨 일이십니까?"

흑영이 다가와 말을 걸었다. 천검은 그녀에겐 시선조차 주지 않고 자신의 감각에 집중했다.

인간의 한계를 아득히 뛰어넘은 감각은, 저 멀리서 벌어지는 기의 충돌을 감지했다.

멀지 않은 곳에서 상당한 고수로 추정되는 두 개의 기가 충돌하고 있었다. 그 방향을 확인한 천검의 표정에 미미하게 굳었다.

"먼저 갈 테니 바로 따라오도록."

"예?"

자세히 물을 새도 없었다. 그다음 순간 흑영이 본 것은 자리에 혼자 남겨진 천검의 말뿐이었다.

휘익! 순식간에 풍경을 가로지르는 천검의 표정에 수심이 어렸다.

'승상께 아무 일도 없어야 할 텐데…….'

잠시 후 천검은 기가 충돌하는 현장에 도착했다. 짙은 어둠이 안개처럼 깔린 곳이었지만, 천검의 시야에는 아무런 문제도 없었다. 그가 멈춰선 것은 다른 이유 때문이었다.

"허!"

이 과묵한 사내의 입에서 진심 어린 탄식이 터져 나왔다.

그의 시선이 향한 곳에서.

콰콰콰콰콰콰!

어둠을 찢고, 한 마리의 혈룡이 하늘 위로 승천하고 있었다.

97화
허!

 전력으로 경공을 펼쳐 도망치는 와중에, 칠살은 저도 모르게 욕지거리를 내뱉었다.
 "빌어먹을……."
 진심으로 이런 욕을 해 본 게 몇 년 만이던가. 살수로서 훈련을 거친 이후, 그의 입에서 나오는 모든 말들은 철저하게 계산된 것뿐이었다. 진짜 살수란 백 개의 얼굴과 천 개의 표정을 가지고, 그것을 완벽하게 통제할 줄 아는 자다. 칠살은 지금껏 그 통제에 실패해 본 적이 없었다.
 ……지금 자신의 뒤를 쫓아오는 괴물을 만나기 전까지는 말이다. 칠살은 힐긋 고개를 돌려 뒤를 돌아보았다.
 촤아아악! 핏빛 검기가 날아와 옆을 스쳤다. 거대한 나무 몇 그루가 예리하게 잘려나가 옆으로 쓰러졌다. 그리고 그 뒤에서, 적발적안의 사내가 두 눈에서 시뻘건 안광을 폭사하며 경공을 펼쳐 쫓아오고 있었다.
 꿀꺽. 칠살은 마른침을 삼켰다. 아슬아슬하게 피하지 않았다면 다리 한쪽이 날아갈 뻔했다. 이미 날아간 오른쪽 팔처럼. 팔이 뜯겨나간 오른 어깨에서 선혈이 뚝뚝 흘러내렸다. 도저히 검상(劍傷)이라고 보기 힘든,

짐승의 이빨에 뜯어 먹힌 듯한 흔적. 그동안 수많은 고수의 무공을 봤지만, 이토록 무자비한 검법은 처음이었다.

'아니. 그걸 검법이라고 할 수 있나?'

칠살은 자신의 오른팔을 집어삼킨 붉은 검기를 떠올렸다. 한 마리 혈룡을 떠오르게 하던 사나운 검기. 흑살마공의 어둠을 찢어발기고, 그 속에 숨어서 공격하려던 칠살을 단숨에 무력화시켰다. 싸움이 벌어지고 고작 십여 합 만에 벌어진 일.

'……불가능한 일이다.'

백수룡은 결코 초절정 고수가 아니었다. 내공의 화후는 오히려 칠살이 더 높았고, 실전 경험은 말할 것도 없었다. 하지만 압도당했다.

흑살마공의 모든 초식이 백수룡의 검 앞에 파훼되었고, 전력을 다한 공격도 어이없게 무력화되었다.

'무공의 차이인가?'

백수룡은 과거 혈마의 무공으로 추측되는 신공을 익혔다. 그래서 저렇게 강한 것일까?

'……아니, 그것과는 다르다.'

백수룡이 저토록 강한 이유는 더 근본적인 부분에 있었다.

'하지만 모르겠다. 도저히 모르겠어. 저 괴물의 정체를…….'

그야말로 불가해(不可解)한 존재. 이길 수 없다는 사실을 깨달은 순간, 칠살은 뒤로 돌아 전력을 다해 도망치기 시작했다.

다행히도 그 판단은 시기적절했다. 우위에 있는 내공과 살수로서 수십 년을 단련해 온 다리가 도주를 용이하게 만들었다. 팔 한쪽이 잘려나간 탓에 무게 중심이 평소와 달랐지만, 오히려 몸을 더 가볍게 할 수 있다는 장점도 있었다.

휘익! 획! 전력을 다한 경공에 주변 풍경이 순식간에 뒤로 쭉쭉 밀렸다. 칠살에겐 도망쳐야만 하는 이유가 있었다.

'일살에게 이 사실을 알려야 한다. 혈마의 무공을 익힌 자가 나타나다니. 만약 살막과 혈교의 관계가 알려진다면…….'

촤아아악! 그 순간 검기가 날아와 어깨를 스쳤다. 핏물이 허공으로 튀고, 머리카락이 잘려나갔다. 그리고 등 뒤에서 비웃는 목소리가 들려왔다.

"그렇게 잘난 척하더니 도망을 쳐?"

거리가 빠르게 좁혀지고 있었다. 이대로 가면 반각도 못 돼 백수룡에게 따라잡힐 것이다.

으득! 칠살은 피가 나도록 이를 악물었다. 내공을 쥐어짜서 용천혈로 보내고, 두 다리에 힘을 줘 땅을 박찼다.

'이렇게 죽을 순 없다.'

살수로서 늘 죽음을 생각하며 살아왔지만, 이토록 초라한 최후는 상상도 해 본 적 없었다. 십존도, 백대고수에 이름을 올린 기라성같은 고수도 아닌 고자해야 무명의 무공 강사에게 잡혀 죽는 최후라니.

"언제까지 도망칠 수 있을 것 같아?"

목소리는 거의 등 뒤에서 들려오고 있었다. 날아온 검기가 옆구리를 스치자 푸확! 하고 피가 터졌다. 칠살은 품 안에 지니고 있던 모든 암기와 독을 던져 약간의 시간을 벌었다. 하지만 그것도 이제 한계였다.

'더 이상은…….'

그때, 멀지 않은 곳에 한 사내가 서 있는 모습이 보였다. 관복을 입은 사내는 각진 사각턱에 무뚝뚝한 표정의 인상으로, 허리춤에는 검을 차고 있었다. 무공은 익힌 듯했으나 고수로 보이지는 않았다. 그 순간 칠살은 퍼뜩 한 가지 계획을 떠올렸다.

'저자를 인질로 잡자.'

어쨌든 백수룡은 정파의 무인이다. 지금 뒤에서 쫓아오는 귀신같은 모습을 보고도 정파인이라고 불러도 될지는 모르겠지만……. 달리 다른 방법도 없지 않은가.

타닷! 땅을 박찬 칠살은 곧장 무표정한 사내를 덮쳤다. 저항할 시간도 없이 단숨에 목을 틀어줠 생각이었다. 그 즉시 몸을 돌려서 인질로 내세우면, 적어도 약간의 시간은 벌 수 있을 것이다.

'인질이 통하지 않을 것 같으면 방패로 쓰면 된다. 죽지 않을 정도로만 상처를 입혀서 던지면 최소한 망설임 정도는 보일 터.'

여러 계산이 칠살의 머릿속에서 바쁘게 돌아갈 때였다. 무뚝뚝한 표정의 사내가 입을 열었다.

"살수의 무공이군. 승상을 해치려고 한 놈이냐?"

"!"

굵고 낮은 목소리와 함께, 칠살은 막대한 압력이 자신의 몸을 찍어 누르는 것을 느꼈다.

……콰아앙!

칠살의 몸이 허공에서 그대로 추락해 바닥으로 처박혔다.

"컥, 커헉……!"

벌레처럼 꿈틀거리는 칠살을 내려다보며, 사내는 무뚝뚝한 얼굴로 입을 열었다.

"하늘의 뜻을 대신하여."

스르릉.

사내가 검을 뽑았다. 그의 검면에 '天劍'이라는 두 글자가 새겨져 있었다.

"서, 설마……."

뒤늦게 상대의 정체를 깨달은 칠살의 표정이 이내 체념으로 편안해졌다. 눈을 감은 칠살이 중얼거렸다.

"……당신에게 죽게 돼 영광이오."

"너를 참하겠다."

빛이 번뜩인 순간, 칠살의 정수리부터 사타구니까지 일직선의 선이 그어졌다.

푸화아아악! 반으로 갈라진 칠살의 몸이 맥없이 옆으로 쓰러졌다.

천검은 시체에겐 더 이상 시선도 주지 않은 채, 칠살을 쫓아온 적발적안의 사내에게 시선을 주었다.

"네놈도 살수인가?"

"……."

· ❖ ·

제자리에 멈춰선 백수룡이 조심스럽게 입을 열었다.

"아닙니다."

스스슷……. 백수룡의 머리카락과 눈동자가 빠르게 제 색깔을 되찾았다.

'곤란하게 됐군.'

역천신공의 중성에 이르며 확장된 기감으로도 잡아내지 못한 기척. 그리고 검에 선명하게 새겨진 天劍을 본 순간 백수룡은 상대가 누군지 눈치챘다.

"혹시 천검 님이십니까?"

"그렇다."

"……."

다른 사람도 아닌 십존에게 역천신공을 사용하는 모습을 보여 버리다니. 비록 천검이 정파 무림인이 아닌 황궁의 고수라고는 하지만…….

"나를 아나?"

몸 전체를 관통하는 듯한 천검의 시선에, 백수룡의 등줄기에 식은땀이 맺혔다.

"저는 청룡학관 강사 백수룡이라 합니다. 공손수 어르신과는……."

"괴이한 무공을 익혔군."

천검은 듣지 않겠다는 듯 딱 잘라 말했다. 그가 검을 들어 겨누자, 백수룡은 한 걸음 물러나 간격을 벌렸다.

"……흑영에게 제 얘길 듣지 못하셨습니까?"

"들었다. 허나 네가 그자가 맞는지 확인할 방법이 내겐 없다."

"호패라도 보여 드릴까요?"

"나는 농담을 좋아하지 않는다."

천검의 눈빛은 진심이었다. 그가 낮은 어조로 말을 이었다.

"일단 두 팔을 자르고 심문하겠다."

"전 농담을 좋아하지 않는데요."

"……."

천검은 대답 대신 가볍게 스윽 검을 휘둘렀다. 잔뜩 신경을 곤두세우고 있던 백수룡은 간신히 그 궤적을 읽을 수 있었다.

촤아아악! 허공을 베고 지나간 검기가 수십 자루의 나무를 베고 나서야 겨우 사그라들었다.

꿀꺽. 침을 삼킨 백수룡은 천검의 표정을 살폈다. 그의 입꼬리가 미묘하게 비틀어져 있었다.

"제법이군."

"잠깐! 잠시만 기다리면 흑영이 와서 제 신분을 확인해 주지 않을까요?"

"……."

잠시 고민하던 천검이 다시 입을 열었다.

"팔을 자른 후에 기다리지."

"이런 미친……!"

우우우웅! 천검이 본격적으로 내공을 끌어올리기 시작하자, 막대한 기가 백수룡의 몸을 짓눌렀다.

"크윽……!"

십존 수준의 절대고수들은 자신의 기로 공간 자체를 지배한다. 비슷한 수준의 고수가 아닌 한, 그 안에서 자유롭게 몸을 움직이는 것은 불가능에 가깝다. 백수룡이라고 해도 예외는 아니었다. 당장이라도 무릎이 굽혀질 것 같았다.

"뭐 하는 자인지는 내 눈으로 직접 확인하겠다."

"……."

그 말에서, 백수룡은 천검의 진의를 조금은 읽을 수 있었다.

'내 무공을 파악하려는 거다.'

역천신공은 세상에 다시없을 괴공. 천검 정도 되는 고수가 그것을 느끼지 못했을 리 없었다. 진심으로 해칠 의도는 없을지도 모른다.

'……그렇다고 적당히 봐줄 것 같지도 않지만.'

천검이 검 끝으로 백수룡의 왼팔을 겨눴다.

"왼쪽."

왼쪽 팔을 자르겠다는 경고였다. 피해 볼 수 있으면 피해 보라는 오만한 발언. 백수룡은 울컥했지만, 현재로선 십존과의 충돌은 어떻게든 피하고 싶었다.

점점 강해지는 압력에 힘겹게 그가 입을 열어 말했다.

"이럴 때가 아니라…… 승상부터…… 구해야 하는 것 아닙니까? 지금 저 뒤에 쓰러져 계신……."

이미 알고 있다는 듯 천검이 피식 웃었다.

"호흡이 안정적이고, 주변에는 아무런 기척도 없군."

절대고수의 가공할 기감은 이미 공손수의 위치와 안전을 확인한 후였다. 결국, 어떻게 해도 피할 수 없는 싸움이었다.

"크크. 빌어먹을……. 끝까지 이렇게 나온다 이거지."

참는 데도 한계가 있었다. 피할 수 없는 일이라면 부딪치는 수밖에.

백수룡은 역천신공을 전력으로 끌어올렸다.

푸화아아악! 붉게 물든 머리카락이 하늘로 치솟고, 두 눈에서 시뻘건 혈기가 폭발했다.

드드드득. 짓눌리던 등이 펴지고, 무너질 것처럼 흔들리던 무릎이 단단히 고정됐다. 그 모습을 지켜본 천검이 나직이 탄식했다.

"……위험해 보이는 무공이군. 무슨 무공이지?"

여전히 자신을 깔아보는 듯한 천검의 말투에, 백수룡이 내공을 담아 쩌렁쩌렁한 목소리로 말했다.

"은혜도 모르는 놈에겐 알려 줄 생각 없다."

"네가 내 은인이란 말이냐?"

"살수에게 당할 뻔한 어르신을 내가 몇 번이나 구했다고 생각하나! 그런 나를 핍박하는 당신이 은혜를 아는 자인가!"

"……네 말이 맞다면 그렇겠지. 쓸데없는 말은 그만하지."

천검은 더 이상 대화를 나누려고 하지 않았다. 다만 검 끝을 움직여 한 번 더 경고했다.

"왼쪽."

백수룡도 지지 않고 천검의 오른팔을 겨눴다.

"오른쪽."

"……."

천검은 눈썹이 처음으로 꿈틀거렸다. 그는 처음 하려던 것보다 검에 약간 더 내공을 실었다.

콰콰콰콰콰콰콰! 천검의 몸을 중심으로 막대한 황금색 기운이 휘몰아쳤다. 동시에 백수룡의 몸에서 막대한 붉은색 공력이 분출되었다. 폭발하듯 치솟은 두 기운이 부딪치더니 서로 섞여 들어 용권풍을 형성했다. 그 안에서, 두 사내의 신형이 동시에 움직였다.

동시에 찢어질 듯한 비명이 들려왔다.

"멈추세요! 그분은 어르신의 은인이에요!"

전력으로 경공을 펼쳐 온 흑영이 겁도 없이 용권풍 속으로 몸을 날렸다. 온몸에 수많은 생채기가 생겼지만 흑영은 개의치 않고 소리쳤다.

"제발 멈추세요!"

잠시 후 용권풍이 씻은 듯이 소멸했다. 그리고 두 남자가 마주 보고 서 있는 모습이 보였다. 천검의 검이 백수룡의 목에 닿아 있었다. 원래대로 머리색이 돌아온 백수룡은 입에서 피를 흘리고 있었다. 그는 검을 아래로 늘어뜨리고 있었다. 두 사람 다 팔은 멀쩡했다.

그 모습을 본 흑영이 천검에게 소리쳤다.

"그 검 당장 내려놓으세요!"

"……그러지."

검을 내린 천검은 백수룡을 잠시 바라보다 휙 몸을 돌렸다.

"나는 승상을 뵈러 가겠다. 내상을 치료하고 따라오도록."

"……."

뒤에서 노려보는 백수룡의 시선이 느껴졌지만, 천검은 무시했다. 그는 조금 전 백수룡과 교환한 일검을 떠올렸다.

'오른팔을 노린다고 했는데…… 나도 모르게 목을 노렸군.'

봐준 것은 사실이었다. 하지만 아무리 그렇다고 해도, 방금의 섬뜩한 기세는 진짜였다. 그런 감정을 느껴 본 것이 대체 얼마 만이던가. 천검은 백수룡이 노린 자신의 오른손을 내려다봤다. 그 순간, 그의 오른팔 소매의 끝이 푸스스 흩어졌다.

"허!"

천검은 저도 모르게 감탄사를 내뱉었다.

98화
사파 무공의 이해와 실전 대비

"……내가 아직 살아 있었나."

공손수는 창백한 안색으로 눈을 떴다. 눈을 뜨니 그 앞에 천검이 무릎을 꿇고 있었다.

"승상. 늦어서 죄송합니다."

"자네의 잘못이 아닌데 어찌 사과를 하는가. 헌데 백 선생은?"

"……곧 올 것입니다."

천검의 반응이 조금 묘했지만, 공손수는 그것에 크게 신경을 쓰지 않았다. 주위를 둘러본 공손수가 "허어!" 하고 놀랐다. 땅이 뒤집히고 수십 그루의 나무가 잘려나가 있었던 것이다.

"내가 기절한 사이에 대체 무슨 일이 있었나?"

"제가 본 것은……."

천검은 자신이 본 것을 아는 대로 솔직하게 말했다. 황제 폐하께서 스승처럼 여기는 승상이기에, 한 치의 거짓도 없이 고했다. 백수룡과 검을 겨뤘다는 말에 공손수의 표정이 굳었다.

"백 선생이 많이 다친 것은 아닌가?"

"보시다시피 멀쩡합니다."

대답은 천검의 어깨 너머에서 들려왔다. 다소 창백한 안색의 백수룡과 흑영이 함께 걸어오고 있었다.

"의심 많은 어떤 분 때문에 팔 하나가 잘릴 뻔하긴 했지만요."

"확인을 위해 필요했을 뿐이다."

"제 신분이요? 아니면 무공이요?"

"……."

천검은 대답하지 않았다. 그 모습을 본 공손수는 어처구니가 없다는 듯 웃었다.

"백 선생 자네도 간이 부었군. 상대가 천검인 걸 알았으면 납작 엎드려서 빌었어야지."

"말이 통할 상대였으면 그렇게 했죠. 세상에 이런 법이 어딨습니까. 예? 무공 좀 강하다고 은인을 핍박하고……."

"그만하지."

싸늘한 기세에 백수룡은 입을 다물었다. 공손수가 옆에 있어서 조금 면박을 주긴 했지만, 그렇다고 천검을 적으로 돌릴 생각은 없었다.

"허허허. 내 얼굴을 봐서라도 둘 다 그만하게."

"예."

"알겠습니다."

두 사내가 고개를 숙였다. 흑영이 다가와 공손수를 진맥하는 동안, 두 사람은 조용히 호위 병력이 오기를 기다렸다.

"자네들. 말없이 눈싸움만 하면 내가 모를 것 같나?"

"……."

"……."

두 사내는 민망한 듯 헛기침을 하며 고개를 돌렸다. 그 유치함에 공손수가 클클 웃고, 흑영은 고개를 절레절레 저었다.

잠시 후 공손수를 호위할 병력이 우르르 도착했다. 다섯 대의 마차와 금의위 최정예 고수 일백.

이것도 빠르게 오기 위해 최소화한 숫자라고 했다. 그 위용을 본 백수룡이 감탄했다.

"……어르신. 대단한 분이었네요."

"허. 그걸 이제야 알았단 말인가."

"들어서 알고는 있었는데, 매일 흙바닥 뒹구는 모습만 보다 보니까 체감을 못 했다고 해야 하나……."

그 솔직한 말에 공손수가 껄껄 웃음을 터트렸다.

"내가 제법 대단한 인물이라네. 그러니 신세 질 일 생기면 언제든지 찾아오게나."

"언제든 사양 않고 찾아뵙겠습니다."

두 사람이 마주 보며 씩 웃었다. 작별 인사는 이미 질리도록 했기에 더 이상 할 필요는 없었다. 대신 공손수는 작별 선물을 준비했다.

"이보게 천검. 내가 부탁한 것은 가져왔나?"

"……예."

"이리 가져오게나."

천검이 마차에서 무언가를 가져오는 동안, 공손수는 뒷짐을 지고 백수룡과 대화를 나눴다.

"내 가기 전에 자네에게 줄 것이 있네."

"예? 뭘 자꾸 주신다고……."

과외비였던 만 냥도 받았고, 청룡학관에 대한 재정적 지원도 약속받았다.

'게다가 탁기랑 약기도 어마어마하게 흡수했고…….'

덕분에 역천신공의 경지도 중성에 이르렀으니, 기연으로 따지자면 받은 건 이쪽이 더 많은 게 아닐까?

"그래서 받기 싫은가?"

"제가 제일 좋아하는 사자성어가 다다익선(多多益善)입니다."

"그럴 줄 알았네."

공손수는 놀랍지도 않다는 듯 고개를 끄덕였지만, 그를 모시러 온 금의위 무사들은 황당하다는 표정으로 백수룡의 뻔뻔한 얼굴을 바라봤다. 흑영은 부끄러움에 얼굴을 가렸다.

"왜 부끄러움은 제 몫일까요……."

그리고 잠시 후, 마차에서 무언가를 꺼내온 천검이 쩌렁쩌렁한 목소리로 외쳤다.

"청룡학관 강사 백수룡은 황제 폐하의 교지를 받들라!"

"!"

황제 폐하의 교지라니! 이 무슨 날벼락 같은 소리인가.

천검의 전신에서 서릿발 같은 기세가 쏟아져 나왔다.

"예를 갖추라!"

정신을 차린 백수룡이 빠르게 한쪽 무릎을 꿇고 고개를 숙였다.

"백수룡이 황제 폐하의 교지를 받듭니다."

만족한 듯 고개를 끄덕인 천검이 교지에 적힌 내용을 읽어 나갔다.

"갑진년 칠 월 초이레 강서성 회창에서 태어난 백수룡은 간악한 역도들로부터 승상 공손수의 신변을 보호하여 나라에 닥친 큰 위협을 막아내는 큰 공을 세웠다. 이에 공신교서(功臣敎書)를 내린다……."

공신교서란 나라에 큰 공을 세운 신하에게 내리는 훈장이었다.

'이걸 이렇게 막 줘도 되는 거야?'

백수룡은 어안이 벙벙한 표정으로 공신교서를 받았다.

"……이에 금전 백 냥과 삼만 평의 토지도 함께 하사하노라."

공신교지의 수여가 끝난 후, 공손수가 웃으며 말했다.

"내 폐하께 말씀드려 일부러 관직은 내리지 않았네. 권력자들이 자네를 이용하려 들 수 있기 때문이니, 섭섭해하지 말게."

"……섭섭할 리가요."

오히려 그러한 세심한 배려에 고마울 따름이었다.

"이것으로 끝이 아니네. 흑영아. 그것을 가져오너라."

"……예."

흑영이 한눈에 보아도 무척 고급스러워 보이는 검은 목함을 가져왔다.

"열어 보게."

조심스레 목함을 열자, 손가락 굵기 정도에 길이는 한 자(30cm) 정도 되는 흑색의 막대기가 금색 비단 위에 놓여 있었다.

"이게…… 뭡니까?"

"예전에 내가 사용하던 교편일세. 한번 들어보게."

직접 들어보자, 생각 이상으로 제법 무게가 나갔다. 자세히 들여다보니 용 한 마리가 교편 전체를 휘감고 있었다.

"흑룡편이라고 부르네. 예전에 혼쭐이 나셨던 기억이 있어서 그런지, 황제 폐하께선 지금도 이걸 보기만 하면 기겁을 하시지."

"예?"

예전에 이걸로 황제를 때렸단 말인가? 금의위 무사들도 처음 듣는 이야기였는지 입을 떠억 벌렸다.

공손수가 웃으며 말했다.

"현철로 만든 물건이니 어지간해서 부러지지도 않을 게야. 앞으로 자네가 쓰도록 하게."

"……이런 물건을 저한테 주셔도 되는 겁니까?"

"어차피 내겐 더 이상 필요 없는 물건이야. 필요한 사람이 쓰는 것이 맞겠지."

공손수가 생각하기에, 흑룡편의 주인이 될 사람은 백수룡이었다.

"한번 내공을 주입해 보게."

내공을 주입하자, 흑룡편 안에서 철컥 소리가 나더니 길이가 두 배로 늘어났다.
　"평소에는 한 자(30cm) 정도의 길이지만, 내공을 주입하면 세 자(90cm)까지 늘릴 수 있다네."
　"이건……."
　정말로 무기로 써도 충분한 물건이었다. 아니, 웬만한 보검보다 훨씬 유용한 물건이었다.
　"부디 유용하게 써 주길 바라네."
　공손수는 따뜻한 시선으로 자신의 손때가 탄 흑룡편과, 그것의 새로운 주인이 된 백수룡을 보았다.
　백수룡이 할 수 있는 대답은 하나뿐이었다.
　"……잘 쓰겠습니다."
　"애들 쥐어패는 데만 쓰지 말고."
　"감동하려는데 산통 좀 깨지 마세요."
　장난스럽게 클클 웃은 공손수가 금의위 무사들을 돌아보며 말했다.
　"줄 것도 다 줬으니 정말 가야겠군. 채비를 하시게."
　"예!"
　순식간에 출발 준비가 끝나고, 공손수는 마차에 올라탔다.
　그를 배웅하기 위해 따라가는 백수룡의 귀에 천검의 전음이 들려왔다.

　[네가 익힌 무공에 대해서는 함구하겠다. 어차피 나는 무림인이 아니고, 승상께서 너를 아끼시는 마음이 상상 이상으로 크시니.]

　백수룡은 태연한 표정을 지었지만, 속으로 안도의 한숨을 쉬었다.
　'후유.'
　만약 천검이 역천신공에 대해서 캐묻거나 조사하려 들었다면 무척 곤란해졌을 것이다.

[하지만 그 무공, 다른 이에게는 보이지 않는 게 좋을 것이다. 특히 고수일수록……. 그 무공을 본다면 그냥 지나치지 않을 것이다.]
[조언 감사합니다.]

충분히 알고 있는 사실이었다. 그래서 남궁제학 앞에서 무공을 최대한 숨긴 것이기도 하고.
천검과 짧은 대화를 나누는 동안 공손수가 마차에 올라탔다.
"고마웠네. 언젠가 또 보세나."
"황궁에서도 그동안 가르쳐 드린 거 복습하는 것도 잊지 마시고요."
공손수는 꼭 그리하겠다고 말하며 웃었다.
그의 옆에 탄 흑영도 작별인사를 건넸다.
"……가 보겠습니다."
"그래. 잘 가."
"…….''
흑영의 눈빛에 왠지 모를 아쉬움이 있었지만, 그녀는 더 이상 아무런 말도 하지 않고 고개를 숙였다.
백수룡이 뒤로 몇 걸음 물러나고 마차가 출발했다.
"이랴아!"
"…….''
백수룡은 작아지는 마차의 뒷모습을 조용히 지켜보았다.
석양이 지기 시작하는 무렵. 다섯 대의 마차가 지평선을 향해 달리고 있었다. 한 달이 넘는 시간 동안 함께했던 제자가 조금 전 떠났다.
"어르신. 제가 더 고마웠습니다."
처음에는 단순히 만 냥을 벌기 위해 시작된 일이었지만, 나중에는 공손수를 합격시켜 주고 싶은 마음이 더 컸다. 노인의 어린 시절 꿈을 알게 되고, 뒤늦게라도 그것을 이루기 위해 얼마나 간절히 노력하는지 바로 옆에서 지켜보았다.

'어느새 나도 모르게 응원하고 있었지.'

매일 함께 훈련한 헌원강과 위지천도 비슷한 마음이었을 것이다. 혈교의 무공 교관이었던 시절에는 한 번도 느껴 보지 못했던 기분.

이걸 조금만 더 일찍 알았더라면……. 그 많은 실수를 하지 않았을 텐데.

"아쉬워해 봤자 소용없지."

길게 한숨을 내쉰 백수룡은 고개를 저어 미련을 털어 냈다. 그는 후회를 오래 안고 가는 성격이 아니었다. 대신 자신의 현재와 미래를 생각했다. 혈교에 대한 정보를 캐내지 못하고 죽어 버린 칠살과 살막을 생각했고, 역천신공을 숨기라던 천검의 경고를 떠올렸다.

'십존이라…….'

백수룡은 천검과의 대결을 떠올렸다. 아직은 아득한 격차가 느껴진 싸움이었다. 그런 천검이 십존 중에서는 가장 약하다고 평가받는다. 황궁 최고의 실력자이기에 상징적인 의미가 큰 탓이다. 물론 천검이 절대고수임은 분명했다.

'남궁제학은 더 강하다.'

남궁제학은 현 무림에서 천하제일인을 논할 때도 논쟁에서 빠지지 않는 이름이다. 만약 역천신공을 목격한 사람이 천검이 아닌 남궁제학이었다면?

팔뚝에 오소소 소름이 돋았다. 이번에는 운이 좋았을 뿐이다. 다음에도 이런 행운이 또 있으리라는 법은 없다.

'적발적안을 자유자재로 조절하려면 역천신공을 최소 7성까지는 익혀야 한다.'

하지만 7성의 경지는 단순히 내공만 많이 쌓는다고 이룰 수 있는 경지가 아니다.

"하아. 애들도 가르쳐야 하고, 무공도 더 강해져야 하고, 혈교도 신경 써야 하고……. 할 일이 산더미네."

한숨을 내쉰 백수룡은 몸을 돌려 청룡학관이 있는 방향으로 걷기 시작했다.

"수업은 아직 시작도 안 했는데 말이야."

청룡학관에서의 첫 학기, 그리고 첫 수업은 며칠 후에 시작된다. 앞으로 백수룡은 더 많은 학생들과 만나게 될 것이다.

"벌써부터 피곤하다, 피곤해……."

하지만 투덜대는 말과 달리, 백수룡의 표정은 기대로 가득 차 있었다.

청룡학관으로 돌아가는 그의 발걸음이 점점 빨라졌다.

며칠 후. 입학식이 끝나고, 신입생들뿐만 아니라 재학생들도 속속들이 학관으로 복귀하기 시작했다.

웅성웅성. 학생들은 학관 곳곳 게시판에 붙은 방을 확인하기에 바빴다. 올해 수강 신청이 가능한 수업 목록이 벌써 방이 붙은 것이다.

쾌검심화 - 남궁수
도법 실습 - 곽철우
상승 경공의 이해 - 매극렴

……중략……

고대무림사 – 제갈소영

 어떤 수업이냐, 어떤 강사가 가르치느냐에 따라서 학생들의 수업 선호도는 천차만별이다. 인기가 없는 수업은 강의실에 파리만 날리는 반면, 인기가 많은 과목은 학생들 간에 실제로 피 터지는 수강 신청 경쟁이 벌어지기도 한다. 그리고 그런 평가가 누적되어 강사들의 대우와 월봉이 결정되는 것이다.
 "그런데 제갈소영이 누구야?"
 "올해 새로 들어온 선생님이래."
 "고대무림사 같은 걸 누가 듣냐……."
 "예쁠까? 첫 수업만 들어 볼까?"
 올해 임시 강사들 중에서 수업을 맡은 사람은 수석으로 입관한 제갈소영이 유일했다. 아니, 자세히 보면 맨 아래에 한 명이 더 적혀 있었다.

사파 무공의 이해와 실전 대비 – 백수룡

99화

이렇게 나온다 이거지?

청룡학관 학생 식당.

"부럽다……."

"임시 강사가 첫 학기부터 수업을 맡다니……."

악연호와 명일오는 젓가락질도 멈춘 채, 반대편에 앉아 있는 두 사람을 부러운 시선으로 바라보았다.

"부럽냐? 부러우면 너희도 잘 좀 하지 그랬냐."

백수룡이 씩 의기양양하게 웃었다. 제갈소영은 그 옆에서 민망한 듯 어색하게 웃었다.

고대무림사 - 제갈소영
사파 무공의 이해와 실전 대비 - 백수룡

오늘 아침, 네 사람은 학관 곳곳에 붙은 수강 신청 목록을 확인했다. 악연호가 분한 감정을 감추지 못하고 숟가락으로 국을 휘저으며 투덜거렸다.

"제갈 소저야 입관 성적이 수석이니까 그렇다고 치고, 차석은 난데. 왜 나는 수업을 안 주고 형님한테만……."

"몰라서 묻는 건 아니지?"

"알긴 알지만요."

쩝, 입맛을 다신 악연호가 고개를 끄덕였다.

제자들의 입학 성적을 두고 백수룡과 남궁수가 내기했다는 사실을 모르는 사람은 더 이상 없었다.

……놀랍게도 그 내기의 승자가 백수룡이라는 것도 말이다.

명일오가 어제 있었던 일을 떠올리며 중얼거렸다.

"의외로 남궁수도 순순히 패배를 인정하더군요."

바로 어제, 청룡학관의 모든 강사가 대회의실에서 모였다. 올해 첫 학기의 강의 배정을 하기 위해서였다.

−……잠시 드릴 말씀이 있습니다.

그 자리에서 남궁수는 백수룡과 한 내기의 내용과 자신의 패배를 인정하고, 자신의 수업 중 하나를 백수룡에게 양보하겠다고 말했다.

물론 반대하는 사람들도 있었다.

−흠흠. 그건 곤란하네. 자네들 멋대로 수업을 바꾸면 학관 입장은 뭐가 되나. 백 선생이 다시 생각을 해 보는 것이…….

−저도 같은 생각입니다. 학생들과의 약속인데…….

−남궁수 선생님의 수업을 임시 강사가 감당할 수 있을지 걱정이…….

부관주 곽철우가 은근슬쩍 두 사람의 내기를 무효화하려 시도하고, 남궁수 파벌의 강사들도 거기에 동참했다. 하지만 학관에 백수룡의 편이 없는 것도 아니었다.

―……사내 대 사내로 한 약속이니 지켜져야 한다고 생각합니다만.

조용히 있던 매극렴이 굵고 짧게 한마디를 했고.

―허허. 재미있을 것 같군. 본인들이 괜찮다는데 뭐가 문제인가!

최근 재정 상황이 풍족해짐에 따라 혈색이 좋아진 노군상이 흐뭇하게 웃으며 고개를 끄덕였다.
노군상이 예뻐 죽겠다는 얼굴로 백수룡에게 물었다.

―우리 복덩이, 아니 백 선생. 그래서 남궁 선생의 수업 중에서 어떤 것을 가져갈 텐가?

다시 현실.
악연호가 이해할 수 없다는 표정으로 고개를 갸웃하며 물었다.
"그런데 형님. 왜 그런 수업을 고른 거예요? 사파 무공의 이해와 실전 대비?"

―이번 학기 〈사파 무공의 이해와 실전 대비〉를 제가 맡겠습니다.

어제 회의 때 백수룡이 그렇게 말했을 때, 다들 악연호와 비슷한 표정을 지었다. 심지어 남궁수는 한심하다는 듯 혀를 차기까지 했다.

―기껏 준 기회를 그런 식으로 차 버리는 건가?

그의 중얼거림을 무시하고, 백수룡은 꿋꿋이 〈사파 무공의 이해와 실전 대비〉를 맡겠다고 말했다.

청룡학관 일타강사인 만큼, 남궁수는 혼자서 많은 수업을 담당하고 있었다. 학관 제일의 일 중독자. 남궁수의 다른 별명이기도 했다.

황금 시간대와 학생들이 선호하는 수업도 많지만, 그렇지 않은 수업들도 있었다.

〈사파 무공의 이해와 실전 대비〉는 인기가 적은 수업 중 하나였다. 남궁수가 가르치는 수업이긴 하지만, 그 자체로 흥미를 가지는 학생이 그리 많지는 않은 과목. 필수 과목이라기보다는 교양 중 하나로 여겨지는, 그래서 학점이 부족한 학생들이 가볍게 듣는 과목 중 하나였다. 오히려 남궁수가 강사이기 때문에 정원을 채우는 수준이라고 해야 할까.

"검술이나 경공, 하다못해 외공 수업을 고르기만 했어도 좋았을 텐데……."

방금 명일오가 말한 수업들은 모두 인기가 많은 수업이었다. 남궁수의 수업이니 그것도 전부 황금 시간대. 그중 하나만 제대로 맡았어도 한 학기 동안 실적을 올리는 것에는 아무 문제도 없었을 것이다. 하지만 백수룡은 동생들의 걱정에도 의미심장하게 웃을 뿐이었다.

"다 이유가 있어서 고른 거야."

만약 검법이나 도법, 경공, 외공 등을 고른다면 그 한 가지만을 집중적으로 가르쳐야 한다. 인기가 많은 대부분의 수업이 그랬다. 백수룡은 그것이 마음에 들지 않았다. 그때 눈에 딱 들어온 것이 〈사파 무공의 이해와 실전 대비〉였다.

'사파 무공의 이해라니. 뭘 가르쳐도 될 정도로 자율성이 높은 거잖아? 게다가 학년 공통 교양이기도 하고.'

학년 공통이라는 점은 매우 중요했다. 헌원강, 위지천, 그리고 가르치고 싶은 녀석들을 학년과 상관없이 데려와서 가르칠 수 있다는 의미였으니까.
'게다가 야외 수업을 자주 나갈 수 있는 수업이기도 하고.'
현장 실습 등의 이유를 핑계로 야외로 나가기 쉬운 수업이라는 장점도 있었다. 백수룡의 향후 계획에서 꼭 필요한 부분이었다.
"하기야 뭐, 형님이 어련히 잘하시겠죠."
"항상 말도 안 되는 짓을 저질렀어도 결과는 좋았으니까……."
두 사람의 체념 어린 한숨에, 백수룡은 황당하다는 표정을 지었다.
"그게 칭찬이야, 욕이야?"
백수룡의 시선을 외면한 두 사람은 대화 상대를 바꿨다.
"제갈 소저도 정말 대단하세요."
"첫 학기부터 수업을 따내시다니, 역시 수석 입관자다우십니다."
"……니들, 나한테 하던 거랑은 말투부터가 다르지 않냐?"
두 남자의 칭찬에, 제갈소영은 쑥스럽게 웃으며 잔머리를 뒤로 넘겼다. 술만 들어가지 않으면 세상 요조숙녀가 따로 없었다.
"고대무림사는 전공자가 거의 없어서요. 전임 강사님이 올해 은퇴하시는 바람에 저는 운이 좋았죠."
"크으……."
"꼭 공부 잘하는 애들이 이렇게 겸손하더라!"
"……."
실제로 고대무림사는 거의 듣지 않는 수준을 떠나서, 학생들이 기피하는 대상 1순위였다. 피 끓는 나이의 한창 무공을 배우는 소년, 소녀 들에게, 얌전히 앉아서 역사 수업을 들으라는 것은 고문에 가까웠던 것이다.
"열심히 해 보려고요! 청룡학관에도 저처럼 역사를 좋아하는 아이들이 반드시 있을 거예요!"
의욕을 불태우는 제갈소영에게, 두 사내는 힘껏 박수를 치고 아부를 떨었다.

"제갈 소저라면 반드시 할 수 있을 겁니다."

"도움이 필요하시면 언제든지 불러 주세요!"

"쯧쯧. 속이 뻔히 보인다, 이것들아."

백수룡은 두 사람을 보며 쯧쯧 혀를 찼다.

사실 자신이나 제갈소영이나, 학생들이 그리 좋아하지 않는 수업을 맡게 된 것은 마찬가지였다. 하지만 악연호와 명일오는 그마저도 부러운 처지일 수밖에 없었다.

"이제 두 달쯤 남았지?"

"예……."

"어휴……."

임시 강사 기간은 석 달. 석 달이 다 지나면, 실적에 따라서 일부는 정식 강사로 채용되겠지만 나머지는 짐을 싸서 집으로 돌아가야 한다. 이 상황에서 강의를 맡느냐 맡지 못하냐는 실적에 큰 영향을 미칠 수밖에 없었다.

"그래서 말인데……. 두 분, 보조 강사는 안 필요하십니까?"

명일오가 눈을 빛내며 물었다.

청룡학관의 강의는 대부분 보통 한 명의 보조 강사를 둔다. 무공 수업의 특성상 대련이나 합을 맞추는 시범이 많기 마련인데, 학생보다는 숙련된 강사와 합을 맞추는 쪽이 편하기 때문이다. 그리고 그 보조 강사 역할을 보통은 임시 강사들이 맡는다.

둘 중 먼저 움직인 쪽은 악연호였다.

"수룡 형님. 제가 사파라면 정말 만나는 족족 죽여 버리고 싶을 정도로 증오하는 거 아시죠? 제갈 소저. 제가 어릴 때부터 역사에도 관심이 많습니다. 뽑아만 주시면 열심히 공부해서 반드시 도움이 되도록 하겠습니다. 헤헤. 이것 좀 드시고요."

악연호가 자신의 고기반찬을 두 사람에게 반짝 나눠서 주며 찡긋 눈웃음을 쳤다. 한 살 많은 명일오가 한심하다는 듯 옆에서 혀를 찼다.

"쯧. 네 각오는 겨우 그 정도냐."

명일오는 품 안에 손을 넣더니, 두툼한 주머니를 두 개를 꺼내어 두 사람의 주머니에 그야말로 전광석화처럼 밀어 넣었다. 그리고 간신배처럼 몸을 낮추며 속삭였다.

"……받아 주십시오. 제 작은 성의입니다."

뇌물 증여의 현장을 눈앞에서 지켜본 악연호가 기함을 했다.

"아, 명 형! 뇌물은 반칙이지! 이 형 이거 선 넘네!"

"그렇게 따지면 고기반찬은 뇌물 아니냐?"

"아니, 그거랑 주머니에 현금 찔러 넣는 거하고 같아?"

"억울하면 준비를 미리 해 왔어야지. 나는 각오를 보인 것뿐이다."

"와……!"

"저기, 죄송한데 저는 보조 강사가 딱히 필요가 없어요……."

"어휴. 조용히 밥 좀 먹자, 이것들아!"

네 사람이 식당에서 시끌벅적하게 떠드는 가운데, 돌연 새로운 목소리가 그들 사이를 파고들었다.

"이보게, 선생들."

목소리뿐이었다면 크게 신경 쓰지 않았을 테지만, 그 안에 깃든 심후한 내공에 네 사람의 고개가 동시에 돌아갔다.

"주변에 다른 사람들도 있고 한데, 흥겨움이 조금 과한 것 같네."

긴 수염을 정성스럽게 기른 중년인이 뒷짐을 진 채로 서 있었다. 중년인은 소탈하게 웃으며, 그러나 단호한 목소리로 말을 이었다.

"젊은이들이 모여 와자지껄한 것은 보기 좋으나, 청룡학관의 품위를 떨어뜨리는 언행은 자제해 주길 바라네."

중년인의 이름은 풍진호. 청룡학관에서 이십 년 가까이 학생들을 가르친 인기 강사이자, 남궁수 파벌의 이인자로 알려진 사람이었다.

-……풍진호는 적으로 만들지 말도록 해라. 어떤 면에서는 남궁수보다 더 경계해야 할 자다.

백수룡은 전에 매극렴이 해 준 조언을 떠올리며 자리에서 일어났다.
"시끄럽게 해서 죄송합니다. 금방 정리하고 가겠습니다."
악연호, 명일오, 제갈소영도 긴장한 표정으로 일어나 사과했다.
"죄송합니다."
"주의하겠습니다."
"죄, 죄송합니다……."
풍진호는 윤기가 흐르는 풍성한 수염을 쓸어내렸다. 수염에 대한 그의 사랑은 청룡학관에서 유명했다.
잔뜩 긴장한 표정의 임시 강사들을 본 풍진호가 부드럽게 웃었다.
"내가 자네들에게 시비를 걸러 온 것 같은가?"
"……."
남궁수를 중심으로 한 강사들의 파벌은 청룡학관에서 가장 큰 세력이다. 하지만 백수룡은 입사 시험 전부터 남궁수와 대립각을 세웠고, 덩달아 그와 친한 세 명까지 미운털이 조금씩 박혀 있는 상황이었다.
'갑자기 왜 온 거지?'
'또 무슨 트집을 잡으려고…….'
'조용히 먹을걸…….'
하지만 그들이 생각한 것과 달리, 풍진호는 시비가 아니라 화해의 손길을 내밀었다.
"그런 것 아니니 긴장들 풀게. 개강도 얼마 남지 않았는데, 강사들끼리 기 싸움 같은 쓸데없는 짓을 해서야 되겠나."
"네, 네?"
"아……."

"후유."

백수룡을 제외한 세 사람은 안도의 한숨을 쉬었다.

"또 그런 일이 발생하면 내가 중재할 것이니 걱정들 하지 말게. 그 말을 해 주러 왔네."

그들을 향해 빙긋 웃어 준 풍진호가 백수룡에게 말했다.

"백 선생. 나는 자네에게 거는 기대가 아주 커. 자네가 들어오면서 청룡학관에 새로운 바람이 불기 시작했거든."

"……감사합니다."

"한 가지만 부탁하자면, 앞으로 남궁 선생과의 충돌은 자제해 주게나. 그쪽은 나도 중재하기가 힘들다네."

풍진호가 빙그레 웃으며 말하자, 백수룡도 사회인의 반듯한 미소를 지으며 대답했다.

"노력해 보겠습니다."

남궁수하고야 이미 돌아올 수 없는 강을 건넌 사이지만, 그렇다고 모든 강사와 척을 질 생각은 없었다. 특히 상대인 풍진호가 청룡학관에서 영향력이 큰 강사라면…….

'경계하라고 했다고 해서, 티가 나게 멀리하는 건 바보짓이지.'

오히려 상대를 적당히 이용할 수 있다면 그것이 더 좋다. 그때, 마치 백수룡의 생각을 읽은 것처럼 풍진호가 뜻밖의 제안을 해 왔다.

"내 입장을 이해해 주니 고맙네. 혹 괜찮으면 오늘 저녁에 술이라도 한잔하겠나? 할 이야기도 좀 있고……. 물론 내가 사겠네."

그 순간 백수룡의 눈이 반짝였다.

"마침 제가 좋은 곳을 알고 있습니다."

그날 저녁, 그들은 시내에 있는 큰 기루에서 만났다.

공교롭게도 그곳은 복만춘이 운영하는 곳이었다.

- 3권에 계속

일타강사 백사부 2

1판 1쇄 인쇄 2025년 6월 2일
1판 1쇄 발행 2025년 6월 18일

지은이 간짜장
펴낸이 김영곤
펴낸곳 ㈜북이십일 아르테팝

편집팀 정지은 김지혜 이영애 김경애 박지석
출판마케팅팀 남정한 나은경 한경화
영업팀 한충희 장철용 강경남 황성진 김도연
제작팀 이영민 권경민
디자인 크리에이티브그룹디헌

출판등록 2000년 5월 6일 제406-2003-061호
주소 (우 10881) 경기도 파주시 회동길 201(문발동)
대표전화 031-955-2100
팩스 031-955-2151
이메일 book21@book21.co.kr

㈜북이십일 경계를 허무는 콘텐츠 리더
아르테팝 채널에서 도서 정보와 다양한 영상자료, 이벤트를 만나세요!
페이스북 facebook.com/21artepop 트위터 twitter.com/21artepop
인스타그램 instagram.com/21artepop 홈페이지 artepop.book21.com

Naver Series ⓒ2020. 간짜장 All rights reserved.

ISBN 979-11-7357-311-8 04810
　　　979-11-7357-309-5 04810(세트)

-책값은 뒤표지에 있습니다.
-이 책 내용의 일부 또는 전부를 재사용하려면 반드시 (주)북이십일의 동의를 얻어야 합니다.
-잘못 만든 책은 구입하신 서점에서 교환해 드립니다.